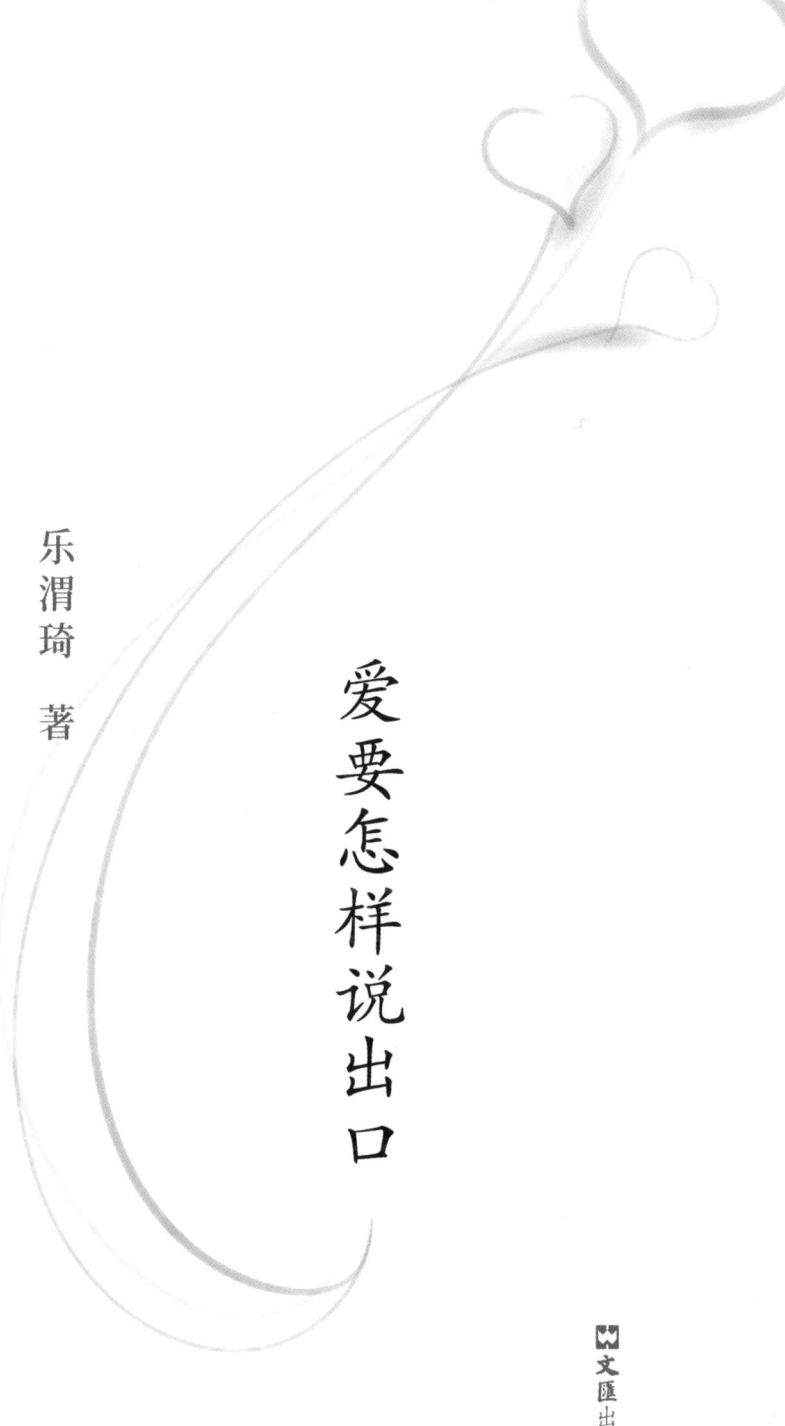

乐渭琦 著

爱要怎样说出口

文汇出版社

图书在版编目（CIP）数据

爱要怎样说出口 / 乐渭琦著 . -- 上海：文汇出版社，2020.8
　ISBN 978-7-5496-3234-3

　Ⅰ.①爱… Ⅱ.①乐… Ⅲ.①中篇小说－小说集－中国－当代②短篇小说－小说集－中国－当代 Ⅳ.① I247.7

中国版本图书馆 CIP 数据核字 (2020) 第109867号

爱要怎样说出口

作　　者 / 乐渭琦
责任编辑 / 鲍广丽
图片提供 / 宁　仪
装帧设计 / 薛　冰

出 版 人 / 周伯军

出版发行 / 文匯出版社
　　　　　　上海市威海路755号　邮政编码：200041
经　　销 / 全国新华书店
印刷装订 / 浙江经纬印业股份有限公司
版　　次 / 2020年8月第1版
印　　次 / 2020年8月第1次印刷
开　　本 / 720×960　1/16
字　　数 / 260千
印　　张 / 17.5

书　　号 / ISBN 978-7-5496-3234-3
定　　价 / 56.00元

献给大哥

目录

001 爱要怎样说出口

013 时光临摹，
或者我来过你的世界

026 六叔其人其事

037 花海

051 书店

057 永远的微笑

066 阳光地带

100 劫后

137 重围

211 风一样的十五六

221 短暂一天中的漫长四小时

234 短发

240 烟火弥漫

爱要怎样说出口

A. 双管猎枪

影子没觉得今天对于日后有什么特殊的意义。一样地起床，一样地吃早点，一样地开车上班。车是进口的，奔驰。两侧的楼宇轻快地向后滑去、倒去。这座城市显然在慢慢增高，而自己却在一点点变矮，最初搭公交车，接着骑摩托车，到了现在，干脆坐在轿车里了。给他带来如此变化的是他的太太，也是他的老板。好多人都羡慕他的艳福，但也有人颇为不屑。影子，就这么被叫了出来，好像他离开了女人，便不存在了。换挡，减速，眼看快要到高速公路入口处了。

今天真的和平时没什么两样。

但是，正如我们可以预料的那样，影子是不会这么顺利地上高速公路的——他被阿四拦了下来。阿四原先是牌搭子，陪他消遣的，后来便成了朋友，无话不谈。但阿四今天和影子一样，对玩牌没兴趣，他要带影子去一个地方，说是觅一件影子感兴趣的好东西，宝物。于是影子调转车头，不紧不慢地往城市的北区驶去。阿四说，有些日子不见了，还过得好吗？影子说，什么好不好的，过呗。阿四又说，我有位朋友，也是女的，特有钱，特能耐，公司商铺开得满地都是，但我的朋友就知道怎么辅佐，不是在生意上，而是回家之后。由于已十点光景，避开了上班高峰时段，所以一路上挺顺，没怎么堵。

这座城市的北区，历来是人们心目中的"下只角"，住宅与住宅之间的弄堂，时宽时窄，七拐八拐，迷宫似的。阿四让影子把车停在一家小饭店门口，然后便带着影子，走入迷宫。影子想，这小子，莫非想算计我？但阿四却说，别小看这地方，福地呵！据说抗战时，日本鬼子走到这里，却步了，因为谁知道进去后，是不是还出得来，所以此地也是共产党游击队经常出没的场所，安全呀。阿四今天的话特别多，难说他没有绑架之嫌。幸好再一拐弯，便到了此行的目的地。阿四先推了推一间简屋的木门，吱呀，里面有一老头坐着，看上去已七老八十了。老头说，来了？阿四应道，来了。老头说，坐坐。阿四说，不了，我们老板挺忙的，东西呢？

老头拄着拐杖，颤颤巍巍，从一旧木箱里拖出个长布包，然后一层层地打开，最终亮出一杆双管猎枪。阿四心急，没等对方允许，便一把抓过猎枪，在手里掂了掂，又交给影子。影子细细地看，从枪杆、枪托到扳机什么的。阿四说，好枪。老头说，是啊，绝对德国造的，一直没舍得卖。影子问，什么价？老头沉思着，伸出一根手指。阿四说，一百？老头摇头，笑笑。影子再问，一千？老头还是摇头，苦笑。影子搁下枪，掏出支票簿随手写上一行字，撕给老头，这样吧，八千，图个吉利，多一分不要。老头看了看阿四，终于点头，但他不肯接支票，说是脚力不济，哪还去得了银行。影子说这好办，明天我让阿四把现钱送过来。

于是走出简屋，阿四问，还满意吧？影子说，差不多。回程的路上，是阿四驾车，影子坐在后排，继续把玩着这杆枪中珍品。说它珍，是因为它古老而又完好如新，枪托上还刻有19260815，这个即使在德国，恐怕也不多见。阿四说，怎么样，何不现在上北固山，去试试？影子说改天吧，下午我还有会。车顺着原路，与隐在云彩里的北固山九老峰，恰好打了个照面。阿四啧了声，露出很扫兴的样子。

细算起来，影子和阿四的交往，已近五年。其间主要是打麻将，偶尔也一起唱歌、洗桑拿或者玩保龄球什么的。有一天，忽然对什么都腻味了，影子说，还有没有更新鲜更刺激的玩意儿？阿四说有啊，女人。影子说，没趣。阿四说，当然，饱汉不知饿汉饥嘛。是时正和几个牌友吃晚饭，此前的牌桌上，影子是唯一的赢家，就由他做东，请客。一会儿，上了一道烤野乳猪，店家说，本店的特色菜，猪是猎人们用手捉的，故而整只猪身上，找不到一处枪眼。于是由枪眼想到打猎，来了灵感，当下就让阿四负责去搞枪，一桌人乐得屁颠屁颠的，就等着去北固山了。

谁知阿四转了半个月，回话说，市面上哪有枪卖，公安局收都来不及，私藏不缴的，还得进去。影子问，那么猎人哪来的枪？阿四答，他们都有证，而且那家伙，你也不爱使，土着哩。事情便这么搁下来，忘了。

可阿四没忘。这小子，总能给人以惊喜，先惊后喜。

影子想起刚才去见那老头，一路上疑窦丛生，不由笑了。阿四不明白，回头问，怎么啦？影子说，没什么。

影子上大一时，曾摸过一回枪，真枪，那是去市郊某部队参加军训。整整六天，列队，正步走，在泥里打滚。直到第七天的上午，全班开到打靶场，教官给每人三颗子弹，砰砰砰，虎口震得发麻，却不知是否击中了靶子。后来常往南方出差，也听说那里有花钱练枪的场所，一下一百多，挺贵族的，都因为事情太多，没顾得上去消遣。

现在，这杆更贵族的枪，居然真实地在影子的手里了。影子举着，试着，想瞄准车窗外的某个目标。奈何车是跑动的，目标没法锁定，影子便移转枪头，无意中，枪口指向了阿四的后脑勺。阿四从前排的反光镜里看得真切，叫起来，嗨嗨，走火！

B. 女人

影子是在二十五岁的头上，娶三十七岁的容总，做了太太。

那时他刚出道，进这家民营公司。当上证指数自1500点腰斩到800点的时候，影子挪用了客户的货款，二十万元，炒股；因为据说，即使是超跌反弹，也该去摸一摸1080点的颈线位，这就有百分之三十的赚头，何况影子买的是浦东股，强势未尽。然而天有不测风云，当申能在8.18元终于失守时，指数竟一路狂泻，再没回头。影子割肉，平仓，损失惨重。不得已，他找总经理自首。

容总，我愿意承担后果，要么，我自己去监狱；要么，你让我当牛做马，赎罪。

　　容总微微一笑。这个老姑娘，只有在面露微笑时，才略略显示出她的不老。没出息，不过她稍思片刻，便正色道，一个大男人，动不动就想着坐牢，或者牛呀马啊什么的，像话吗？你还年轻，应该有东山再起的勇气，譬如再向我借二十万元，去股市把输掉的搏回来！

　　尽管影子事先有过多种估计，可还是没料到结果会这样：当天下班前，容总通知财务部，给影子开出二十万元的支票。

　　不久，股市开始反弹进而反转，影子在400点一线抢入的筹码，很快翻了一番，再翻一番，直至完胜而退。这时，有人建议他去庙里烧香，说是你碰上活菩萨了，得还愿。影子不信佛，心想，这事与寺庙何干，即使需要磕头，也该踩对门槛。

　　于是影子在一个双休日，捧着大堆的钞票，来到公司。他知道，容总是无所谓双休日不双休日的，一年四季，有家不回。容总也好像正等着他，她收下其中六十万元，本金加利息，而将余下的近二十万元，退还给影子，说这是你应得的报酬。影子真愿意跪下来，磕头。但这种心情，仅化作请上司吃夜宵，去凯旋门大厦。影子说，尽管有许多人这么请过你，可都是冲着各自的利益，只有我，除了感激，还是感激。

　　席间，容总觉察出影子内心深处的一丝不悦，打趣道，怎么啦，是不是这些钱还不够你娶媳妇，心里犯愁？影子说不是的，我还没女朋友呢。容总说，那肯定是你的要求过高，普天之下，女孩还不好找？影子说，随缘吧。

　　那一夜，容总喝了不少，红葡萄，情绪波动，话也特别多。出凯旋门，已是子时，街上灯火阑珊。影子问，回公司？容总说不，回家。然后上自备车，和影子道别。影子走出老远，回头看，却见那车还泊在原处。影子不放心地折返过来，容总解释道，我大概是有点醉了。影子忙扬手，叫了辆出租，并且说，我送你。那时候，影子还不会开车。影子会开各种各样的车，是后来的事了。

　　二十分钟后，容总的家到了，在国道旁，一幢并不显眼的小别墅。容总开始呕吐，直到吐干净，睡着，影子才想起该回自己的住处。之后发生的故事，正如许多文学作品中反复描述的那样，容总忽然醒来，略带醉意地叫道，别走，别离开我。接着，我们可以想象，影子的离开，可能是在太阳升起来，丝绒的窗帘渐渐发白之后。影子最后看一眼仍在熟睡中的容总，忽然觉得，这个女人，其实还是挺可爱的，尽管老了点，一直没嫁出去。影子开门的声音，将对方吵醒了，容总说，你走吧，我不会要你负责的。

影子后来的变化，颇具传奇色彩：从财务主管到部门经理，再到分管公司财务工作的副总裁。整个过程，别人可能要爬一辈子，而他，却只花了一年。和容总商量生意的机会多了，容总反而不常来办公室；自然，容总的家里，也有影子的一张床。只不过一年后，容总说，我说过我不要你负责的，你该有自己的家了。影子装傻，忙于系领带。容总说，企划部的小李蛮好的，老实能干，亏不了你。又说，如果你认为合适，我愿意把这栋房子让给你们，我还住公司去。影子想了想说，或许，别人会认为不合适呢？

这桩好事，到底没能撮合成。据小李姑娘私下里对容总说，是因为刘副总总是冷冷的，心不在焉。容总故意生气，这个小刘，脑子里在想些什么！接下来的日子里，容总又张罗了几个女孩，一式的国色天香，但也没成功。一日，容总要收回放在影子手里的那把家门钥匙，并且说，希望你现实一点，别辜负了我。影子感动了，心里头却怪怪的。他说，可能，我要辜负你了。容总说，你真的爱我？影子答，至少，我不是冲着你的钱。容总说，说你爱我。影子说，我不是已经在向你求婚了吗？

婚礼办得极低调，是太太提议的，这也是她的过人之处。两人去了趟夏威夷，度蜜月。只是影子每每精疲力竭之时，太太会问，等我老了，你会不会还爱我？影子说，至少我不觉得你会老。太太说，让你说爱怎么这么困难？影子说，真正的爱，只藏在心里。太太说，我要你说出来。但影子已睡着，而太太，此时正亢奋着，睡不着。这样的语言游戏，后来做多了，影子就觉得烦。他的确不是个善于说爱的人，除了年少时，有一次。可那份浪漫，早离他日远。

影子的烦，还在于总有嚼舌头的，闲言碎语不断。一天下午，某小报记者也来凑热闹，那神情，像极了无意中撞见人咬狗之类的新闻，令影子大动肝火，嘴里骂骂咧咧。太太在一旁不动声色，沏上茶，递过来。然后太太说了句意味深长的话，有些东西，你越藏，别人越来劲，除非你没有。

有一阵，太太不常去公司，理由是各种各样的，听起来都很自然。但影子知道，那是太太有意淡出前台，想把自己推上去，当主角。然而，失败也像他的影子死死缠着他：一是因为打理公司的确不易，头绪太多，又缺乏经验；二是由于下属不配合，明明决定了，做之前还偏得多问一句，这是容总的意思吗？或者容总知道不？好像少了容总，便没了主心骨。尤其是几笔大生意，让影子给做赔了，使公司伤了元气。没办法，还得由太太出面撑着。撑了一星期，她病倒了。医生责怪影子，你这个先生啊，夫人都流产了！影子愣了。太太醒来，却安慰他，没关系，还可以再生的。又说，这些年来，我不知经历过多少失败，不是都这么过来了嘛。

只是这以后，两人多有别扭。譬如太太每晚都服药，起初，影子还以为是珍珠养颜之类的丸，女人嘛，怕老。可一个偶然的机会，他看清楚了，不是。影子说，你可否不吃那药，就像播了种，不见收成？太太笑道，我想好了，你没想好。影子又问，还有呢？太太答，没这句话，我不放心。影子接道，有时候，做比说更重要。太太说，那我们试试看。于是"枕良宵，翻云覆雨，锦绣楼"。窗外也下着雨，滴滴答答。影子像一老农，早早守在了自家的一亩三分田里，望眼欲穿。

C. 春猎

太太说过，我是一只快乐的鸟，即使死了，也会在天堂里，飞来飞去。

整个冬天，影子常在露台上，端着枪，瞄准远处或近旁的目标，活动的，静止的，除了不时飞过的鸟。但太太并不责怪他的游手好闲不务正业，相反说，这样也好，可以多练练内功。似乎，在她的眼里，一个男人舞枪弄棒什么的，终究比成天抽烟喝酒打麻将要强得多；至少，还不乏阳刚之气、英武之美。

春天来了，万物苏醒。阿四，就像从未经历过冬眠的食肉动物，渐渐出现在影子的视线里。阿四刚走近那幢灰色的小别墅，便见露台上，有人正用枪对着自己，嗨，又来了！又说，我还以为容总雇了个保镖，排场搞大了。影子笑笑，找我？阿四说，先见过容总。

阿四本是阿混，身手只在牌桌上，只要有进账，能打发日子。不想傻人有傻福，年前，他那远在美国经商的叔叔忽然回来了，在本市开了家贸易（中国）有限公司，并且指名要阿四出任总经理。三十岁当学徒，赶鸭子上架，没办法，阿四只得丢开牌友，夹着包，学起了当家理财的本领。其间，阿四最得意的招，是和容氏公司联手，做进出口的生意。按他的讲法，就是容氏公司有货源，他叔叔有渠道，两相得益。因而近几个月来，阿四隔三岔五，往容氏公司里去，如同找到了财神爷，是一点都不敢怠慢。太太也说，这个阿四，长进了，看来男人非到三十岁不能成器。那意思又好像是，你影子慢慢练吧，过了三十便好办。让影子听起来不怎么舒服。

这是阿四头一回摸到这里，说是一早去了公司没见到容总，所以特地前来向您问安。此时，太太正在餐厅，喝牛奶。太太说我没病没灾的，好着哩。阿四连忙说，这就好这就好。然后回头问影子，怎么样，陪你去北固山练练？他仍是低头哈腰，一副仆人相。这一点，又让影子觉得舒服。影子说行，后天一早。

隔夜下过一场细雨，北固山上满眼新绿，弥漫着野草的鲜腥气息。两人在向导的引领下，沿山脚往上走。向导是个中年汉子，姓金，烟瘾极大，行不多久，便要歇下来抽上一口。影子坐在来凤亭里，忽然记起什么，说，人说打猎是秋天最好，猎物既肥又壮。阿四摇头，说像我们这样寻开心的，还是春天合适，你想，春天是动物交尾的季节，内耗大，反应迟钝，容易得手。影子乐了，说你哪学来的这一套！

可即便如此，影子一整天的收获，不过是一只野兔，挺瘦，吃不准是否由于寻偶交配的缘故。金向导说，别泄气，要真那么容易，还不得满山遍野都是猎手，能吗？

回去的路上，照例是阿四开车。CD机里唱着怀旧的老歌，伤感，却让人想入非非。阿四说，前些日子，我在大昭寺遇上小茗了，嘿，一点没变。影子眯着眼，只顾听音乐。阿四又说，女人就这样，没结婚，还有点滋润。忽然是红灯，一个急刹车。影子终于说，留神点，想给交警送红包呀。车到家门，已是日暮时分。阿四先下车，回头说，她正找你呢，像有事。影子随口问，谁？谁要找我？

进了门，过餐厅，见桌上摆满佳肴。太太说，忘了？你的生日。影子这才想起，二十七年前，自己被父母丢弃在路旁，险些冻死。影子说，忘就忘吧。太太接道，我不能忘的。太太今晚的情绪，特别好，眼光也特别温柔。太太说，我今天特地早回来，下厨，想给你一个惊喜。影子说谢谢啦。太太问，怎么谢我？影子不明白，反问，今天是你过生日还是我过生日？太太说，甭管是谁的生日，说你爱我。影子皱了眉头，又来了，你知道我不爱说的。太太逼问，对太太也那样吝啬？影子想了想，说行，等明天，我会对着录音机，说上一百遍，到那时，你爱怎么听怎么听，爱听多久是多久。太太说，没劲。

喝完酒，吹蜡烛，太太不经意地说，你回家之前，我接了个电话，说是找你，对方是你中学时的同学，姓林。影子说，唔。趁着影子在切蛋糕，太太继续道，我还和林小姐聊了会儿，唉，先生没嫁对，落难了，弄得衣食无着，挺让人同情的。影子说没事，女人都爱夸大其词，无非想找个人说说话而已。

翌日，太太一早起床，临出门前，对影子说，我觉得你还是带上些钱，抽空去看看人家林小姐，毕竟，你们同学一场嘛。影子说，再说吧。

林小茗的确是影子的同学，也是他的初恋。但小茗穷怕了，私心里，一直想通过婚嫁，解决自己的致富问题。这样，影子日后的收入，就显得少而又少。影子不甘心，总想干出点惊天动地的大事，以至于发生了挪用货款炒股的事。影子找小茗商量，说我们走吧，走得远远的。小茗不干，说你拿什么养活我，讨饭啊。影子心碎了，道了声再见。

影子再见小茗，是在两年后，得知她泡外企老板失败，弄得人财两空之时。影子想把阿四介绍给小茗，尽管阿四不怎么样，甚至会糟践了小茗，但这终归是中国人之间的事。影子让两人认识了，就走。后来听说，阿四也没戏。阿四没戏的原因，仍在于他不是老板，兜里没钱。影子说算了，由她去吧。

之后，影子便再没见小茗。而今天，影子觉得有点无聊，想出去逛逛。车到中兴坊，才明白此行的目的。小茗说，我知道你会来的。影子说，阿四不是挺好的，起码心眼不坏。小茗说假如你太太没钱，你会因为她心眼好而娶她？影子说，这是你的价值观。小茗说不。小茗说不的时候，随手将影子递过去的一张支票，撕了。影子问为什么，这不是你想要的？小茗说现在不了，我想要回本该属于我的那部分。然后她顺势滑入影子的怀里。影子说别别。但是推不开，就这么拥着，回到从前。小茗呢喃道，我们走吧，走得远远的。影子听后来气了，忽然看见，对面的楼里，有两点阳光在闪动。影子问，你们这儿是不是常有人拿着望远镜，有事没事地看风景？小茗说没有啊。影子说这就对了。

离开中兴坊时，影子劝小茗，以后别再编故事了，尤其是对我太太，还是找户好人家，嫁了吧。

影子刚走近自己的车，便连呼晦气。原来，车胎让人给戳了。再看别的车，全没事。影子脱口骂道，见鬼！

D. 爱就这样说出口

席卷东南亚的金融危机，也殃及了容氏公司的生意。主要是产品出不去，出去后钱款又收不回来。一度，公司的账上，仅剩下不足五位数的流动资金。业务骨干们见大势已去，纷纷跳槽。影子觉得，是自己重整旗鼓的时候了。太太说你别勉强。影子说试试。太太说，我有位朋友，她先生和她的情况，也和我们家差不多，可她先生并不急于在生意上证明自己，而是在家里，把后院经营得妥妥帖帖的。影子拍了拍脑门，拼命回忆，说你这话我好像听谁说起过，耳熟。太太问，谁？影子说，忘了。

影子接着所做的，是讨债，啃硬骨头。他带着一拨地痞流氓，忽而广东，忽而山东，最远的，到过印度尼西亚；使的也是地痞流氓的招，威逼利诱，软硬兼施。不出两月，该要的钱，大部分要回来了，就剩下阿四这一头，五百多万，难缠。太太说，你别管了，我来对付。影子想想，也是，总不见得对阿四也动粗，虽说生意上没法合作了，但时不时地，还会聚到牌桌边，玩两圈，不好下手。

影子在这年初夏，终于直起了腰杆。连太太都说，我信了，我可以退休了。

夏天，一向是容氏公司的淡季，跟别的公司不一样。一天，影子去市北一客户处聊生意，归途中，又见那片曾经到过的迷宫，于是来了兴趣，想再会会那老头，看是否有更名贵的枪可出让，好在秋天到来的时候，再试身手。可影子转来转去，最后只找到一片废墟，邻居说，老头在去年底的一场大火中，烧死了。邻居还说，也不知谁作的孽，这案子到现在还悬在派出所里，没戏。影子沉默着，蹲下身，似乎要从余烬中，嗅出破绽。

由于总也搞不定阿四的事，太太自然不好马上退下来。影子说，我早说过，阿四不是做生意的料，欠债不还，只有欠揍了。太太忙说，别胡来，不是有他叔担保着。影子说，没他叔还好办，到时总不见得你去美国找他叔，那是什么地方？整个一黑社会，顶黑的当总统！不过阿四，却不像别的欠债者，躲都来不及；有事没事，还能来串串门，跟太太通通电话，像没事似的。太太于是说，这叫作百年不赖，千年不还，真拿他没办法。

不久，小茗果真听从影子的劝告，找了户好人家，嫁了。

已是秋天，迎面吹来的风，依然燠热难耐。影子没去喝喜酒，是不想带着太太去喝。这天黄昏，下班前，阿四拎着两瓶人头马，找到公司。影子说，有钱买酒没钱还债，回去！阿四嬉笑道，我今天孝敬的这个酒，跟有钱没钱没关系。又说，咱哥俩一醉方休。他完全摸透了影子的心理。影子不好再推辞，拿出酒杯，喝开了。电视机里，正直播着世纪广场上的玫瑰婚典，一对一对，像急着拍卖。影子撇下人事不省的阿四，摇摇晃晃，车开出老远，还以为在原处。影子这才想起太太常逼问他的那句话，事实上，他也在拷问自己。于是车开得飞起来，幸好，是晚上。

太太今晚也没睡，虽说白天她被市府找去，上午下午连着开会。影子进卧室，吻过太太，然后去冲淋房洗了洗，换上暗红色的睡衣。太太说，今天不行。影子说，是没找到那药？太太说，你扔的？影子说，被老鼠偷吃了。太太说，我想给你生个清清爽爽的宝贝，但不是现在。影子说，你是说我不该喝酒？太太说，不是。两人就这么平躺着直至深夜。影子先困，迷迷糊糊中，还听太太在耳语，除非万不得已，女人的性，一般是和感情连在一起的，不像男人，家有老婆，出了门，眼睛却盯着别的女人。

第二天醒来，太太已上班去了。影子在餐厅吃早点，看报，就听得楼上，正在替他收拾卧房的吴妈问，刘先生，废纸篓里的那盒磁带还要不要？影子回道，废话，丢在废纸篓里了，还要它做什么。吴妈又说，我看还是蛮新的，怕丢错了。影子随口问，是歌带？吴妈答，好像是空白的。影子忽然想起来，其实那盒带子，不空，里面装满了他的话，一百句，一百次重复。影子顿了下，说，丢就丢吧，大概是太太觉得没用了。

持续的闷热，被入秋后的第一场淫雨，淋没了。顿时天高云淡，秋色宜人。接着的日子，影子又连着好几次，被阿四拦截于去上班的路上，像本文开头的那样。黑色的奔驰在高速公路入口处的检车区域,掉转头,再折往东北方向。阿四说,多好的天气,做梦都想着去北固山啊。影子说,我倒不做梦,可我太太常做,还梦话连篇,醒来,一身冷汗。阿四忙问,你没被吓着吧?影子说,她也这么问我,不过我睡得像死猪,没感觉。

那几次秋猎,两人的收获依然不大,主要是山上的红叶太艳,饱了眼福,却疏于追逐猎物。

两人于是商定,下一次吧,一定好好干!

只不过我们已经猜到,问题就出在下一次。正当影子准备上路时,阿四从遥远的地方来电,刘老板,我现在在苏州。影子一听便上火,妈的,你小子怎么不在加州,玩我呀?阿四解释道,你别生气,我也是昨夜才听说,这里的李老板有钱还我了,数目不小,等我拿到钱,不是可以和容总两清了?影子说,好吧,我们再另约时间。阿四说不,让老金陪你,我和他说好了,老金比我内行,肯定不叫你扫兴的。影子说,也好。阿四说,祝你玩得愉快。

阿四没撒谎,金向导早已候着了,说是还以为你不来了哩。

秋日下的北固山,蜿蜒起伏,群峰环绕,间或有飞瀑轰鸣,红叶飘落。金向导今天带影子走的道,可直通大山的深处。金向导说,那一带,才是野猪出没的地方,碰巧了,还能带一头回来。山路时隐时现,忽缓忽陡,直到太阳过了顶,才抵达九老峰中的次高峰——太和峰。这里地势开阔,古树参天,是动物们聚居的天堂。饿了,停下来充饥。影子先看见金向导摸出酒,接着,在掏烟的同时,又带出一部手机。影子暗想,现在的山民,真是不得了,比城里人还发。这时,也许是酒香,引来了一头野猪。这是影子第一次和真实的猛兽面对面。影子手一抖,子弹居然出膛了。野猪受此惊吓,怒了,竟直冲过来。金向导赶紧拽起影子,喊了声,快跑,躲过去!影子只觉得耳旁生风,心跳加速。事后,影子对这一举动颇感后悔,跑什么呀,手里又不是提着烧火棍。影子后来一个踩空,又像是被猪爪在背上蹬了下,滑入了石缝中。金向导在上面冷笑道,安心歇着,除非有野猪掉下来。

黄昏时,影子醒来了,头上和身上都是血。石缝有七八米深,两壁陡峭,形成狭长的深坑。幸亏影子练过攀岩,硬是一点一点挪了上去。影子想,要不然,我可就死定了。影子还想再睡一觉,累。但今天,总像是有事让他牵挂,非得马上活着离开这里。

影子记不清自己是如何下的山,如何回的家。反正,他一路狂奔,枪托不停地击打着他的胯部;上了车,再一路狂驶。途中,经过老城口的美心西饼屋时,影子蓦然想起了让他牵挂的事,于是下车,踏着满地的红叶进了饼屋。屋内的小姐都被他的模样吓了一跳,以为遇上劫匪了。影子说,别慌,我是给太太买蛋糕来的。出门时,只见秋风过处,片片翻卷的殷红,美丽如漫天飞花。

影子提着蛋糕,上楼,嘴里喊着,太太,你的生日我没忘。他开始晕晕乎乎,因为虚脱,也因为过于激动。后面的叙述,让我们觉得有些难堪,影子杀死了太太,和另一个占据了他的位置的男人。也许影子并不想真杀他们。他指着那人,说你走开,我数到四。那人问,为什么不是三或五?影子说,因为四,对你最合适。影子数着数,心里好笑,别人家太太过生日,要你来凑什么热闹。突然太太冲上来,用身体挡住了枪口。影子的心碎了,像曾经碎过的那样。他练了整整一个冬天的枪法,在北固山打野猪时没使上,想不到却在家里,发挥得淋漓尽致。砰砰两下,一颗子弹都没浪费。

影子是在睡了一觉后,于次日凌晨,将双管猎枪的枪口塞入了自己的嘴巴,然后用脚趾扣住扳机。这样的射杀,令我们想起一位已故文豪,也是用类似的方式,了结余生的。影子想,以他所做的,应该是上不了天堂的,不过在下地狱之前,最好能探出窗去,再看看天空中是否有飞鸟掠过,譬如很快乐的那一种。

时光临摹，
或者我来过你的世界

就这样，我们走进了附近的一家小旅馆。旅馆的门面及底楼的服务台很亮堂，越往里却越阴暗，看不清脚下踩的是劣质塑料地毡还是高档羊毛地毯，总觉得有些许软，不像是直接落脚在水泥地上。我说此地令我想起《牙买加旅馆》中的某些细节。你跟在我身后，顺口接道，哦，我们那里类似住人的地方也不敢亮，我指的是北方，三四线城市，而且多半缩在犄角旮旯里。说这话时，我们应该挨得很近。因为暗，谁都不敢离得太远，生怕一不留神，弄丢了对方。我后来回想，感觉那是我们短暂相处中，唯一没有距离的一次。

一直在前面引导的女服务员由于熟门熟路，已然将我们抛得很远。我们是跟着她手中一串钥匙相互间碰撞所发出的声音，才一路摸黑前行。终于摸进了据说暂时是属于我们的房间，灯亮了，满眼粉色扑面而来，大幅缤纷的夜景悬于窗外，闪闪烁烁，犹如精灵神秘的眼。有病！女服务员顺手替我们推开窗户，嘴里却骂骂咧咧道，也不知道是谁惹恼了她。春风微醺，一只飞蛾趁机逃遁出去，惊得满地是汗。女服务员介绍说，这里的隔音条件差，夜里动静不能太大，否则会影响到两旁客人的休息。女服务员说完，兀自退了出去，同时带上门。她手里的钥匙依旧在晃荡中碰出脆响，似乎也印证了她刚才的说法。

记得好多年前，也是这么个吹着春风的日子，我跟着个名叫胡子的男孩，第一次走进类似的小旅馆。说胡子是男孩，只因他还没结婚，单身中。其实那年我才十七,而他已二十六了,差不多大我十岁,并且他爱留胡子,好不修边幅,乍一看去就是个父辈级的男人。不明白当时为什么会迷恋他,可能是单纯,可能是青春的萌动,也可能是我从小没了父亲,特别渴求成熟男人的抚爱。总之,那天他一说起要我随他去趟旅馆,我便毫不犹豫地跟着他进了旅馆。

不经意间,有忧伤的女星唱响忧伤的歌:你还记得吗?记忆的炎夏,散落在风中的已蒸发,喧哗的都已沙哑……歌声仿佛来自窗外,又好像房内的某个角落,隐隐的,但还算清晰,听得人心里忧伤不已。

我说记得那天踏进旅馆后,胡子愿望中的事都发生了,脸上浮现出丝丝的惬意,连大气都不带喘的,如同刚在自家的后花园转了一圈。自然,他愿望中的事并非我愿望的,只是由于我太年轻,太不懂事,才让他做成了事。就听得他惊叫起来,哟,你还是个处呀!我茫然地看了看他,半晌才意识到自己的痛。我说这很奇怪吗?他呵呵一笑,说这年头遇到处委实稀罕,我喜欢。我说我懂了,原来在你眼里,我是个随便跟男人上床的渣女。他连忙摇头,说那也未必。可我已经不是处了!我忽然歇斯底里地吼道,你滚吧!胡子后来连裤带都没系好,提着裤头滚了出去,嘴里还嘀咕道,你怎么翻脸比翻书还快?紧跟着隔壁果然响起一个男人的叫骂声:吵什么吵,还让不让人睡了!是啊,今夜无人入眠。我也慌忙穿上衣服,逃离。世上凋谢了个处,催生了朵艳红的花。

这时,附近的大自鸣钟响了,敲十二下。我们安静地躺在同一张床上,却都毫无睡意。半遮的窗帘被外面涌入的风吹得一掀一掀,不时吹进璀璨的夜色,照亮了你甚是光洁的脸庞。你说要忘记一段感情,方法只有一个,时间和新欢;假如时间和新欢仍不能让你忘记一段感情,原因只有一个,时间不够长,新欢不够好。我看你呼吸,听你心跳,脑子里却浮现着白天的景象,像电影一样,一幕幕地过。突然,窗外似有刺耳的刹车声滚过,震得人耳轮发麻,嗡嗡的。我连忙起床,扑向窗口,就见得地上有湿红的车辙印,十来米长;十来米的尽头是一具原本鲜活的生命,而此刻已横卧着一动不动,仅满脸浓密的胡须在轻风中微微晃动。我的心因为惊骇而戛然收缩,很想哭出声来,又怎么也哭不出来。我知道我已经被冰雪覆盖了,整个肢体从上到下僵硬在那里。一只手悄悄跟过来,搭在我的肩上,温暖如春。底下的街道阒无人迹,黑色淹没了一切,唯有无边的夜市之声悠悠回荡。你说你是在做梦吧?可你没睡着呀。我拨开你的手,看远处点点星宿。歌声依然不绝于耳地若隐若现,我说这歌很好听,歌名叫什么?

你撩拨着我的长发,稍后仍执拗地将手落在我的肩上。不知不觉中,我的肩胛变成了琴键,就觉得有手指起来又落下,如此反复,好似你的指尖是被上帝点化过的,不管触碰到什么都能弹奏出美妙的乐音。不过你的声线倒是挺瓷实,特别适合于沉湎在忧伤的叙述中。你说一年前,那天出门时还有些自信,你还特意买了张福利彩票,花两元钱博一下运气,结果中了两千元奖金,这似乎更证明了在路的尽头,会有她的等候,你就是一路向前,再向前,直至终点。你说终点的时候,恰巧是我的起点。我说我小时候,家门前横着一条冰冷的铁轨,每天有两三列客车经过,那时我特别傻,始终想象不出铁轨的两端会延伸到哪里,也不觉得那么多人闷在绿皮罐子里来来往往有什么好玩的,直到很久以后,村里不断有年轻人挤上绿皮罐子,沿铁轨一个个地走了,再没回来,我才明白其实铁轨的一头已经被人心焐暖了,而另一头很可能连接着一个巨大的诱惑。彼时我正坐在铁轨上发呆,山风猛烈地吹刮着我的衣襟,仿佛要把我卷走似的。当然,我说后来一把将我扯离铁轨的是一只有力的大手,一列客车擦着我驶向远方。他说你不要命了!那个叫骂的人就是再后来带我离开大山的胡子,那年我十七岁,很遗憾,他却在二十六岁的末尾,先不要了自己的命。爱!你说,跟着莫名其妙地笑了笑。你半拥着我回到床上,毫不犹豫地扒开了我身上的衣衫,那手势就像在流水线上操作一个零件一样熟练。还好,暗夜是我的遮羞布。在我的胴体之上,只见群山,看不到沟壑。你说莫文蔚早年曾谈过几场有声有色的恋爱,最终色彩褪去了,仅留下声音。所以你怀揣声音翻山越岭,终于抵达了想象中的终点。

但是你望见了什么呢?一座古老的石拱桥普度了众生,却依然没将你心仪的女子由彼岸引向此岸。铅灰色的云层翻卷着,像是要包裹所有苍生。你左顾右盼,目光穿越薄雾,一直漫延到拱桥两端闪现的每一张脸。我说人生就是一列开往坟墓的客车,路途中会有许多站点,有的人上,有的人下,很难有人可以自始至终陪着你走完所有里程,每当陪着你的人要下车时,即使不舍也该心存感激。插在你后裤袋里的女星又合伙着唱起忧伤的歌:没结果的花,未完成的牵挂,我们学会许多说法,来掩饰不碰的伤疤……我说你手机里就存这一首歌，怎么老唱个没完？你说你眼含热泪，坐在桥顶上呜呜地哭泣，仿佛全世界都耳闻了警报声，争相跑来祭奠这灾难的现场。少数良善之辈闪着泪光，抛一掬同情之水；更多的人则看明白了，说是一个两年前的约定就那么铭心刻骨，以至于在接着的七百多天里始终信以为真？这年头，守望能守望的，丢弃被丢弃的，司空见惯。人们的脸上多半泛起奇异的微笑，末了干脆像围观一头动物园里发了情、却找不到配偶的大猩猩。萨特曾经说过：如果我们对着镜子看久了，会从里面看到猴子。

你再度偎近我，这一次是从上面。被进入的感觉真的是非常怪诞：明明厌恶，却存着一丝侥幸。我的耳轮里净是你鼻息的轰鸣声，好似飞机翱翔在一万八千米的晴空。我说对于胡子，尽管谈不上喜欢，但他毕竟将我带进了一个全新的世界，这个世界的名字叫城市。是的，哪怕走到公厕边的一家小裁缝铺，在它的上面也还亮着耀眼的霓虹灯。你说夜晚是鬼魅经常出没的时段，这时候有人突然被驱离温柔之乡，往往容易命悬一线。街面上是那样平静，我用胡子留下的少量余钱，在公厕和裁缝铺的对面，租下了一间仅六平方米的小屋，屋内刚够放下一张单人床、一只方桌和两把椅子。每天，我睡前去一趟公厕，起床再去一趟公厕，这样就避免了屋内散发不出去的异味，因为四周没有窗。我在那个叫城市的地方完成了少女最初的洗礼，如同一枚熟透的果实，在旷野的枝头上静待食客的采摘。我后来营生的场所倒是不见霓虹绚烂，而宾客照样络绎不绝。那些房间里也没有窗，一年四季闪烁着五颜六色、半明半暗的光。果实的腰肢总被陌生的大手延揽着，像要迫不及待地拧下来咬上一口。声色的驱使常让人馋涎欲滴，一杯寻常红酒可以贵到一瓶拉菲的价格。笑的是老板，不过这仅是餐前的开胃菜，多少还有些成本。当午夜的钟声响起，所有来者都意兴阑珊，真正的无本生意才一一展开。

嗨，走啊，还愣着干吗？你冲我喊道。我像是忽然被人从梦境中唤醒，出神地扫了眼周围，周围果然已空无一人。烈烈的阳光照着你和我，在桥顶不大的空地上，显得愈发彷徨而寂寥。我说每个男人的最后，多半会有一个樱花般的女子，飘落在生命里，注定警醒。然后你收拾行囊，站起身，渡向北岸。你分明已消失，却又匆匆折返回来。你说或许缘分尽了，怎么唤也唤不回，但爱过，便是一生一世。只不过网络上还有三生三世呢，正炒得火热，一点都不浪漫。于是我指着前方说，沿河边一直往前走，在第一个岔路口左转，可以看到一家叫红磨坊的夜店，再过夜店三四十米，就是适合你歇脚的旅馆，很便宜，还干净。你抬头看看天空，索性抱着行囊再次坐定下来。你说太阳可能在下午出现，但晚上升起的注定是月亮。我说那家旅店的老板我认识，是个女的，只要看你顺眼，又凑巧她心情愉快，兴许会给你很优惠的房价。我们后来的确拿到了很优惠的房价，只不过和老板没有关系。给我们优惠价的，是服务台的一个普通伙计，碰巧我也熟悉。

还愣着干吗？走啊！老板见我坐完台，还坐着不动，不禁着急起来。我说我卖笑不卖身，这是底线。老板说你傻呀，想守底线待在家里不就得了，来这儿干吗？一旁的客人李老板忙打圆场道，算了，赵小姐初见世面，还没适应，今夜就算我乐过了，赵小姐你请回吧。我像空气中飘浮的一粒尘埃，迅速回到暂住地。那夜我翻来覆去地睡不着，又不舍得开灯，就这么睁着眼睛盯着黑暗。我知道我心里有个豆大的欲望，只不过还在萌动中，仅能看见一两片小小不言的幼芽。我忽然记起上床前忘了去一趟公厕，尽管天冷，懒得再穿衣戴帽地跑出去，但尿急的感觉真的不好受。我就是那次尿完出了公厕后，撞见了裁缝铺里新来的学徒小张。小张后来成了我真心愿意付出的那个人，可惜我们始终未抵达爱情的最深处。他说不是他不想要眼前这盘荤菜，而是怕要了后，埋不起相应的单。他是个孤儿，没人疼，只求有口饭吃便阿弥陀佛了。他说阿弥陀佛的时候，瞳孔里满含着无边的仁慈，令人瞬间产生一种献身的冲动。

其实逼着我朝前走的，并不是前方梦想的微弱光芒，而是身后现实的万丈悬崖。身下的床垫剧烈地晃动起来，地震了似的。耳轮里再度充斥你粗重的鼻息声，汗滴纷纷跌落，摔在我滚烫的面颊上。这样折腾了会儿，我说你没看见房顶上有一只黑蜘蛛，它正在吐丝结网呢。你腾出右手，撸一把额上的汗水，试图使自己平息下来。呵呵，那层膜好像不在了。停歇了一下，你接着道，这只能说明两点，要么你曾有过深爱的男人，要么你是个水性杨花的女人，而这两点，一般的男人都会介意，不介意的都有故事，如果彼此彼此的话，自然没什么可介意的。你说完别人的故事，开始说自己的故事。故事里的你，就是一匹来自北方的狼，如一首歌里唱的那样，却令人感觉不到任何诗意。据说你收割秀色，就像老农收割庄稼一样利索，忒牛了。你说谁让我家里有钱，任凭我怎么放浪，顶多耗费了最上面的几张钞票，直到有一天，我遇见了生命中的樱花女子。因为我会想起你，我害怕面对自己，我的意志总被寂寞吞食。因为你总会提醒，过去的总不会过去，有种真爱不是我的……恍惚间，我也被人顺带着成了殉葬品，或许这就是宿命，谁知道呢？

　　从眼前飘忽而断续的自述中，我拼凑出了一对饮食男女的大体过往，对你而言，有种类似于肉吃腻了、想喝喝汤换换口味的感觉。我说我是由于身无分文，才忍痛离开了小张，他其实才是我真正的初恋，没法忘记。我知道他仍住在城市的一隅，或许若干年后，在某个人头攒动的路口，透过公交车的玻璃突然重见了他，我会让司机立刻停车，会用力拍打窗户以引起他的注意，甚至会奋不顾身砸破玻璃跳下车，扑向他紧紧拥抱……迄今，这些想象中的场景仍能把我感动得泪崩。而事实却是——我坐在那里一动不动，安静地看他走远，因为我明白我只能陪他走这一段路。你说尘缘似梦，当你一大早赶到拱桥上未见到樱花女子时，以为自己来早了，可后来的漫长等待，却证明了你到得实在太晚。拱桥的两端，柳树绿了又黄，黄了又绿。春色依旧，物是人非。没人知道一年前的今天，在这个南方的小城市里，有一老太枯坐在自家临河的二楼厢房内，面前的落地长窗敞开着，可以眺望到五十米开外的桥面。吸引她费力地看的，常常是一些浪漫得近乎色情的市井场景，譬如一男一女的热情相拥乃至亲密相吻。但是这天，桥顶处只有一个看似小伙的男子，显然不是来看风景的，而是在等人，却一直没等来。只不过到下午时，那小伙由原先的站立变成了来回走动，看上去越来越焦躁。晚饭后，夜幕吞噬了城市的鲜亮。老太有晚间遛狗的习惯，走过桥堍，发现小伙仍隐在暮色里，唯有烟火在他面前急促地闪烁着，烟雾飘散开去。凭着自己大半辈子的人生阅历，老太认定对方是没等来他的恋爱对象，心里不定如何绝望。老太之后的脑海里净是有人落水的扑通声。还好，四周始终静悄悄的，一旁的河面泛着微光。

　　耳边是连绵不绝的流水声，好像在河里，又好像在河边，忽然一声扑通，惊醒了我，竟至于浑身是汗。原来我仍躺在床上，而你已滚落到地上，落地时的声音很响，震碎了梦。我说你怎么了？你慌忙坐起身，眼角闪着泪光。你说明明知道人生中有太多的遗憾或伤痛，不过是自己坚持的幻觉，终有一天都会灰飞烟灭，可还是情不自禁地沦陷在梦里，久久不愿醒来。我没摸着手机，问，几点了？你打了个哈欠，晃了晃脑袋，似乎想让自己清醒一些。你说后来你在桥上守了一夜，夜半的风好冷，吹得你直哆嗦。据说后来的时间，你一直在做一件事，就是将手里花束上的花瓣，一片片地摘下来。等摘完了，第二天的太阳也已升起来。你抓起花瓣，又一片片地撒向河里，看五彩的斑点汩汩地漂向远方。你说事后想来，那场景有点类似于黛玉葬花，只不过黛玉很绝望，而我还抱着微末的希望。有听说过《红楼梦》吗？你瞟了我一眼，问道。我说才两点呀，以往这个时候，我多半刚睡下。我在枕头下面找到了手表。这块瑞士机械表，是当年常为我解围的李老板相赠的。李老板其实并不是什么老板，而是这个小城市的民政局副局长。他每次过来，都点我坐台，很少沾酒，也从不像其他客人那样揉我的腰占我便宜，显得低调而随和。仿佛他的出现，就为哼几首歌，捎带着看我一眼。你叹息地问道，想象中你应该没读过几年书吧？我心想，那天我走在路上，就见一群看客伸长脖子，抬头张望着一旁楼顶上的一个男子，底下有民警铺的软垫、拉的警戒线。还没等我明白是怎么回事的时候，楼顶上的男子已坠落下来。可能是风力作用的缘故，也或许是该男子根本没打算往软垫上跳的原因，总之，男子最后实实在在地砸在了软垫边上的水泥地上。众人一阵惊叫之后，从我这个角度望过去，正好可以看清楚男子的脸，啊，李老板！我的心不由得收缩了一下，就像一脚踩空，坠楼的是我。此刻，李老板半月前刚赠送的这块瑞士表还戴在我的手腕上。我说仿佛时光倒流，想起来那是他生前最后一次见我，从头至尾喝了好多酒，临别时，他摘下自己手腕上的这块表，塞到我的手里，没说什么。我说记得我当时是说了什么的，我说要不你去开个房间，今夜就让我陪你吧。李老板沉思了一下，苦笑道，还是坚守你自己的想法吧，别像我，想守，却最终没守住。后来有消息说，市民政局副局长李爱民是因为长期受抑郁症的折磨而不幸坠亡的。再后来我有闪过这样的念头：如果哪天我也抑郁得不行，是不是同样会上吊、跳河、抹脖子之类？我知道我的想法很幼稚，而且我的抑郁和他的抑郁完全不在一个水平上。

世间所有的遇见，都是一场命中注定。挂在墙壁上的液晶电视机忽然开启，闪出一条云南丽江旅游的广告语，接着是雪山美景、游人如织的画面。你说在你心里其实没那么喧闹，两年来，一直就是那座午后寂寞的拱桥，两端桥堍的青草地绿了，带着少许早春的味道。拱桥中央的石栏杆旁，有一粉色女子伫立着，雕塑般一动不动。那一瞬间，让你惊艳的并非女子有多美貌，而恰恰是她的柔弱乃至一眼便能觉察的病态，宛若悬在枝头飘飘欲坠的樱花。你说你都忘了自己是怎么上的桥，只觉得世界瞬间纯粹，眼前只剩下一袭粉色的睡裙。你倚靠在拱桥中央另一侧的栏杆旁，面朝女子，再也挪不开步了。时间一分一秒地流淌，女子不动，你也不动，好似相互间在比拼着耐心。你说彼时你一直揣着一份莫名的担心，仿佛一不留神，那女子便会跃入河中，就像她后来说的那样，我想往生。记得那是个阴天，白昼和黑夜的区别只在于阴暗的程度有所不同罢了。四周的灯火星星点点地亮起，夜色一如剪影，静止地沉浸在薄雾里。是来旅游的吗？忽然，耳边响起一声幽幽的询问。你吓了一跳，都没搞清楚这声音是来自何方。同样的声音又重复了一遍，这次你确认了，只不过对方仍背对着你，仿佛是在询问空气。你赶紧摇头道，不，我是来流浪的。

　　假如我不曾爱你，我不会失去自己。想念的刺，钉住我的位置。因为你总会提醒，尽管我得到世界，有些幸福，不是我的……我说是的，我下决心离开了那个栖身的小屋和营生的场所，因为它们有一个共同点，就是都没有窗户。我想出去透透气，尽管我仍迫切需要钱，需要给患病的姐姐提供足够的医疗费用。在我所带走的随身行李中，有几本小书。我最喜欢的书名叫《漂泊旅程》。书里说：人类把自己的命运交给了有千百条航道的大海，到处漂泊，未来难以确定；而一旦上了岸，那便是你的故乡。都说这里容易赚钱，聚集着好多外商、台商、港商和内地民营老板开设的各类工厂。我后来在一家保洁公司找到了一份工作，主要职责是领着一班姐妹去市内商场、酒店或中低档娱乐场所承揽日常室内保洁业务，包括现在睡的这家旅馆，也是我们的服务对象。我每天从住处出发去公司，都会经过那座拱桥。大概谁都未曾想到拂去桥面的尘土，底下会隐藏着一段听来有些浪漫的奇遇。你终于走过去，紧挨着樱花女子。起风了，她不禁颤抖了一下。你脱下自己的外衣，轻轻地为她披上。你说不早了，该回家了。她忽然转过身来，一脸平静地问，不早了吗？接着又抬头看了看暮空，想了想，自语道，哦，我好想看看明天的太阳。昏暗中，你懒得找遥控器，索性下床拔了电视机的电源线。你说当她真的离开时，才明白她带走了什么，人生竟是如此奇妙，一瞬的感觉往往会定格于一生。你大声问，能告诉我你的联系方式吗？樱花女子已走出十来步了，回头道，如果你愿意，可以给我写信。

你又问，能再见到你吗？她好像笑了笑，说，如果有缘，明年的今天，我还会在这座桥上的。

你相信世上真有天使吗？问我这话时，你已重新上床。可我不清楚自己还有没有余兴，本能地往里躲了躲，顺手抓过被子盖在身上。我说很抱歉让你失望了，因为你不是我的第一个。你说你分明看见了天使的微笑，那么纯净，足以摄人心魄。其实她只给了你一个邮箱，你说发出第一封邮件后，你整整等了一个月，每天度日如年，等到后来你都有些不自信了，总怀疑这是不是老天和你开了个玩笑。你说终于收到回信的那天下午，忽然觉得天很蓝，阳光很好。回信仅有短短的一行字：你现在去哪里流浪了？然后你们的往复，谈论的基本是天气、心情和身边的所见所闻。直到有一天，她告诉你，她需要出趟远门，也许十天半月，也许更长时间，也许，永远也回不来了。于是从那天起，你每天给她写一封信，借助网络发出去。这些信里有询问，有挂念，有祈愿，但更多的是叙述你每天如何努力工作，回归父辈创业时的初心，并以此来期盼"明年的今天"早日到来。你说在这段时间里，你做了件最有意义的事，就是捐献自己名下的所有财产，成立了一个基金会，专项资助那些白血病患者。夜色如梦，比梦更缥缈的是心情。明知道梦里有太多的牵挂和想念，不过是自己坚持的幻觉，终有一天都会灰飞烟灭，可还是情不自禁地沦陷在其中，久久不愿醒来。

突然，砰的一声，不知是隔壁房间的东西掉地上了，还是又有人从床上滚落到地上了，总之，惊得我不由往你身边挪了挪，同时将被子往你身上扯了扯。我说被子好像不够大，就像一张单人床，没有准备两个人的被子。你说谁的新欢不是别人的旧爱，这很正常。没听懂你在说什么，我下意识地朝你看了眼。夜太黑，能看见欲望，看不见轮廓。记得初到这里的那几个月，我每晚都睡不着，想着明天该去哪儿、怎么和客户打交道、第一句话说什么。我说尽管我有在歌厅与客人周旋的经历，但到了这里后，明白必须依靠勤奋和智慧去打拼，因为我想改变自己，想练就一种到老了还能赚钱的本领。你说在你人生的绝大多数日子里，一直没觉得"明天"有什么特殊意义。你的未来是父母用财富替你铺设的，根本不需要自己去费心费力。你去加州甚至于比我去苏州还省事。可自从有了"明年的今天"，每一个明天忽然对你显得那么重要而绵长，就像一队列兵在你面前，令你看了又看，想了又想。生活给了你明天的阳光，却让终于到来的那一天落在了灰烬里。桥上是空的，除了匆匆路过的行人。越是等待，脑海里越禁不住泛起一阵阵恐怖的妄想。你说不过那天你没有绝望，因为心里还存着微末的希望。就凭着这抹希望，你仍坚持每天写信，期待奇迹会在某天早晨、中午、傍晚或者深夜，出现。

都说奇迹是人创造的，然而能创造奇迹的人毕竟稀少。每个时代都有自己的趋势，如同大海里的洋流一样，一滴水，只能跟随洋流的方向而动，是没有力量去抗拒或阻止的。想象中，我就是那样的一滴弱水，在人流里走着走着，害怕遇上沙漠被吞噬，也恐惧突遭烈日被蒸发。还好，我的运气似乎不错，没有迷失在城市的街巷深处不辨东西。除去必要的开支，每月我都将剩余的大部分收入寄往家里。我感到自己是在履行一种使命，特别神圣，需要心无旁骛、不遗余力。但有时，半道上也会杀出个熟识的男性客户，年轻，有钱，说他爱我。我说你看着我，再仔细打量一下。他说不用看，你在我心里了。我说既然这样，那么我也要坦诚地告诉你，我被人睡过了，并且不止一个，你还能说爱我吗？接着的一位是某大客户的独子，大学在读，更年轻而有钱。碍于他母亲的情面，我和他约会过几次。最后一次，我对他说，你是个好孩子，应该集中精力完成学业，将来再找个门当户对的好姑娘，这样事业和家庭都可能圆满，我不适合你，我也不喜欢姐弟恋。男孩出神地凝视着我，吧嗒吧嗒掉起了眼泪，惹得我立时画风转向，也相陪着眼眶湿润。这样的光景过了一年多，母亲突然托人捎口信来，要我别再往家里寄钱，说是你姐的病好了，往后你就多关心自己，在外面好好过。这不啻是喜讯，可我还是每月给母亲寄去足够的生活费。我从小没了父亲，是母亲凭着一亩三分薄地拉扯我长大，不容易……嗨，你在听吗？我问。寂静中，回应我的是男人匀称的鼾声。

夜凉如水，曙色映窗，真正的倦怠才漫溢开来。快入梦时，冷不防被你一个侧身惊扰。你正对着我，鼾声依然匀称。你的左手揽在了我的腰间，好似揽着至爱，一刻不松。男人，不管他多年长，或者比你年长多少，大凡在床上疯过之后，他就是个孩子，温顺而可爱。或许在天还亮时，冥冥之中触发过我欲攫取这份可爱的念头；要不然怎么解释我们在萍水相逢之后，都有来此相拥的意愿或者说冲动呢？事实上好多年来，有一个女孩经常在快意地虚构类似的故事。在长夜里，在梦幻中，这个故事被晨昏颠倒地摇晃和遐想着。故事中的她逃离了正常的生活轨道，抛弃了日常的端庄与矜持，闪烁着生命激情与灿烂光泽。很可惜，故事徐徐揭开的暖色序幕竟然都是性，就像所有庸俗或超脱的市井爱情一样，最终难免陷入急剧喘息的旋涡。我忽然有点讨厌自己。对我这个年龄的人而言，同情心的泛滥有时也意味着置身于坑的边缘，随时会坠落下去。譬如昨天下午，当围观你的路人陆续散尽时，我反而来了兴趣，想看看你究竟会如何收拾自己的这段长情。没料到你好像哭累了，瘫坐在桥上呈现出昏昏欲睡的样子。彼时我们相隔十多米远，我在接近桥堍的下方，也像个路人，却没人知道我也曾围观了全部。我不清楚应该继续立于原地还是赶紧去客户那里，正犹豫着，就见有个小混混模样的男子装模作样地走近你，轻拍了下你的肩膀，确认你没反应后，竟拎起你搁在一旁的背包就开溜。这是常见的生活场景，尤其在这个各色人等混杂的新兴城市里。目睹这一幕的肯定不只是我，却只有我想本能地喊一嗓子。然而没等我喊出来，那个小混混已被你一把揪住。于是一个扔下背包欲脱身，另一个死拽着对方的衣领不管不顾，两人拉扯在一起，像极了日日上演的街头斗殴闹剧。其实事情逆转到这一步，已超越了我的兴趣，唯一让我放不下的是一番打斗之后，那只被小混混扔到一边的背包会不会重新回到你手中。眼看你用手臂勒紧对方的脖子，快要占上风了。可就在那个要命的瞬间，你的目光无意中越过对方的肩胛，飘散过来。像是偶然瞥见了什么，致使你的注意力一下子开了小差，手臂也随之松懈。直到小混混趁机夺路而逃，你仍僵持在那里，表情呆滞而夸张，没人知道发生了什么。就感觉有一束强烈的光投射到我的脸上，长时间停留，然后越来越弱，越来越离散，乃至消失。你叹息着转身面朝河流，是那种被刹那点燃希望却又倏然熄灭的极度沮丧。你沉浸在自己的沮丧里，似乎完全忘记了丢地上的那只可怜的包和它可能面临再度失窃的风险……夜市之声愈发低沉而辽远，耳朵像浮在水面上缓缓沉没，与世界作别。

　　一股股带着微热的气流拂面而来，有长短不一的间隙。哦，天已大亮，原来是你在朝我吹口气。你仍然侧着身子，脸上漾起调皮男孩般的一抹坏笑。你说，你的脸型很有特点，是那种古典仕女中的极品，在这个世界上绝对找不出第三个人。你说，关键还在于你的眼睛让人过目不忘，沉静，漂亮，我是典型的眼控，乐意被这样的眼睛所迷惑。你说，尽管你百分之百地翻版了，但你的眼神里没有不易觉察的哀怨，而是充满了自信，仅此透露了你的身份，也未令我混淆了真假。我暗自呵呵着，想必你把我当作了替身，而我也心甘情愿做了替身。我想我当时要再沉稳些，不被他之前的眼泪诱导到一条岔道上，此刻，这会儿，我应该在去公司的正路上。只不过人生没有假如，事实是我抱起被主人暂时遗忘的背包，缓步靠近你。我想提醒你赶紧背上背包回家吧，不然，非但心爱的女人找不回，恐怕还将丢失背包里的盘缠。起床啦！你转身坐起，迅速套上内衣。你说对不起，我昨晚喝多了，有些失态，我已很久没有这个样子了。我木然地看着你穿好最后一件外套，下了床，心里忽然有种想亲吻的执念。这也是很久以前，我在面对裁缝铺里的学徒小张时才有的肉欲。说实在的，从昨天傍晚我把背包交还到你手里，一直到我们共同踏进这家小旅馆，中间的好多关键细节我都记得不是很清楚。我只记得你接过背包后，两眼再次长时间地停留在我脸上。你说你已一整天没吃没喝了，正饿得浑身虚脱，不知附近哪儿有吃喝的。于是我的同情心要求我把好事做到底，就近将你带到了一家小炒店。我也喝了好多酒，这是我在歌厅谋生时必须练就的本领。你说你能陪我去旅馆吗？好容易找到了，今夜我好像离不开你。你坐在了窗前的沙发上，问，我能抽支烟吗？你上上下下地在口袋里掏，就是没掏出半支烟来。我说之前有很多人都想睡我，这没什么。你终于在背包里找到了一包烟，里面还剩最后一支。

　　房内顿时弥漫开烟香。可能一口吸入不慎，竟引起你一阵狂咳。我说回去后你仍应好好生活，别太过悲伤，否则她在天国也会不安的。你掐灭烟蒂，沉思了片刻。你说，一直以为是我在引导她战胜病魔，写了一封又一封激励的信，可两年过去了才明白，其实是她教会了我应该有怎样的人生，如何活着方才更有意义。是的，自始至终，都很难说你们之间是一份寻常的男女之爱，甚至都来不及爱就已天各一方。这样的简单，结果是以一种不简单的方式推进着。去年的昨日，你用鲜花迎接了噩耗；而昨日，你又用男人的眼泪洗涤了自己的内心，无非是想真正告别和新生。记得夜幕降临时，在我们身后的天空中，升腾起了上百束绚烂的烟花。声音细细碎碎，连绵不绝，像来自另一维度的诗篇，落在心里面。你说眼下最遗憾的是不知道她的坟茔在哪里，真想去看看她。接着你重重地叹了口气，说，总以为相遇很难，其实人与人之间，最难的是重逢。

　　八九点钟的光景，我们在旅馆的简易早餐室里吃了早点。尽管只有粥、鸡蛋和白面馒头，但这份关照毕竟是含在低廉的房费里的，不乏温馨。我们后来又相对着静坐了片刻，你用这片刻的时间将手机里的芯片和内存卡拆卸下来，然后合上手机后盖；而我呢，在无聊中毫无来由地想起了明天该是发薪水的日子，该将其中的三千元按惯例寄给远在故乡的母亲。我随之暗想，不知道姐姐的病真的好了没，怎么就突然不需要我再多寄些钱去了呢？我好像想多了，后背竟一阵发凉。我们是孪生姐妹，由于家里太穷，在我们两三个月大时，姐姐便被母亲送给了一位在外省的无子女远房亲戚。直到我远走他乡自谋生路后，才知道原来我还有一个先我十分钟出生的姐姐，她病了……我的怀想被你从桌面上推过来的手机所打断，你字斟句酌地说，我来这里，没想到会遇见你，这个就给你留念，别拒绝。我呆呆地注视着桌上的手机，还好，不是什么名牌，也并非全新的，只不过那首莫文蔚的情歌已唱到了末尾：你还记得吗？记忆的炎夏，我终于没选择地分岔，最后又有谁到达。

出了旅馆，外面的太阳很旺，照亮了来时的路。风依然在耳边呼呼掠过，吹起了围在小姑娘脖子上的那条红丝巾，眼前的泥路被她不断地甩在身后，直至走到一个叫城市的地方。忽然想起一位哲人曾经说过：在我们年轻的时候，静坐在生活面前，就像孩子静坐在尚未拉开帷幕的舞台面前一样，对即将上演的一切充满了幸福与热情的期待。幸运的是，我们实际上并不知道将会发生什么。对那些知道会发生什么的人来说，孩子就像天真的罪犯，被判处的并非死刑，而是继续活着……我们在前方路口处必须分别了，好像没有留恋，也不必说再见。你背着背包的背影，看过去真有点像风尘仆仆的旅人，从此在路上，再无牵绊。

嗨，忘记问你的名字了！我冲着快要远去的你喊了一嗓子。

你闻声回头，朝我看了看，脸上未见丝毫表情，然后继续前行。

六叔其人其事

六叔这几年可是发了。从最初的一间小作坊，到后来的一家正规化的大工厂，再到现如今由数家村办乡办企业合并而成、年产值上亿元的集团公司，这才几年工夫，六叔便像变戏法似的，把他手里的蛋糕越做越大，越做越令人馋涎欲滴。难怪在我们乡里，人们可以不知道乡长姓甚名谁，是否缺胳膊少腿；可要有谁从没听说过我六叔这个人，却实在是不可思议的，就像从没听说过空气、水和粮食一样不可思议。

六叔的事业发达了，兜里有钱了，地位啦名望啦都和过去不一样了，用他自己的话说，我现在要什么有什么想什么是什么，就差瞅着县长、市长的宝座了。按说他应该没什么可烦恼的了，如果他不是真想当县长、市长的话。然而事实上，他也有烦恼。他的烦恼仅和三个女人相关联，小小的，或者说作为事业发达的衍生物，摊开了便有些不登大雅之堂。

这三个女人年纪各不相同，脾气也不一样。其中最年长的一位姓李，本是我六叔的原配夫人。据讲李婶年轻时有几分姿色，正由于不乏姿色，高不攀低不就，所以从十八岁一直挑到二十五岁，才不得已下嫁给了我六叔。新婚之夜，李婶就在枕头边冲夫婿吹风道，让你捡便宜了，美得你。六叔嘿嘿笑笑，说谁捡谁还不一定哩。李婶说真的？六叔仍是笑，那就等着瞧吧。岂料这一等便等了八年，房子越住越老，被子越盖越旧，唯独其间冒出来的两个儿子是新的。

是时正值改革开放的初期，大江东去泥沙俱下，有背景的发财，有魄力的也发财，没背景没魄力只要有气力肯吃苦的同样发财，羡得李婶成天虎着脸指桑骂槐，或者尽夸别人家的老公如何如何有出息，一不留神就弄成个万元户什么的。直到有一天，六叔终于扛不住了，一急，也扔掉锄头把，学着别人的样办起了一间自家的手工作坊。这作坊，老板是我的六叔和李婶，伙计也是我的六叔和李婶。像不少夫唱妇随发家致富的陈年故事一样，那几年里，李婶把心思都下在了作坊的手工操作上，再没空闲埋怨这个赞美那个。她因此而老了许多，早年的风姿已全无踪迹。后来，当六叔在狭小的旧作坊旁盖起了宽敞的新厂房时，曾由衷地对李婶说过这么一句套话：军功章里有我的一半，更有你的一半！

光阴荏苒，那就甭管它究竟是一半抑或全部，六叔的第二个女人终将无可阻挡地走拢来，成为我事实上的又一位六婶。她姓方，单名一个燕字。她刚出现的时候也才二十六七岁，也是心比天高命比纸薄，据说跟老实巴交没出息的男人分手不多久。应该承认，方燕开始靠近我六叔，只为了融入他的事业，而并非想融入他这个人；融入他这个人是事业发达以后的事了，属于自然而然水到渠成那一类的。她从六叔厂里的一名操作工做起，凭着自己的聪明能干，用手也用脑，继而领班，继而销售副厂长，直至集团公司销售部总经理，一路上走得艰辛而扎实，就像创造了另一个神话。所以我六叔有今天，她也功不可没，甚至六叔理应将手中仅剩的那一半军功章再匀一半给她都不过分。至于他们俩后来的越位，这在我们不是什么秘密，包括李婶在内。兴许李婶觉得自己老了，难以再在床笫之间满足我六叔；何况男人嘛，有两臭钱，花花草草的事总短不了，也就睁一眼闭一眼了。

六叔的第三个女人应该和军功章什么的毫无干系。因为姓王，我们都管她叫小王。当时适逢集团公司搞得红红火火，六叔忽然感到身边少了个舞文弄墨的女秘书，于是差我去大学里给他找一名文才、口才及外貌皆相宜的毕业生来。我初次见到小王，是在夏天燠热的日子里，对方穿得很入时很透明，感觉上比陪六叔坐在海鲜城中更生猛更刺激。我有些拿不准，回来问六叔。六叔说不怕，要了就是。那派头跟点菜似的，动辄一大桌，顶多食之无味，再弃。同样，之后的故事是许多文学作品中反复演绎过的，而且类似的老板泡秘书抑或秘书傍老板，也是不少风头正健的老板或秘书的通病。

这样，六叔就有了三个女人。李婶待家里，方燕住公司，而小王呢，仗着年轻漂亮又得宠，干脆缠着我六叔替她在高速公路旁置下了一栋大别墅，外加一个保镖、两个用人。三个人各居其所互不相干；我六叔吧，也是一碗水端平，日日走马灯似的过，以确保后院不至于着火。

问题是天下事你越害怕越容易沾惹上。人说三个女人一台戏，何况这三个女人全吊在同一男人的膀子上，就更难免不出戏了。事情最初源于小王，有一阵她身体不适，说是像有了，央求我六叔在她那儿多待几个晚上，观察观察。六叔说，我又不是医生，你上趟医院不就得了。小王不肯，六叔也不依。这就埋下了后患。接着是方燕发难。方燕原本图的是志同道合，对于六叔的钱财和自己的名分，倒并不计较。但自打六叔有了小王以后，她便在心里别扭起来。她因此常说，有人在前方流血卖命，有人倒好，守着大堆的钱唯恐花不完！她于是也时常称病，将销售那摊子要命的事撂给副手。眼看六叔被公事私事搅得日渐消瘦，李婶心疼了，候着六叔过来的日子，劝道，要不将那两个女人都辞了，省得窝里斗，大不了我再度出山，我就不信抵不上她们。偏巧六叔不领情，说，你以为还是当年和我一起搞作坊那阵子呀。李婶虽通情达理，可闻听此言，还是一口气上不来，重新回到心窝里。结果三个女人的这台戏越演越烈，到了六叔去谁的住所，谁都不给他好脸色看，甚至于有关门上锁概不接待的。这事外人不知，可我这个当侄儿的却是再清楚不过了。有一回，六叔实在没得去处，就来我家喝闷酒，及至酩酊大醉号哭连天。待六叔酒醒，我劝六叔想个办法，我说这样下去总不是办法。六叔说你有办法？我说我不好说。他说那就甭说。

六叔这样反反复复地醉了几回酒，便不再贪怀了。凭我的直觉，我感到六叔正在想办法，或者说已想出了办法。果然，一日傍晚，六叔在饭桌上问我，你说过去的那些个村办厂乡办厂包括国营大工厂为什么老也搞不好？我说这还不简单，不外乎是大锅饭、平均分配和人浮于事等弊端在作祟。六叔再问，那么后来我把它们接收过来，不出半年就整治得头是头脚是脚，靠的又是什么？我说无非是革除了体制上的毛病，用您的话讲，叫作"上岗靠竞争，收入靠贡献"，思路不一样了。六叔唔了声，跟着面露深刻状，焉知他肚子里正蠕动着什么样的虫，一时竟让人看不透。酒过三巡，六叔终于颇有出典地吐露了真言，他说我以为大锅饭、平均主义的毛病不仅仅局限于企业之中，反过来说，只有推而广之，在社会的方方面面角角落落都强化竞争和贡献的意识，我们的工作质量乃至生活质量才可能得到普遍提高。我不禁怦然心跳，手一抖，杯里的酒晃到了桌上。我暗想，六叔该不会突发奇想，也在他的家庭中引入竞争机制什么的。

第二天早上，六叔离开我家时，嘴里哼着"包龙图，打坐开封府"之类的唱词，看似胸中自有雄兵百万。其间，太阳光也合伙着从东边的云层后流淌出来，徜徉在他的头上和肩上。

这天下班后，六叔果真将李婶、方燕及小王召到了自己的办公室，开起了家庭会议。六叔说，你们三个人和我，包括你们三个人之间，也算是有缘，所以才无巧不巧地聚到了一起，本来我以为，既是有缘，只要相安无事，便可这样处下去，不过现在看来，情况不妙，情况不妙就得想办法了，想什么办法呢？六叔言至于此，故意暂作停顿。三个女人表情各异，但都盯着同一个男人看，单等他抖搂葫芦里卖的药。六叔于是把隔天对我说过的重复了一遍，那就等于在桌上放置了一颗原子弹或者像往各人头上泼了盆冰水。最先耐不住的仍是小王，她说郝总，说白了吧，你打算怎么处置我们？方燕接道，大不了手起刀落，来个痛快！六叔笑眯眯的，不为所动，转而问李婶，孩子他妈，你有什么想法？说出来嘛。李婶想了想，说，总不见得你会干出卸磨杀驴过河拆桥的事吧。六叔忽然呵呵大笑，冲李婶道，知我者也。他然后稍一正色，说道，你们是在各个不同时期陆续来到我身边的，有的有功劳，有的有苦劳，这点分寸我还是有的，可现在所有的人都泡在一个锅子里混饭吃，而且你嫌她多，我又嫌你多，跟以往企业里的毛病一个样，长此下去，能闹出什么好事来？所以我的想法是，从今往后我们内部也得改革改革了，我对你们一视同仁，你们之间呢，需要公平竞争，在一切尚未决定之前，我给你们半个月时间，每人拟一份类似于企业员工那样的应聘书和应聘计划，过后我会视情况择优录用，一聘半年，至于落聘的或者不愿参与竞争的人，现在的物质待遇及工作条件照样给予，直至连这个都不愿享用了为止。

三个女人你看看我，我看看你，都不再正眼看同一个男人，都知道一旦我六叔摆出谱来，不啻是铁板上钉钉子，没得商量余地了。六叔最后请她们上一旁的海鲜城去吃饭，并且开导说，人类从母系社会发展到父系社会，是一大进步，再从一夫多妻到一夫一妻，又是一大进步，反正不管怎样，竞争上岗总是少不了的，唯有竞争，才会既稳定又有活力，社会才能够不断进步嘛。岂料他的这番"竞争万能论"好似迷魂汤，直灌得女人们稀里糊涂，还没出海鲜城，个个已烂泥一般，醉得不行。

　　过了一星期，小王来人事部找我，说是事情你肯定听说了，劳你帮我参谋参谋，这应聘书该如何写。我说是拿我寻开心了，凭你的妙笔生花，死的都可能把它写活了，还用得着我这破脑筋。小王说，人无近忧必有远虑，我怎么越琢磨就越感觉你六叔特深沉，肚子里净是花花点子。又说，这样的人当总裁屈了，当总理还差不多。我说这话你得跟郝总去说，他保管一高兴，立马邀你上岗。小王说你不肯帮忙算了，我是来查文件的，看看上面写没写员工妊娠期间，也允许不受限制地被炒鱿鱼。我不明缘由，还以为她是替总裁办已有三个月身孕的小张引经据典来着，早听说六叔要将她给辞了，怎么偏偏拖到这会儿才想起动真格的？我说当然不会那么写啦，不然，光妇联的人来找茬就够受，况且还有党政工团什么的，都提着政策，不压死你也得吓死你。她说没写就好。

　　送走了小王，我有些坐不踏实。忆起李婶在我年幼及成人后多有善待，便一个电话拨过去，欲和她聊聊。我想这时候，她特别需要有人记得她。不料电话通了，却不知从何说起。憋了少顷，我说日子过得好快啊，一直没顾得上去看您。那头回话，我知道你忙，我不会计较的。我说时间不等人哪。那头说我懂，随他去了。我说不怕一万就怕万一。那头说，万一又怎样，我是他两个儿子的母亲，他能把这一层也废了？

　　倒是方燕，我没跟她联络。她呢，许是觉得我不学无术，靠裙带关系上去的，而且在六叔跟前只算作一个跑龙套的角色，所以也没主动和我联络。

　　总之，半个月后，三个女人各交了一份应聘书及应聘计划。比较起来，小王写得最周详最恳切，方燕居中，李婶顶短顶次。她对我六叔说，我识不了几个字，这事又不能请别人代劳，是去是留，你看着办好了。

　　在决定谁去谁留的那些个日子里，六叔将自己关在十里开外的避暑山庄内，正事不理，谁人不见。白天他一支香烟一瓶老酒外加一根钓鱼竿，静坐在太平湖边修身养性；夜里，他看看电视睡睡大觉，接着修身养性。六叔后来对我追忆道，那几日，真是活得赛过神仙！可无论如何，总得有个去留，既然六叔下决心想使社会最基本的细胞——家庭，来个划时代的变革。出避暑山庄时，我已经知道六叔的心坎上现出了这么两个字：方燕。他向我解释说，没了小王，我可以另找一位小王，没了李婶，也不愁孩子要吃奶的事了，可要是没了方燕，我这公司迟早会垮台，那样的能人，一万人里头觅不到一个。

谜底一经揭开，即刻引来几家欢喜几家愁。欢喜的自不待说，顶愁的要属小王了。她先是策动李婶，欲和她结成统一战线。谁知李婶不冷不热，表面上依然是那副坦坦荡荡随遇而安的样子，弄得小王一时没辙。狠狠心，小王索性甩出一张王牌，说是自己真的怀孕了，而且不生出来不行，一旦孩子生下后没了爸，她可不管！六叔不愧为在女人堆里混惯了，照样不慌不忙沉着冷静，他说不就是生个孩子，又不是生只猴子，这能吓唬谁？又说，照你的讲法，有人曾给我生过两个儿子，理应爬到我头顶上不成！小王进而哭得昏天黑地，像死了老子娘似的。六叔遂安抚道，别泄气，半年后还可以再竞争嘛，机会有的是。临走，六叔要小王回去歇着，别伤着了孩子。小王忽然破涕为笑，嗔怪道，哼，亏你还是孩子他爸，不仁不义。翌日，小王便将手上的工作交代给了别人，回洋楼静养，直到一个白白胖胖的千金小姐呱呱坠地。

六叔考虑得很细，当晚又去了李婶那儿，生怕后院内还有星星之火尚未熄灭。李婶说，我要是告到乡里你能拿我怎么办？六叔说，你不会。李婶继续问，凭啥？六叔再答，就凭二十来年我们一同经历过的风风雨雨。李婶不吭声了。六叔说要下楼去看看儿子。李婶说大儿子进城去了，小儿子已经睡下了。六叔道了声保重，便想离开，冷不防被李婶一把拽住，李婶说今夜，你就住这里吧。六叔摇摇头，推托自己还有正事。李婶恳求道，就一夜也不行吗？六叔笑笑，你的心意我领了，可也不必勉强自己，再说我要留在这里，方燕会觉得不公平，失信于她的，来日方长嘛。李婶侧过脸去，像是要落泪，深谙思想工作之道的六叔不失时机地凑上去，于李婶的耳旁说了句在她听来甚是贴己的话：记住，我们是要伴老的！

幸亏李婶没能留住我六叔，因为那是方燕通过竞争正式上岗的头一晚，意义重大。方燕在公司本部的顶楼上有一套很气派的居室，那天，她早早上楼，备好酒菜，一直等到时钟过了九点，见六叔疲惫地进得门来，忙迎上去替他宽衣倒茶按摩捶背，惹得六叔心跳不止，像早年和李婶进洞房时一样慌张。六叔说，我吃过了，不饿。方燕说，再吃一点嘛，人家特意为你准备的。六叔说好好，就算是陪你。两人于是杯来筷去十分热闹。待酒足饭饱，方燕说我去洗个澡，你等着。一刻钟后，当方燕启开浴室之门，焕然变了个模样：长发披肩，面施粉黛，睡裙呈暗红色，又薄又飘，昏黄的灯光下，依稀可辨里面的活动衣架轻盈而富有质感，直把六叔给看傻了眼，以为一不留神撞上传说中的狐狸精了。方燕狐狸精似的媚笑着，并不急于走出浴室，继续狐狸精似的柔声招呼道，六哥，您来呀。六叔从沙发上起身，慢慢往上靠，心里像真的揣了只狐狸精。方燕双手搭在六叔的肩上，说，我要你抱我过去。六叔终于不再犹豫，一发力，把年轻时在庄稼地里练就的而目前又所剩无几的功夫全使上了。之后的云雨之事就跟打仗一般，或者有点像一对少年男女在私下里偷情，莽莽撞撞饥不择食；尤其是方燕，除去竭尽温柔之能事，还不忘咬着我六叔的耳朵，一会儿说谢谢你给我机会，一会儿又说我一定不会让你失望。闹得我六叔精疲力竭却兴奋异常，就差高呼竞争万岁了。

日子一天天地过，六叔内耗得厉害，精神状态却极佳。后院摆平了嘛，使他得以腾出许多空闲，专心构思集团未来的发展蓝图，唯恐蛋糕做得不够大，奶香不够足。转眼到了第三个月的月底，得按照上岗契约上的规定进行中期评议，六叔一二三四地逐一回顾，竟没有找出些许方燕有违条文的地方；而方燕，也未能发现我六叔在此期间有不守夫道、和其他女人眉来眼去暗里勾搭的行为。接着两相皆大欢喜，再续下半段契约。

这段日子里，两个下岗的女人也没闲着。小王整天躲在洋楼里听听音乐搞搞胎教，或者翻翻养儿育儿的书籍，把心情调理得极为适宜。她考虑问题喜欢一下到点子上。她觉得，六叔之所以首选方燕，是因为公司内还没人能像她那样善于替六叔赚钱，男人在权衡钱和色的时候，钱无疑是最重要的；其次，自己正挺着大肚子，这要是上了岗，就等于六叔得下岗。但是她一细想，自己正值如花的年龄，未来对她长而又长，但凡方燕日后不能够像她那样也给老郝家添个一男半女的话，这优势还不是在自己一边，凭什么现在就跟她争一时之长短呢？比较小王，李婶的劣势太过明显，尽管六叔的那句贴己话令她久久难忘，可贴己话不能当饭吃当钱使。她深知自己的弱点在于年老色衰，不过谁没有年轻过漂亮过呢？况且眼下有那么多的健身器护肤品，难说返老还童，挽住岁月的脚步总是有可能的。这样，白天我们常可见到一位四十多岁、衣着时髦的女人出入于美容院健身房之类的场所，她出手阔绰举止文雅，到哪儿要什么尽挑最好的，一如旧社会里的贵夫人。逢初一月半、各路神仙生死之日，我们还能在爷爷寺奶奶庙中寻觅到她的踪影。她在祷祝什么呢？首先当然是为自己，接着不外乎请菩萨帮忙再帮忙，保佑小王生儿子没屁眼，方燕下两级台阶摔成中风。

也算天遂人愿吧，方燕后来果真出了点不大不小的事。一日，有心腹密报我六叔，说是有一陌生男子连着找了方燕好多次。六叔回道，这有什么可奇怪的，方燕作为销售部的总经理，每天要跟许多人打交道，哪还能区分是男是女陌生熟悉的呢。心腹说，可那人行踪可疑，不像是为生意上的事而来的。六叔大气地摆摆手，用人不疑疑人不用，忙你的去吧。不久，那心腹又兴冲冲地跑来，说他这一回全打听清楚了，那男子原来是方燕的前夫，方燕曾在贵宾楼里宴请过他两次，还给了他一叠钞票。六叔浅笑着，再度没事似的把那小厮给打发走，并且照样在方燕面前不露声色。刚过完年，正是生意上的淡季，方燕提出想到各处去转转，看看有没有新的客户。六叔说，本来我可以陪你一起去逛逛的，只是手边还有点小事，这次就有劳你了。六叔说这个话的时候，语气中满含着歉意。打点完了行装，六叔亲自开车送方燕去火车站，还一个劲地嘱咐随行的小米雪和老孙头要侍候好他们的总经理，不得有误。此去不过半月，半月中几乎日日有说法，仅一个晚上，小米和老孙讲不清方燕独自去了哪里，何时回的宾馆；问题还在于六叔的城府依旧很深，不愿对方燕提及半句。既然你不提，方燕便无从解释。实际上这事要说开了，也没什么。人家前夫来找前妻，只为了他们共同的女儿正病入膏肓，住院治疗又缺钱，所以才不得已请女儿的生母也尽些责任，共渡难关；至于那个空白的夜晚，方燕其实是思女心切，顺道去医院探视女儿来着。方燕起初是想到过该向我六叔说明一下的，但后来女儿奇迹般地康复了，也就多一事不如少一事。谁知就因为少了那么一事，给方燕日后的下岗埋下了伏笔。你说冤不冤？

这当中，最幸灾乐祸的要数李婶了，她心说，真是菩萨显灵啦。因为有一晚，六叔在她那儿和两个儿子吃团圆饭，他一时酒醉，泄露了天机。菩萨显灵的事还包括几天后，小王见红，早产生了个女儿。女儿虽也姓郝，却是半吊子香火。哪像她李婶，要么三年五载地没个动静，大凡一有动静，便是正正宗宗的儿子，还成双结对的哩。李婶后来冲我掏了心里话，让我在六叔跟前替她多多美言，别叫她老在岗位下上不来。我忽然于同情之中平添了一份鄙视，对她产生了新的认识。

终于，又到了新一轮竞争上岗的时候了。照例每人各交一份应聘书及应聘计划。这一回，六叔仅用半天时间，便确定了上岗人选，是小王。一切真如小王预料的那样。还是几家欢喜几家愁，愁的还是没有哭哭啼啼地跟六叔闹腾，像什么事也未发生，又像大家都习惯了这样的上上下下。只不过，重新上岗后的小王对付起我六叔来，比方燕更凶猛更玩命，仿佛要将憋了半年的劲，在一两个晚上通通使完，也好令对方刻骨铭心永世难忘。

鹬蚌相争，渔翁得利。得了利的渔翁又可以将心思花在捕捉更大的鹬上或者蚌上，岂非两全其美。一日下午，六叔正在公司忙着，钱乡长忽然来了电话，说是想和我六叔聊点事。小王说他有屁事，派赵副总去应付不就得了。也确实，这要在以往，即使是县长甚至市长召见，六叔愿不愿抬屁股走人还不一定呢。但是那天，六叔的心情似乎特别好，撂下电话，欣然前往，嘴里还嘟哝着，我猜姓钱的又来找钱了，除了钱还是钱。到了乡里，六叔开门见山道，老钱你说，该缺多少钱？钱乡长客气道，钱上的事还是小事，你得一门心思把企业搞好，如果坏了我的钱袋子，我可不饶哟。六叔糊涂了，说光明集团是你的还是我的？钱乡长说，当然是你的，可也是乡里乃至县上的纳税大户嘛，我们共同有责任把它搞好。六叔说，你找我就为了这事？钱乡长说，除此还有点小事，只是不知怎么开口。六叔说但说无妨。钱乡长说是这么回事，有人写信到乡里告你了，说你三妻四妾排场越弄越大，不好听哪。六叔笑道，这人要有了钱，讨债的就多了，有男人，自然也有女人，没什么可大惊小怪的。钱乡长说，可你已经触犯了法律，叫什么来着，对，信上是说你犯了重婚罪。六叔不爱听，说既是这样，你抓我进监狱吧，我认罚。钱乡长连忙摇脑袋，说没那么严重。六叔想了想说，你既不准我碰女人，又不愿我下监狱，说来说去，还是要我破财消灾，打我口袋的主意。钱乡长继续摇头，如果你执迷不悟，恐怕到时候花了钱也难消灾，我们到底是法治国家嘛。六叔说那你打算让我怎么办？钱乡长答，很简单，先挑个好的，一旦定下来就过一辈子，别大风大浪都没事，到头来在阴沟里翻了船，不值得。六叔说也行，我选准一个，堂堂正正地办一回手续，不行再离。钱乡长说你以为你是在穿衣脱衣呀。六叔说,可法律上也没规定一个男人只允许结几次婚离几次婚呀。钱乡长说好色。六叔更正道,你只说对了其一。钱乡长说那么其二呢?六叔回道,想想你和嫂子过的这一辈子吧。钱乡长如同被人点到了痛处,恨恨地瞪对方一眼。他夜里上床,枕头垫得老高老高,惹得老婆子在一旁看不懂,吼道,你这是抽的什么疯啊,睡觉!

六叔前脚离开乡政府,后脚就想到了可能是李婶或方燕在暗里捣鬼:前者说过类似告状的话,后者上完岗接着站岗,两人都有足够的理由这么来一下。他终于气不打一处来,车没开出多远,便令司机掉头往回去。再度走进乡政府,六叔直接找了乡办的肖秘书,跟他嘀嘀咕咕了一阵。也不知他使了什么招数,或者扔了多少小钱,他就把底细给摸清楚了。回到公司,小王正收拾着准备回洋楼,说是先走一步。她进而发现六叔面色略显阴沉,就问,什么事不高兴了?六叔说没什么,回来的路上踩着一堆牛屎。小王不解,说你坐小车去的,该不是车轮子碾上牛屎了吧?六叔说,一样。

当晚,六叔跨进小王的住所时,小王已经在卧室里嘤嘤啜泣了近两个小时,那个悔哟,就像好学生犯了纪律。六叔说,算你有自知之明,这次饶了你。小王问,不赶我走?六叔说,看在女儿的面上。小王又问,还做你的秘书?六叔说,也是看在女儿的面上。小王扑通一下跪倒在地,硬是哭成个泪人似的,郝总,今生今世,你让我当牛做马,我都认了。六叔赶紧搀她起来,老长辈一样重重地捏了捏她的胳膊,然后一扭头,出了卧室,下了洋楼。迄今,小王都没想通,六叔何以跟克格勃似的或者他手下有克格勃。我也没想通,小王何以在岗位上好好的,却非得雇人朝六叔施放冷枪,从而搬起石头砸自己的脚。

结果六叔兜了一大圈,还是从终点回到了起点——在下一个聘任期内,跟李婶有滋有味地过。他发现老夫老妻也有老夫老妻的妙处,相知深,相依久,任何时候都不忍拆你的台。他为此得意地说,我说过了,我们终究是要伴老的嘛。然后放眼开去,六叔感觉方燕比以前更能赚钱了,简直成了他一棵不倒的摇钱树;而小王也鞍前马后不停地忙乎,把秘书工作做得更到位。两人莫非都盼着重新上岗的那一天,应该说都有希望。

这年金秋十月,县上来一公函,说是光明集团总裁郝保山和妻子李凤莲已被光荣地评选为县级十大模范夫妇之一;来函还通知他们于某日某时去县里出席表彰大会，领取奖状。这下子可把六叔给乐坏了，他冲我说道，你看你看，这是否意味着上面对我郝某人处理家庭事务的赞同？我说也许。他说没准有人还会来取经哩。我说但愿。他说什么也许啦但愿啦，文人的毛病。

去县里领奖前，我没忘提醒六叔，我说您带支票了没有？他说又不是买奖，带什么支票。我说您是企业家，目标大，大凡参加这类会议都应该想到给些赞助，现在县上财政紧张，开个会议什么的不容易，等人家伸手向您要就被动了。他会心地一笑，夸我，还是你小子考虑得周全。

小车启动了，车尾的废气突突地冒出来。"包龙图，打坐开封府。"你可以想见我六叔坐在车里跷着二郎腿时的那股子神气劲。你当然也知道，这只是暂时的平静，新的风暴已在酝酿之中，六叔就像海上的渔民，随时准备应付那一场又一场可能兴起的风浪。

花　海

　　反正那时候在我们眼里,世上只存在两类人,即大人和小孩,而且小孩远比大人们多得多。你譬如说吧,一到晚上或者夜里,四周就剩下小孩的声音;不是东家的男孩在吵闹,就是西家的女孩在啼哭,此起彼伏,无休无止。实在哄不住了,近旁的大人会猛地拉下脸来,低声吓唬道:快别出声,东洋人来了!嘿,这一招果然灵验,小孩一下子噤若寒蝉,赶紧躲到大人的怀里,惊恐地张望着左右。其实呢,大人们嘴里真正张牙舞爪、凶神恶煞的东洋鬼子,离这儿还远着哩;他们驻扎在市中心,我们则偏安于城市边缘最广大的乡村。我们中的任何一个小孩,甚至都没见识过东洋人的真实模样。我们对他们的所有恐惧,均来自大人们的传说。就这么回事。

　　这年早春,一向荒芜的罗家场地,居然开出了星星点点的小花,很漂亮的那一种,像有人之前在那里播撒过种子,然后是老天爷浇的雨露,种子在泥土里慢慢发芽、生长,拱出一地的五颜六色。于是在长街上玩腻了的小孩,又有了新的去处。我们赏花、摘花,甚至吃花。最先想出来摘花吃的,是鼻涕虫。他吃了花之后,会留有一嘴的艳红,像涂了胭脂,那种夺人眼球的夸张,唯有东街上的燕儿她姐才日日受用,挺招惹男人的。鼻涕虫抹了把鼻涕说,小红花好吃,甜。鼻涕虫说甜的时候,三儿抬手朝他的脑门上拍了一掌,说你肚子里没屎啊,小心拉血!惹得在周围的我们都哈哈大笑,因为都知道好多天前,黑妞就拉过血，当时她吓坏了，呜呜地哭。拉过血的黑妞从此不和我们玩了，再见她时，她会说你们这些小孩怎么怎么的，仿佛自己瞬间长大了似的。

那个年代缺衣少粮，小孩都穿得比较单薄，一挨冻抑或一着凉，流鼻涕是常事。其实爱拍人脑门的三儿，自己也几乎是条鼻涕虫；所不同的是，他讨厌让两条清水鼻涕老在鼻孔下面挂着，而喜欢一有鼻涕淌下来，就往上嘟着嘴唇把鼻涕吮进嘴里。三儿和鼻涕虫差不多身高，脸型也相似，有不明白的，还以为他们是亲哥俩呢。有一次，鼻涕虫冲着三儿问，我八岁，你几岁啊？三儿回道，我妈没告诉过我。想了想又说，总之我比你大。那时候黑妞还和我们一起玩，她在一旁听罢，也好奇地问三儿，连自己是几岁都不知道，你该不会是你妈路边捡来的吧？三儿不乐意了，说你才是你妈路边捡来的呢，我爸妈待我可好了，整天让我吃香的喝辣的，新衣服都穿不完！大家想想也对，不是爸妈亲生的孩子，哪有过得那么舒服的？见大家没了声音，三儿从衣袋中摸出两粒糖果，剥开其中一粒送入嘴里，脸上露出极其享受的表情，惹得我们个个流出口水，馋得不得了。等嘴里的糖果咽到了肚里，甜味也回味完了，三儿举着手里剩下的那粒糖果，问鼻涕虫，嗨，你想吃吗？鼻涕虫诚实而又胆怯地点点头，两眼一直盯着那粒糖果看。三儿进而提出要求，那你叫我一声哥！鼻涕虫想都没想，叫了一声哥。三儿说，再叫一声，响一点！鼻涕虫仍旧照办，叫声响了许多。于是三儿大气地将糖果给了鼻涕虫，然后得意地说，我说嘛，我比你大是不是？鼻涕虫再次点头称是，没顾得上剥去糖纸，就忙不迭地将糖果塞进嘴里。

每天天不见暗，三儿他妈便来喊三儿回家吃饭去。她对我们在罗家场地玩耍很有些意见，说是就这么块荒地，有什么好玩的！以往我们在街上玩时，她只要从门里面伸出脑袋，喊一声，全世界都能听得到。她的嗓门特别大，还尖，即使三儿一时玩疯了没听见，其他小孩总能听见，然后会把喊声传递给三儿。这天，三儿大概还嫌没玩够，不太愿意立马回家，就朝他妈问过去，晚上吃什么呀？他妈说，红烧狮子头！听说狮子的头也能红烧着吃，我们都蒙了，不过见三儿十分高兴地跟着他妈离去，想象中那东西肯定不难吃，起码我们都没吃过，属于吃不起的好东西。三儿他爸在东洋人开办的银行里做事，据讲每月赚很高的工资。他天大亮出门，天没暗回家，进进出出总提着只鼓鼓囊囊的皮包，里面应该全装着钱。街上的邻里都说三儿他妈好福气，找了个好老公。

三儿一走，我们也会陆续散尽，毕竟天一黑，就没什么好玩的了。唯一还在罗家场地呆坐着的，常常是鼻涕虫。鼻涕虫倒并非无家可归，他的家就在三儿家的斜对面，仅隔着一条不宽的街。甚至于我们都吃过晚饭，去门外撒完睡前的最后一泡尿时，仍能看见鼻涕虫独自在街上游荡，倒像一个没爸疼没妈爱的流浪儿。鼻涕虫原本是有妈的，只不过小半年前的一天清早，他妈出门后再没回来。后来街上有传言，说是他妈跟着野男人跑了。至于鼻涕虫他爸，一直就不太着家，常常一去三五天、十来天，没人清楚他在外面是干什么的；如今家里没了女人，他唯一的改变是每次出门前，会简单地替鼻涕虫准备一堆又硬又冷的面饼。有一次，三儿他妈见鼻涕虫可怜，曾招呼他上自己家去吃一顿热饭。结果这事被三儿他爸知道了，狠狠地把他妈训斥了一通，说我们家怎么可以随便让外人进入，真是糊涂！他妈不服气，顶了一句，可他还是个小孩呀。他爸两眼一瞪，又顶回来，小孩也不行！三儿父母的这段对话，是隔了两三天，三儿自己说出来的。他传这话，明显带有埋怨他爸的意思，觉得他爸小气，不给他这个当哥的面子。接着他安慰鼻涕虫，说没事，以后有好吃的，大不了我偷点出来，你带回家吃就是了。后来，三儿果然有偷好吃的给鼻涕虫，有一次还塞了很大一包。鼻涕虫接过，赶紧往家里跑，大概是怕我们瞅见了会嘴馋。好像也就在那一次吧，鼻涕虫前脚进了家门，刚享受起三儿馈赠的美味，后脚，他爸就突然回来了。他爸没骂他，而是揉着儿子流了眼泪。眼泪流完，第二天，他爸照样出门，照例给儿子备了一堆又硬又冷的面饼。

春天是容易让人犯困的季节。当午后的阳光和煦地泼洒在罗家场地的青草和花朵上时，疯闹了半天的我们，也多半显现出恹恹欲睡的神情。在最先瞌睡的小孩里头，肯定有三儿。三儿喜欢迎着阳光，平躺在花丛中，让满鼻的花香熏着他，不一会儿便能沉入梦乡。当然，精神最好的要数鼻涕虫了。鼻涕虫像浮萍一样，一直在场地四周飘来飘去，飘到最后，嘴唇上平添了红印，那是他摘吃小红花留下的佐证。有时，我们会被风刮醒，被雨淋醒，被同伴磨牙齿的咯咯声惊醒；同时吵醒我们的也可能是一条野狗的狂吠声，或者某个小贩游走在街上的叫卖声。那些叫卖声尽管离得远，但只要是适合小孩的吃食，我们都能听到，有棒棒糖、盐炒豆、爆米花什么的。小贩们往往长一声、短一声的，叫卖得极具个性。譬如同样是卖棉花糖的，这个是花胡子老头的声音，那个不是，我们都能分辨得一清二楚。那个不是的声音有些尖，觉得陌生，应该是初次来到这条街上。

这天，常常是最先来到罗家场地的三儿，却姗姗来迟。三儿出现的时候，手里还举着一团吃剩下的棉花糖。棉花糖在春风中轻盈地扭动着，看得人心里发慌。三儿走近我们，将棉花糖递给鼻涕虫。没花胡子老头做得好吃！三儿说，显得很失望的样子。鼻涕虫也不管好不好吃，接过来就往嘴里塞。三儿又补充道，幸亏是人家白送的，没要钱。一听说有白食可以吃，大家顿时来劲了，赶紧往街上跑，只是那个白送棉花糖的小贩已经不见了，很有些失望。三儿笑道，别急，他明天肯定还来。可惜到了第二天，原先愿望中的那点事早被我们忘得一干二净，而且那天上午我们玩得特别疯，小四居然把场地东面的几棵小树给点着了，一时间浓烟升起，是我们从未见过的热闹景象。倒是鼻涕虫显得不怎么兴奋，老歪着脑袋在谛听着什么。直到下午，他忽然像真的听到了什么，起身朝街上狂奔。后来经三儿无意中提醒，我们才明白原来鼻涕虫还惦记着昨天的那口白食。至于他有没有如愿，没人知道，反正他当天再没回来。

春天里的罗家场地，我们是主角，而满眼的花花草草反倒成了背景。几棵被烧没了枝叶的小树，依旧顽强地在乌黑的躯干上爆出新芽，一展生命的坚韧。有时也会下点小雨，天空看上去阴沉沉的。下雨的时候，整个罗家场地只有一处塌了大半的土地庙可供我们暂时躲雨。土地庙已没了大人们口中曾提起过的土地公公，仍支撑着近半个屋顶的三堵墙上，依稀可见涂有十来行毛笔字，每个字有小孩拳头那么大。由于我们都没念过书，不识字，不清楚那墙上写的什么意思。但小四的爷爷清楚，他生前告诉过小四，在那墙上写字的是一位清末时的秀才，他写完字后没多久，便被镇上的官兵逮了去，砍了脑袋。有一次我们正躲雨，外面滚过春雷，只见密密的细雨中，有个人影朝这边移动，头上还顶着把雨伞。这个人影三儿熟悉，顿时有些慌张，没等他躲到一旁的蒿草丛里，对方的声音已先到了，三儿，快跟妈回家！可三儿像没听见似的，站在原地一动不动。大概他是觉得天没黑，天地才是家。三儿他妈见儿子不听话，就想上来扯他的耳朵。三儿料定他妈会来这一招，机灵地闪开了。他妈光火了，冲三儿吼道，你爸回来了！都知道三儿最惧怕他爸，于是他就这么乖乖地跟着他妈消失在细雨里。远处的街上，依稀传来小贩隐约的叫卖声。鼻涕虫应该是听清楚的，他想再次循着声音追赶过去。事实上他也起身追赶了，同样消失在细雨中。

这场春雨一直从午后下到半夜。半夜里的雷声更沉闷，还夹杂着类似过年时才燃放的鞭炮声，噼噼啪啪地响了许久。可惜我们睡得跟死猪一样，一点没知觉。所以发生在半夜里的事，我们是第二天才从大人的口中得知一二。原来，昨夜响雷是真实的，却没人放过鞭炮。那鞭炮声其实就是枪声，说是有好多杆枪一起朝三儿家猛射。转眼窗户打碎了，木门打烂了，一班人冲进去，又是一顿对打，最终三儿的妈死了，爸伤了，完全没了还手之力，天亮前被车拉走了，唯独三儿下落不明。和三儿家相邻而居的小四，隔天问他妈，你们醒了，为什么不把我也叫醒呢？他妈回道，睡着好，睡着了就不怕了。小四又问，那你看见东洋人了？他妈说，吓都吓死了，就在窗子缝里看了一眼，不过没见有东洋兵，好像全是穿便衣的中国人。小四听明白了，脱口而出道，哦，汉奸呀！这下真把他妈给吓坏了，连忙捂住儿子的嘴巴，低声训斥道，小赤佬，别乱讲，传出去是要杀头的！

此后的几天里，尽管我们仍每日聚集在罗家场地，却由于不见三儿的出现，总觉得少了什么。尤其是鼻涕虫，干脆独自坐在一旁发呆，或者两眼出神地望着远方。这天时近黄昏，我们都感到越玩越没劲，就想早早散了。我们三三两两地离开，还没走远，忽听得鼻涕虫在背后大叫起来，三儿，三儿！小四最先跑回去，冲着鼻涕虫问道，你见到三儿了？鼻涕虫使劲地点点头。小四又问，在哪儿？鼻涕虫指着土地庙的方向，说是那儿。于是一班人往土地庙而去，到那里看了又看，连屁都没有，更别说三儿的人影了。小四说，你没看错？鼻涕虫拼命地摇头。小四接着问，那他人呢？鼻涕虫一脸无辜地答道，我也不知道。站在边上的大嘴巴忽然笑起来，说鼻涕虫啊鼻涕虫，你肯定是想三儿口袋里的糖想疯了，做梦呢。大家也哄笑着，说了好多嘲弄鼻涕虫的话，眼看快要把他嘲弄得哭了。

入夜，小孩们都睡了，只有一个小孩没睡，还相当精神。他溜过小四的家门口时，恰巧被小四他妈给撞上了。下面的对话，是事后小四告诉我们的，而小四应该是他妈告诉他的。小四他妈问，怎么还不回家？那小孩说，我想上三儿家里去看看。小四他妈劝道，别去，都没人了，有什么好看的。小孩很固执，说我白天看见三儿来着,没准他这会儿在家里呢。小四他妈急了,拦住小孩说,去不得,他家的房子里这两天好像在闹鬼,一直有脚步声。这么一说,小孩似乎被劝住了。小四他妈又压低嗓音,叮咛道,千万别说你见过三儿了,有人正满世界找他哩。目送小孩扭头回去,小四他妈摇了摇头,自语道,真见鬼,连个孩子都不肯放过!

然后我们知道鼻涕虫在街上转了一圈后,还是独自潜入三儿的家。屋里黑乎乎的,脚下不时碰出惊心的响动,显示地上一片狼藉。再然后,他顺着楼梯,猫腰由底楼上到二楼时,被一只大手突然从背后死死拽住。其时,楼上有两三个男人在秘密蹲守,他们以为终于逮着了这家的小孩,于是不由分说地抓了就走。他们撤离时闹出的动静,依然被小四他妈给捕获了。这样一传十、十传百,传到第二天下午,整个街上的人都知道了鼻涕虫被抓的消息。人们责怪鼻涕虫不听话,非要自己撞到枪口上去。也有喟叹他命不好,摊上个不着家的父亲,连儿子的死活都顾不上。唯独燕儿她姐的情绪特别激动,她提议由街坊邻里联名作保,务必把鼻涕虫营救出来。她说,他一个小孩能参乎什么大事,既然他老子不见踪影,我们这些大人可不能不管啊!然而议论归议论,响应的人却没有。燕儿她姐一着急,独自前往市里交涉去了。

由于三儿家突遭不测,尤其是鼻涕虫也被莫名其妙地卷了进去,使得我们这些小孩再要想自由自在地到街上及罗家场地里疯玩,就比较困难了,主要是大人们警觉起来,怕自家小孩也出什么意外。小四的小脑袋最不爱闲着,几次问他妈,你知道三儿的爸妈做了什么事,要被人打枪?他妈回道,这我咋知道!小四继续问,就算他爸妈做了坏事,跟三儿能有什么关系,他还是个小孩,干吗也要抓他呢?他妈终于不耐烦了,别胡思乱想,以后不许你在外面乱跑乱说!其实同样的问题,小四也询问过我们,可我们也和他似的一知半解。我们只知道出了这条街,外面就可能有东洋人,谁和东洋人作对,谁就会遭殃。但是我们也跟小四一样想不明白,这三儿又没和东洋人作过对,凭什么也得遭殃呢,还把鼻涕虫一起连累了?

天气好像越来越热,雨水也多起来。过了好些时候,燕儿她姐回来了。正如她之前夸下海口的那样,果然把鼻涕虫带了回来。只是鼻涕虫离开时是活蹦乱跳的,回来却已奄奄一息。燕儿告诉我们说,鼻涕虫的身上都被打烂了,血和肉凝在一起。由于他家里暂时没人，燕儿她姐只得直接把他带到自己家里，又花钱找了郎中为他疗伤。等鼻涕虫他爸回来，把仅剩一口气的儿子接回了家，由于伤势太重，鼻涕虫当晚在他爸的怀里停止了呼吸，没挺过来。他爸哭没哭过，没人知道；我们只知道第二天一早，罗家场地的西南角上，又起了个新土堆。大人们都说，这孩子死得冤！

紧接着的某一日，一早一晚发生了两件怪事。一件是鼻涕虫他爸处理完了儿子的后事，又离家远去，并且他走的时候，有人看见身边还带着个小孩，像是三儿。看见的人说，这爷儿俩不可能碰到一起，而且他以往出门，连亲儿子都舍得丢家里，这次怎么会想到把一个街坊的小孩一起带上呢？看见的人越想越觉得不可思议，末了不自信地补充道，也许是我老眼昏花，看错了也不一定。第二件是近两个月来，经常来街上叫卖棉花糖的那个小贩，突然被人杀了，并且抛尸在罗家场地的一片野草丛里。最先发现尸体的是一条野狗，接着引来了一个拾破烂的流浪老头。这事很快传到了镇上，镇上来了几个凶巴巴的男人，为首的腰里还插着短枪。他们好像在罗家场地折腾了好几日，走的时候，在那里留下了一坨新坟，有墓碑、供桌和围栏，看上去像模像样的。在我们这条街上，唯有极个别有钱人死了之后，才可能有如此排场。

童年的光阴总是漫长而混沌，而岁月却在我们不经意间，如白驹过隙匆匆溜走，似乎未留下多少痕迹。街上忽然响起了鞭炮声，不是打枪，是真的有人在点燃鞭炮，说是东洋人终于滚蛋了，往后再没人敢欺负我们了。空气中弥漫着浓重的硝烟味，有的大人还嫌不够热闹，翻出家里旧锅破碗，敲敲打打地欢喜个不停。不过闹到日暮时分，东街上意外地死了个中年男子，是刚从镇上溜过来的，想在燕儿家避避风头。可他前脚刚进门，后脚就被大人们揪出来，一顿揍，当场毙了命。我们都没看见打人的场面，也不清楚为什么要把人往死里打；只知道燕儿她姐日后因此受到了牵累，甚至于我们中有小孩目睹了燕儿她姐被愤怒的大人剪掉一头秀发、驱赶出街上的全过程。失去了大姐保护的燕儿，此后便不和我们一起玩了，即使遇上，也是一扭头装作没照面。刚开始我们还主动招呼她，不过有目睹过她姐被驱赶的小马上提示道，别喊了，她姐跟人睡觉呢，不要脸！在场的多数小孩都听不太懂，没觉得跟人睡觉是件特别丢脸的事，难不成我们天天和父母或者其他家人一起睡觉也没脸了？只是到了后来，才听说当初燕儿她姐之所以能把鼻涕虫从虎口里弄回来，实际就和她舍得跟坏人睡觉有关，但我们还是想不明白睡觉怎么会有这么大的魔力！

虽说东洋人滚回东洋了，可接下来的日子并未如大人们期盼的那样有所改善，吃不饱的依旧吃不饱，穿不暖的仍然穿不暖。甚至于放过鞭炮的第二年春天，街上忽然闹起了瘟病，先是大人从外面得来的，然后就传染给小孩。曾和我们一起玩的黑妞，头天还好好的，第二天说是头痛，爬到床上躺着躺着便没了气息。有的人家更惨，大人小孩全染上了，没一个剩的。瘟病来势汹汹，罗家场地的西南角一带，新坟一座接一座地垒起，像一团团冤魂浮在野草之上，特别是天气阴沉或者日头没了的时候，看过去黑森森的一大片，挺瘆人的。后来我们中的胆小鬼就不太爱去那里了，尽管我们平常玩的地方离西南角还很远。不过也有天不怕地不怕的，非但罗家场地照去，还偏要往西南角里跑，因为那里的坟头高高低低的，玩起"躲猫猫"来，容易藏得住人。我们就是在一次"躲猫猫"的过程中，偶然发现鼻涕虫他爸回来了，并且他也像是在和我们"躲猫猫"，在曾经掩埋鼻涕虫的地方，又埋下了一只陶罐，似乎里面装着宝贝，需要背着人藏得特别好。他埋完后一回头，才看见附近的坟头后面另有几双小孩的眼睛。他没有慌张，拿起一旁的铲子，同时拍拍身上的土，毫无表情地走了。那个春天，我们这里虽然遭了灾，但罗家场地里却开出了许多白色的小花朵，先是零零星星的，然后越来越密，而且到春末时还没开败。这也是以往从未有过的。于是街上有个早年考过乡试的老人说，看哪，连老天爷都在祭奠那些死于非命的苍生！聪明的人听得出来，他话里有话，暗含影射之意。

想不到事情过去了小半年，镇里忽然有人来到街上，说是给每家每户注射免疫针，可确保以后不感染瘟病。那些人穿着白大褂，蒙着脸，只露出一双黑洞洞的眼睛，临走还挨家挨户地收取药水钱。月月家实在没钱掏，穿白大褂的便将月月的二哥拉去镇里出工抵债，规定得干上三个月。可六个月过去了，仍不见她二哥回来。月月她妈跑几十里地去镇里找镇长要人，镇长嬉皮笑脸地说，你儿子呀，指不定现在正好吃好喝着，哪还想着要回家哩。月月她妈一辈子没见过市面，经镇长这么一哄，以为儿子真出息得不行，要不然腿长在自己身上，怎么就迟迟不回家了呢？不过时不时地，她心里总会不踏实，有一次碰巧在街上遇见鼻涕虫他爸，想着对方经常出远门，肯定神通广大，不如托他在外面打听打听。鼻涕虫他爸点点头,之后带来的消息跟月月二哥的行踪没什么关系,却和瘟病有关。这消息也是经月月她妈转述的,说的是在相隔不远的另一镇上,那里的人比这里街上的要早注射免疫针,可眼下照样有人得了瘟病。听的人好像明白了,说这水里莫非没药性,骗人的,真他妈的刮民!大人们骂归骂,却没一个真敢去找镇长算账的,都怕惹火上身。这时有人又提起燕儿她姐,说是当初要没赶她走,莫说镇上,就是市里很可能她也敢去理论。最后还是三儿他爸更神通广大,帮大家出了头,要回了钱,同时法办了提供假药水蒙人的奸商和与之坐地分赃的一班官吏。

说起来三儿他爸突然现身街上,是在这年冬至的前几日。大人们都觉得很意外,以为他早已尸骨无存了,未料到居然活得好好的,活到了现在。对此,他仅简短解释道,我命硬,熬过来了。命硬的这次回来,是要给死在自己眼皮底下的三儿他妈重新安葬。当初,三儿他妈是被她的对手弄到罗家场地,草草埋了,地上除徒增一块新土,几乎没留下什么标记。这些年,野草荣了枯,枯了又荣,足以抹去地表上任何残存的痕迹。幸亏打算掘地三尺的人运气好,只在西南角上掘了一顿饭的工夫,便找到了三儿他妈的骨骸,同时从骷髅里找到了她的两颗大金牙。掘完后,他们还扒了不远处埋葬卖棉花糖小贩的那座坟墓,把里面的尸骨挖出来扔了一地;至于同样散落一地的石板和砖块什么的,后来陆续被街上的人拿去修补自家房子用了。

听大人们说,冬至那天正式落葬时,市里来了好多有头有脸的官员,最大的讲了好大一通,大体说的是三儿他妈当年如何机智勇敢,协助三儿他爸深入到东洋人内部套取情报,最后为国捐躯。有幸在一旁帮工的小四他爸一时没想明白,嘀咕道,不就是在家煮煮饭,带带孩子,怎么搞得跟大英雄似的,真没看出来。谁知这话恰好让站在前面的脱帽小官员听到了,他一回头,吹胡子瞪眼道,你懂什么,连老头子都给她亲笔题字了!小四他爸被对方这么一凶,吓得赶紧缩回去。可他又多了个不明白的事,于是回家问邻居张铁匠,你晓得老头子是哪个?张铁匠也笨,反问,哪个老头子呀?小四他爸郑重其事地解释道,就是会用毛笔写字的。张铁匠忽然明白了,说这不稀奇,据讲镇上就有好几个,都是老得不行的,有一个还写着写着没了气数,当场死过去了。小四他爸终于明白了,哦了声。

那天的仪式一结束，市里来的人走得一个不剩，只剩下三儿他爸没走。当年的老房子一直还在，空关着，可能还存有某种念想，因此他就在里面住下了。这一住就住了十多天，也没见他出过门。他出门的那个晚上，正巧是鼻涕虫他爸在外面又转了一大圈回来的时候。天黑了，我们这些小孩差不多已睡了。我们是事后听大人们偶然提起的，说是这两人应该照过面了，然后一起进了街上唯一的小饭馆，喝了酒，聊了天，那样子像久别重逢的亲哥俩，人们猜想那一定是和三儿有关。第二天一早，三儿他爸终于走了，轮到鼻涕虫他爸在家里待了好多天，间或有两三个陌生人来找过他，都是提包背袋的，十足生意人的模样。

斗转星移，我们即将告别童年，但记忆中的罗家场地，依旧花开花谢，不艳不淡，使得长住在附近的人们早已习惯了那一片花，以及那里由色彩变换所昭示的四季轮回。长大一些的我们，开始慢慢懂事了，能体谅父母养大小孩的不易。可我们下面刚步入童年的弟妹们，却因为仍吃不饱饭或者别的愿望没法实现而经常惹父母生气。譬如小四的妹妹小五，人小肚子大，一天三顿装下去了，总觉得没捧过饭碗一样。要知道真正饿的是小四，每回吃饭，他都尽可能将自己的那一碗匀给小五一些。肚子实在咕咕叫的时候，他会跑去罗家场地找野果子吃。如果是花儿盛开的时节，他也摘红花蕊来充饥，是有些糖精般的甜味，并且像当年的鼻涕虫那样，留了一嘴的艳红。小四他妈看不下去了，骂小五太贪嘴，这家里都快让她吃败了。其实小四家不是顶穷的，他爸是泥水匠，只要有人请他出工，赚的都是现钱，因此一年到头都是买粮吃，好过一般庄稼汉靠天吃饭的光景。只不过越往后来，能有闲钱新建或翻修房子的人家越少，而粮价天天涨，到手的粮食可比兜里的现钱金贵多了。小四家日子过得紧巴，还由于他爸妈都是宁波人，讲究男孩子多少得读点书，于是他妈又需要省出全家的部分口粮，供小四去镇上的小学堂识字。小四天天天不亮出门，步行好长时间到学堂。本来他妈说好的，会至少让他念上两年。然而一天早上，他刚走近校门，发现学堂被封锁了，进不得也出不得。一会儿，一队官兵从里面押出几个教书先生，其中有教小四他们国语的韩老师。小四还来不及细看，载着教书先生的警车便呜呜地拉着警报开走了。学堂被告知须无限期关闭，小四失学了。

小四失学还在于临近的几个地区闹了旱灾，引发大饥荒，成批成批的难民涌向这座城市及城市的边缘地带。人一下子平添了许多，粮价更是飞涨，小四他妈就再也分不出口粮来供儿子上学了。这天我们约好一起去紧挨着罗家场地的北山上逮野兔，想着如果运气好，或许有兔肉可以吃。我们左等右等，好不容易等来了小四，见他身后还跟着个蓬头垢面的小女孩。一打听，才知道小女孩是小四他爸在路上捡来的，疑是她爸妈都饿死了，或者因为实在没吃的而被大人遗弃在逃难路上。小四他爸心一软，就将她带回了家。小四说，这下可好，家里像开了锅，就听得爸妈干了起来。小四见事情不妙，连忙领着小女孩逃了出来。这天我们没逮到野兔，应该是年景不好，山上大凡有脚跑的，早被大人们逮光了。我们下山后打算各自回家，小四却一直迈不开步，说是不晓得爸妈吵完了没有，有没有小姑娘是去是留的定论。第二天，小四一脸沮丧地告诉我们，他妈后来只答应留小女孩一晚，说是这样的好事理当让政府去做，不然要政府做什么！小四还说，他妈近来脾气特别暴躁，天天在家骂山门，吓得他爸没活也往外躲。

　　其实这还不是最糟的。最糟的是小四刚说完他妈，不远处月月家里响起了她妈的恸哭声。原来，镇上有吃政府饭的人捎来口信，说是月月的二哥殉国了。月月她妈不明白殉国的意思，等她终于听懂了，又愣了会儿，才啊啊地哭出来，哭得满街的人都听到了。不过我们这里和外界隔山隔水，绝大多数人最远也就到过镇上，心想东洋人不是赶跑了，天下应该太平了，还打仗呀，这是谁跟谁在打呢？吃政府饭的人见月月她妈哭个没完了，就劝道，老人家，我说了，你儿子是为党国殉难的，你伤心归伤心，也别多伤心，这可是全家荣光的事哩。月月她妈反诘道，呸，这荣什么光的还是留给你家吧！我家老二明明是去出工的，怎么就跑到战场上，还死了啊？吃政府饭的人见老婆子蛮不讲理，赶紧溜了。直到解放了，人们才知道月月的二哥是在工地上被败退下来的官兵强行抓了丁。那年他刚满十四岁，看上去人还没枪高，甚至于初上战场没放一枪，便丢了性命。

　　当天，月月她妈从上午哭到下午，可哭着哭着，她的哭声被东街上传来的一长串迎亲的器乐声淹没了。我们都很好奇，争先恐后地赶过去看热闹。哎哟，出嫁的居然是燕儿！燕儿被送上花轿时，整个脸蒙着块大红布头，看不见她的表情。燕儿的后妈还喜形于色地掏出一把喜糖，抛向半空。接到喜糖的大人纷纷向燕儿的后妈道贺，尽管当时就有消息传出来，说燕儿此去是给一刚死老婆的乡绅当填房的。想到小四曾在学堂念过书，我们中有小孩问他，什么叫填房呀？小四想了半天，没想起韩老师教过他这个词，末了只得从字面上猜测道，填房嘛，应该是房里有地方坍塌了，用燕儿去填呗。问的人也想了半天，好像明白了，脱口叫道，那不就是活埋呀！他这么一叫，小四紧张了，两眼顿时瞪得老大老大。自从燕儿她姐被赶走后，我们这一班小孩里，也就数小四最关心燕儿，自家有什么好吃的，总不忘偷偷送给她一些。我们都了解小四，担心他这时的紧张是很可能惹出什么事端来的。可是没有，当时没有，一直没有。就这么回事。

好了，我们童年的故事已进入了尾声，看上去支离破碎，少了血肉，特别是缺乏一些人和事的因果联系。但我们在那个懵懂的年代，就见闻了这么多，不可能，也想象不出更多的东西来。更多的东西，只可能见诸后来文人的笔下，也是我们下面要讲到的。譬如有一天夜里，街上再次响起炒豆般的枪声，从前半夜响到后半夜。这次我们多数小孩都惊醒了，听得非常真切。可大人们都不敢开门探个究竟，我们就更不用说了。胆子稍大的小四还是想开窗看看的，却被他妈喝住了，找死啊，看什么看！第二天一早，就见鼻涕虫家的房子被子弹射得稀烂，还冒着余烟。我们远远望过去的时候，三儿他爸正指挥官兵抬着棺木往罗家场地西南角而去，据说棺木里躺着的，是这一阵闲在家里的鼻涕虫他爸。和鼻涕虫他爸一起被打死的，还有几个提包背袋、找他来做生意的陌生人。这些人被随便扔在西南角上，泥土一盖，就算完事了。

然而天有不测风云，没隔太久，三儿他爸也死了。他的死尸被放入一口上好的棺木里，由大车送回，十多个官兵抬到墓地，和三儿他妈合葬在一起。墓碑上，一行红字被涂成了黑字，又添了行后死者的生卒年月。市里照例来了好多有头有脸的官员，最大的照例讲了好大一通。可不知为什么，事后街上有大人议论起这个话题，会悄悄地说，真是报应！

终于到了新中国成立，人民翻身做了主人。新生的镇人民政府百废待兴，最初做的几件重要的事情里头，就有一件是替鼻涕虫一家三口重新安葬。三口红漆的棺木并列排开，中间是鼻涕虫他爸，右边是鼻涕虫；鼻涕虫他妈的遗骸其实一直装在一只陶罐里，当年我们曾亲眼见到鼻涕虫他爸偷偷掩埋来着，自然，左侧的棺木就殓着她了。埋棺木的坑挖得很大很深，墓碑也高过大过寻常人家的坟塚。墓碑上，除了"某某烈士之墓"等字样外，最上端还书有"满门英烈"四个大字，字写得庄重而有力，就是不知是哪个题写的。也是在落葬仪式的前几日，镇里派人把三儿爸妈的坟墓给砸了，夷为平地，就差尸骨没挖出来随便扔。这些情节在后来编写的小镇红色纪念册里都能找得到，有的还记叙得很详细，纠正了人们原先认识上的巨大偏差，譬如鼻涕虫他妈的。不过也有册子里没写到的，或者有意略过的。听大人们说，当年鼻涕虫他爸原本是有机会活着的，他甚至已打开了缺口。这个缺口源于他刚要突出重围时，碰巧撞上了三儿他爸的枪口。只是因何缘由我们不清楚，三儿他爸的枪没响。两人四目相顾，迟疑了好一会儿，最后三儿他爸一扭头，仿佛在示意对方什么。于是鼻涕虫他爸提着没了子弹的枪，一路飞奔。眼看快没了人影，这时横蹿出来一个当兵的，三儿他爸像是醒了，指了指远处的人影。当兵的二话没说，举枪射击，人影晃了晃，倒下了。等现场清理完毕，当兵的要掩埋尸体，三儿他爸将带队的叫到跟前，交代道，去，想法从乡民那里找一副棺材。带队的问，给谁？三儿他爸答道，我的邻居。过了中午，棺木入土了，没碑，唯有高出地面的土堆显示下面有人新埋着。三儿他爸缓步上前，在土堆前放上一碗酒，又点燃一支烟，插上，沉默了许久。他点完三支烟以后离开了，再没活着回来。

又过了两三年，三儿突然出现了，是回来返乡务农的。他穿着一身极其普通的衣服，没什么行李，相貌看上去要比实际年龄老成得多。没人清楚这些年他在外面干了什么，只知道镇里要给他另行安置住房，被他谢绝了。他就选在罗家场地，将破庙简单修整一下，住下了。他一直维持着单身状态，就连儿时的玩伴，因为彼此间相隔太久，变化太大，也基本无往来。他的农田是他自己开垦的，开始一小块，慢慢变大，越来越大。农田里的收成常常好于一般农户，除去不多的口粮，其余都上缴了集体。大约在他非常习惯农民的劳作时，有一天傍晚，来了几个穿军装的青年人，老远就向他敬礼，还"老连长、老连长"地招呼着。他们进到破庙后，聊了些什么，也是没人了解。但热闹的仅这么一次，其余时间，忙完了田里的活，他会独坐在庙门前，看看天，看看地，看看自己亲手种下的庄稼；当然，也看满眼未被开垦的土地，包括西南角上高高低低的坟茔。他只在清明那一天，会请出一只陈旧的小蓝布袋，翻来覆去地看看。布袋里头原先是有东西的，那东西他后来给了鼻涕虫他爸。也为了那样东西，当年日伪特务铁桶般地围了他的家，他自己的父母眼看快顶不住了，他爸不得已将他藏入了灶间底下的一个地洞里。地洞不太小，入口处却相当隐蔽，躲三四个人没有问题，可他爸对他说，傻小子，如果我和你妈都躲进去了，反而都会没命的。说着，又顺手将一只布袋塞入他的怀里，进而叮嘱道，千万别丢了，它可比我们全家人的性命都重要，他日你若能活着出去，一定想办法找到来过我们家的小眼叔，交给他。他后来是活着出去了，却意外地被鼻涕虫他爸最先找到，同时知道怀里的东西也是对方最想要的，尤其是鼻涕虫因为自己而死扛着坚不吐实，被人打得稀烂殒了小命，他心里很难过很难过，想着无论如何得有所表示的。他的这段经历是很后来才为人所知的。其他当事人都不在了，要不是区史志办的人反复做他的工作，估计他永远不可能张扬。他没有张扬的还有另外一个秘密，就是他不是他妈亲生的，他爸也不是亲爸，他爸妈之间只是名义上的夫妻，当年为了抗日，两人领着一个军统特工的遗孤，在街上的宅子里潜伏下来。于是有人说，他返乡其实是在守望着什么。也有人讲，他又似乎想逃避着什么。可不管是什么，相信一年中的多数时间，他看见了百花在泥土里慢慢发芽、生长，然后在草木映衬和雨露滋润下，拱出一地的五颜六色，像有人之前在那里播撒过种子，注定要成为一片争奇斗艳、变幻无限的花海。

书　店

　　阳光像一下子喷涂到玻璃上的。玻璃隔开着我和街景。只是由于对面楼房的遮挡，街上还有部分人与物落在灰色里，似乎遥远而迷离。在这午后的光影中，一张年轻且不具任何特点的脸，忽然和着阳光一起映现在玻璃上。他朝里看了看，又看了眼，迅速消失。

　　这是我和他的第一次相遇，中间仅相距三四米，相隔一块玻璃的厚度。就算事情过去好多年，彼此横亘在生与死的两端，我依然不能忘记，依稀从金黄色的玻璃上，读出些什么。

　　还在更早的时候，我二十六岁前的所有积蓄及平生最看重的情色，被同一个男人骗走了，而且骗得毫无准备。类似的打击对我这样的女人来说，几乎是致命的。最终没死，可能也是因为怕死，私心里还存有一点点想活着的意思。好友虞见我整天沦陷在绝望里无所事事，便建议我不妨开家书店。她说，和书籍为伍吧，或许能使你挣脱常人难以挣脱的苦难。稍后，因了好友的这句话，使我有机缘碰上现在这个店面：不大，也不在闹市区，可租金相对低廉，刚好适合于买卖图书什么的。书店开张的那天，虞是第一个进入的人，她参观我的陈列后又说，书倒是挑得蛮有个性的，主要做给一部分目标读者，就是店堂布置得太过逼仄，一排书架挨着一排书架，连个透气的缝隙都不留，不好。于是我再度根据她的提议，撤了几排书架，腾出紧靠大面积玻璃的这一面，放上几张单人书桌，以便读者在选书选累了或者欲细细了解书的内容时，有个歇歇脚、坐一坐的地方。我甚至还为专看书不买书的标准读者提供简单的饮品，譬如茶，譬如咖啡，尽管此类服务都不可能不收费，且需加上少许利润，但图书零售纯属微利，适当赚取些主业以外的蝇头小利，一般读者也是愿意理解并接受的。

真的不好去想象靠卖书能卖出个富翁来。由于这样的市口，这样的营生，也由于小店新开，更多的时候店里很空，店主很闲；常常只有我自己在一本接一本地翻书，一本接一本地看书，这样的翻看除了证明生意清淡，也确如朋友所言，能慢慢抚平我内心的伤痛。偶尔看得眼睛发花，我会将目光移向玻璃外，留意每一位在此张望或驻足的人。所以我对他初次出现在小店前的情景，记得特别清晰。

再次过来，他直接进了店堂，然后从书架上随便抽出本书，坐下就读；全部动作显得干脆连贯，一点都不拖泥带水。春日依旧照在临街的大玻璃上，同时透过玻璃染黄了他的肩胛及面部轮廓，以至于从我这边直视过去，如同面对一幅简笔肖像画，总觉得有些不太真实。他这么一坐便坐了半天，没有购书的欲望，甚至不见点茶的表示，好像纯粹跑进了一家阅览室，用不着开销。你说我再无心发财，也不能天天为生计犯愁吧。正这么想着，再一抬头，他已不见踪影。肯定是走得匆忙，因此书还在桌上，没来得及放归到架子里。我快快地过去收拾起被他遗弃的书，惊讶就出现在其后的那一瞬间：书下居然压着张崭新的五元纸币，刚好够点一杯茶或咖啡的价钱。我急忙环顾街上，下意识里有找回他的愿望，可我知道这是徒劳的。原本是他少我一杯茶，这会儿竟成了我多他一份误解。就盼着还有下一次了。

很巧，后来的几天里，有个大主顾不请自来，而且要的都是高定价的精装书，他说他是某大学教授，专找相对小众的类型书，却不太好找。又说，现在总算找到了，以后他会常来光顾的。给了折扣，噼里啪啦一算实洋，所得纯利够付四分之一月租了，心下不觉一阵快意。许是托了这位大主顾的福，店内的人气较之以前逐渐旺了许多；虽说实际发生购书行为的读者仍属少数，但至少不再冷冷清清鸦雀无声了。

是个雨天，忙完一笔小生意，转头间又瞥见他在上次的书桌旁坐着，面前照例摊了本书，不过有些心不在焉。他主要看的是玻璃外的街上，不停地看；

有时长，有时短，最久的一次竟注视了十多分钟，搞不懂究竟是什么在吸引着他。一会儿没别人了，我过去将那张崭新的五元纸币放回到他的桌上。他终于想起回头看我，仿佛在等我解释。我说这是你那天落下的，一直想还你来着。他笑了笑，摇了摇头。我说你爱喝茶还是咖啡？我的意思是假如他执意不肯收回五元钱的话，我是应该还他一份歉意的。他又笑笑，摇摇头。他的笑一如他年轻的脸，说不出有什么特点，却一样让人印象深刻。我收起纸币，少顷，一杯由主人特意用文火煮的浓香咖啡，端到了客人的面前。这一回他没有笑和摇头，看样子接受了。问题是他始终不开口，有不想过多搭理我的意思？既然没法正常对话，及时保持距离无疑是最策略的。问题还在于当天他走后，桌上的书仍未归位，书下仍压着张崭新的五元纸币。

  雨一连下了好多天，都不大，一直淅淅沥沥地飘，仿佛在为黄梅节气的即将到来做着预告。雨点积聚在玻璃上，大半不能承受自身之重悄悄滑落，形成一道道长长的尾痕；少量的则似乎永远挂在那里，坚守着自己的个性与位置。这样的天气，除非你是经营生活必需品的，一般走过路过的行人乃至老读者，谁会撑着伞跑你这里来消遣呢？也就他来了，天天来，而且从不打伞。他进门前总要先蹭上两脚，不外乎想蹭净鞋上的泥水，兴许还包括抖落身上的雨水。他从进门、取书到入座，基本不拿正眼瞧我，更不吱声，俨然落入了无人之境。那时我已没想法了。人嘛，各有待人之道，要是相互不熟，他就敢东拉西扯地和你聊个不停，毕竟也怕。我那时的想法仅剩赶紧替他煮一壶咖啡，先送上一小杯，余下部分当然是续杯用的。可他老也不续，书下也老压着五元纸币。有一天我过意不去，执着壶想主动为他续杯，又见他招牌式的微笑与摇头，同时见杯中满满的，几无续的必要和余地。我后来注意到他不管坐多久，那一小杯咖啡总挨到最后才一气喝完；而之前，他都懒得去碰一下。我问，你是更好茶？他一脸茫然地看着我，稍有些不知所措。那一刻我明白了，马上找来纸和笔，我"说"我很抱歉，你要不喜欢咖啡，可以换茶。他改为先摇头，后微笑。我又"说"那你干吗不喝？续杯是免费的，不用担心加收你钱。没等我"说"完，他忽然撇下我，转脸观察外面的动静，竟至于纹丝不动。雨临时下大了一些，雨丝泼在玻璃上，形成一帘雨幕，即使从里面看出去也看不远，何况没东西看，看也白看。

正式进入黄梅时节，他反而不常露面。常露面的是某大学教授级大主顾，他一般中午前后来，来了后专在精品书架上挑，有时挑上三五个品种，有时同一个品种挑上三五册，反正回回不落空，好让主人有钱赚。他走了后当天的生意大体不淡，一本两本地总另有小主顾光顾。等到越来越熟识，此大主顾会兴之所至，和我多聊上几句。他说这一带读书人少，注定了你得为卖书而受穷。又说，实在不愿买的，坐在这儿看看书捧个人场，也算出力了。说罢，他坐在了原本坐不下去的座位上。当时没多想，反正有人不坐有人坐，如此而已。坐了片刻，可能有些坐不住，他开始自言自语，我想起来了，这个位子好像是有人坐的。我说是的，一个哑巴。他随便问，是天聋地哑的那种？我说应该是。他皱了皱眉头，可惜。

我也觉得可惜，接着就盘算明天雨会停否，包括他会来否。实在想不透时，也坐到他坐的位子上，顺着他习惯的角度向外眺望：有三三两两的路人行过，有大大小小的车辆驶过，有几十棵梧桐晃动着点缀其间，有一长排静止的法式洋楼剪影似的衬在最后面……还有什么呢？只剩下我的委托律师刚差人送来的一封信函，说是我向法院递交的关于追索被前男友诓骗走的部分财产的上诉，目前看来胜诉无望。已经没什么可以伤感的了，就知道会有这样的结果。咖啡壶在电炉上扑扑地冒着蒸汽，太香了有时也难受，是不是？

正恍惚着，又来了位添香者。我坐着没动，"问"他，是送我的？他笑笑，可能看出了我内心残存的泪痕，终于朝我点点头。但他并未将沾有雨滴的花束交给我，而是从包里取出花瓶小心地插了进去，放在紧靠玻璃的桌上。他又开始看书了，看得太投入，以至于咖啡递到他面前都没察觉。他看的是一本名为《刺客令》的长篇纪实文学，书中讲述了一个个发生在民国及抗战时期震惊中外的刺杀大案，或是被刺者位高权重，或是刺杀者声名显赫，都给当时及后世留下了重重谜团。我索性坐定在他的对面，同样像面对一个谜。可能是觉得过于冷落了主人，当他不经意地抬头时，再次冲我点头示意。我"说"你很爱书？他接过纸和笔，"说"是的，小时候家里穷，连多买一本作业簿都得掂量半天，当时真羡慕那些成天守着一大堆书的书店老板。我"说"你现在读的这本书凑巧我也翻过，感觉蛮吸引人的。他"说"主要是案件本身吸引人，作者从全知的角度切入，添加了许多想象与推测，不过事实总以片断的甚至残缺的面目出现在世人面前，想要全知，那多半是我们的愿望。他"说"完愿望的时候，已经按照自己的愿望，及时将花瓶转移到了我的收银台上，没法猜透他的愿望里到底埋着什么。

天暗了，他也起身到精品书架前随意翻动起来。没指望他会学着教授的样，买其中的任何一本。我想的是那个角落灯不够亮，似乎还应该把四周的射灯都打开。不料他略有些紧张地跑过来，关闭了射灯，那意思像是要我别浪费电能，然后径直出了店堂。夜幕顷刻吞没了他的背影，就见街的另一侧，洋楼窗户里的灯光闪闪烁烁。

这样突然地来和突然地去，再然后经常发生在他的身上。

就是教授不来了。

好像由教授引来的那几张半生不熟的面孔也不见了。其实他们之间应该并不相识，却总能无巧不巧地同时光临小店，买各自不同的书。其中有个戴墨镜的，每次付账时喜欢排出一厚叠大面额钞票，统统数上一遍，跟着信手拈出一张，耐心地等我找零，那样子颇具玩味。

我记得哑巴最后一次来，黄梅天已经过了。那天他显得非常不专心，书拿在手里，眼睛却老往玻璃外张望；中间曾出去过几次，一会儿又回来。真怀疑他是吃坏了肚子，需要不停地往公厕里去。太阳淡得快看不见了，街上猛地响起炒豆般的鞭炮声，以为是邻家有子娶媳或者有女嫁夫，再平常不过了。就他特别在意，扔下书飞奔出去。店内空无一人，脑袋被震得暂时真空，就明白此刻，我也特别想有个人相陪的。

最先吓着我的是玻璃竟一下子碎落一地，风猛烈地灌进来，心里还想着喜事闹成这样似乎也太过了。再细细一听，感觉不是鞭炮声那么简单。隔着没了玻璃的空洞，就看见一个额头上淌着鲜血的年轻人回来了，右手拿着把枪。我想都没想就迎了出去，一出店门，才意识到子弹原来像蝗虫一样密集地在耳边呼啸，大都是从对面的洋楼里喷射出来的，大都撞在这边的墙上弹出火星。我没来得及反应，他却反应了，幅度很大甚至很夸张地向我摆手。我仍呆立在原地，进不得也退不得，等着又一拨子弹飞过来再飞过去。

"回去！快回去！"他忽然喊道，声音大到全世界都能听见。

呵呵，打出娘胎起，就没有比这五个字更让我惊愕的。

他一个箭步扑向我,霎时将我扑倒在他的身下。全部动作依旧干脆连贯,一点都不拖泥带水。

一时间所有的人都在动,就他一动不动,真安静。一串串湿热顺着他的胸口,淋落到我的脸上,流向地面,转眼漫漶开来,形成一朵刺目的暗红。当天晚上医生说,他额上的伤其实并不致命,致命的是那颗由后背射入心脏的子弹。医生没说那颗子弹穿透他的前胸后,只差两厘米,就挨着我的前胸了。

很遗憾,迄今我都不清楚其间出了什么事;进出我店里的,除了纯粹的读者,到底还有些什么人。我曾试图通过各种渠道予以打听,末了有人对我说,别问了,不方便告诉你的。我哭着求那人说,可他是为我死的!那人想了想,走开了。你只要明白他是用特殊材料做成的,够了吗?走出十步,他回头撂下这么一句话。

如今你若来到我们这条街上,还能见到一家取名为"读者"的书店,打碎的玻璃重新装上了,店内的陈列一如好多年前的那样。只是物质丰富了,人们对读书的兴趣反而越来越淡。最初劝我开书店的好友虞反过来劝我关门了事,免得到头来不好收拾。不,我说再难我也要守着。虞很懂我,说你守不来他的。我说也许。我说"也许"的时候,正将一本不知被谁丢弃在桌上的书收拾起来,目光无意中落到了书下面压着的五元纸币。虞没留意我发现了什么,只看见我的表情。

"你怎么啦?"她吃惊地问。

永远的微笑

从学校到火葬场，乘车，只消十分钟；步行，需要半小时。她选择了后者。

眼下，雪虽说还未下起来，但乌云压得很低，飘得很快，一团团如铅块似的被朔风驱赶着……

实际上，我们的慕容老师是个大忙人。她身兼数职，一年四季难得有自己可以支配的时间，尤其是近来，既要出席各类名目繁多的会议，又得忙于著书立说，应付出版社的稿约；既要抓好全校的语文教研工作，又得着手准备高二年级的期终考试……

那么，究竟是什么使得你肯丢下手上大量的事务，去火葬场，而且，还破天荒地请了半天假？可你毕竟扔下了一切，去了。做出这样的决定，甚至连你自己也觉得困惑：难道步行比乘车更快、更暖和？而哀悼的对象又是你记忆中最平凡的学生！她貌不惊人，一眼看去简直难以预料她将来会有什么大的出息。难怪两年前，你和她分手才六个月，就险些把她忘了。当时，她特地来母校看你，可你呢，你还以为是哪个素不相识的低年级学生找你有事。"容老师，你不认识我了？"你瞪大眼睛，愕然相视，还是想不起来。"我……宫瑛。我是宫瑛呀！"她说，委屈的泪水夺眶而出——爱哭鼻子的……哦，幸亏你脑子里还残存着有关她的这一可怜的特征，不然，宫瑛是何许人也，恐怕你仍搞不清楚……

十分钟前，天空曾经出现罅缝，太阳钻出来，可一刹那后，绚丽的色彩如过眼云烟，转瞬即逝。它不但未给人以心灵的温暖，相反，更加深了大地的冷色。

当然，在家待了一年，宫瑛后来总算考取了师范学院，继而又偶然在某份青年文学杂志上发表了一篇《老师您早》的小说。据说，小说写得不错，作者也因此获得了一定的声誉。你收到她的赠刊后，只看了两行，就搁下了。因为幼稚而缺乏文采的开场白使你生厌；再说，马上又有一个重要会议需要你主持。但假如没那个该死的会议，你大概是会耐心地将小说读完的吧，起码不至于只看了几十个字。于是，为了不辜负死者家属的重托，也为了能在今天的追悼会上说点什么，你昨晚特意在书橱内寻找那份刊有《老师您早》的杂志。里里外外，上上下下，几乎都找遍了，没有。最后，好不容易在废纸堆里发现了它。这一回，你总算勉强读完了这篇小说。看得出，作者在人物塑造上确有一定的才气，然而结构能力和文字功夫，是否也可以和你当初那篇一鸣惊人的处女作相提并论呢？唉，可惜！你长叹了。就算她生命之火不过早地泯灭，就算她能顺利地念完大学，就算缪斯以后仍愿意和她合作，她也不可能成为像你这样的优秀教师加多产作家式的人物。因为你是少有的天才！事实如此……

下雪了。

慕容婷拉了拉脖子上的围巾，低着头，想起了好多年前的往事。那会儿，由于斗不过校长的三寸不烂之舌，冒着有可能损害自己提高班班主任名望的风险，你被迫接受一名由郊县转来的女学生。记得当宫瑛第一脚跨进城市的课堂时，她显得多么神往而胆怯，如同一下子步入了天堂。她的头发被风吹得乱蓬蓬的，几乎快将瘦削而被冻得通红的脸遮住。她惴惴不安地注视着你，很有些不好意思。说实话，你环顾四周，还真不知将她往哪儿塞。后来打外面搬来一条缺腿的、只有三只脚的长凳，才勉强在最后排的角落里让她坐下。你说宫瑛，你对新同学有什么话要讲？她受宠若惊，忙惶恐地站起来，扯了扯身上的那件肥大的衣服，含糊不清地支吾了半天，也道不出个所以然来，险些引起同学们的哄堂大笑……

一学期过去了。除语文、政治和外语成绩比原先有所提高外，她的数理化等其他科目仍维持原状：中等水平。她就是这样一个学生：当你走进教室，她不会主动跟你交换意见；当你找她谈话，她会讷讷地说得语无伦次，半天弄不清她的真实想法；当同学们凑在一起说天道地，她依旧蜷缩在自己的角落里，双手托着下巴，露出羡慕的眼神……总之，在你的心目中，这个集体不会由于她的存在而增添光彩，也不会因为少了她而黯淡失色。

也许是你刚强的性格和从小就不爱哭鼻子的缘故，你对女孩子动辄流眼泪特别反感；而她，宫瑛，恰恰属于眼窝浅中的一个。每当班里有个别男同学欺负她，骂她乡巴佬，甚至用脚去踢她那条缺腿的长凳时，她总是既不向你反映，也不和肇事者争吵，而是用眼泪默默地抗议……

不过现在回想起来，在她身上也并非没有闪光的东西。倘若不和你过去的同学、目前已成为文坛名家的那几个人相比，她当时的作文确实算是不错的；仅仅作为一名学生而言，她行文的流畅、构思的巧妙，也够得上全班的上乘。可她并未就此满足。有一回，她只为了你在她的作文本上批了"结尾还可简洁、含蓄"一语，就又重做了一遍，直到你再也无法挑剔为止。后来，临近高考，你劝说她道，根据你的各课成绩，选中专还是有希望的。然而她呢，偏偏喜爱文科，说：进不了大学决不罢休。结果两分之差，她落榜了。她宁愿不进会计学校，宁愿在家中继续备考。一年后，她果真如愿以偿。而这一点，她倒有些像你。当初，你的小说被编辑部一退再退，别人都劝你就此歇手吧，也许你没这天分。可你不信，最终还是感动了缪斯，并成为她无数信徒中的一个宠儿……然而无论如何，她都是无法和你相比的。你是全市赫赫有名的特级教师；而她呢，无非是一个成绩老是处于中等偏上的女孩子。她看上去软弱无力，举止古怪、笨拙到几乎使人发笑的地步……说到底，她只不过是你众多学生中最普通、最平常、最不显眼的一个。

此刻，你就是为了这个爱哭鼻子的学生，为了口袋里她祖父寄给你的那封通知书，为了你曾经是她的老师，来到这个远离学校、远离工作的地方。你抬起头来，眼前已是一片银色的世界，而一时积不了雪的柏油马路，在一望无际的白色的映衬下，则显得漆黑异常，宛如一条系在腰间的玄色绸带。哦，原来大地也戴着重孝！

火葬场门口，宫瑛唯一的亲人——她那年迈的祖父，正等候在那里。看得出，由于连日来过度悲伤，他已显得疲惫不堪。

"你……你就是小瑛的……"

"对，我就是她中学时代的慕容老师。"

老人那枯井般的眼窝里顿时闪射出奇特的光芒。"谢谢，谢谢你！"他赶紧朝你深鞠了一躬，"我的小瑛……她在天之灵，也……也会感激你的。"声音颤抖，显然是由于你的如期到来，太使他感动了。

你随着老人进入了告别小厅，宫瑛的追悼会将在这里举行。现在，会堂还在布置，宫瑛的遗像已安放在正中。褐色的镜框内镶嵌着死者消瘦的脸影；那双眼就像她的祖父一样，大而没有多少光泽；嘴角微微上翘，但由于什么东西的压抑，使她欲笑而未笑出来……大大小小、五颜六色、买的和租的花圈，被陆续摆放在遗像的两侧。花圈中央的白色飘带上，签着每个身份不同的哀悼者的姓名。时光在流逝，小厅内外的人越聚越多。大家面色阴沉，或独自沉默，或无声叹息，或相互间轻轻耳语。看来，他们中的一半是宫瑛家乡来的人，另一半显然是她大学里的同学——胸前都别一枚校徽。慕容婷发现有个戴眼镜的女孩子，正站在梯子上，竭力克制住自己的啜泣，并用颤抖的手将图钉往一幅挽联的一角上揿去。可她愈要抑制，那只手愈颤抖得厉害。慕容婷忙过去扶她下来，从她手中接过剩余的图钉……

"孩子，别难过，"这时，宫瑛的祖父走过来说，"小瑛临终前，最大的愿望是在她死后，别人不要为她落泪……"

慕容婷一愣。这不，你说怪不怪：一个生前嗜好流泪的女孩，竟祈求她死后别人不要为她哭泣。你思索着，似乎从这一瞬间起，你才刚有些了解这个已被癌症吞噬了生命的人的真实内心。

"啊啊，老师，你快下来！"老人忽见慕容婷在梯子上忙碌，忙说，"你……能来，我已经很过意不去了……"他陪你到厅外，逐个把聚集在这里的乡亲介绍给你，然后略带自豪地说："她孙大叔，乡亲们，这就是我孙女常跟你们唠叨起的慕容老师……她是从百忙中抽出时间，来参加小瑛追悼会的！"

众人的脸上不约而同地露出景仰的神色。在他们的心目中，你肯定是个非常了不起、非常难请的人，这是毋庸置疑的。一只只粗糙而黝黑的手争先恐后地和你相握。呵呵，他们对你是多么尊敬！然而两天前，你竟然犹豫了，甚至想借故不来出席，怕耽误自己两千字的创作或影响三堂课的教学……不过你毕竟来了，没有辜负活着和死去的人的希望。那么，你就心安理得地接受大家发自肺腑的感激吧。

雪住了，寒风仍在呜咽。

现在，你作为死者家属仰望已久的人，置身在乡亲们中间。对于汇聚在周围的人来说，你不啻是成绩斐然的作家、名闻遐迩的园丁，而且更重要的，你还是宫瑛肝胆相照、荣辱与共的师长，是在已经流逝的岁月中曾给她以最大帮助的人。或许他们还认为，她的第一篇小说之所以能顺利发表，也都得益于你的因势利导、大力引荐……"可是天晓得，当时，我连已经印成铅字的小说，也仅仅看了两行。"慕容婷心想，她没勇气解释清楚。其实，这个文质彬彬、眼窝里藏不住水分的姑娘，本来就没引起你多大兴趣；你甚至从未对这个不显眼的学生做出过充分的估计，哪谈得上什么相濡以沫的师生情谊？你在她的心目中，多半是一个智慧、慈爱而又深不可测的师长，而她在你的眼里呢……不过现在再回过头来提这些，又有什么意义！也许当时，她就已经感觉到自己在你的面前，只是一个无足轻重、没有多大能耐和发展前途的学生。可是你看看，恰恰是她，成了《老师您早》的作者，成了你所从事的神圣事业的歌手。她把自己的一腔热忱，毫无保留地倾注在自己的绝唱中，使它每字每句都默默地渗透着生命的光华……

很显然，在那个僻远、贫瘠的乡村里，在那些做梦也没想过这辈子能识满一箩筐文字的人中间，宫瑛无疑是他们真正的骄子、共同拥有的财富。什么写信啦、读报啦，甚至是立遗嘱、递状纸，哪样缺得了她！而她待左邻右舍的大爷婶婶、兄弟姐妹是多么亲呵……难怪那个半身瘫痪、十几年没出过门的老大娘，如今也求人背着来了。你应该觉察到四周的人是多么热爱他们村第一个、迄今也是唯一的大学生呵。可对你，他们却只有盲目崇拜，就像华丽、明亮的星座，令他们可望而不可及。但宫瑛则不然，她是他们看得见、摸得着，并为他们带来实利的宝贝。同样是宝贝，意义却截然不同。现在，你感到歉疚了吧？因为遗憾的是，在她生前，你竟没有真正了解她，未能给予应有的关怀。你是否也同时尽到了一个特级教师的职责，或者说，完全无愧于这样一个称号了呢？问题就在这里。有些事，你本来是可以做到的。譬如你应该在她到来的前一天，就预备好一只四脚俱全的凳子；你知道她喜欢文料，应该尽量挤出时间予以适当的辅导……但是在面前这些人的想象中，你同宫瑛是另外一种特殊的关系。你们与其说是教学相长的师生，不如说是亲密无间、没有身份差异的朋友更为妥帖。他们以为，在她迷茫的时候，你就是灯塔；在她困难的时候，你就是力量；在她寒冷的时候，你就是火焰……总之，一切的一切，他们都理解得那样单纯而美好。无怪乎他们会如此虔诚地听宫瑛讲述你，那么直率地认为你就是《老师您早》中的女主人公！"不，我不是，我不是那里面的女主人公。"慕容婷竭力争辩，但已无济于事……

好了，把已经派给你的角色担当起来，无需推辞。也许，我们的慕容老师是曾给她以帮助，而自己忘了；但也许，由于你上了年纪，力不从心，对有些学生重视不够，以至于忽略了对宫瑛这样的看似平凡、呆滞而内心却极其活跃、激情澎湃的人的培养。事情既然已经成为过去，你就安心地毫无愧色地接受这些不知内情的人所馈赠于你的荣誉吧。任他们去吧，即使将你幻想成圣母，也不关你的事。

好容易挣脱众乡亲投来的亲切的目光，慕容婷又被一群热情的学生紧紧围住。仿佛此刻，他们不仅是来参加追悼会的，而且是专门来拜会你的。这些见多识广的大学生，眼下最感兴趣的问题是：你是如何培养像宫瑛这样的学生的？

那个戴眼镜的姑娘一直躲在附近的厕所旁，她攥着块手绢，双眼通红，看上去已痛哭过一场了。慕容婷过去安慰了她几句，少顷，她不无遗憾地告诉慕容婷："在宫瑛弥留之际，她曾经……呼唤过你的名字。"

本来，慕容婷还想和她说点什么，但宫瑛追悼会已经开始了。于是，慕容婷马上作为最尊敬的人被请到了第一排。奏哀乐。厅内顿时肃然。向遗像三鞠躬。宫瑛生前所在大学的班指导员致悼词……渐渐地，见过许多类似场面的慕容婷感到了一种从未有过的压抑，脑袋也随之沉重。她不由得向自己发问，和自己争辩。在这寒冷而稀薄的空气中，她发现自己化成了两个慕容婷，准确地说，她身上同时出现了两个本体——第一自我和第二自我：前者作为德高望重的特级教师，对既成的事实不愿做丝毫反省；而后者则能扪心自问，在事实面前，作为一个有血有肉、有感情和理智的整体，她怀疑前者，说自己首先应当和每一个学生，尤其是普通的、不善谈吐的学生息息相通，因为假如不是这样，那她起码未尽到教师的职责，更不可能是一个优秀的灵魂工程师。

"我在为你伤心。"第二自我说。

第一自我问:"有那么严重?"

"是的。早知如此,你还是不来的好,因为你似乎不配站在现在这个位置上。"

"别吓唬人了!不就为了一个过去的学生,她很幸运,发了篇小说……"

"不不,这远非问题的关键。重要的是,从你的身上,我发现了一种危险的倾向。事实上,它已经导致你和你的荣誉、地位,尤其是身份很不相称!"

"我怎么越听越糊涂了。"

"糊涂?不,你很清楚!回避事实,并不说明你的高明。不要以为一个教师的荣誉只需建筑在几部小说或者拔出过几个尖子上……"

"那应该建筑在哪里?我不明白……"

"你不是曾在自己的作品中,屡屡呼唤过人与人之间的相亲相爱吗?要知道,这样做首先必须相互了解。作为教师,她心中应当始终装有全部学生。没有这样的前提,不从自己做起,什么也谈不上!"

"……"

"当然,对宫瑛而言,能在去世后被你真正了解,也可算死而无憾了,但对你来说呢……天哪,假如每个平凡的学生都只能在死后才为老师所了解,那不是人间最大的不幸?"

"别说了。"

"要说!一小时前的你,还是那样自信,踌躇满志;现在却对自己的过去多少感到迷茫,丧失信心……"

"我说过了,请你不要再说了。"

慕容婷感到了一种不可名状的倦怠。

当宫瑛的遗体被工作人员推入厅内时,她什么也顾不得想,跟在瞻仰的人的后面。

长长的队伍缓缓朝前蠕动……慕容婷的心在不住地战栗。她凝视着死者那不显眼的外表,忽然古怪地想,在这件不合体的衣裳下面,曾经跳动着一颗怎样温柔、敏感而又富有诗意的心呵!并且,正是这颗心,后来竟如此细腻、透彻地歌颂了光荣的人民教师,同时也包括对你做了满腔热忱的歌颂,歌颂你的智慧、慈爱和坚毅顽强的性格,歌颂你工作的巨大意义和深远影响……她情不自禁地向遗体深深地鞠了一躬。

当慕容婷抬起隐隐发涨的脑袋时,她惊呆了:死者原本微微上翘的、却仿佛由于什么东西的压抑而使她欲笑未笑出来的嘴唇,倏地绽开了,永远,永远地微笑着。

霎时,她只觉得鼻子里有一种难言的酸楚,眼眶禁不住潮湿起来……

"安息吧,小瑛。"她在心里轻轻地说。

◀

爱要怎样说出口

时光临摹,
或者我来过你的世界

六叔其人其事

花海

书店

永远的微笑

阳光地带

劫后

重围

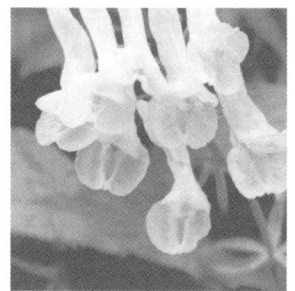

▶

阳光地带

鲁贵民是五十六岁的时候，奉调来我们学校当校长的。在最初的三个月中，校长鲁贵民竟没有丝毫动静：既不见惯常的新官上任三把火，也不见熟视的上任新官三斧头。就像他不曾来到我们学校，就像校长的宝座一直空缺在那里。于是有好事者推测，鲁贵民校长在我们学校的日子多半长不了，如同他的前任，再前任；与其折腾一番，到头来只为印证强龙斗不过地头蛇之类的俗语，还不如就此养着，找机会一走了之。都知道我们八师是块硬骨头，难啃。不过，也有人提醒道，当心，会捉老鼠的猫从来不叫。

我们学校原本是由六师、七师及教师进修学院中师部合并而成的。原本应该继续称六师或七师什么的，因为这两校的师资构成了合并后新学校的主干。但在挂牌前，两校的人都不愿意最终挂对方的牌子，生怕产生寄人篱下的感觉。于是上面一折中，干脆撤销六师和七师的建制，改称第八师范学校；同样，两校的人都坚决反对对方的人出任合并后的新校长一职，这样便有了首任校长王火——一个地地道道的老干部，此前与任何学校都毫无干系。两校原来的校长则顺理成章地当了王火校长的副手，分别主管教务与后勤工作。

首任校长王火资格老，级别高，镇得住。但他有个弱点，搞教育不在行，他只会对两位副校长说，你们尽管大胆地干，出了差错我担着。

问题是学校能出什么大不了的差错呢？熟悉教育管理的人都明白，假如一所学校一年没有校长，学校照样能够正常运转，教学秩序依旧可以继续维持。那就完全不同于远洋船出海航行，一旦没了船长，这船便不知怎么开了。学校会出的往往是一些隐性的、深层次的问题，譬如教学质量低下，学生毕业后无法适应社会的需要；譬如教职工之间的钩心斗角，教师块与行政、后勤块之间的相互诋毁；等等。尤其是我们学校，人员来源杂，派系色彩浓，老的纠葛穿插新的矛盾，一堆乱麻似的越缠越复杂。即使同一派系的成员，也时而互为冲突，时而又抱作一团，共同对外。让人看得懂，想不通。

大约在建校后的第三个年头，王火校长不幸猝死于一次心脏病突发。自然，继任的校长仍不能从本校的人选中产生。过了半年，刘亚楼校长到任。据说他之所以姗姗来迟，是因为他不愿来，也不敢来，唯恐由此断送了他的锦绣前程似的。所以他后来的离去，也在情理之中了。

第三任校长吕平分，倒是主动向上级要求来的，大有力挽狂澜、扶大厦于既倒的气概。可不久又有人打听到，他原先在三师当的是副校长，这是否意味着他在三师觉得没奔头了，于是来个"曲线救国"，挪到我们八师过过校长的瘾，由副处弄个正处干干什么的。他刚来时，的确煞有介事地叫唤过一阵，结果证明了他终究不是一只会捉老鼠的猫，也就顺水推舟地去别的学校另谋发展了。

我们学校最新一任校长鲁贵民，是在初春的一个细雨霏霏的上午，坐一辆灰色的旧桑塔纳来的。他衣着过时且又骨瘦如柴，乍一看去，还以为是哪个乡巴佬坐着木柴船刚由十六铺下的码头来了这里。后经局干部处的人一介绍，才弄懂原来这个糟老头便是我们的新校长，于是大家又放心又操心外加会心一笑。当天下午，鲁贵民校长和全校教职工进行了简短的会面，说了几句冠冕堂皇的套话，譬如教师是天底下最光辉的职业，学校自然就是太阳下最明亮的地方；譬如我来八师，一是向大家学习，二是为大家服务，云云。之后，他便像淹没在偌大的校园里似的，很少再见他在这块"最明亮的地方"公开露面。

转眼到了初夏，终于有了校长鲁贵民的些许动静：听说在上级领导的再三催促下，他把我们学校千呼万唤不出来的改革总体方案起草完毕了。记得在吕平分校长的任上，也曾产生过一个类似的东西，结果由于太繁复、太刻板，个别地方还触及了教工们的切身利益，被当时的教代会给无情地否决了。

这次，为使方案能顺利通过，鲁贵民校长特意在新一届教代会上做了番诚恳的说明。他说改革乃大势所趋，学校亦不例外，得跟上形势嘛。又说不妨先定下个宏观和原则性的框架，至于相关的配套及实施细则，以后再说。

耳闻校长鲁贵民央求的口吻，特别是面对着这个华丽而空洞、中看不中用的改革方案，大家一激动，顿时拍手拍脚拍屁股一致通过。因为大家觉得，很可能鲁贵民校长和他们想到一块儿去了：学校吧，终归是修身养性的地方，谁还能玩真的呢？即使真玩，也十有八九是唬上面不唬下面，唬外面不唬里面，摆摆花架子而已。可以让这样的校长在上级面前不好交差吗？

接着又听说在我们放假时，校长鲁贵民将随团赴东南亚一带考察——主要是新马泰，回国途中，或许会在香港歇歇脚，稍作停留。对此，人们是有议论的，但不久放眼开去，又觉得可以理解。撇开那些高贵不贵的官员层、国企的经理厂长层不说，单就靠惨淡经营为生的民营小老板们而言，去新马泰不也像去自家后花园一样随意？说不定哪天一不留神，还他娘的乘飞船、坐火箭，忽而美利坚，忽而法兰西、不列颠、德意志什么的，从这个洲玩转到那个洲，实在没的消遣了，才想起漏了个太平洋上的澳洲来。而鲁贵民，好歹是堂堂的一校之长，行政正处级干部，就算他果真行公费出国旅游之实，也似乎并不为过；何况他此去仅为民营小老板们的后花园，难说开什么洋荤。

鲁贵民校长让全体八师人真正感觉到他的存在的，是他来我们学校半年以后的事了。

一天上午，原六师的刘丽莉老师在校门口掴了原教师进修学院的秦朝言老师一记响亮的耳光，虽说事情最初可能是由秦老师挑起的。此类人民内部矛盾原属于校党委书记王海文受理的范围。王海文书记也算得上是八师的开校元老，且一直是个方方面面皆被认可的老好人，顶擅长和稀泥；七八年里，校长换了一茬又一茬，走马灯似的过，唯独他稳坐在书记的宝座上形似不倒翁。当天下午，书记王海文将刘、秦两位老师找来，各打了五十大板，完了又和颜悦色一番，要求他们各自多做自我批评。

类似教师之间的争争吵吵乃至打打闹闹，在我们学校历来见多不怪习以为常。以往，只要王海文书记一出场，事情多半会圆满解决，至少不了了之。可这一回，书记王海文的稀泥似乎没和到位，少了点艺术性：这倒不是刘老师打了人还觉得不解气，也并非秦老师挨了打感到咽不下这口气；而是相当部分的旁观者感觉到有了借题发挥的机会。这部分旁观者主要是原本来自七师的教职工，他们认为，六师的人自恃人多势众，一向横行霸道为所欲为，莫非想在八师的地盘上称老大？此次刘老师打了秦老师，颇有点当年美国欺负南联盟那样的味道；何况一个女教师胆敢在光天化日之下，出手教训一个男教师，实属是可忍孰不可忍，理应引起全世界的公愤！

"耳光事件"经这部分人一敲边，一起哄，转眼闹得沸沸扬扬，一时无从收拾。偏巧那一阵，王海文书记飞深圳参加中师系统华东块思想政治工作经验交流会去了，没在学校。不得已，原六师校长，现我们八师的教务副校长党重光由幕后走到前台，试图作平息状，但结果没人买他的账。无奈，党重光副校长只好涨红着脸说，既如此，只有请鲁校长来解决了。

在校长鲁贵民正式出面的前几天里，我们办公室的小钱老师曾不止一次地说，像这样的事要发生在我们国家里，打人者的结局只有一种，那就是流放。自然，没人将他的话当一回事。因为大家都知道，小钱老师正设计和领导着一个幻想中的乌托邦；据说在他的国度里，法律被简化到不能再简化的程度：凡违法者，要么杀头，要么流放，两者必居其一。所以他的臣民们都相当驯服，法律只代表神圣和威严，枯燥地悬于半空，并无实际用处。那几天里，我们办公室里的另一位老师游雪萍一个劲地苦练着嗓子，生怕有个走调会亵渎了上帝，以致被谢恩堂的唱诗班给涮下来；那个咿咿呀呀的叫唤，外行人听不大懂，久了便有点心烦。

那几天总算过去了，鲁贵民校长忽然再次出现在全校教职工大会上。他头发油亮，西装笔挺，给人以惊心动魄的美感。于是有人小声议论，嘿，出不出国到底不一样呵。仿佛，与会者还能从校长鲁贵民的这身洋服上嗅到一股清新的洋气。

那次会议的内容其实很简单，主要是宣布校方对刘丽莉老师的三条处理意见：一、责成她写出书面检讨；二、给予她行政警告处分；三、扣发她当季全部奖金。

宣布处理意见的是前回平息不成的副校长党重光。这次他似乎憋足了劲，来了个手起刀落人头点地，真正的挥泪斩马谡。两分钟后，该由鲁贵民校长代替仍在深圳开会不止的书记王海文讲两句。不料，他话未出口，刘丽莉老师已先于他从沉寂的会场上一下子冒出来,喝道,鲁贵民,你凭什么!

如同被人当头击了一棒,校长鲁贵民顿时傻眼了。幸亏他当校长不是一天两天,又刚见了番洋世面,于是他想了想,答道,就凭学校的改革总体方案。刘老师继续发难,你甭拿大旗做虎皮,那方案我看过,上面哪一条哪一款允许你这么整治老师的?鲁贵民校长转而笑道,那方案当然不可能订得如此详细,详细的都写在与之相配套的一系列实施细则上了。刘老师进一步逼问,教代会通过了吗?需要通过的只是总体原则,校长鲁贵民稍一正色,至于具体的实施细则,校长有权在不违背总体方案的前提下,视学校的情况自行制定;如果样样事情都得教代会通过的话,还要我这个校长干什么!

这下轮到刘老师傻眼了。自然,同时傻眼的不止刘老师一人:原来这半年里,鲁贵民校长并未闲着,他似乎在韬光养晦,试图扮演一只随时出击的猫。好,算你有种,刘老师从窘境中强行挣脱出来,一字一句地吐道,不过鲁贵民,这事完不了,在这个学校里,有你没我,有我没你,我们走着瞧!校长鲁贵民又笑开了,恐怕没么绝对吧,应该说你还漏了两种可能,那就是既有你又有我,或者既没你也没我;前者叫作和平共处,后者叫作一同消亡。散会后,有七师的人暗示鲁贵民校长,说刘老师是军官太太,她的先生刚由大校晋升为少将,据传连市长都得敬他三分。校长鲁贵民一身正气地回道,不怕,我是校长!

鲁贵民校长总算在不经意中露出了铁腕相,但这并非他铁腕的全部内容。如同校长鲁贵民正给我们摆着一桌丰盛的筵席,他这会儿端上来的,仅仅是小菜一碟罢了,连塞牙缝都觉不够;他会在以后的日子里,像变古彩戏法似的,不用毯子遮掩,便可从衣内甚至胯下为我们排出一道道足以触及灵魂的名菜来……

处理完了刘丽莉,鲁贵民校长一鼓作气,正式向全体教职工公布了与学校改革总体方案相配套的那些个实施细则:从日常管理到人事制度,从工资奖金的重新分配到计划生育、医疗劳保及义务献血等,其内容涉及学校工作的方方面面;有的还在大的规定下派生出若干个补充条款或附加说明,真可谓洋洋洒洒包罗万象,装订起来足有一部长篇小说那么厚。有人戏言,这本砖头似的书倘若从五楼掉下来可不是闹着玩的,不定会将地球砸出个怎样的洞;这样也好,以后油田打井可就省事了。不过，鲁贵民校长是撂下话的，说是半个月后要考试，看看大家对细则吃透了没有，考试不合格者得补考，再不合格后果自负。又说人家新马泰及香港的同类学校管理得如何如何严，言下之意，好像他炮制的这些玩意比之境外，简直如小孩子过家家的游戏，不值一提。

这样，大家在秋高气爽的季节里，只好关起门来集中学习，然后分组讨论。等大家稀里糊涂地读完了，议够了，才忽然悟出些门道来：其实这部长篇巨著的核心归纳起来也就两点，即罚款和下岗，反正都与钞票相勾结。譬如在教职工中散布不利于学校改革和发展的离心离德的言论，或者同事间闹不团结，争来吵去，影响教学秩序的，就罚款；譬如业务水平低下，工作极不负责任，或者有能力，但拒不接受学校及部门下达的任务的，就下岗。这一切都清楚地表明了校长鲁贵民要么不动，要动就动真格的，用他的话说，就是要对我们八师实施一次伤筋动骨的变革。对此，喊糟得很的人居多，都说没听说过鲁贵民在一师当一把手时是什么了不起的角色，怎么，难道他一觉睡醒，临了还想在这儿风光一把再退休？那时候大家还处在蒙昧之中，也就敢嘻嘻哈哈由着自己的性子乱弹一气。

自然，也有替鲁贵民校长叫好的主，其中最妙的当属小钱老师，他幽幽地发了一句调：要玩索性玩大的呗。令旁人怦然心跳，焉知他是否欲将那个空想中的乌托邦，真的移植到现实中的八师来，最终仅剩下流放或者杀头什么的！

当这个迷人的秋季快要临近尾声的时候，一种奇迹意外地显现了：绝大多数八师人开始不分彼此捐弃前嫌，像穿一条裤子似的共同排斥起那些个改革的道道来；主要是用嘴对付，也有将条条杠杠撕成碎片撒到校长室门口的，甚至还有人写匿名信给局领导，指责鲁贵民校长搞专制统治，企图凌驾于教代会，特别是校党委之上。那些日子的确使校长鲁贵民颇感头疼：改革初试锋芒，却出师不利；那么多人有抵触情绪，你能都处罚吗？看来严重的问题还在于教育。于是他又从百忙之中挤出时间进行补课，向大家充分阐述学校改革的重要性、必要性和紧迫性，全然不顾这是否有点越俎代庖，似乎想让王海文书记也下岗。这一回他有言在先，想使学校退回到从前的状态是不可能的，改革没有回头路嘛，所有的议论都到此为止。今后，凡再有不负责任地说风凉话、敲边鼓、捣糨糊，妨碍改革进程的，一律照章办事，决不手软。

问题是仍有不觉悟的和敢于违规者。鲁贵民校长果然不含糊，当下贴出布告，该罚款的罚款，该下岗的下岗。我们隔壁化学组的文莺老师因为同组的人说了句"我算看透了，改革其实很简单，改来改去，无非是领导的日子越改越好过，老百姓的日子越改越难过"而情不自禁地为他喝了声彩，结果被扣发五十元奖金。她是布告上那一溜名单里处罚得最轻的人，居然也值得她哭上老半天，那个呜呜的嘶叫声，浑似风箱突然漏气时所带出的低沉而悠长的声音。据说刘丽莉老师就是在耳闻了文老师的哭声后，自知不是校长鲁贵民的对手，才识趣地坐进一辆挂着部队牌照的奥迪车走了，兑现了她当初"有你没我"的承诺。

离心离德的话看来是不能随便讲了，那么同心同德的话可不可以讲呢？化学组几个脾气特犟的老师凑在一起一商量，决定来个反其道而行之，干脆大唱赞歌。每遇政治学习及教研活动的日子，他们总得敞开门户高谈阔论着改革给学校带来的巨大变化。话虽不错，可说多了，却难免有"司马昭之心，路人皆知"的嫌疑。校长鲁贵民再次发话，诸如此类的言论也必须休矣。当时大家不明白，以为又回到莫谈国是的年代了，后来往深处一想，感觉还真不无道理：你明里唱赞歌，暗里藏歹念；今天说好话，明天就可能讲坏话。舌头这玩意顶不是东西，翻来覆去没个准；何况学校不是茶馆，可以张三长李四短王五有脸大麻子地海侃一通，成何体统。

此次大唱赞歌的结果是，一向爱发牢骚好出风头的李向明老师，被再度罚款。此前，他因当着文莺老师的面胡乱谈论改革怎么怎么的，已经被罚过一次款了。他这回的罪名是大唱赞歌的组织者和策划者，属于居心叵测而又屡教不改之类的，重罚二百元。李老师回家后细细想来，总觉得见鬼了，肯定是有人出卖了自己。他始而悄悄排队，将疑点放在一个个同组老师的身上，看看这个可能是，瞧瞧那个也有点像，最终谁才是真正的告密者，只有天知道了。

类似的情形逐渐蔓延到别的办公室里，只要那里一发生什么出格的事，或者谁讲了什么出格的话，不管你是开着门的还是关着门的，鲁贵民校长便马上知道了，于是视情节轻重，分别给予不同的处罚。没人相信校长鲁贵民有什么顺风耳朵千里眼之类的特异功能，一定是各处都有人替校长通风报信充当他的探子来着。关键还在于几乎没人敢公开查寻那些个探子究竟是谁和谁，此等行为也明显属于违禁之列。因此，搞到后来人人都可能是探子，又可能都不是，包括人人都重新想起了你原先来自六师，我原先来自七师，你和我之间原先的种种纠葛。大家猜来猜去，全在肚子里摆谱，夜半失眠时有事情琢磨了，充实不少。

那以后各个办公室才真有点像办公室的样子。教职工们每天进出办公楼时，总得有意无意地瞥一眼底楼橱窗里的布告栏，看看谁又运气特好金榜题名什么的，然后要么暗暗捧腹，要么偷偷惋惜。那明晃晃的布告给人的昭示不外乎是——学校正进行着建校以来最为全面而又深刻的改革，只许成功不许失败；今后，凡事皆须小心谨慎认真对待，特别是要管住自己的嘴。

大约过了一年，已经不再教书的教书先生李向明曾讲过这么一句相当中肯且耐人寻味的话：其实教师大都非常贱，他们个个胆子小小的。

早些年里，我们学校全校性的会议很少开，一般只在学期开始、学期中间及学期结束的时候有那么几次，要不就是遇上评职称、加工资、分房子之类的情况，需要临时加个短会什么的。所以一直以来，我们学校每周两个半天的政治学习和教研活动基本是徒有虚名的。大家已经习惯了在这个时段躺下睡觉或者坐着聊天，一些脚头勤快的男女老师甚至只在办公室里露个面，然后三三两两堂而皇之地走出校门，或是上菜市，或是下股海，权当活学活用。

可到了鲁贵民校长的手里，情况便大不相同了。他一方面严格规定政治学习及教研活动的时间应该如何如何；另一方面又总有内容让教职工们学习和研究，譬如他后来陆续推出了《教师忌语一百条》《窗口部门工作达标一百条》《后勤职工规范服务一百条》，几者相加共有千余条，还不着实令大家学得昏天黑地。那以后的每个周末，我们最关心的莫过于下周的日程表上是不是又安排"生产队里开大会"了，如果没有，才轮到开小会或者自学。尽管这些自学及开会所议的文本就其重要性而言，没一个比得上红头文件，但大家依旧感觉到不能不学，而且不能不学得非常用心，因为它们都与教职工的自身形象和切身利益休戚相关；倘若有谁稍不留意漏学了一条，说不定哪天他（她）就得倒霉。此所谓标本兼治，也是校长鲁贵民相对前几任校长的高明之处。

这天又是个政治学习的日子，周日课程表上安排了各科分头召开教职工座谈会，主要议题是学校内部的机构改革。我们科的座谈会自然由老科长温念圣亲自主持，他说我们学校机构臃肿人浮于事的问题由来已久，这与改革开放的总体要求很不相符。譬如总务科和膳食科，完全可以两家合一家嘛；再譬如教师块的基础科和马列室，也似乎没有必要各自为政。完了，他唯恐自己的来头还不够吓人，又特意补充道，我刚才的话仅是代表鲁校长所说的。他这么一代表，与会者除了一致叫好，便不敢七嘴八舌了，免得有什么闪失；同时心想，不管你怎么改，科长总是科长，老百姓还是老百姓，一样。

不曾想鲁贵民校长这一回又搞大了。他在日后的机构改革中，大刀阔斧地将原有的十二科四室，一下子撤并成两科两室，即教师、教务、学生管理为一科，曰教学科；总务、食堂、财务为一科，称行政科；其他如人事、保卫并入校务办公室，组织、宣传、工会、团委则由党务办公室统包，它们的两大主任分别由两位副校长兼任。

这下子整个学校顿时舆论哗然。这个哗然多半不是针对校长鲁贵民简政消肿的动作；无论怎么说，一般的教职工总还是愿意看到那些个往日一本正经人模狗样的科座室座们忽然间沦为平民，往后说不定还会和我们一样争课上、找活干，以求保住饭碗什么的。这样一改革，一班人丢乌纱的丢乌纱，靠边站的靠边站，从此没了发言权，岂不痛快？

这个哗然主要是基于在科级干部大换班中，有两个人成了突然杀出来的黑马。一个是我们教学科的新科长严肃老师。严老师在我们学校一直算不得太出挑，起码他头上没角身上无瘤，即使两只眼睛也是一般高低一样大小。按理，他既缺乏当科长的经验和资质，也没有当好科长所需的个人威望及群众基础，他能坐得稳科长的宝座吗？然而，其后的事实证明了人们的担心几乎是多余的。毕竟，老八师的风光早已不再，严肃科长所要做的主要是上情下达，也包括下情上达；如此直来直去不折不扣，想必一点都不难。何况，作为严肃老师的诸多缺点可能在鲁贵民校长的眼里，恰恰成了严肃科长的诸多优点，此中妙处似乎只能意会不可言传。

与教学科科长严肃同时杀出来成为另一黑马的，是原校办的笔杆子闻天辉。据可靠消息，他是因为得了校长鲁贵民的真传，常在家里日夜兼程地炮制有关我们学校各项改革的最初方案，而深得校长鲁贵民宠信的。他后来居于行政科一把手的位置，也应该在情理之中的。

大江东去，浪淘尽，千古风流人物。在那些起起落落浮浮沉沉的日子里，最失意的恐怕要数我们科的原科长温念圣了。大家迄今记得，就在那次议及机构改革的座谈会上，他老人家还满面春风，自觉以他对改革的铁杆，未来的科座之中必有自己的一席之地。他常说廉颇老矣尚能饭否。似乎这个学校少了谁都行，唯独缺不了他。可见受古诗词的毒害不浅。事实上他有这个资本，他是我们中师系统不多的几位专家级副教授之一，我们现在所用的政教方面的课本，多为他主编的。在鲁贵民校长到任之前，一度校内外曾盛传温科长要摇身一变成为温校长了，引得好些人争相在他身上下赌注，明里暗里云里雾里地和他套近乎，那个肉麻，简直可以羞死满城苍蝇。这样的传言何以最终未能成为现实，其中的说法有很多种，较有代表性的是认为其实他对政治一无所知，近乎白痴。所以他后来的彻底落马，也就变得可以理解了。问题还在于他不像其他几位卸任的科长，要么调单位另谋前程，要么办退休颐养天年，最次的，也不过老老面皮当个普通教师或者办事员什么的；他已经五十六岁了，或者说才五十六岁，调出去没人要，退休吧又嫌早，你让他硬往教师堆里挤怎么得了，不是一点思想准备都没有吗？很久以后，有位胆大的老师在他背后开玩笑，说是温老先生像极了反右时的某某某，前脚刚在台上宣布谁谁谁是右派分子，后脚自己也变成了右派分子，妈的早知有后脚，还理直气壮威风凛凛地抬前脚干吗？

我们校长鲁贵民搞改革，既执着，又不冒进；既讲究原则，又善于运用策略。譬如我们学校整个改革进程中最重要，也是最敏感的两大环节——人事和分配制度——的改革方案早已出台，却迟迟未见实施，有人便私下议论道，是不是鲁校长事情一多，把这茬给忘了。对此，鲁贵民校长的解释是，任何改革设想的付诸实施，关键在于寻找一个合适的时间点；倘若这个点选择得不够恰当，无论你先前设想得如何完美，都注定了不会成功。可见他在耐心地等待着外部大环境和内部小气候的逐渐适宜。他其实啥也没忘。

大约过了整整一年，校长鲁贵民终于下决心，全面启动了这两大事关教职工生计的改革步骤，它的核心部分概括起来仅十个字，即上岗靠竞争，收入靠贡献，以真正体现多劳多得少劳少得不劳不得的分配原则。一时间，原有的那一套因人设岗、人浮于事的陈年陋习被打破，代之以因事设岗、因岗定人的全新思路；教职工们得由所在科室的领导依照自由竞争、择优录用的原则，分别实行一学期一聘制和一学年一聘制，他们的大部分工资被挖出来折算成单位课时金额或不同的奖金系数，然后根据岗位、工作责任及工作的质与量的差异，予以重新结构和发放，从而基本革除了根植于学校之中的"三铁"现象，也就是铁交椅、铁饭碗和铁工资。校长鲁贵民还鼓动道，有人一直说我这个校长只会做减法而不会做加法，其实呢，哪个校长不愿意做加法，不都是因为学校没钱吗？好了，现在机会来啦，有志者可以自己给自己做加法，再不用指着校长的鼻子骂娘了。进而宣称，改革就是权力和利益的再分配。

虽说大家对类似的改革都不乏思想准备，可当它真的来临时，又多少显得有些准备不足。那期间，学校里的气氛前所未有地紧张起来，如同一觉醒来，方知发生了第三次世界大战。大家都在琢磨着自己的位置，同时也琢磨着别人的位置；准备哭，同时也准备笑。个别人夜半梦醒，甚至会提前吓出一身冷汗。于是鲁贵民校长的娘还是被别人牵扯上了，说是她的不肖之子其实比旧社会里的大财主还狠心，活脱脱一个周扒皮的灰孙了。

最终，行政、后勤块上有二十来个人的位置被别人琢磨去了，哗啦啦倒下一大片，跟割麦子似的。教师块里倒还好，只有六七个人下了岗，即使这六七个人，也半数是因为课程设置的原因，需要暂时轮空一个学期。教师块里由于没课上不得已而真正下岗的，当首推李向明老师了。前回我们说到过李老师，但他这次的栽倒，却并非由于嘴上忘了把门什么的。他早已学乖了，懂得了言多必失的道理，改了就好嘛。事实上，这次是他同组的老师李福全抢了他的饭碗。二李同是教有机化学的，平日里处得跟亲兄弟似的，就差穿一条裤子共一个老婆了。按惯例，两人每周各有十节课，绝对谈不上谁抢谁的饭碗。可等到新学期开学的第一天，严肃科长忽然表情严肃地通知李向明老师，说是待本周坐班结束后，这个学期你可以不必来学校了。李老师硬是没弄明白，说我不是还得上课，怎可以不来学校？科长严肃说，这你甭担心，你的课由李福全老师包了。又说，现在学校的做法是，在确保授课质量的前提下，让每门学科的课时相对朝几位教师身上集中。事后，李老师责问他的亲兄弟李福全老师道，老兄，相煎何急？李福全老师面呈难色，说老弟你有所不知，严科长找我了，说是你能否把二十节课都挑起来,你说我该怎么答?我要说个不字,他就会马上来问你,这会儿丢饭碗的便是我,懂吗?李向明老师再次被搞糊涂了,咬牙切齿地答道,不懂!

现在,我们已无从考稽严肃科长究竟对李福全老师说没说过类似的话。但有一点大家都清楚:李福全老师也是不得已而为之。他的老爱人早些年已病退,一个儿子待业,另一个女儿正读大学,这一家老小哪个不得用钱垫着?何况他再过两年便要退休,此时不想法多上课、多挣钱,更待何时!而李向明老师的家境却颇为殷实,夫人在一家房产公司当经理,月收入上万,其独生子又远在美国硅谷挣大钱,还时不时地汇一些美元来孝敬双亲;说穿了,即使李老师两个学年没上岗,最终导致自动离职,这小日子照样过得红红火火,你说气人不气人?

但问题是家家都有本难念的经,譬如李向明老师,一辈子吃粉笔灰,按说很有出息了吧,却又横竖不讨夫人的欢心。他俩虽是师大时的同窗挚友,然而毕业后只同道了十余年,夫人便改弦易辙跳槽了。如今倒好,一个着实发起来了,一个还是一如既往改不了的穷酸相。每每发工资的日子,面对丈夫寥寥的几张,夫人总免不了会揶揄:瞧,李某人像不像吃软饭的?进而引得李老师反诘:后悔了吧,早知现在,何必当初!这玩笑归玩笑,现如今李老师真得吃软饭了,首先想到的是绝对不能告诉夫人。在女人面前,一个男人纵然可以什么都不要,唯独面子却是不可以不要的。

那会儿,准无业游民李向明反而比有业时要忙。他天天夹着皮包一早出门,傍晚才回家。他当然不想再去学校,而是整日里对照着晚报上的招聘广告,穿梭于一家又一家用人企业。他预感到这样穿梭的结果不会太妙,毕竟,自己已是快奔五十的人了,但他还是抱着侥幸心理,想碰碰运气。事实上,这些个用人单位里的接待人员倒是蛮热忱的,一照面,便是请坐啦,上茶啦,也不嫌对方年老年少什么的,一副求贤若渴童叟无欺的样子;可当他们听说来者是教书的,竟抑制不住地摇头,以示无奈。这就让李老师纳闷了,他觉得自己够低声下气的了,怎么还是没门?后来,一位道中人见他可怜,点拨道,这年头缺的不是先生,而是学生,明白了吗?除此,他还想到过去普通中学任教,譬如他有位大学时代的旧雨目前正任一所完中的校长,然而碰来的结果仍是只有气而没有运，因为那里也已经改革了，各色人等多出来不少，往外推都来不及。不过，碍于老朋友的情面，那校长说了，容我再想想办法，看看其他学校可不可以塞。算了，李老师当下回绝，心想，你把我看作什么了？又想，或许当领导的都是这么个口气，公仆惯了。至此，李老师方知彻底没戏了，只得在马路上、公园里一圈圈地逛，休闲得了不得。等他逛累了，闲够了，不禁感叹，其实自由不全是可贵的，像乞丐一样的自由就万万要不得！

待李老师在外面兜了好大一圈，再杀回学校，才听说学校里忽然冒出个"下岗者沙龙"，也没经过谁的批准，一些行政、后勤块上的下岗者成天聚集在一起，或是抽烟，或是喝酒，或是骂娘，或是号哭，一时间啥顾忌都没有，把一个原本闲置多年已尘埃满地的小会议室，愈发弄得乌烟瘴气惨不忍睹。又听说他们一个个都找过各自的科长或者主任了，科长讲这事我说了不算，找我没用；接着又找校长，校长说这事是集体决定的，找我也白搭；然后再找书记，书记的回答更妙，说是现在实行校长负责制了，我这个当书记的只能全力协助校长做好工作。这不，转了老大一圈，却原来一个管事的都没有，见鬼。见往日甚是傲骨的李老师也灰溜溜地踅进门来，小会议室里才稍稍有了点气氛，原总务科的保管员水小泉调侃道，李老师，这一阵在忙什么呀？李老师硬气地回道，在家里睡觉，这教书教了几十年，也该好好歇息歇息了，不好吗？水小泉接道，那是，不过我还以为你跳出龙门交好运了哩，哪像我们，平时不学无术，到头来只有自认倒霉。李老师一听，权当补药吃，说也未必，可我就是不愿跳这个龙门，我倒要看看他鲁贵民能把我怎么样，事实上，只要我开开口，抬抬脚，哪个单位不抢着要我！热乎了片刻，李老师说，你们光耗在这儿有什么用，不是白给！还是水小泉跟道，是啊，他鲁贵民不让我们吃饭，他自己也甭想拉屎！李老师问，你的意思是说杀了校长？岂敢，水小泉答，不是正想法子来着。李老师说我倒有个办法，你们可以派代表轮流上校长家里去，也不吵，也不闹，死钉在那里，看他能赶走你们还是活吞你们。众人觉得这倒不失为办法，到底是教书的，脑子灵活。可再往深处一议，委实犯难了：谁愿意当代表，谁又愿意打头阵？议到末了，只得由李老师一锤定音：都去，谁也别落下！

一个月黑风高的夜晚，大家事先说好了在校长家楼下的小花园里等。可约定的时间早过了，才零零落落地到了五六个人；要再候下去，别人还以为他们是一伙打家劫舍的流氓哩。李老师说，不管他们了，我们先上去。这一行人马刚摸进楼门，不料又有人掉队了；待真的靠近校长的家门时，仅剩下李老师和水小泉。水小泉说，李老师，我是个粗人，到时候得以你为主呵。李老师说，别客气了水师傅，到时候你做白脸我做红脸就是了。两人你一推我一让，忽见门上的气窗一下子暗了，这表明，校长大人已熄灯上床了。两人方喘一口粗气，不约而同地笑笑。再摸下楼的时候，水小泉埋怨道，都想为自己留条后路，果真是一盘散沙。李老师宽厚地说，也别往坏里想，说不定他们大多是因为家里有事或者路上堵车，一时来不了了。水小泉又说，那还是等明天凑齐了人，我们再去校长的办公室找他。李老师说不用了，没意思。果然，从第二天起，"下岗者沙龙"的成员皆作鸟兽散，"下岗者沙龙"也跟着自生自灭不了了之。

　　李向明、水小泉他们准备偷袭校长鲁贵民老窝的那天晚上，鲁贵民校长其实在学校正忙着，根本没来得及回家。这一阵，他的主要精力和时间都被下岗者们软磨硬泡胡搅蛮缠地占去了，虽然他有这个思想准备，但还是为他的下属不得力而恼怒着。为此，临下班前，他特意将行政科长闻天辉找来，狠狠地训示了一顿，因为问题主要出在他这块。校长鲁贵民说，你倒图省事，顶不住了都往我这儿推，你还给不给我退路了？闻天辉科长一脸委屈，说是我也尽力顶了，实在是那些人太难缠，譬如从食堂下来的那个相萍萍，整天泡在我的办公室，还说我如果不安排她上岗的话，她就在校门口摆摊卖茶叶蛋，看到时候究竟谁抹得下这个脸，您说我该如何是好？鲁贵民校长闻听此言，更是气不打一处来，板着面孔说，不就是在校门口卖茶叶蛋嘛，这能吓唬谁？又不是卖原子弹！校长鲁贵民如此这般地调教了科长闻天辉一番，已到了下班时分。这天，恰逢他大女儿回娘家的日子，老爱人事先说好了等他一起吃晚饭的。岂料，他刚拎起包，行政科的新任保管员白人立怯生生地进得门来，说是我在门外候了老半天了，实在不好意思再打扰您。没什么，鲁贵民校长说，应该是我不好意思才对。白人立东拉西扯地绕了好大一个圈子，才让校长鲁贵民弄懂了他的来意：他是嫌目前的这个岗位奖金系数低、收入少，想让领导上给他换个岗位。这多少有点出乎鲁贵民校长的预料，于是他没声好气地说，找你们科长去。白人立回道，找过了。他怎么说？也没说什么。校长鲁贵民禁不住又恼怒起闻天辉来，心想，这要笔杆子的就是软，算我看走了眼。但他不便表露声色，转而劝导开白人立，要他知足。白人立仍是怯生生，仍是诉苦。鲁贵民校长终于耐不住了，说，老白，恕我直言，你能有现在这份工作，就算蛮不错的了，如果你实在不愿干，尽可以走人，谁也不会拦着你；不错，我承认你的收入是少了些，但即使是这样一份收入的工作，只要我今晚将招聘启事张贴在一号门，我敢肯定，明天来应聘的人至少会排到二号门，不信我们可以试一试！这下子活该白人立翻白眼了，他忽然长时间地沉默，手足无措起来，像做错了事的小学生面对甚是严厉的老师一样。校长鲁贵民始觉自己的话过分了，没必要。有些话你在心里怎么想怎么对，爱谁是谁，唯独不能说出来；要不然，便和老百姓打成一片了，或许这也是领导者根本有别于被领导者的关键之一吧。

待鲁贵民校长第二次拎起包时，已经是晚上六点半了。这一刻，他反倒不着急了，因为即使他紧赶慢赶地回到家里，也肯定错过了和家人共进晚餐的时间，搞不好还得挨老爱人的一顿唠叨，犯不着。他悠闲地踱下楼去，路过值班室时，才想起今夜是书记王海文值班，所以特意往里张望了一下，见王海文书记正捧着本书读得入神，面前的桌上摆有一瓶老酒、两碟小菜和一碗白米饭，尚未动过。哟嗬，在看什么书呀，竟至如此废寝忘食？校长鲁贵民笑着打趣道。书记王海文连忙摘下老花眼镜，同样回以热情的一笑，怎么忙到这么晚哪，还没吃饭吧，来来，一起吃一点。鲁贵民校长也免了客气，进门就坐，他见对方手里拿的是《邓小平文选》，便说还是你用功呵。哪里，王海文书记说，形势发展得如此快，情况又这么复杂，不多读点书不行啊，此所谓"一日不食经典，便觉面目可憎"嘛。两人一边呷着酒，一边你来我往地打着太极拳，其实双方都试图摸对方的底。已经有好长时间了，他们没凑得这么近面对面地坐过，有的只是场面上一般的联系和商量。也不能因此说谁对谁有什么意见，问题在于太没有意见了，一样会让人心里不踏实。尤其是书记王海文，逢人逢会必说协助啦，配合啦，甘居人下，尽量让行政一把手在前台风光无限，这就令校长鲁贵民感觉有点悬，那滋味怪怪的。据讲，近来有人说我鲁贵民在踢开党委闹革命，不知你有没有听说过？还是鲁贵民校长沉不住气，率先直奔主题。事实上这话早就没人敢说了，他这会儿旧事重提，无非是想借机试探，也有指桑骂槐的意思在里边，万一王海文书记也这么认为的话。幸亏书记王海文的觉悟高着哩，识大体，顾大局，说是我倒没听说过，不过，别理会这一套。这证明校长鲁贵民多虑了，也说明他读原著的确比人家少了。接着，两人重新把酒斟满，灌下，热乎得不行，就差稀里糊涂地喊起哥俩好了。

严格说来，下岗者水小泉还不乏那么一点男子汉的刚烈之气。这天，他不知怎的突发奇想，一早来学校登上了教学楼六楼楼顶的平台上。适值学生做早操之前，操场上已聚集好多学生，也有老师，一式脸朝天，颈项伸长得就跟鸭子似的。当日任校区总护导的党重光副校长忽见有人在十万八千里的高空闲庭信步，立时吓出一身冷汗，大惊失色道，下来，你快下来！要我下来也可以，你得让鲁校长摆句话出来！水小泉边搭理着，边索性坐倒在平台的边沿上，两只大脚丫晃悠于所有人的头顶之上，如同耍着惊险的把戏，令众看客的心一会儿提起，一会儿又放下，唏嘘之声不绝于耳。幸亏鲁贵民校长闻讯赶到了，他穿越操场，直冲六楼，最后与水小泉仅相距十来米。这以后的过程基本和许多影视片里的情节相雷同：一个说你别过来，再过来我就下去了，一个说你别犯傻，有什么事我们慢慢商量嘛；一个说你还嫌不够慢哪，再慢下去我老婆就快和我离婚了，一个说这样吧，我答应你，明年的这个时候尽量安排你上岗；一个说鬼才信，我没胆子捣你家的门，我还他妈的不敢死吗，一个说你会后悔的，你的儿子怎么办；一个说后悔的应该是你，亏你还想得起我的儿子，一个说要不你坐我的校长室得了，我下岗；一个说你再逼我我真的下去了，一个说千万别胡来，我依你就是了。到这儿，一场虚惊总算结束了。下楼的时候，两人一前一后，一个问，刚才你有句话怎么说来着？一个反问，哪句话？一个想起来了，说，对了，应当讲没胆量照样可以捣我家的门，而死，却是需要勇气的。然而人们迟迟未见校长鲁贵民兑现承诺，水小泉只得再次找他，说我仍然没理由活着。有没有理由要靠自己去找！这时已不是在楼顶上对话了，鲁贵民校长显得十分坦荡，反正我已经通知公安部门和你的家属了，假如再出问题，那就是你的责任了。你说话不算数，水小泉蓦地有种受欺骗的感觉。校长鲁贵民说，兵不厌诈嘛。又说，如果动辄都以寻死觅活相要挟，改革还能进行下去吗？

水小泉弄巧成拙的故事后来传遍了整个中师系统，甚至被当作鲁贵民校长善于治校的典型事例加以渲染。出于同病相怜的原因，李向明老师得知后，颇有些气不过，他再度杀回学校，冲校长鲁贵民问道，听说学校正酝酿着第二批岗位的招聘？对，有这么回事，都是些后勤辅助工种，像门卫人员啦、清洁工啦等。鲁贵民校长答道,不过我知道你总有一天会来找我,所以特意为你留了个过渡性的岗位。去哪里?图书馆,当然,这只是供你暂时过渡,说不定下个学期,顶多再下个学期,我还要派你大用场哩。或许是有了水小泉的前车之鉴,校长鲁贵民讲话明显留有余地了,谁知道把这帮书呆子惹急了会闹出什么绝事来。我不干!没想到李老师不识抬举,良心大大地坏。那你要干什么?我就干清洁工,扫扫地什么的。不行!鲁贵民校长考虑都没考虑,一口回绝。为什么?李老师故意逼问。不为什么,校长鲁贵民答。你是怕有人说你迫害知识分子?没那么严重吧。这就对了,应该说革命工作只有分工不同,没有贵贱之别,再说呢,一个教书匠要没了斯文,扫地恐怕是最合适不过的了,此所谓斯文扫地嘛。鲁贵民校长顿时啼笑皆非,不管你如何能言善辩巧于辞令,我都不会同意的,开玩笑!李老师也毫不相让,接道,你休想剥夺我劳动的权利!校长鲁贵民说,甭指望我会因此而发你工资。李老师说,随便。

好了,鲁贵民校长这回真到了焦头烂额的地步,整天当消防队长疲于救火都来不及。然而,使他稍感欣慰的是,当人事、分配制度改革全面推开后的第一个月发工资时,多数在岗人员的收入都有了较大幅度的提高,一些课多的老师甚至还破天荒地涉及了缴纳个人所得税的问题。无怪乎有人说,总算尝到改革的甜头了,看来,不改革就是不行!

一日,校长鲁贵民正拆看一封信。这封信原是本校教师符裕德偷着写给局纪委的,信中反映了鲁贵民校长在少数收入高的教师的工资单上大做手脚,采用化整为零分期发放的方法,以使他们不缴或少缴个人所得税,让国家利益蒙受了损失。也不知怎么搞的,此信后来又回到了王海文书记的手里,书记王海文稍加权衡,将它转给了校长鲁贵民,并且意味深长地说,好人做不得啊。

信中所述基本属实,但鲁贵民校长还是气不打一处来。这倒并非由于他的好心被人当成了驴肝肺,而是因为符老师在他面前一向乖巧得跟哈巴狗似的,平日里除了专打别人的小报告,再就是高呼改革万岁了,这样的人也敢背过身去告领导的黑状,真他妈的岂有此理竟有此事。校长鲁贵民浑然有种中了暗箭的痛楚和愠怒,不由将信纸捏成一团。也不能说他对这类角色毫无防范,今天他会出卖同事,明天照样可以挖上司的墙脚,就看需要了。平心而论,他私下里倒是更欣赏李向明这样的老师，有话就说有屁就放，至少还不失作为知识分子的耿直和傲骨。但问题在于领导身边如果都是君子，可能也会坏事。因此对于小人，你尽可以不重用他们，甚至于鄙视他们，却事实上做不到绝对的"近君子而远小人"。领导不是也有领导的难处？

那天似乎明摆着是符裕德老师特别背运的日子。按理他上完了课，夹着包一走了之也就得了，可那天偏巧碰上了教研活动的日子，又偏巧没什么可活动的，于是他骨头轻飘飘地溜进校长室。他实际是没话找话，主要想跟领导热乎热乎。他全然不知校长这会儿也正惦记着他，纯属撞个正着什么的。自然，鲁贵民校长决不就事论事，这点雅量他还是有的。他非常耐心地接受完符老师的溜须拍马，然后看了看表说，你一共花费了十分钟的时间，我现在让办公室替你开张罚单。为什么？符老师一时丈二和尚摸不着头脑。校长鲁贵民解释道，你这会儿的每一分钟国家都是付工资给你的，而你刚才的每一句话又近乎废话，讲废话还是客气的，说穿了，净是些讨好领导的肉麻话，图的是个人的私利，这和工人在上班时间干私活有什么区别，所以你必须被罚款。符老师差点没气晕过去，回家后往深里一思忖，又有些后怕，当下血压飙升，跟上证指数逢利好出台欲走大牛市似的，为此他足足病假了两个星期。此乃后话。

打发走了符裕德老师，鲁贵民校长拆看起了那天的第二封信。其实每天置于他案上的各种信件总有许多，可总也没时间处理；现在好了，办公室里格外安宁，他的心情似乎因此而豁然开朗起来，于是很随意地从其中抽出一封浏览着。不料，这封署名温念圣的来信竟使他连着通读了两遍，信中除了对学校正在实施的改革举措略加恭维外，其主要篇幅还是就如何加大教改力度、提高教学质量等方面的内容阐述了作者的意见和建议，并且指出，这才是事关学校未来兴衰存亡之根本。可以说改革改到了这个地步，外表上的热热闹闹乃至轰轰烈烈差不多都有了，接下去该干些什么，作为一校之长的鲁贵民不是没有考虑过，不过是限于目前的条件，他不想一下子把摊子铺得太大。总是表面文章好做，而教改什么的会涉及大量深层次的问题，远非一两日抑或单靠下达几个文件便可见成效。既然现在有人提出来了，何不顺水推舟因势利导呢？校长鲁贵民顺着这个思路一直往下想。他有个习惯，就是在自己心里还没谱的时候，一般不轻易征求他人的意见，以免为他人的意见所左右；当领导的，虚心纳下是一回事，具有主见又是另外一回事。感觉到自己已经想透了，胸有成竹了，鲁贵民校长才拿起电话，欲请温念圣来校长室一趟，以便和他就信中的内容进入深入探讨。然而当总机小姐问他要哪里时，他却迟疑了，因为他忽然想起刘备三顾茅庐的故事。

没了科长头衔的温念圣老师眼下是落魄到了极点。本来他是无需上课的，本来还有副手可供差遣，特别是本来享用的单间待遇，这会儿全没了；代之以每周上十二节课，整天和政教组的老师们挤在一个办公室里，连小小的教研组组长都可随意指使他，这不能不令他平添某种失落感。但温老师的可贵在于决不自怨自艾，想那"文革"的时候，算得困难，不也照样过来了，还时不时地写些批林批孔乃至批邓的檄文，博得一时喝彩；如今他似乎没理由自甘沉沦，于是除了授课，他从未间断过默默地思考，他那封写给校长的信，便是他这段时间思考的结果。任何时候他都不甘寂寞，事实上也不会寂寞。他总能以自己的方式发出自己的声音，表明自己的存在。

校长鲁贵民来到政教组，得知温老师刚好去上课了。第二次再来，仍不见温老师回办公室。政教组组长高老师不安地问，鲁校长，要不等温老师来了让他去校长室找您吧？鲁贵民校长摇摇头，说还是我来找他。一会儿温老师由教室回来了，高老师神秘兮兮地告诉他说，校长来找过你。温老师唔了一声，不为所动。高老师又说，校长已找过你两次了。温老师索性当没听见，摊开作业簿批改起来。当校长鲁贵民终于坐定在温老师的面前时，温老师显得一点也不激动，依旧不急不躁地批阅着他的作业簿。鲁贵民校长也一样地有耐心，居然一直等到对方批完作业簿才开始吱声。这一幕后来在校长鲁贵民十分走红的时候，被一帮老记们挖掘出来敷衍成篇，一时在教育界传为美谈。鲁贵民校长说，你的信我已经拜读了，感觉非常过瘾。温老师不卑不亢地说，您过奖了，我不过是随便想到信手涂鸦而已。即使如此也很有见地，姜还是老的辣呵，校长鲁贵民说，还有什么设想，不妨一并道来。面对校长的一片挚诚，温老师觉得再拿腔作调就不妥了，接着也以诚相待；他从课堂教学、专业设置、课时安排、招生面向和此类中师学校未来的发展方向及可能，一路往下侃侃而谈，既有宏观把握，又有微观洞察；既照顾到现在，又着眼于未来，总之，完全是那种高屋建瓴式的大手笔，非从事政教者所不能及也。鲁贵民校长一拍巴掌，说我们俩想到一块去了。又说，温老师你真是不容易，都到了这把年纪，还是那样勤勤恳恳兢兢业业，一心扑在学校的发展和教育事业的振兴上。温老师连忙自我解嘲而又不乏得意地笑道，我们啊，我们可能是中国最后一代傻子喽。

那天或许是校长鲁贵民近段时间来最值得庆幸的日子。这一方面是因为属下的一番高论而使他治校的思路骤然开阔；另一方面，也是由于像温念圣这样的人，终究没有被他过于怠慢。你想，以温老师在中师系统的影响，他要和你对着干，在外面说你鲁某人如何如何，似乎也够呛；相反，如能将他争取过来，并怀柔之，其意义同样不可小视。干事业嘛，总是多个同道者多份声势，团结一切可以团结的力量，这也是我们党能够从胜利走向胜利的法宝之一。

由于温念圣的竭力鼓噪，遂使鲁贵民终于下决心开始了新一轮的改革举措。自然，其中得益最大的莫过于温老师了。校长鲁贵民在随后的一次教师大会上宣布，为加强我校师资队伍建设，切实提高授课质量和教学效果，经校部讨论通过，决定成立校教监小组，组长为温念圣，组员有田风女、金有光、过一、刀乃平四人。鲁贵民校长还补充道，教监组由校长直接指挥，其组成人员有不受外界干扰进行独立工作的权力，并一律享受正科级待遇。那以后，温老师又不用上课了，又坐回到小办公室里，并且成天又有一撮虾兵蟹将可供调遣。倘若有人对他的工作稍事指手画脚，他便会一本正经地回道，我是校长领导的干部。其感觉好得不能再好。他可以事先不打招呼地杀进任何一个教室随堂听课，或者背着任课老师及班主任将各种教学状况调查表分发给学生填写，以此作为对每位教师授课质量的考评依据，一个月汇总一次，最终报校长过目。考评合格者当然没问题；反之，轻则予以个别帮助，限期改进，严重的还必须扣除工资直至立马下岗。一时间搞得人心惶惶，尤其是那些授课水平不到家的教师在进教室之前，总得先从教室后门的小窗上往里多瞧一眼，假如后排果真有教监们在座，心里不免暗暗叫苦，坏了，鬼子进庄了！这使他们深切地感受到一种可怕的压力，接着变压力为动力，学校的整体教学质量明显上了一个台阶。可也有人不以为然，说你温念圣到底何德何能，竟敢对分布在几十门学科上百位教师的教学情况随便评头论足？温老师只是平淡地一笑，并不计较一时之长短。那人便觉没趣，稍事思忖后略有所悟道，莫非你是教政治的，政治统领一切？温老师又笑笑，仍是不语。

如果说教师们对于抓教学质量多少还能够理解并接受的话，那么，鲁贵民校长接下去所推出的全体教师一律实行坐班制的改革举措，便令他们有些难以苟同了。虽说中专学校不同于高等学府，从没有哪个红头文件明确规定过可以不坐班；但也不同于普通中小学那样，明确规定过必须坐班。于是在这两可之间，几乎所有的中专学校皆实行教师弹性工作制直至取消坐班制。这样做的结果究竟是利大于弊还是弊大于利，好像还不曾有人去正儿八经地研究过，反正一直以来都是这么做的，习惯成自然了。可这事到了校长鲁贵民的手里，他别出心裁地来了个STOP，似乎他有自己独到的理由，譬如因为用不着坐班，教师们都希望将课时排得尽可能集中，最好每周仅来学校两三次，常弄得排课的人左右为难伤透脑筋，不是得罪了这个就是让那个不高兴了，无事生非嘛；再譬如教师们有课就来下课便走，客观上使得学生少了许多课余时间求教的机会，不利于教师完整地履行"传道、授业、解惑"之神圣职责；特别是需要坐班且报酬又少的班主任工作没人肯担当了，在多数教师看来，有那份闲工夫，远不如在外面兼兼课下下海什么的来得实惠，搞不好副业的收入还比正业丰厚哩。有此三条，鲁贵民校长便足够理直气壮了，他说，尽管其他学校的老师都不用坐班，但这个出头鸟我是做定了！好在如今已演变成了鲁氏时代，由他当道，天塌不下来；再说，教师们你也坐班他也坐班没个不坐班的，这至少杜绝了个别秀才试图造反的心理借口，既然都一样，别人能过我为啥不能过，做什么出头鸟嘛。

　　此轮改革到了这个程度，校长鲁贵民可以做主的事情都已经如愿以偿地化为了现实，余下的内容，包括改造老专业和增设新专业、扩大招生范围及招生面向等，却并非鲁贵民校长能够说了算的，那还必须报请局有关部门同意。果然，由于校长鲁贵民所陈述的设想大都属于始作俑者，在中师系统尚无先例，很快招致相关领导的否定，并且责备道，你们学校应该以培养小学师资为己任，怎么也想着去赶时髦，搞那些个财会、商贸、装潢之类的玩意儿，岂非不务正业？鲁贵民校长据理力争地解释说，吕处长，不是我鲁某人心眼活，尽琢磨花花点子，实在是我们必须看到，小学生的入学高峰业已过去，目前在任的小学教师非但不缺，相反，还有多出来的可能，与其临渴掘井甚至坐以待毙，不如下决心转换思路另辟天地。万一失败呢？吕处长问，我的意思是你们有相应的师资实力吗？能不能与正规的财会、商贸、装潢类学校相抗衡？校长鲁贵民答，所以才须拓宽招生面向，到郊县及外地去办学和招生，那儿有广阔的市场，不愁招不到学生。其后的时间，吕处长总是支支吾吾语焉不详，既不言同意，也绝对不说不同意。

过了半月，鲁贵民校长又用小车将吕处长、马副处长等头儿脑儿们接了来，名义上请领导实地考察学校的状况，实际是让他们上饭桌噘一顿，米西米西。这一回，吕、马等人饭也吃了，礼也收了，不好再一口回绝，转而以回去研究研究加以搪塞。不出所料，这一研究便没了下文。时间不等人，眼看着天快热了，又一个招生旺季马上到来，校长鲁贵民坐不住了，一次次地往局里跑。后来，吕处长办公室里的一位小办事员终于为鲁贵民校长的诚意所感动，稍稍透了个底细道，你呀，来得真不是时候，没听说我们吕处长在山东老家的母亲正病着吗？所以他这一阵特别没心思办正事。校长鲁贵民当下眼冒金星，心想，幸亏他不是总理，要不然，这国家都得跟着乱套。回到学校，他在中层干部会议上感叹道，教育的危机首先是教育者自己造成的。会上，负责招生的谢学中老师问，既然如此，这招生准备工作还要不要继续下去？鲁贵民校长坚定地说，一切照旧。

又过了半月，机会来了：吕处长的母亲病故，吕处长接报，赶紧赴老家奔丧去了。圈内人士都知道吕处长是天字第一号大孝子，此去没个把月准回不来，很可能要等到断七后才会露面。为了学校的生存和发展，校长鲁贵民稍作思忖，决定豁出去了。他让党副校长立刻拟一份增设专业、扩大招生的请示报告，并叮嘱他务必将报告亲手放在吕处长的办公桌上。副校长党重光一时转不过弯来，说这有何用？鲁贵民校长回道，吕处长不是一时半会儿回不来吗？咱就利用这个空当。原来，根据有关行政条例的规定，对于来自下级的正式公文，特别是书面请示，上级主管部门必须一个月内给予答复；否则，下级单位可以视上级部门已经默认，进而自行其是，出了问题当由上级部门负完全责任。但一般而言，很少有哪个下级单位敢据此真枪实弹地跟上级领导干；毕竟，你在人家手下混事，以后的日子还过不过了？所以，当大家领会了校长鲁贵民的真实意图后，都替他捏一把汗。王海文书记说，这可是招险棋哟。然而鲁贵民校长依然镇定自若，他让谢老师将招生海报往各个普通中学里送，见对方有些犹豫，便坦然地说，我又不是替个人谋私利，也没想过再往上爬，有这两条在，还怕什么！

就这样，一道在当时看来几乎是难以逾越的关隘，居然让校长鲁贵民轻松地逾越过去了，而且事后也未见他有什么麻烦，至少他依旧穿着四十二码的鞋，而非二十四码。这不能不归功于他的魄力和胆识。事实上，那年夏末初秋，我们学校的招生工作取得了极大的成功——竟一下子招进来近五百名新生，除了传统专业的四个班级外，其余六个班的新生都是冲着社会急需的热门专业而来的，并且其中有一半属于自费生。这就在很大程度上改善了我们学校的办学条件，师生比也由原先的一比八提高到一比十五，几乎翻了一番。据传，局领导还在全局系统干部大会上表扬了我们学校，说八师在鲁贵民校长的带领下，不等不靠敢想敢干，走出了一条规模化办学的新路子，为其他学校的改革和发展树立了样板。

由于忽然间净增了六个班级三百多名学生，学校里的教室及宿舍顿时不够用了。所以在新生正式入学之前，校长鲁贵民终于适时推出了他在任四年中的最后一项改革措施，即让教学、行政科的教职工们腾出所有办公室，以作为学生的教室或宿舍之用；至于这部分教职工的办公场所，则挪到原来供堆物的那两间大仓库里，行政科屈蹲一楼，教学科高居二楼，也算体现了鲁贵民校长尊师重教，在办公条件包括收入分配上向教师倾斜的一贯用意。

二楼好。二楼光线充足空气流通，老师们都这么想。可他们真的上了楼去一看，全都傻眼了：在偌大的一间房里，竟只有正对着前门的那个角上，用玻璃隔出个小雅室，说是专供科长之用，除此，便空空荡荡一览无遗。试想，这要在其中塞入百十位教师，还怎么做事，俨然跟睡铺似的怎么睡怎么不舒服，何况连人与人之间说个贴己的话都不甚方便，隔座有耳嘛。其实呢，校长鲁贵民要的就是这样的效果：谁的嘴臭了，屁股又不干净了，尽收于部门领导及群众雪亮的眼睛之中。想必这个也是他从新马泰那里觅来的宝物之一。但鲁贵民校长非常有策略，始终避开这一茬不提，单从扩大招生可以增强学校的财力、改善职工的生活待遇等方面引导大家，使大家正确理解让出办公室的积极意义。为进一步安抚教职工们的情绪，这年九月十日，学校破天荒地发给每人一千元加奖，说是此钱正取自自费生们所交纳的部分学费。一尝到甜头，教职工们脸上马上泛起了光彩，有教师到外校参加教研活动，碰头便问人家今年的教师节有些什么节目，见对方面露窘色，进而吹道，我们只得了四位数，不多。那派头，像极了某位款爷有天在街上拦了辆的士，待到目的地后，他向司机递上张五元票面的人民币，并且大气地说，甭找了。

不知道人家外国人对自己所处那种"大呼隆"式的办公环境是如何看的；也许，他们早已习惯乃至麻木了，或者单纯的雇佣与被雇佣关系使得他们不敢有任何异议。但我们不行，我们毕竟生活在社会主义大家庭里，等大家把钱花完了以后，又想到这样被人看着管着，其自身的主人翁地位是否名存实亡了。索性彻底没了倒也罢，最可恨的当属这样扭扭捏捏羞羞答答，明里说依靠，暗里却在一点点地被剥夺，直至沦落成真正意义上的打工仔。时间过得飞快，一晃，秋深了，大家的心绪并未随着秋凉而平息下来，不是这个嫌灯暗了在墙角落里嘀嘀咕咕，就是那个觉得离窗远了而直嚷着透不过气来，反正都是借题发难，试图给科长弄点颜色瞧瞧。我们的严肃科长倒还沉得住气，一概装聋作哑视而不见；顶多，他会踱出雅室走近你，然后嘿嘿朝你笑笑，再没了下文，那意思好像在暗示你：好自为之吧。一会儿，下岗教师李向明多半得汗涔涔地冒出来，他是刚扫完地、冲罢厕所，此刻想回大仓库喝口茶，稍事歇息。惜乎此地已没了他立足之地，科长严肃便又会热忱地迎上去，将他请进科长室，完了两人有说有笑，不知在聊些什么。教师们隔着玻璃看得真切，心却在一次次地抖动：在这里，榜样的力量依旧是无穷的。相比之下，我们楼下行政科里的人可就惨多了，他们既没光线之利，又无通风之便，特别是偶有发牢骚者，皆遭致闻天辉科长一反常态的严厉整肃。于是教师们不由得庆幸起来，至少，我们科里还没有哪个人因找别扭而被罚款的，该知趣了不是！

如此，我们二楼在严肃科长的领导下，整个空间变得比一楼还要严肃，原因是二楼的人层次较高，觉悟也相对高一些。教师们每天上班时面对面碰到，顶多客客气气地道一声你早我早大家早之类的礼貌语，然后有课的上课，一时没课的分别到各自的办公桌前正襟危坐，埋头于备课啦批改作业啦。实在没事了，才翻翻报纸，望望窗外，你说今天的天气真不错，他说阳光真明媚，再然后相视一笑，一同归于新一轮的沉默。其间，大家最热衷的是养植花卉，弄盆文竹、水仙、君子兰之类的置于案上，日日闻闻香气沁人心脾。生物组的朱老师还别出心裁地将一粒硬糖剥开了摆放在办公桌的右上角，引来大量蚂蚁在上面亦歌亦舞好不热闹；同样，大家最讨厌的是有人连续不断地呼呼喝茶，以至于一不留神茶杯脱手，砰地在地上开花，那轰鸣声犹如炸弹爆炸，搅得四邻八座心惊肉跳魂不守舍，活活吓出一身冷汗。

特别沉寂的时候，人们忽然老喜欢在午休时往业已废弃的教师活动室里跑，为的是无巧不巧地聆听一下游雪萍老师的咿咿呀呀声。游老师还是那样执着地苦练着基本功，所不同的是，她已在唱诗班里站稳了脚跟。有一阵，游老师随谢恩堂的唱诗班搞活动去了，她不在学校的日子里，我们都特想念她，甚感身边少了个去处，有一种遁入空门的静，或者纯属凡夫俗子式的失落；尽管我们都不信奉上帝，也懒得去弄懂那些艰涩的歌词。唯独小钱老师不以为然，有一次还当面责问游老师道，你是在赞美主吧？游老师说是的。又反问，难道不行吗？小钱老师意犹未尽地回答，正相反，你继续赞美吧。之后，也不知游老师是怎么被吓着的，竟大病了一场，两个月不能来上班。她在病中痛定思痛，决定给校长鲁贵民写信。鲁贵民校长据此处罚了小钱老师，说他破坏了党的宗教政策，弄不好会捅大娄子。那口吻叫人联想起拉什迪当年写《撒旦的诗篇》，居然把整个伊斯兰世界都冒犯了，令霍梅尼一怒之下，下了追杀令，岂不无事生非？挨了处罚的小钱老师心里特委屈，成天价虎着脸一声不吭，有人便嘲弄他道，你所受的这点处罚和你们国家严正的法律比起来，简直像下毛毛雨似的算不了什么。没过多久，小钱老师竟神秘地失踪了，他去了何方，抑或又准备充当哪路神仙，皆无人知晓。

有时，书记王海文的偶然光临，也会给我们带来预想不到的愉悦。如同世间万物总以辩证的方式演化一样，在我们学校，校长鲁贵民忙得焦头烂额的时候，恰是王海文书记最空闲的时候，因为学校的日常运转皆纳入了鲁贵民校长一手策划、建立起来的机制、体制及法制的轨道，哪还用得着书记王海文多费心思地去做别的单位万万不可或缺的思想政治工作呢？于是自学校改革以来，王海文书记要么关在办公室里通读原著，要么走出去到处开会，十天半月见不着人影。倘若书读累了，会也没的开了，他就在校内到处走走看看散散心。反正他是书记，他怎么走怎么看怎么散心，一律构不成随便串岗的嫌疑；相反，还捞得个平民书记的美誉。他来我们科多半是在午间休息的时候，见办公室里人头济济却少有生气，他会主动打破沉寂和大家聊天。记得有一回，书记王海文关切地询问我们这双休日一般是如何度过的，有的回答备课，有的回答睡觉，也有的回答到新开发的旅游景点去观光。谈及旅游，王海文书记似乎特别遗憾，他说前一阵去了许多地方，都是只顾开会，没来得及抽出空来饱览一下祖国的大好河山。接着众人也跟着遗憾，语文组的司马老师道，可惜我没有王书记您那样的便利，我只能在近处玩玩，譬如上个星期六，我曾带着女儿去了动物园。提到动物园，好些人又兴奋了，原因在于他们都已多年未去那里了，很想了解那里的发展与变化。司马老师不急不躁一一介绍，临了还加了一段自以为非常有意思的趣闻。她说，在上动物园之前，我女儿就一再念叨着那里的猩猩馆，据说她的班主任讲过了，人是猩猩变的，猩猩和人类的关系最为密切，所以她很想见识见识自己的老祖宗究竟长得什么样；谁知当她站在猩猩馆里时，她却悲伤了，不是因为那东西长得丑陋，而是有块牌子写道，有只叫作咪咪的老猩猩已经生活在馆内三十余年了。女儿嚷道，整天就这么关在笼子里，多可怜，不一会儿她哭了，瞧这家伙，还蛮会动恻隐之心呢。司马老师话音未落，当下便有人接茬道，这有什么可怜的，能这样不愁吃不愁喝兴许还是它的福分哩；再说啦，以它的眼光看，无非是你在外面它在里面，你的活动范围大一点而它的活动范围小一点，都一样。这说着说着，似乎有些个越轨了，一旁的人连忙转换话题，不料这当儿，来了位救急的金老师。五天前，金老师的先生受中国作协的邀请赴北京参加某个诗会，金老师也沾光一起跟了去。见她风尘仆仆地进门来，众人一下子转向她，说你这回可了却多年心愿没忘了一睹长城的风采吧？那是自然的，金老师说，就连我爱人，已是第八次进京了，当他再度面对长城时，照样激动不已，我以为他会诗兴勃发，作出什么好篇章来，岂料他站在八达岭上，只忘乎所以地喷出这么一行佳句：啊，长城真长，真他妈的长！当时大家没觉得可笑，稍思，禁不住哄堂大笑，进而狂笑，笑得个个都不能自已，足足笑了一刻钟有余；笑完，大家得出一个结论，说这才叫幽默，幽默中的极品。翌日，教师们重新聚首在办公室，你说昨夜睡在床上老觉腹部肌肉酸酸的，他说我似乎也有点，老酸得睡不踏实。这样嘀嘀咕咕地议论开去，总算有记性好的回忆起来，说很可能是昨天大笑的缘故。

许久以后，教师们对那次绝无仅有的放肆仍是记忆犹新。之所以敢放肆而非寻常意义上的放松，想必主要是有书记王海文在场。你想，有王海文书记与民同乐，还怕他鲁贵民个球；纵然校长再八面威风气吞山河，总不至于往书记头上开刀，否则便是他的放肆了。

随着师生比的大幅提高，几乎所有在岗教师的周课时量均有不同程度的增加，个别组甚至出现了招架不住的态势。在这种背景下，下岗教师李向明的重新上岗按理是不成问题的。但校长鲁贵民有言在先，本学期只增加学生而不增加教师，否则，教师的收入何以提高，改革的成果何以巩固？加之化学组的情况有些特殊，原先请产假在家的余烨老师要求来上课了，使得鲁贵民校长非常难办，总不能由于人家生孩子便就此剥夺她工作的权利，这牵涉保护妇女儿童合法权益的大问题。因此，他只好狠狠心让李老师继续下岗。不能说他这样做没有一点道理：李老师书教得兴许不怎么样，可料理起下手活却绝对到位：经他扫过的地是片纸不留，经他冲刷过的厕所同样毫无异味。在李老师不屈不挠身先垂范下，好些学生一改以往随地乱扔果皮纸屑的不良习惯，连我们严肃科长也为他的精神所感动，时不时地抽出空来帮着一起扫，或者替李老师在校长面前多加美言，争取校长适当考虑李老师的报酬问题。惜乎校长鲁贵民铁石心肠，说是我不能开此先例。少顷又补充道，如果都像他这么意气用事，我专门请的清洁工不就排排坐吃果果没事干了。

事实上，经过一个学年的下岗，李老师已无所谓意气用事了。他每天和我们一同上班，一同下班，从不迟到早退。他一天的活主要在两头，中间空余的时间便在我们办公室里度过。有时候他会看看教材，说是不能丢了老本行；有时候，他也会铺开宣纸练练书法。李老师的毛笔字真是写得好，据他自己说，他七岁头上就开始习字了，迄今从未间断过，其中长进最快的要数"文革"初期在家里赋闲的那两年。要不是他淡泊名利而注重修养身心的话，早该成为书法家协会的会员了。李老师练字还有个习惯，即练完后一律将有字的纸撕碎了扔掉，以防旁人拿了去白捡了便宜。所以通常情况下，他决不将自己的墨宝轻易送人，说是免得见笑，实际有多给了怕掉价的深意。这一天，我们的科长严肃不知怎的一时兴起，开口道，李老师，你看这办公室的四壁空空荡荡的，能不能破个例，为科里写上几幅，也算是美化美化环境吧。碍于科长的情面，此回例李老师不能不破。经过一番讨价还价，李老师答应写一幅，就一幅呵，他特别强调道。大约又过了三天，李老师总算在众人面前展开了自己精心书就的杰作，大家哇的一声，一阵惊喜，如同突然面对旷世奇才的绝笔。也由于是草书，教师们光辨字就费了老半天，最后终于看懂了李老师抄录的其实是元人张养浩的一首小令，名曰《山坡羊·潼关怀古》：

峰峦如聚，
波涛如怒，
山河表里潼关路。
望西都，
意踟蹰。
伤心秦汉经行处，
宫阙万间都做了土。
兴，百姓苦；
亡，百姓苦。

一星期后，严肃科长自掏腰包买了个大镜框，将得之不易的墨宝嵌入其中，置于办公室朝南的那面大墙上。其后的日子，整个学校都轰动了，甭管懂不懂书道，一律争相前来观赏，权且作为茶余饭后的余兴节目。这之中，有我们教监组组长温念圣，他在镜框前长久地停留，还甚是内行而老到地评价道，真乃好书法，既不乏郑（板桥）书的风骨，又兼具王（羲之）体的遗韵，的确不可多得。有人逗他道，那就卖给你了。买不起的，他边说边往门外退，临出门前，忽然皱了皱眉头说，好像内容上有一处抄错了，你想，国家亡了老百姓要受苦这好理解，何以国家兴旺了老百姓还得受苦呢，这就有点解释不通了嘛。候在一旁的语文老师连诚绝对权威地更正道，没错。

除了温念圣温组长，鲁贵民校长也来凑过热闹了。他倒是非常谦虚，连连称自己是门外汉，还一本正经地冲李向明老师说，什么时候你方便了也给我写一幅，我好将它挂在办公室里经常营养营养。对方爽快地点头答应。未出三日，李老师果真呈送了去。这回换作了对联，左联是：天地；右联为：君亲。校长鲁贵民谢罢了问，怎么独缺横批呢？李老师回道，我想来想去，不知写什么好。我反正是个彻底的门外汉，没戏。鲁贵民校长说，这样吧，我出奖品，在全校范围内悬赏此横批，难题不就迎刃而解了？消息传开，却没一个人敢来揭榜，大家明白这是个缺字的游戏，给小学生玩都尚觉肤浅，何以校长鲁贵民偏偏不知，其中必定有文章。如此，一副对联挂上去后，徒留下横批的部位一直空在那里，悬着白纸一片，像个谜。此事要到鲁贵民校长莫名其妙地不当校长了才有了下文；也因为鲁氏时代业已终了，有胆大且好事者拥入校长室，拿起秃头毛笔试图在横批上涂抹起来。是时，恰有股仙风掠过，卷走了白纸，白纸背面的墙上赫然闪现一个硕大的"师"字。那字比李老师的字还要草，近乎于狂草；不难看出，它是鲁贵民的手迹，和李老师的左右联配在一起，有异曲同工珠联璧合之妙，着实令所有在场的人大惊失色叹为观止。此又该算作后话。

李向明老师曾屡屡对我们说过，我反正还有十余年便可退休，在八师，我要么重新上岗，要么一如既往地扫地冲厕所，好歹得混过这十余年。然而，天有不测风云，就在他下决心将余年交给八师的时候，发生了这样一件事：一天下午，他照例冲着厕所，其间有个学生进来，小解之后，他拉着昔日恩师的手说，老师，您还有完没完，您再这样干下去，我们就更没信心读书了。李老师听罢，浑身一震，半晌出不来气。那天他是提早走的，并且连续一星期没来学校。我们还以为他病了，想派代表去他家探视一下。不料，一周后传来李老师主动辞职的消息，还听说在他悄悄告别学校的最后时刻，曾长久地伫立于空旷的大操场上发呆。是时寒风凛冽，日近黄昏，他应该望见教学楼顶端的那根独立天际的旗杆上，依然执着地凝着一撮夕阳的余晖。

李老师走了。相隔不久，我们学校又发生了一件如今回想起来简直是微不足道的事，或者你也可以认为是一个教师的另外一种走。这位教师姓丁名一，时年四十有二，教英文的，周课时数多达五十来节（包括在外校所兼任的课），也属于上有老下有小中间还要养活自己的那一类。某日，他好端端地站在讲台上，忽然就这么倒下了，那倒下去的动作干净利索，一点都不拖泥带水。在送往医院的途中，丁老师曾经睁开过眼睛，说了句：我太累了，真想好好睡一觉。经医生诊断，丁老师是死于疲劳过度所引发的脑血管破裂。大殓安排在五天以后。五天里，教师们稍稍有些蠢动，但不敢太放肆，都说课上得多，钱是有的赚了，可终究不该玩命。又说，一个教师能倒在讲台上，也算找到了最完美的归宿，没遗憾了。大殓那天，校长鲁贵民借下了殡仪馆唯一的大厅，按理那是专供领导同志用的，与平民百姓无缘；经鲁贵民校长再三恳求，加之对方听说死者是位老师，一下子肃然起敬，遂破了这个例。大厅内有教职工也有学生，反正能来的都来了，黑压压的净是人头，叫人喘不过气来。追悼会由书记王海文主持，校长鲁贵民亲自致悼词。在鲁贵民校长念悼词的十来分钟里，所有师生员工或是表情严肃，或是默默流泪，谁都未能真的弄出声音来，除却丁老师的家属。末了，全部仪式仅剩下瞻仰遗容这一项了，有位丁老师班上的男生忽然把住水晶棺，也不哭也不闹，而是绝望地诵读起儿时的一首歌谣：老师老师我爱你，天天和你在一起；教我唱歌做游戏，我们大家都爱你。他这一起头，顿时引得师生们一阵号哭，那就不管男女老少，先前已走出大厅没来得及哭的人趁机补哭，正排在瞻仰的队伍后面还未轮到哭的人合伙着打提前量老远便哭开了。有尖厉的哭，有粗犷的哭；有哭成慢节奏看去斯文而儒雅的，也有哭得昏天黑地像拉警报似的差点晕厥过去的。那个悲恸，浑似天塌下来，一不留神砸死了他们的老子娘。

　　我们校长鲁贵民有个观点，即在管理上切勿搞成十面埋伏。十面埋伏表面上看痛快且有气魄，可结果往往不是鱼死便是网破，常常弄成两败俱伤；有道是狗急了还会跳墙，何况人乎，当他看不到任何活路的时候，肯定得和你拼命。所以不埋伏不行，不埋伏就不成其为改革了；但要埋伏的话，却顶多只埋伏九面，而故意预留一个口子让有这样那样原因的人逃生，或者听凭一时不想逃生的人在包围圈里挖个地洞藏身。这既涉及战略战术的问题，又符合我们国家现时的国情。

　　记得早在我们学校改革之初，好些教职工尤其是青年教师，仗着自己有些特长抑或门路，又不愿承受太大的工作压力，或是提出跳槽的要求，到外面另谋高就；或是买通医生弄个病假证明，开始操起了进可攻退可守的第二职业。他们的理由是，蜗居学校本为了图个轻松，如果连这点便利都没有了，还叫学校吗？一样辛苦，一样得看人脸色，还不如去别处闯闯，起码工资可以翻番。对此，校长鲁贵民一律睁一眼闭一眼让他们过去。他也有他的理由，留人贵在留心，既然你无意守住这份清贫，那只有请便了。此后的一两年里，学校的一线教职工陆陆续续地少了许多，剩下的人平均年龄陡然上升，有人戏称，再这样下去，我们学校就快变成托老所了。然而，人少也有人少的好处，这多出来的人头费便顺理成章地摊入了每个坚守阵地的殉道者的口袋里，等于说又凭白无故地增加了工资。至于十年二十年以后此地是否还有黑发人，这用不着担心：长的不过年余，短的仅只三五个月，几乎有半数原先突出重围或躲入地洞的活宝又三三两两地在校内冒出来了，纷纷要求复职及上岗，为什么？敢情是外面的世界并非全是黄金铺就的，哪那么容易捞钱。于是乎想杀个回马枪，碰碰运气，毕竟是老土地嘛。这样，鲁贵民校长仍是不计前嫌，能安排的尽量安排，一时安排不了的也讲明原因，说是以后再想办法，给对方留个光明的尾巴。久而久之，那些坚守阵地者不高兴了，说是他们倒好，近乎于拿公家的钱去炒股票，炒赢了算自己的，炒输了学校倒霉，弄来弄去还是老实人不得便宜。可校长鲁贵民自有高论，你们看问题只见其一不见其二，这些人有了在社会上闯荡的经历，也懂得了混事的不易，然后再回到学校，便会好好珍惜目前的工作；我们要允许别人犯错误嘛，特别是年轻人犯错误，上帝也会原谅的。

到了丁一老师去世以后，鲁贵民校长的前述观点便再次集中地体现出来。他在我们学校办公经费及场所并不宽裕的情况下，毅然拨出十万元巨资，命人装修房间，购置各式健身器材，把一个教师活动室搞得甚是漂亮而豪华。他解释说，这两年教职工们的医药费支出呈大幅上升趋势，早已超出了学校能够承受的程度，与其大家花钱买药吃，不如将这些钱用在健身上，变被动为主动。在他的号召下，学校上下掀起了健体强身的高潮。午休的时候，教工们去活动室锻炼还得排上长长的队，但大家乐意，这样排着等着说说话，至少比闷在办公室里要强得多。大家在窃窃私语时，不约而同地夸起了校长鲁贵民，认为他这件事做得好，顺乎民心。什么话，难道他别的事做得不好吗？有敏感者出来更正道，应该说他在我们八师所做的任何事情都顺乎民心合乎民意。其他人立刻唯唯诺诺，点头称是。

面对学校面貌的彻底改变，连鲁贵民校长也不得不承认，他的日子越来越好过，越来越轻松了。校长鲁贵民颇具新意地注释道，学校从无序到有序是一大飞跃，再从单纯地依靠制度管理发展到主要凭借人的自身素质，实现自我约束自主调节，这又是一大飞跃。他乐观而又自信地宣称：总有一天，原有的条条杠杠终将废弃，因为它们已毫无用处。闻听者一阵窃喜，个别人还得意忘形，忍不住说漏了嘴，这不是共产主义了吗？起码已到社会主义高级阶段了，倘若真那样的话，还要校长做什么！那天鲁贵民校长大概特别高兴，对一旁的冲撞全然不予追究，相反，兴致勃勃地回道，校长还是需要的，那时候，校长的工作重心就该移到如何拓宽学校的财路，尽量多搞创收，有条件的话，最好也让你们到国外去走走看看，长长见识嘛。大家险些欢呼起来，好像明天便可乘飞船，坐火箭，去新马泰招摇过市，神仙般快活。

其实呢，日子越来越好过、越来越轻松的还包括全体班主任老师。班主任的日子一向难过，这不是什么秘密，尤其是改革了，对他们的工作要求更高，管理更严。但最初，有位班主任高老师纯属偶然地从学校的改革中受到了启发，她将学校针对教职工的改革套路部分地移植到班级的日常管理中，灵活运用，也制定出林林总总洋洋洒洒的实施细则和行为规范，并且特地保留了罚款这一核心内容。不出两个月，她的班级果然旧貌换新颜，学生在校内都特有礼貌特守规矩，特别是成绩上去了，令旁的师生顿时刮目相看，高老师也好不得意地自夸道，嘿嘿，管人谁不会，管死了更容易。高老师的经验一经推广，竟带动一大批班主任，大家你追我赶纷纷效仿，真正体会到了早改革早得益，真改革真得益，大改革大得益，不改革不得益，从而一举改变了各自班风乃至整个校风。还是校长鲁贵民概括得好：你们的工作事关未来教育的兴衰成败，当这些莘莘学子走出校门成为园丁的时候，他们也会对他们的下一代严格教育严加管束，如此一代代地传下去，其意义就大了。

至此，鲁贵民校长在我们眼中已经算不得人了，确切地说，更像一尊神。想当初，他赤手空拳地来，居然把一个破破烂烂松松垮垮热热闹闹的旧八师，调理成"团结紧张严肃活泼"的新八师。仅此一点，他就该大红大紫声名远播，就该当改革家、市劳动模范，成为教育战线上的一面旗帜。走上神坛的校长鲁贵民成天被一帮老记纠缠着，今天发个头条，明天来个特写，连兄弟学校的领导们也按捺不住寂寞，纷纷放下架子争相前来走马观花讨教经验。事情是大家做的，作为校长，我无非是尽了自己的绵薄之力！幸好在荣誉面前，鲁贵民校长还没忘了同志们，还保持着一份理智和清醒。少顷，他话锋一转，冲一位姓赵的晚报记者讲述道，现在是五月份吧，离招生的时间还远着哩，可已有人陆续打电话给我，表示愿将子女送到我们学校就读的意向，都来开后门，你说我烦不烦？赵记者笑笑，不置可否。当然，能烦总是好事，校长鲁贵民补充道。

说话的当儿，鲁贵民校长正坐在大操场的主席台上，陪老记及兄弟学校的领导们检阅我们学校刚在市中运会上载誉归来的学生团体操阵容。整齐划一而又精神抖擞的学生队伍在《运动员进行曲》的嘹亮乐声中，挥舞着鲜花和彩带，渐次通过主席台，引来主席台上一阵稀里哗啦的掌声，从而将检阅仪式推向了高潮。

不承想，高潮后面的句号却画得不够圆满：化学组的李福全老师冒冒失失地走上主席台，拉着鲁贵民校长到一旁说，鲁校长，您来八师当校长已近四年了吧？校长鲁贵民胡乱地点了下头，一时猜不透对方的葫芦里卖的什么药。李老师继续道，四年来，我从没敢面对面地和您说上过一句话。那主要是我这个当校长的犯了官僚主义，鲁贵民校长大气地说，深入群众不够。可今天是我的退休日，从明天起，我可以不用来学校了。唔，那祝贺你了，希望你安度晚年，好好保重身体。谢您了，不过，我想我不会有失落感的，相反，我心里很高兴，因为我再也用不着怕下岗，尤其是用不着跟人抢饭碗了。李老师正说着，又一阵掌声响起，使得校长鲁贵民晕晕乎乎地嫌烦：无论如何，人家是第一次，也可能是最后一次面对面地和你说会儿话，不听清楚怎么行呢。你说下去，鲁贵民校长提示道。恼人的掌声依旧稀里哗啦地不断，李老师遵嘱往下讲道，我昨晚碰巧看了《巴顿将军》，这部影片总的说来非常好，演员斯哥特的表演也十分精彩，但我认为影片结尾处的一段旁白稍显多余，那里面讲道，"一千多年前，罗马的征服者在远征得胜之后凯旋，他的家人与子女穿着洁白的衣服坐在战车上。战车前走着戴镣铐的大队俘虏。一个奴隶手捧皇冠在他耳旁不住地低声说：这一切都是过眼云烟"。说罢，李老师嘿嘿一笑，下了主席台，走远了。校长鲁贵民似乎来不及反应，他想了想，突然朝李福全老师喊道，回来！

回想起来，所谓的烦与不烦，往往是相对的。游雪萍老师说过，烦即是不烦，不烦即是烦。这话听起来有点儿绕，实际也为鲁贵民校长在八师的结局埋下了一个绝妙的注脚。

怎么说呢，那是校长鲁贵民来我们学校任职期满四周年的纪念日，这日子在鲁贵民校长看来，似乎该好好庆贺一番的；起码，八师有今天，他是立了头功的。却不料当天下午，局干部处突然来人了，对他宣布了免去他第八师范学校校长职务的决定，并且说此项决定已经局党委讨论通过。此时距校长鲁贵民可以体面地退休的法定年龄仅差五个月。事后有人猜测其中的原因时，颇为先知先觉地说，哪里有压迫，哪里就有反抗，别看八师表面上风平浪静，可暗地里却老有人给上面写信，状告鲁贵民，你说他在我们学校的日子能长得了吗？但也有人摇摇头，说这顶多是一个契机罢了，最主要的还在于鲁校长一贯犟头倔脑自说自话，肯定得罪过上面的什么人，早早地种下了祸根，所以才会落得眼前的下场。更有甚者，说是你们都讲错了，一定是早几年赌气离开学校的刘丽莉老师在暗中起作用，有道是君子报仇十年不晚。总之，大家猜来猜去，有一点是相同的，即那天该是校长鲁贵民命中的劫数，注定了逾越不过去的。

事实上，我们得知此消息已是新闻变旧闻的时候了。照例是局干部处的人坐在大会堂主席台的正中央，在他的左边是鲁贵民，右边是王海文，三个人一起正对着八师所有的教职工。书记王海文表情冷漠，脸上什么天气预报都看不出，好像一会儿将要被免职的是他。反观另一侧的校长鲁贵民，却出乎预料地坦然，他甚至把出国时才穿的那套笔挺的深色西装着在了身上，有雄起起气昂昂之势，叫人联想起洪常青赴刑场从容就义的镜头，那就由不得你不佩服得五体投地。局干部处的人首先宣读了免去鲁贵民校长职务的决定，并说鲁贵民在八师做了些有益的工作，现在局党委对他另有任用。一派国对国之间的外交辞令。然后，他又宣布了新的任命事项，也是经局党委讨论通过的，决定任命王海文为八师的代理校长。完了他笑道，现在，请第八师范学校党委书记兼代理校长王海文同志发言，大家鼓掌。奇怪的是，底下长时间地鸦雀无声，似乎大家全然忘了鼓掌是怎么回事。还是王海文书记兼代理校长经验老到，他赶紧冲着话筒讲开了。他说，教师是天底下最光辉的职业，学校自然就是天底下最明亮的地方，我当校长，一是向大家学习，二是为大家服务。正说着，阳光恰好善解人意地从窗外悄悄地流泻进来，普照着会场里的每一众生。阳光很静，很淡，甚至依然可以说是很美。

劫 后

代引——一位犯罪学家的话

人们多半愿意诉说自己的痛苦、悲哀和不幸。人们也多半愿意将同情、慰藉和理解给予弱者，给予那些被凌辱和被损害的人。

只有一种情况是例外的，即性犯罪所造成的后果：一方面，受害者往往对自己的遭遇讳莫如深，有的甚至终生守口如瓶；另一方面，社会对受害者又常常显得爱莫能助，抑或仅希望烙在她们肉体乃至心灵上的深重创伤，会随着岁月的流逝而自然弥合、痊愈。严重的后果还不在于那些受害者是否仍具备传统意义上的那种贞洁；而在于她们由此失去了最可宝贵的心理屏障，需要不知多少年才能建立起来的有关对世界、对人生及对自己的种种美好的理想、信念和愿望，也将随之而发生深刻的动摇，甚至毁于一旦！

……

一、"回想起来简直像一场噩梦！"

郊县的某小镇，古老而安详。

把我吸引到这儿来的，是一位家住此地的朋友在一次来信中告诉我说，前不久，他在镇影院观看一部外国影片，当银幕上出现一伙歹徒对女主角施暴的镜头时，坐在他边上的一位少女突然迸发出撕心裂肺的尖叫声。少顷，这尖叫声又变成同样撕心裂肺的恸哭声。他未在信中说明那少女为何失态，但他特别强调，除了《望乡》中的阿崎婆的哭声外，这恐怕是他生平所听到的最揪人心魄的哭声了……我当即写信要他设法弄清楚其中的原委。过了半个月，回信来了，情况和我推测得大致相同。

那少女叫小晴，今年二十二岁。她是我为写本文所进行的艰苦而持久采访过程中的最后一位采访对象。在敲开她家那扇油漆剥落的大门之前，我做好了遭冷遇甚至被轰出来的思想准备。这样的事在我，已是家常便饭。可我没有想到，出现在面前的她竟然彬彬有礼，镇定自若，使人无从联想隐藏在她内心深处的极其惨痛的经历。

"我曾发誓：除了未来的他，这辈子我对谁都不会再提起那段往事，"她端坐在我对面的沙发上，说这话时依然十分平静，"那太可怕了，回想起来简直像一场噩梦！"

我忙合上手中的本子，说："如果你觉得为难，我不勉强。但有一点请你相信：我此番来访，决不是为了猎奇，更非受阴暗心理的驱使。我是真诚的。"

"我知道。假如我对此有怀疑的话，就不会让你进这门了。好吧，就看在你大老远跑来的分上……可我不知道我能否控制自己——我的意思是一旦说开了，是否会突然停顿，再也说不下去；或者说得颠三倒四，没有条理……"

我说你不必有什么顾虑，就像面对好朋友那样。

她点了点头，终于如我期待的那样打开了话匣子……

"那是六年前的一个夏天，我初中毕业，刚参加完镇办五金厂的招工考试。听说录取通知书要等个把月才会发，母亲怕我独自在家闷得慌，就劝我到五里外的小金宅我大姨家去住些日子。临行那天，母亲问我，要不要我请假陪你去？我说不用，我认得路。母亲说不是这个意思，是怕你路上出事。我说大白天，能吗？我想我还是未成年的黄毛丫头，除了被人骗走拐走，还能出什么别的事。我真傻！

"我出了家门，小镇很快被抛在身后。在我的两旁，是大片大片的农田，望过去跟海似的不见尽头。我有些兴奋，估计再走不多的路，便可到大姨家了。

我不知其实这时危险已降临到了我的头上……

"等一等，让我想想那人到底是个什么模样……很奇怪，六年来，我时常在回想那个人的模样，却怎么也想不起来；好像他根本不具备人的模样，模模糊糊的，跟魔鬼差不多。他从后面拦腰抱住我时，我正坐在路边的一棵大树下擦汗。我被突如其来的袭击吓坏了，好在我马上明白了他想干什么，开始了本能的反抗，并高呼救命。说来也巧，这时有一个骑自行车的女青年打这儿经过，不知什么原因，她非但没有停下来帮我一把，反而将车轮子蹬得飞快。我失望了，拼命挣扎着……如果不是又听到附近有辆拖拉机开过来的声音，我想我准支撑不了多久就会被歹徒拽进农田。可既然有拖拉机开过来，预示着我还有逃脱的希望，那我就得有勇气支撑到最后。

"开过来的这辆拖拉机上装满了化肥，司机是个四十出头的中年男子，秃顶，黑脸，上身穿着灰色的大兴西装，那模样我一辈子都忘不了……见有不速之客从天而降，歹徒慌了手脚，使我得以挣脱而拔脚拦住了迎面驶来的这辆拖拉机。我气喘得说不出话……

"'什么事？'司机带住了拖拉机，不过并没有熄火。他看着我，又看看不远处的歹徒，大致明白了眼前发生的事。

"'救……救命……'我尽了最大努力，才喊出这句话。我想我要是再不设法说点什么，可真要大祸临头了。

"'姑娘，我能救你什么命？还不赶紧回家！'

"我说我家离这儿很远，求你让我上车搭一段路。他说开什么玩笑，这车能搭人吗，摔下去怎么办？

"'求求你了！他是个流氓！你一定要救救我！'我情急之中，只得跪倒在地。

"他皱了皱眉头，再次朝我身后望去。不知道他究竟看到了什么，使他在瞬息之间变得不可思议：'快闪开，别耽误我的事！'说着他启动拖拉机，绕过我轰隆隆地开走了……

"我一起身，想抓住拖拉机。可是我扑了个空。

"我终于绝望了！

"那以后的情形，我不说你也不难想象。当歹徒第二次扑上来，我竟彻底丧失了抗争的勇气，如同一只被逼上悬崖、打消了所有生存欲望的羔羊，任凭他支配，任凭他宰割……等我从噩梦中醒来时，歹徒早已逃之夭夭。整个世界黑透了，四周净是稻子在风中摇曳时所发出的沙沙声。很奇怪，此刻我反倒一点不怕。因为该失去的，我都失去了。我已经一无所有，还怕什么！在我的心里，有的只是恨；恨那千刀万剐的歹徒，恨我自己，恨见死不救的司机……我几乎是爬着回到家里。等我见到父母，方才失声痛哭。我知道我要是再不哭出来的话，准活不到明天……"

说到这儿，她长长地停顿了，看上去仍显得十分平静。我不由暗暗松了口气，因为最可怕、最不堪回首的一幕总算过去了。当然，我所关心的主要还是那以后可能发生的事。偏巧她母亲撞进门来，于是她暗示我今天的谈话到此结束。

我顶着星光回到下榻的朋友家，着手整理起她的谈话记录。我发现她的这段遭遇和我有一次采访的对象所经历的在某种程度上是极为相似的。那同样是个非常年轻而纯洁的女孩……

董雯，市区某家三星级宾馆的餐厅服务员。

"那时我还在见习期内，能否被正式录用还不一定……我们宴会厅一共才二十多个服务员，都得轮流翻班。上早班时问题不大；轮到中班，我就有些怕。因为我家那一带比较偏僻，夜里常出事。后来还是父亲说，这样吧，轮到你上完中班回家时，我来车站接你。我清楚这并非长久之计，但舍此又想不出其他更好的办法……

"那一晚，我下了车，在车站没见到父亲，于是我照例等着。我孤零零地等了大约一刻钟，父亲还没来，我心想，还是壮着胆子回家吧，兴许能在半路上碰到他。再说，天底下哪有那么巧的事，仅这一次机会，就让色魔给捕捉到了……你看，我多么自信，就像在家里从这一间屋走到那一间屋一样。也该我走运——后来无巧不成书的事果然发生了……我从他的胳膊下挣脱出来，死命地朝前面亮着灯光的窗户跑去。我拍打窗户，连呼救命。只见窗户内晃过一张模糊的面孔，紧接着灯熄了，周围一片漆黑……我又紧跑了二十多米，拍打另一家的门。谢天谢地，总算有人来开门，可当他明白是怎么回事的时候，毫不犹豫地一用力，将我堵在门外……我就是在那门外受辱的。任我怎么喊，怎哭，怎么挣扎，都无济于事——没人来救我。好像从那一刻起，世上的人全都死绝了，或者根本就是些动物！

"嗨，我说，你们舞文弄墨的人是不是最明事理……假如你是我的话——当然，你是个男人，天生不会碰到这种倒霉事。我指的是哪一天你也濒临绝境，而周围的人又无一例外地退避三舍，甚至袖手旁观，你是否还相信诸如'我们的生活充满阳光'之类的话？也许你还会，但我不能。至少此后我走在街上，整个感觉不一样：不管天有多么晴朗，也不管阳光多么明媚，在我的心里，却始终冷冷的。我冷眼看人，冷眼看物，冷眼看一切。我知道我变了，但这怨不得我……对了，前天我看到一篇据称是世界上最短的小说，仅三个字：'神垂死！'据说它表达了上帝对人类所处的这个生存环境的深刻忧郁。我想，假如世界上真有什么上帝的话，那他的忧郁不是没有道理的，至少我们还远未到平安无事的时候，有一个人在那儿忧郁，总比大家都活得快乐潇洒无忧无虑要强得多……

"两个月后，我们全家搬出了那个地方。在搬迁之前，我洗了个澡，把过去穿过的所有衣服，特别是鞋子，全都烧了，生怕再有什么晦气跟着我到新居……"

第二天上午，我又造访了小晴。她顺着昨天的话题继续往下讲：

"那年我才十六岁，人生的路还漫长哩。我母亲也时时这样开导我，唯恐我想不开再有什么意外。幸好后来五金厂录用了我，厂里有干不完的活，而且上岗后需要全神贯注，稍不留心就会被削去手指。这似乎正合我的意，我可以在八小时内将噩梦从记忆中抹掉，绝对专心地完成每一道工序。下班后或节假日，我就和家人在一起，尽量避免独处，避免胡思乱想。他们说，我跟着说；他们笑，我跟着笑。还是那个意思，我需要忘却过去，在心理上塑造一个新的我。我纵然有千百条理由可以去死，但至少现在不能。我还年轻，太年轻了……"

她端起茶杯咕咚咕咚地喝，然后低头凝视着面前的一盆受过严冬摧残的花，沉默了……

我在期待。

她依旧深陷在沉思之中。

"完了？"

"完了。"

"真的完了？"

"真的完了。"

我将记录本塞进挎包，准备起身告辞。"等一等——"她蓦然叫道。只见她用拇指和中指使劲戳着自己的太阳穴，"我不知道这是怎么啦……我忽然害怕再往下讲……我会受不了的……"她断断续续地说。

出现这样的情形，是我始料未及的。既然最可怕、最不堪回首的一幕已经过去……轮到我沉默了。因为我不知接着该对她说些什么。也许这时，我什么也不说反而比说什么都好。她需要安静。

"好吧，为了不使你失望，不过关于下面这段往事，我是第一次对别人说起，我想也是最后一次……"她猛然抬头，目光散乱，没有焦点，"你相信我会杀人吗？"

"不至于吧……"

"可我几乎充当了凶手的角色。"

猜不透到底是怎么回事。

"这事距今已整整四年了——有一天黄昏，我想去附近的一条小路上散步，呼吸一下新鲜空气。那条路很安静，一旁是树，一旁是沟。姐姐出嫁前，常陪我去那儿散心。记得那一次，我刚踏入那条小路，忽听得前方沟里有男人的呻吟声，轻微而混浊。原来，一辆拖拉机翻进了沟里，底下压着个人，四周散落着一袋袋化肥。快救人！一个明晰的念头掠过我的脑海。然而——几乎同时，两年前的那一幕也随之闪现在我的眼前。不知是幻觉还是别的什么原因，我甚至看清楚了那个被拖拉机压着的男人的模样：秃顶、黑脸、穿着灰色的大兴西装……世界真小！我不假思索地原路回家。我的脑子全乱了……落日，秋风，归鸟——眼前变得混沌起来。我忽然古怪地想，我是否会看错？万一……记不得又过了多久，当我怀着极其复杂的心情再次折返那里时，天已经暗下来，那人也不再呻吟。我听到有人在议论：'要能早半个小时兴许就有救了。''可不，他的身体还热着哩。''唉，黄家又多了个寡妇……'我不由躲在远处，一下子哭出了声……那个哭的人真是我吗？我怎么会哭？我的眼泪不是早流干了？一切都是真实的，都证明我不是在做梦，做一个更加可怕的噩梦。那一瞬间，也只有在那一瞬间，我才猛然意识到——两年前，我所失去的究竟是什么！"

这当儿，我发现她的肩膀在剧烈地抽搐着。

没想到事情会是这样。毕竟，生活曾经在她的心里系上过一个不易解开的结，如同董雯，如同我采访过的许多有过同样遭遇的女性。只有了解了这些，你才会弄懂导致她们产生如此心态的确切原因。然而，使我感动的还是她接着对我讲的那番话：

"四年来，我反复回想着那件事。我发现我无异于充当了凶手的角色，尽管他的死，我没有直接的责任。我不知道我是否会为此而永远追悔、忏悔，以使我的内心得以安宁。退一步说，即使那人真是当年的他，我也不能因为他曾经见死不救，而非得让他付出生命的代价。同样，更不能由于他良知的泯灭，而心安理得地让自己的良知也丧失殆尽。我是不是太残忍、太堕落了……一个女性的贞操是宝贵的，但世界上还有比贞操更可宝贵的东西，甚至也不是什么东西，而仅是些干巴巴的概念。人要失去了这些，生命也会变得毫无意义！

"四年来，我一直为此跟自己搏斗，累得反倒没空再去回忆六年前我所遭受的那些灾难。仿佛那已经不重要了；重要的是现在，我该如何重新认识、评价我自己，我这个自以为一贯正直、善良，小时候屡屡梦想成为英雄的人……"

她咬着嘴唇，努力不使自己哭出来。

"难为你了！"我由衷地说。

我虽然不具备女性特有的细腻和敏感，但作为她们的同类，我仍能自始至终地感受到她那深藏着的无可名状的切肤之痛。我甚至觉得，只要超越性别的局限，一个男性对女性痛苦的理解和把握，会比女性之间的理解和把握更透彻更准确。"再见——"她一边说，一边伸出冰凉的手与我握别。

是晚，我踏上归途。小车颠簸着，我的心也像小车一样久久不能安宁。我想起了小晴对我说过的一段话："我经历了人世间最残酷的浩劫。这种浩劫并非一夜之间丧失了所有钱财，或者缺胳膊少腿之类的。那都没什么，生活照样可以继续……可如果连心灵都灼伤了，那就太痛苦了……"

假如生活欺骗了你，
不要忧郁，不要悲伤！

困难的日子暂且容忍,
快乐的时光终将到来。
我们的心憧憬着未来,
尽管活在阴暗的现在,
一切都是短暂的,转瞬即逝,
而过去的将会变为可爱。

在我的采访中,我曾不止一次地用普希金的这首诗去劝慰被采访者。可我也明白,对她们来说,快乐的时光或许终将到来;而过去,却永远不可能变为可爱——那是多么深刻而惨痛的记忆啊!可惜,类似的受害者有很多,我们反映她们的遭遇、困境、希冀和心声的作品又几乎没有。这就构成了我想写本文的初衷。

二、"我时常感到有一个阴影在跟着我……"

在愿意接受我采访的受害者中,发出这样或类似感叹的人为数不少。她们原先都是些非常单纯的女性,有着各自的骄傲和梦想,然而,当她们经历了如小晴所说的"人世间最残酷的浩劫"之后,她们的精神世界戛然变化。她们惊恐、自卑,常常惶惶不可终日,以至于连日常生活都与以往截然不同……

"这事虽已过去多年,但只要一想起来,就像是昨天发生的……我现在依旧翻两班:早班和中班。当初我没有因为怕出事而请假并请求照顾,如今就更不能了。因为没人知道这件事,我也不愿意说。我还年轻,得为以后的生活着想……我现在的家就在前面的那片闹市区里,整天人来车往,没个安静的时候。不过为防万一,我进进出出包里总藏着把刀;要是老天再让我走运,我会豁出命去拼的,还怕什么……"

董雯边说,边从包里摸出一把带鞘的匕首。"我再不能承受那样的伤害了!"她发誓道。

很奇怪,每当我翻阅她的这段谈话记录时,眼前总掠过那把匕首在出鞘的一刹那间所溢出来的逼人的寒光。尽管随身携刀,并不等于万事大吉;或者从治安的角度讲，也还有值得推敲之处。但对于一个没有多少抵御能力的、柔弱的女子来说，这也许是唯一可以自卫的方法了。

后来我把这种看似消极的方法告诉给另一位受害者——她叫婷婷，高中刚毕业，目前在家待业——她不屑一顾地对我说：

"我可用不着。我见不得血，也没多少气力，怕是到时候有十把刀都不顶用。反正我老爸有的是钱，他常年在外做生意。他不在家的时候，就花钱替我雇了个身强力壮的女保镖。无论何时，我走到哪里，身边总有她跟着，时刻保护着我……现在的问题是，每当夜深人静，在梦里碰上色狼纠缠时，我就无能为力了，连爸爸都救不了我……我现在特别怕睡觉……"

林建芬，某百货商场营业员，她这样回忆道：

"记得刚进商场工作时，同事们都用异样的眼光看我：大热天的，别的女孩早穿上衬衫裙子了，唯独我仍是春秋时节的衣着，连上衣的领扣都不会忘了扣。他们很纳闷，以为我有毛病什么的。他们是猜不到其中的原因的……

"其实，哪有女孩不爱美的。小时候，左邻右舍都说我天生丽质；出事之前，我甚至比别的女孩更懂得打扮，更爱穿一些能充分显示自己身段和线条的时髦服装……可这竟然也铸成了我的不幸。奸污我的那个人就住在我家隔壁，比我小一岁，以往我根本没把他看作已经成年的男人。有一晚，我如约上他家帮他补习功课……我突然感觉到他的目光有些反常，而且一直盯着我胸前袒露的部位。没等我明白过来，他已朝我猛扑上来……

"那次的教训实在深刻！以至于我后来常有这样的幻觉：似乎只要我一穿得单薄、透明，一露出某个要命的部位，准会诱发男人心中的邪念，灾难便从天而降。于是我尽量使自己灰色一些，捂得严实一些，恨不能有一副铁甲……即使这样，我依旧缺乏安全感，只要有哪个男人多看我一眼，我就得胆战心惊，怀疑他是否在打我的主意……"

"……你可不能在你的文章中出现我的名字。这一点，请你无论如何按我说的去做……"

通过电话再三叮嘱我的是一位三十多岁的少妇。听得出，她在电话的另一端显得十分忐忑而又无奈，恨不得把说过的话全都收回去。

她也曾接受过我的采访。那天我贸然撞上门去，适逢她丈夫有事外出，才为采访提供了可能。

"谁让你上这儿来的？"

我没有回答。

"肯定是李月明吧？这人的嘴怎么这么快……那次我告诉她，是由于我实在憋不住了。不过我一再关照她不要对任何人讲……真要命！"

说罢，她陷入了沉思……

"你结婚了……那你就会懂得有一个幸福美满的家庭，有一个爱你也为你所爱的丈夫（或妻子），有一个你们俩引以自豪的孩子，该是多么不易……我很晚才结的婚。婚后的生活是甜蜜的，尤其是有了孩子……那次祸从天降，我曾无数次地想到过死。可我舍不下孩子，他还太小，不能没有母亲。我也曾无数次地想将此事告诉丈夫，希望他分担我内心深处无法排遣的痛苦。可细忖之后，我同样觉得办不到。你想，他内向又耿直，知道了肯定会比我更痛苦……说到底，还是我不愿因此给这个家庭带来任何不愉快。既然它来之不易，既然女人生来就是为了受苦，那么，就让什么样的倒霉事都砸在我一个人的头上吧。我决定独自吞下这枚现实强加给我的苦果。我别无选择……

"可是我错了——现在我才意识到，我这样与其说活着，不如说是活受罪……不是说夫妻之间应当坦诚、信赖？我纵然可以忍受任何灾难，却唯独不能忍受对自己所爱的人的隐瞒，尽管这隐瞒是出于完全可以理解的原因。我默默承受着内心的重压，时而这样想，时而那样想。不管怎么想，在他的面前，我都感到抬不起头来，有一种深深的歉疚。好像错的是我，而不是那个该千万遍诅咒的畜生……

"'怎么啦？'有一次，他似乎也觉察到了什么。

"我凝视着他，反问道：'你爱我吗？'

"他点头。

"'你觉得和我在一起幸福吗？'

"他又点点头。

"我哭了。第一次为这事在他面前流出眼泪。他顿时慌了手脚，哄着我说：'到底怎么啦？好端端的，可别吓我……'

"我到嘴边的话又缩了回去,只是说:'没什么,一点小事,晚上再说。'可到了晚上,当我看见他那样自在而惬意地逗着孩子玩的情景时,我只好再次往肚里咽下一切……

"我就这样一次次因为善意而失去了机会,但这并不能减轻良心对我的重压。我们俩围着孩子有说有笑,我会突然沉默,像被人当头浇了盆冰水。有时候,他分明投来一个正常的目光,或者多看我几眼,我会不由自主地低下头,怀疑他是不是从我脸上看出了什么破绽。甚至于有时候,他想和我例行公事,我都会莫名其妙地加以拒绝,或者正在进行之中,我一下子兴趣索然,恶心,想吐,似乎我脏透了,会因此而玷污他的感情……唉,我这是过的什么日子,还能维持多久!但不管怎样,只要能维持,我就得想方设法去维持这个家庭业已存在的幸福和安宁……天晓得明天还将发生些什么?"

我自问是个受过高等教育的人,有能力辨别许多是与非或介于是与非之间的问题。然而,当她充满期待地问我她这样对丈夫秘而不宣是否对时,我却为难了。"也许你是对的……这得因人而异。"我只能模棱两可地搪塞着。生活的严峻在于不是做简单的加减乘除,在多种情况下不会只有一个答案。往往同一种情况也还存在着不同答案。对你适用的经验对她并不一定适用,有时非但不适用,甚至会给她招惹更大的麻烦。这一点,在我以往的采访中屡有印证。退而言之,即使诚实得到了回报,如我们所企望的那样,也还有令人啼笑皆非的时候……

"也许男人都不愿正视发生在自己妻子身上的那种事,哪怕他再无所谓,再通情达理……譬如我的朋友小莉,尽管她丈夫知道妻子是无辜的,也大体知道作为一个男人,在妻子受到伤害后所应该具备的姿态和风度。不过据小莉自己说,在她看来,那以后的生活总有些和以前的不一样。"

对我讲这番话的是我的一位同事。她知道我正为写这部作品做着艰辛的准备工作。我们站在街头,就那位不愿披露自己姓名的少妇所提出的问题进行讨论时,她即兴说道:

"……说起我的这个朋友,真够坚强的。她说她从没想过要和自己过不去,也从没想过要对丈夫隐瞒什么。说之前,她做好了思想准备,愿接受由此引发的任何后果……但结果有点出乎她的预料,她丈夫只是说:'没什么,就当是

被臭虫咬了一下，会过去的，会好起来的。'

"没过几天，她丈夫提议去九寨沟畅游一次，好让噩梦彻底湮没在大自然的山山水水之中。她很感动，那次旅游也确实收到了预期的效果，至少在她看来，生活似乎并未发生多大变化。'然而——我弄不懂他究竟是怎么想的，这事在他，好像并不那么简单，'有一次她对我说，'其实也不是他有意要耿耿于怀，或者口是心非什么的，而是他从此将我当作一个毫无自卫和自拔能力的弱女子，总需要得到他的安慰与保护。譬如说他工作很忙，时常得加班加点，可自那以后，他尽量准时回家，一到家便东拉西扯，挑些高兴的事说，以使我没机会想起那件事。有时他已经很累了，却照样打起精神说个没完。这样反倒使我难受，觉得异样。再譬如碰到天黑我得出门时，他要么婉转地阻止我，要么千叮咛万嘱咐，要么干脆与我同行。尽管他从不以那次教训作为借口，但给我的感觉却是比找那样的借口更糟糕……我真有点受不了，我说，如果你还爱我，觉得我还是原来的那个样，你就应该让我恢复以往的生活，我指的是双方都自由自在，无拘无束，彼此信赖，彼此尊重……'

"后来的情况我就不大清楚了。反正，她说在她和他之间，在他们的生活里，总好像夹杂着某种难以言喻的不和谐音，时隐时现，若有若无……"

遗憾的是，当我为详尽了解小莉的近况而直接去采访她本人时，我吃了闭门羹。"请回吧。我不想掘开记忆的坟墓。"她说。

喻，市郊接合部某化工联合企业职工：

"这几年我一直在逃避……我从这家厂换到那家厂，又从那家厂转到另一家厂。我逃避着一个个熟悉我的人，逃避着一个个我熟悉或正在被我熟悉的地方。我的精力全用在逃避上了，没心思再好好工作。时至今日，连我自己都弄不明白我究竟在逃避别人，还是逃避自己。似乎，这种逃避将注定伴随我的一生！

"我的不幸就发生在我最初工作的那个单位。这事顷刻间就在厂里传得沸沸扬扬，凡是长耳朵的都听说了。很显然，那儿是待不下去了。我随即换了家厂……

"我这个人爱面子，这或许也是所有女性的共同特点。出事后，我首先想到的不是沉溺于伤痛中悲天悯地，而是如何掩盖伤痛，以使我像个正常姑娘那样出现在别人面前。我还太年轻，不希望让这事搅乱了我以后的生活。

"我在那家新的厂大约工作了半年。有一次我适逢身体不适，情绪低落。我们组长见状，便跑来嘘寒问暖。那天可能是我最脆弱的日子，不知怎的，我竟流出了眼泪。

"'怎么回事？'她慌忙问，'莫非……你听说了什么？'

"我一时没反应过来，胡乱点头又摇头。

"'对——啊不，你要挺住。'

"我不禁倒吸了口凉气……

"'嘴长在别人身上，怎么说都由不得你……'至于她后面又说了些什么，我没听清。我只觉得我的脑子全乱了。我想象不出我当时的表情。

"世上真没有不透风的墙！来此之前，我猜测厂长书记可能会了解此事，顶多再包括人事部门的干部，仅此而已吧。可我万万料想不到，仅隔半年，一切又变得像过去一样不可思议。关键还在于全世界都知道了，就我一个人被蒙在鼓里……那天下班，我从车间走到厂门口，一路上只觉得有许多人在背后指指点点交头接耳，连目光都不一样。我几乎像只怪物，穿行在密密匝匝挤得透不过气来的人堆里，差点没晕倒……

"此后，我又相继换了几个单位，原因不外乎有类似于上面的这一种；也有我自己神经过敏，好端端的，会突然疑心别人是否摸到了我的底细，想来近乎庸人自扰，或者说是心理障碍在作怪……我调到现在这家厂是今年初的事，到目前为止，尚平安无事。可谁能保证——至少我不能，也没有信心保证——这种状况会长久地持续下去；说不定哪一天，我还得走，走得远远的。我时时有这样的准备，总好像有一个阴影紧紧尾随着我，到哪儿都甩不掉。即使在梦中，我不是拼命奔跑，便是使劲躲藏，醒来真不敢相信自己还活着……"

在她叙述的同时，我注意到她的双眼不停地往前方及两侧张望，像提防着有谁会破门而入，或者躲在附近偷听她的谈话。"我真想有一天，我能永远留驻在一个没人认识我，最好是没人的地方，让我好好看一看太阳升起的样子！"说罢，她一低头，一绺绺长发顺势从肩上滑落下来，形成一道乌黑的帘子，几乎遮掩了她苍白而消瘦的脸。

记得那天采访完喻之后，我又横穿整个市区，找到了我接着要采访的一个在读的二年级中专生。她叫卢静燕,她的家属于典型的本分人家。父母老实厚道,一辈子平平淡淡。他们都经不住大的意外——不是经历了太多,有畏惧感;而是从未经历过,到时候会束手无策。可灾难并不长眼睛,专拣那些消受得起的人家让他们消受。据她说,她的不幸在某种程度上源于她父亲的一次过失——或许原本可以避免而终未避免。于是,这户典型的本分人家从此失去了平静:她的父亲由开始的震撼、不知所措,渐渐陷入追悔和自责之中;一向温顺、寡言的母亲则变得只知唉声叹气,或者时不时地冲她父亲发无名火;她的兄长似乎更离谱,常常彻夜不归,老转悠在妹妹出事的那个地方,发誓要亲手抓住那个恶魔找他算账……

"……我整天提心吊胆,上课时脑子里净出现一个个恐怖的念头,都是关于爸爸妈妈及哥哥这样发展下去可能导致的结局。我曾试着反复劝说他们,我说我已经这个样子了,你们要再有个三长两短,那我可就真的没法活了。勉强听了我的劝告,奏效一两天;一两天后,他们又一切如故。好像他们这时关心的已经不是承受了不幸的女儿,而是他们自己……那次期终考试,六门功课中我破天荒开了四个'红灯'。我被迫留了一级。班主任老师找我谈话,询问其中的原委,我只会哭。我能对他说什么呢?

"其实这中间,最痛苦的应该是我!之所以能活下来,靠的并不是坚强,而恰恰是我对死亡的恐惧。可面对家人的剧变,我已经没时间去细嚼我的痛苦,因为我的注意力都集中在如何避免更大的不幸再降临我们家……我发现爸爸的眼睛老盯着一个地方看,像发愣,像思过,又像迷失在密林深处那种孤苦无援的绝望。有时候他也呆呆地看着我,一旦我转向他时,他却慌忙转过脸避开我的目光;有时候他又一整天不忍看我一眼,好像看一眼本身都加重了他的过失。他还学会了抽烟。他患有慢性支气管炎,抽烟的过程实际上也是咳嗽的过程——俨然成了自虐……爸爸越是这样,妈妈冲他发火的嗓门就越大,话也越难听。她能一口气数落他半小时之久,那副凶相,简直和我熟悉的妈妈判若两人;说得夸张一点,近乎于歇斯底里……"

她歇了口气,表情更加忧郁。好似一张如花的脸,在我面前遽然枯萎,看去令人心碎。

"后来……后来……后来更大的不幸终于发生了:先是爸爸精神错乱起

来；然后是哥哥将一个误以为是那个流氓的过路人戳成重伤，他因此锒铛入狱；再然后妈妈也变得沉默了，整日里以泪洗面……

"有一次我问妈妈，我说我到底怎么啦？你们到底怎么啦？

"妈妈说：'我们都太心疼你了……你哥虽然为了你进了监狱，但他终究是男孩子，有责任替妹妹赴汤蹈火。而你却是个姑娘家，与其让你遭辱，还不如被杀死。可不能叫姑娘家背上那样的耻辱活着。'

"我明白妈妈是心疼得昏了头，没半点要我去死的意思。可眼看着我的亲人因为我而遭受同样的痛苦煎熬时，我还不如真的死去。我的灾难，该是多么深重！

"有人说，十九岁的微笑是最甜美、最动人的。然而我的十九岁却再也没有了微笑……我开始怕回家，重新变得整夜整夜地睡不着。其实我的脑子里什么也不想，又像是有太多的事需要想。我不清楚这样下去，我最终的结局是什么。也许有一天，我也会发愣，发疯，想着去杀人，去放火……我的苦，没法说。"

她倏地打住，果真没再往下讲。

三、"生活真是太不公平……"

也许写这部作品，是我很久以前潜意识里就有的念头。我十四岁那年就读于市区东南角的一所中学，坐在我前排的是一位小巧、娴静、成绩优秀的女同学。我那时还不怎么想要读书，尤其是对物理和化学，近乎于一知半解。每逢这些科目考试时，我总少不了用手去捅她的后背，希望她行行好，给我递张小纸条什么的。她呢，每求必应，总不让我落空。大约到了第二学年的上半学期，有一天我们上体育课，男同学跨跳箱，女同学跳鞍马。轮到她上时，我发现她面色煞白，犹豫了老半天才开始助跑、跃起，冷不防一头栽倒在前面的软垫上，顿时不省人事。大家惊叫着围拢过去，就看见她两腿间有暗红的血渗透出来。女同学似乎明白了什么，迅速组成一道人墙，以避免男同学的目光被"污染"。我那时特别傻，并不懂究竟出了什么事。那以后这位女同学一直卧病在家，再没来学校上课。大家私下里商议着，说是该派代表去她家探视，体现一下同学之间的团结友爱。我们的善意被班主任否定了。"不行,别去打扰她!"他无可辩驳地说。我们都感到莫大的委屈,到底是什么病,连看都不能看!

再后来,她约莫病愈了,悄悄来学校办理了转学手续。从此,我前面的这个座位就空到我毕业为止。其间,又遇物理、化学考试时,我免不了要想起她。其间,一个当时未经证实的消息在我班乃至全校的同学中传播开来:她曾经被人奸污,不幸而怀了孕,作案者便是住在她家附近的那个小青工张某……

原以为这事会随着时光的流逝而灰飞烟灭。岂料,在我们中学同学毕业十周年的聚会上,有人因为她的结婚而不经意地提起了她,另一位同学也不经意地接道:"那么,她的先生知道她过去的事情吗?"

"知道。她的先生就是那个张某……"

于是全场目瞪口呆,继而一片哗然:

"这是发的什么疯啊?"

"莫非本来就是一对情人,纯属冤假错案一桩!"

"不理解……"

的确,要不是有什么旁人不晓的难言之隐,一个正常的女孩何至于沉沦到这样的地步。那甚至也不是什么下策,至多是下下策而已。这个谜团执拗地萦绕在我的脑海,挥之不去。

她叫冯小兰,现在一化工机械厂当工人。当我几经周折找到她的时候,她正奶着自己的孩子,坐在家门口怏怏地晒着太阳。她眼窝凹陷,神情散淡,岁月过早地在她的脸上刻下了过多过密的痕迹。也许是因为看到我,令她联想起了十分久远而又毫无猜忌的同窗生涯,联想起了她曾经拥有过的年少和聪颖,她才稍稍显露出一抹释放了所有压抑之后的轻松、甘美的笑。也就在这一霎,她才有点像过去的她,有点像我记忆中的那个纯静的女孩。

"……这或许就是命,我认了!"谈到她现在的结局,她这样说。

她回忆道:"你应该还记得,那时我总是说我父亲已经死了。这或许不是事实,很可能他还好好地活着……我是我父母非婚所生的孩子,也可以说是我母亲受骗以后的产物,属于无权来到这个世界上的人。我从小就有自卑感……

"我的自卑感最初也来自我的母亲。在我四岁那年,为了生存,她不得已而带着我这个'拖油瓶'正式嫁人。我的继父算得上是个严格意义上的老实人，这之前他从未碰过女人。也许正因为这一点，结婚之前他有些冲动，一结婚他马上就后悔了，可能是觉得自己吃亏了，有些心理失衡。人说老实人发起狠来比什么都可怕。蜜月没完，他便有意无意、自觉不自觉地找我母亲的碴，搅得家无宁日。他打人另有一功：专拣外人看不出的、致命的地方下手，甚至还不允许母亲哭出声，以免破坏他在四邻面前的形象。后来，他大概打我母亲打腻了，又把矛头指向了我，指向了他心理失衡的焦点。我那时还太小，不懂得默默忍受。我拼命地叫，拼命地哭。我越哭越叫，他打得越凶。我至今还记得，他是用橡胶棍打我的，一记下去，表皮完好，却足足能令我疼上半个月。那实在是非人的生活，于是母亲带着我逃离了他。

"皮肉之苦是免除了，可日子照样得过下去。两年后母亲再度嫁人。她的第二任丈夫是个典型的酒鬼，只要有杯中物，他可以连家都不要。他把每月微薄的工资全都花在了灌黄汤上，成天喝得醉醺醺的，不知道有多少回是醉倒在路边灯下过的夜。他曾经被打成右派，属于摘帽右派那一类的。他酩酊大醉的时候，就会哭，就会号，就会砸东西，极具沧桑伤感。他总说：'如果不是一九五八年倒大霉，我早成了鲁部长家的乘龙快婿，怎么都不会堕落到这种地步！'我发现那些日子母亲老得更快，那是一种精神上的折磨！我预感到母亲和他的分手是迟早的事情。结果真这样……那以后，母亲再未嫁过人，也许她终于大彻大悟：指望男人来改变自己的生活终究是不现实的。她试着替人洗衣服、倒马桶、带孩子，从而维持我们俩的基本生计。那以后我们虽然过得很艰难，却不用看人的脸色。母亲在总结她的两次不成功的婚姻时，曾这么颇有感触地对我说：'一个女人的声誉就像一只极脆极薄的玻璃瓶子，不小心碰碎了，就再也收拾不起了！'那年我刚好上中学，已经能够很完整地理解母亲这句话的深意……

"你不否认我是在苦水里泡大的吧……可正由于不幸，我才对美好的东西更加渴望。天若有眼，是绝对不忍再让我遭遇中学二年级时的那件事的。事发前，我根本不认识他，我从没留意过我家附近还有这么个人。我不知道这事会给我带来什么样的难以收拾的后果，我都不敢告诉母亲。可就这么一次，预示了我的苦难才开了个头。我懵懵懂懂的，吓坏了。我又蹦又跳，结果还是毫无用处。我在医院里躺了一个月,回家后听母亲说,他被抓去坐了牢。接着是转学,是搬家。我真切地体会到了母亲有关女人声誉的感慨……

"我的身体开始急剧变坏;不是有什么大不了的病,而是极度虚弱。我没办法看书,没办法记忆,没办法思考问题。我的学习成绩每况愈下,最终也没办法参加高考。更糟糕的还是我的心理状态发生了根本变化。我失去了一个女孩子最为宝贵的东西,眼睛一闭,似乎浑身都淌满了血,很脏很脏。我变得每天都要洗两三次澡,这个习惯一直持续到现在。好像一天不洗,我就没办法活。同事们都笑话我,说我这个人有洁癖,专门和自己的皮肤过不去。他们哪懂得我的痛楚!我不是没有想过治愈自己心灵深处的创伤。我去了心理医疗门诊部,打了心理咨询的热线电话。我甚至强迫自己这样思考:既然男人可以离婚后再婚,而很少有人去计较他们的贞洁问题,那么女人也该有同样的礼遇,何况是我遭遇了不幸,我本身不存在任何过失。我这样好了没几天,深重的自卑感又向我袭来,紧紧地包裹着我。我懂了——虽然男人和女人都是人,却并不是一样的人。于是才造成了母亲的苦难,造成了女人的声誉一旦失落就再也收拾不起的道理……

"前些年里,常有一些多情的男同事向我求爱,我一概回绝。这种回绝与其说是我觉得我配不上他们,不如说是我的内心深深地害怕着重蹈母亲的覆辙。我无形中彻底封闭了自己。我想,能这样平静地活着,也就够了……

"我所以说是命,是因为有段时间,我去一家化工厂帮忙安装一批我们厂出产的机械设备,也就是在那里,我竟然和他相遇。乍见之下,他显得很震惊,继而是悔恨。后来,我了解到为了他当年的愚蠢和罪恶,他坐了五年牢,差点没活着出来。他说,我知道我无权乞求你的饶恕,但如果恨,能使你稍稍得到一点解脱的话,我愿意承受。我当时没理他。对他,仅有恨是远远不够的,太便宜了他不是?那批设备安装完毕后我就回厂了。有一天我下班,又在厂门口看见他。这太过分了,他究竟要干什么!我依旧没理他。隔了几天,他再来……说实在的,直到结婚的前一天,我仍有点拿不定主意。我想这太离谱了,过去的罪,难道都白受了?新婚之夜,我终于明白了,促使我下此决心的,正是企望将来不遭罪。我的痛苦是他一手造成的,无论我将来会变得怎样,他都怨不得我,他没这个资格。他也说,在我面前,他只有赎罪的份……

"我们现在的日子过得不怎么好,也算不得太坏,勉强凑合吧……早知有今天这样的结局,当初就不必去告发他;权当是我们两厢情愿,愿打愿挨而已。唉……"

我前后一共去过小兰家三次,三次都未遇到她家的男主人。并非我有意想避开他,而是他每次都碰巧外出办事去了。我倒是很想亲眼见识一下他这个人,并且以一个相对成熟的男人的身份告诉他:"实际上女人的心更像一个极脆极薄的玻璃瓶子,一旦损伤了就很难拼合起来。"我不管他能否明了我这句话的用意!

"你是不是知道有首叫作《治愈世界》的歌……对,是迈克尔·杰克逊演唱的,歌词和旋律都很美。其实,我最难忘的还是它的歌名——治愈世界,太有意思了……"钱虹,原为某剧团演员,五年前,她受辱于她的同事凌某某之手,后来不得不转到某区级图书馆改当资料员。她说,"你别皱眉头,以为我是吃饱了撑的没事找事想和你讨论流行歌曲什么的。以我现在的心情,不大可能。事实上,我现在对流行歌曲的看法已经发生了根本的变化。这个变化最初源于半年前的某一天——这一天,我忽然在某家音像制作公司门市部的橱窗玻璃上看到一张彩印广告,广告的左面印有他的近照和一盒名叫《监狱之声》的磁带封面,右面写有一段广告词,什么'本公司即将隆重推出的这盒音带,乃歌坛新星凌某某狱中四年的扛鼎之作……'。我险些没气晕过去。不久,在同一张曾经刊登过他作奸犯科消息的日报上,也刊登了同样内容的广告,还包括晚报、电台和电视台一起对这盒磁带的'隆重推出'进行了推波助澜。竟有这样的咄咄怪事,磁带尚不及登场,里面有首反映监狱生活怎么怎么苦的歌却已唱遍大街小巷。如今,据说这个走红歌星的每次出场费高达好几千,且行情还有继续看涨之势……

"别以为他有多大的演唱天赋,我知道。他原先不过是跑跑龙套的角儿,和我差不多。可自从他的罪恶人人皆知之后,他反倒炙手可热,声名大噪起来,以至于他罪恶的本身也成了某些见利忘义的商人和某些见钱眼开的新闻单位的炒作题材。一边是受害者长久的暗无天日,一边是刽子手永远的扬眉吐气,你觉得这事可以理喻吗?不,至少我不能!我不是说人不能够犯错误,但这要看他犯的是什么样的错误。像凌某某这一类的人，他们原先都是些丧失理智、毫无人性的家伙，他们中的相当一部分实在该打入地狱万劫不复……你说，这个世界还有没有公理？是不是真的病得不成样子了……"

有个在幼儿园当教师、名叫琴的女孩，她偶尔得悉我在写这部作品后，便主动找上门来，向我吐露了一段有关她劫后的心路历程：

"……我思虑再三，没有去报案。我没有去报案的理由有两条：一是怕传出去坏了我的名声；二是当时天很黑，我又吓呆了，几乎忘了那个流氓的真实面目。我决定独自忍受这一切。你想象不出那以后我的日子是多么难熬，就像冷不防吞下一只苍蝇，恶心透了！

"过了两三个月，我才慢慢平复下来。我一直不能忘了那个雨夜，一直在尽力回忆着。我终于拼凑出了那个流氓的大致模样，好像他就是住在我家对面那两排房里的长脚鲁三。我的记忆到此为止，再难下最后的结论。此后，我经常在回家的路上碰见鲁三，我越看越像，我甚至感觉到了他得意扬扬的笑。能让这样的人逍遥法外，继续糟践别的女孩吗？不，不能！我咽不下这口气，得去报案。有一次，我差不多到了派出所的门口，可我又站住了。我是否真的有勇气置自己的名声于不顾？我这样豁出去，最好的结果不过是出了口恶气，使罪犯受到法律的严惩。可万一不是他呢？岂非弄巧成拙，反而搞得满城风雨，最后吃大亏的还是我自己。我就站在派出所门口权衡着，患得患失起来。我觉得我没有勇气跨进去……

"这是一种怎样的煎熬：一方面，我越来越有把握指证那个流氓就是鲁三；另一方面，我怕给自己带来更大的灾祸而迟迟迈不开报案这一步。我的思想在激烈地斗争着，晚上这么想，白天又那么想。我在苦苦地折磨着我自己。有时候，我真希望自己一下子失去了全部记忆，再不用为过去无可自拔地深陷在两难之间；或者，真希望哪一天他走在街上忽然被车压死了，也算老天有眼，让他罪有应得。我像被人打掉了门牙，满口是血，却还得一声不吭地连牙带血往肚里咽，这有多么残酷……

"我本来不打算讲的，伤心的事再提它做什么？只会加重自己的伤心……可我现在改变主意了。我心里憋得慌，不吐不行。我希望你能把我所讲的原原本本地写进去，一个字都不要漏掉……"

她知道我不会在文中透露她的真实姓名。

可惜，等她讲完，我说，你既有来找我的勇气，何不随后也去一趟公安部门，或许为时还不晚。她忽然愣住了，顿了老半天，说："不，我需要再细细地考虑考虑。"

宋佳玲，某职工医院护士，她回忆道：

"我觉得人生就像一次漫长而危险的旅行。人在途中，任何一点疏忽及由此引发的后果，都可能是致命的……我的疏忽在于不该在没有考虑清楚之前就轻易地将这事告诉了他。我们当时正处在热恋中，出于对感情的忠诚及冲动，我这样做了。我想他会承受得了的，毕竟，那实在不是我的错。他听罢，也确实没有马上表现出来，而是揉着我，用颤抖的声音说：'亲爱的，我没想到……你可别吓我……'我说我没有，我说的都是真实的，我不想骗你。他朝我点点头，然后吻了我一下。我感觉他的嘴唇冰凉，尽管是大热的天，四周没有一丝风。

"现在回想起来，那一吻实在属于最后的吻别，我们再未相见……我天天等电话，天天盼。我有不解，更多的是后悔。我怎么连后果都不考虑了呢？难怪人们说恋爱中的女人智商等于零。我太爱他了……一个月以后，我收到了一封他的来信，很厚，不看我也几乎猜到了里面的内容。他在信中写道：'请原谅我做出了一个违背自己良心的决定，这是不得已的。我是一个唯美主义者，我受不了自己生活中的任何缺憾。与其今后相处得疙疙瘩瘩，不如趁现在各自还能够从原有的状态中后退一步，早了早好……你真不该告诉我那一切的……'这一次轮到我浑身冰凉了。我一口气灌了三大杯热开水……

"由于有了前车之鉴，我第二次谈恋爱时，嘴巴管得特别严，我很清楚什么该说，什么决不能说。我的第二个男友是经人介绍认识的，接触了一年多，总的来说还算过得去。我们准备结婚了，我帮着一起收拾新房。有一天，不知不觉地弄到很晚，他急切而诚恳地说：'今晚，你就住下吧。'我明白'住下'的含义。我不是那种轻浮的女子，可当时夜确实深了，我不可能再要求他送我回家，加之我事实上将要给他带来的某种'缺憾'，心里总免不了有些歉意。我无奈地应允了……

"第二天清晨，他忽然严肃地问我：'你过去有过男朋友？'

"'是的。'我立刻明白了他的言下之意，我说，'但我可以很负责任地告诉你——我和他之间是清白的。'

"'……唔。'他仍疑虑重重。

"我意识到我再没有隐瞒他的可能和必要了。

"谁知，他越听越沮丧，越听脸色越难看。也许他也被吓坏了，或者根本不相信我的话，以为我在编造着一个忧伤而凄戚的故事。总之，没等我讲完，他便说：'既然如此，我只能抱歉了，向你说声对不起。'

"我惨笑了一下，接道：'莫非你也是个唯美主义者？'

"'什么唯美主义者？'他眨了眨眼睛，有点像丈二和尚摸不着头脑。

"'听不懂算了，'我说，'那依你之见，你不认为你同样无贞洁可言了？'

"'不，那是两码事。我是男人。'

"我凑近他，冲着他的耳朵喊道：'男人，见你的鬼去吧！'

"我头也不回地离开了他的家，离开了他。天特别阴沉，我的泪止不住地往外滴。就算当年发生了那样悲惨的事情，我都咬着牙没有哭过。我很清楚，眼泪是救不了我自己的。可是这一次，我不能不感觉到痛彻心扉的绝望，这绝望还不仅仅是针对我个人的。我只有连连摇头——生活，真是太不公平！"

譬如还有这样的受害者，在她最需要同情和安慰的时候，她的丈夫却离开了她，一个家庭就此解体。她还被一并剥夺了对孩子的抚养权，理由如她丈夫所说的："她连自己都保护不了，还能指望她将来去保护孩子。"她等于是遭受了双重打击；而后者，看来远甚于前者，远比前者致命得多。我去造访她的那一天，她正坐在家中神思恍惚地看着天花板。她是这么解释拒绝我采访的理由的："真正的痛苦是说不出口的，而且往往不愿意说。"说完，她又旁若无人地盯着灰白的天花板看。

我想，就一般而论，生活是否公平并不绝对取决于生活曾经怎样对待过你，同时还取决于你已经并且还将怎样去对待生活。可这样的认识必须是在心平气和的情况下，通过全面而客观的思考和分析才能得出。如果我们只要求某个个人对他人、对社会的公允，而忽略了社会包括他人对某个个人的公允，那么，有关生活是否公平之类的问题将永远是个问题，不是吗？

我来到本市的一所高等学府，一年前，这里曾发生过一桩某导师把魔爪伸向他的女弟子的案件，案犯于一周后畏罪自杀……"你研究过人的舌头吗？软软的，却像把刀。假如我当时突然死了，那肯定是被人言所杀，没别的原因……"

强华，一个绝对男性化的名字，却不幸而生为女人。她告诉我说，关于她劫后的经历足可以敷衍成一部小说，情节都是现成的，根本用不着编。"我甚至常有这样的冲动，想自己写；不是为了当作家，也不是为了发泄愤恨。可惜我不会写……这部小说应该分成四章，首先是'冬之章'，主要叙述我的被劫经过。在这一章节中，你可以看到他实际是个披着人皮的狼，他以往对我的所有'关心'和'栽培'，都怀有不可告人的目的……接着是'春之章'，我没有消沉，而是将自己关进了实验室，继续着我的事业和追求。我完成了两篇高质量的学术论文，我想以此抚慰我的伤口，把过去都忘了。然而同时，各种各样的流言也开始悄悄地滋生，像杂草一样蔓延开来。它的契机是我为什么没有向上报案，人们琢磨了老半天，终于得出结论：肯定是我想要挟的东西李教授没能满足，所以我才狠狠心出此下策的。有人甚至绘声绘色地说，曾亲眼看见我和他在办公室里谈判来着。至于我所要挟的东西到底是什么，这又是一个谜，其谜底可能要到百年后才会被人们揭示。也有人说我和他的关系本来就不清不爽，当初收研究生时，我的总考分明明比另一考生低一分，李教授力排众议，偏偏录取了我，内中难说没有什么特殊的交易。这不，陈年烂谷子的事都回忆起来了。'李教授鳏居多年，哪经得起这么一个楚楚动人的年轻女子的诱惑。'可怜我整天关在实验室里，对外面的变化还一无所知。你也别设想人们会当着你的面说三道四。当着你的面，他们绝对是些正人君子，有学识，有身份，比不得茶馆里的茶客，俗得让人一看便知。最初，这些议论是一位还算要好的同事告诉我的，她问我有没有这些个事。我没有回答。有这必要吗？我总不见得向所有有疑问的人挨个解释这种事的真伪，而且多半越解释越糟糕。嘴长在人家那里，说够了，说腻了，也就没兴趣再说了……接下去该是'夏之章'了。夏天，正值万木蓬蓬勃勃地疯长的季节。所有的虚构都成了事实，对疑问的沉默便等于是一种默认。尽管摆在明处，谁都不愿意承认这样的逻辑，可生活就是如此演绎的。我有个师兄，比我高两届，过去我们处得可以，各人研究各人的课题，互不相干。他有本专著，是他主笔的，姓李的仅在最后审定时出了点力，于是两个人的名字列在一起。可因为那件事，出版社取消了原先的出版计划，此举对他的打击很大。我也替他感到惋惜。我知道他在这本书里所付出的心血，知道这本书对他评副教授所起的关键作用，可我帮不了他。他慢慢地把气全撒在了我的头上，好像是我坏了他的大事。他有意将他和姓李的合影贴在我们俩共用的办公室的墙上。这还不算，竟然一再写信给出版社，说在这桩案件中，李教授是无辜的、被动的，他不过是传统观念的牺牲品……哈，你说可笑不？简直滑天下之大稽！我不否认姓李的在学术上很有造诣，很富有权威性。这样，免不了有一批人想巴结他，想靠他出名。现在靠山倒了，他们多少都有点失落感。在他们的眼里，一个女子所受到的伤害和他们的功成名就相比，实在算不了什么……这年夏末，我前面提到的两篇论文先后被一家国外刊物采用，有个国际学术机构据此专门发来了邀请函，希望我去参加他们的年会，并宣读论文。没等我向院领导提出申请，新一轮的谣言又风风火火地传开了，说这两篇论文根本就是李教授的遗作，我不过是改头换面、欺世盗名而已。为了澄清事实真相，我把自己全部的研究记录交给了院方，请求他们主持公道。我想我再也不能沉默了。后来，结论是下来了，仅四个字：查无实据。什么叫'查无实据'，你既可以理解为谣言的无凭无据，也可以理解为我这两篇论文无凭无据。据说，这四个字的解释权归院长。可他当时正在美国考察，即使他两个月以后回来了，也解释清楚了，可谣言早已泛滥成灾，成了无可辩驳的真理。我忍受了生平真正的奇耻大辱，那还不如杀了我……

"我讲到哪里了？对，最后是'秋之章'。秋天，该收获了……请稍等，我得吃两片药。我现在心痛得厉害，是绞痛。我不知道这个毛病是何时落下的……随着学院科研项目的调整，我所在的、原先由姓李的管辖的课题小组被撤销了，除了转岗的、下海的、去其他课题小组的，就我一直没人要，整日东游西荡，活脱脱一条丧家之犬。不是吗？都怕拾了我这个倒霉蛋会给自己惹上不必要的麻烦。最可笑的是年底时，学院发放一次性的奖金，这中间该有十块钱的治安奖，可当年发生了那样的事情，这部分钱自然没了。因为少拿了十块钱，人们重新想起了我，都说晦气，过节时得少买一条鱼。没什么，我已经习惯了，或者说麻木了。总不至于我掏自己的腰包给全院每个人补足损失。秋天，我收获了什么？"

她说可笑的时候，她一点都不笑。我问，那以后你怎么打算？她说，两周前我向院方递交了请调报告，假如不出意外，我将很快去一家合资企业工作。"我很高兴我终于下决心离开那个是非之地，这同样需要勇气。因为我一直以为我很热爱我的专业，无论怎样，我都不会舍得放弃……我过去搞的是纯理论研究，属于基础类学科。我现在唯一担忧的是我去了之后究竟能做些什么……"

她说高兴的时候，她依然没有一点高兴的样子。她侧过脸，看远处的万家灯火是如何在风雨中一盏盏熄灭的……

那次采访完后，我在她的办公室外的楼道里邂逅了她的顶头上司——研究室主任刘教授。"我是半年前才调到这里任职的。"他解释道。问及对强华的印象时，他斟字酌句地答：

"关于她的过去，我不了解，不好说；关于她的现在，我少许了解一些，可也很难说。总之，不说为好。"

他的回答等于是为我多重理解强华这个人提供了暗示和依据，妙！

过了一个月，为核实个别细节，我打电话给强华。然而这一回，听筒里陡然溢出了她不止的哭泣声。我不知道又出了什么事，我说我马上来。"不！"她断然拒绝，一点回旋的余地都不给。

我面对了太多的眼泪，有时候，我真怀疑自己是否会被淹没，可是我竟然没有。我想，男人的自豪和悲哀都在于有泪不能流。我只有痛在心里。更令我感到痛心的是——我发现我们所要怜悯的其实并不是背负了沉痛记忆的她们，而恰恰是我们这些旁观者，我们自己；而要了解她们，保护她们，我们就不该拒绝对自己丑陋面目的认识。"我们在有些事情上太注重贞洁，又在有些事情上太不注重贞洁，人们观念及行为上的这种二律背反，真叫人难以理解……"

四、"这就是归宿……"

每当阳光朗照，我抬头往晴空的深处望去，总觉得有一团不死的灵魂在那儿飘浮，执着而又虚弱。她来自遥远的北方，1992年秋末的某个月黑风高的夜晚，她用一根麻绳了断了自己对人生的最后一丝依恋，径直跨入了天国。她在那儿飘游着，浮动着。她想告诉我们什么，她想昭示我们什么，没人知道……

死者，大概是再不会讲话的了。为了解读这团不死的灵魂，我转辗数百里，来到那个令她生，也令她死的偏僻山村。这里的人们一如既往地重复着日出而耕、日落而息的古老习俗，但这决不意味着这里就是一个路不拾遗、夜不闭户的太平世界。1992年初夏，同样的月黑风高的夜晚，一条色狼潜入了村东头的一户农家，随即传来了少女的惊叫。仅一墙之隔的男女主人慌忙起来，冲入女儿的房间。待他们点亮油灯，看清楚，不由噤若寒蝉：凶犯正是本村村主任俞堂贵的四公子。女儿在魔掌下拼命挣扎，老两口却站着不知如何是好。

"娘，快救我！救我啊……"

"俞四，看在婶娘的面上，使不得，可使不得呀……"

凶犯早被淫火燎昏了头，虽然收敛了凶相，却并不松手。他攥着他的小族妹，就像攥着一只雏鸡一样。

过了片刻，还是男主人一跺脚，打破了眼前相持不下的僵局。"瞎，能和堂贵攀亲，那是我们家的造化！"他说，忽然想明白了。

老两口爽爽快快地退回到隔壁，继续睡他们的觉。

第二天，有好事的邻居问："昨晚，你家闺女是咋的啦？"

男主人答："没咋，是俞四看上她了。"

"那她咋又哭个没完？"

"高兴的呗。"

在中国的官场谱系中，村主任大约是不入流的。古时候，出仕七品，好歹算县官了，还仅是个芝麻官。按现今的说法，村主任在二十四个行政级别中，该处在什么样的位置上，恐怕谁也说不清道不明；何况一个小小山村的小小村主任，就更令人不得而知了。

然而，在我那短短几天的采访中，我真切地感受到了村主任俞堂贵的威力，俨然陷入了一个山高皇帝远的独立王国。所有我想采访的村民要么避而不见，要么一律王顾左右而言他，支支吾吾，语焉不详。可见，人们把村主任俞堂贵戏称为这一带的"山神"不无道理。但是也有见义勇为的热血汉子，他叫俞伯恩，1993年之前他在村办小学里当教师，几乎村里所有的孩子都曾是他的学子，受到过他的滋润和教诲。他听说了这件事，觉得不对劲，便向乡公安助理告发了俞四。俞四被带走了，经审讯，得知他是个惯犯，以前还糟蹋过五六个本村少女。这些受害者之所以一直不敢告发他，主要是慑于他父亲俞堂贵村主任的淫威。由于这个原因，俞伯恩自知这一举动也给自己埋下了祸患，1993年年初，他自动背井离乡，去邻县谋生了……

"我敢，无非是因为我上无父母，下无妻儿，要不然……"我在邻县县城的一个集市里，找到了已经成为小摊贩的俞伯恩。谈起往事，他说，"可我不后悔……我们毕竟是社会主义国家，哪能让坏人横行不法！"

俞伯恩告诉我说："小瑛子死得冤哪！直到盖棺那天，眼还开着，横竖不肯闭……真不敢相信她已经死了……

"别觉着抓走了俞四，事情便完了，才不哩！他俞堂贵隔天给老蕨头家下了聘礼，似乎聘礼一下，这罪名就不能成立。俞堂贵自己不出面，却三天两头逼着老蕨头奔县上去，说小两口是定了亲的，俞四没犯啥事，不过是心急嘴馋罢了。你不知道，在我们那里定了亲就像是领了结婚证一样，定亲后同居的，生子的，没人有疑问。可能俞堂贵还通过别的途径暗地里活动着。他当村主任二十多年，上上下下认识的人不少。这下县上可犯难了，主要是没有受害人的证言，包括小瑛子，公安局每次来村里取证，她都是哭哭啼啼的，啥也不说。你想，她能说啥？说俞老师在诬告，太昧良心了；说她从没有和俞四定过亲，那老蕨头还不得把她打死。我寻思着，这样下去俞四完不了，我倒非完了不可。我一次次地找小瑛子谈，还得背着老蕨头，不能叫他知道。我说，小瑛子，你虽然已经长大成人，可老师依然把你看作自己的学生，有责任保护你，倘若你还分得清老师是为你好，感念老师为了你不怕搭上自己身家性命的话，你就帮老师一把，把过去对老师说过的事再对公安人员说一遍，老师求你了！小瑛子终于觉醒了，跟着我偷偷去了县上……那次回村后，我遭人暗算，险些连命都没了……

"这年秋，俞四因为犯的是死罪，国法难容，给毙了。俞堂贵也由于疏于教子、徇私枉法什么的被撤了职。乡里任命俞锦辉当村主任，可俞锦辉死活不肯上任。那一阵，乡里不断收到替俞堂贵开脱、说情的联名信。乡里没办法，只得宣布重新改选村干部。改选的结果，俞堂贵还是被选上了，似乎村主任的宝座非他莫属。老人们说，天大地大，这村里俞堂贵最大……"

俞伯恩早早收了摊，拉我进了附近的一家小酒馆。他将第一杯酒洒在地上，说是以此祭奠小瑛子的亡灵。"要说我在这事上一点都没有后悔，也不是事实。那是因为我没能保护好小瑛子，我愧为人师！"然后他叹息道。

他说："那次小瑛子跟我从县上回来后，老蕨头一个劲地打她，恨不得立刻将她打死。有这样的父亲，你纳闷不？可他要不打死她，他自己就得死。每次都是我拼了命救下的小瑛子。可能老蕨头也并不想真打死自己的闺女，只是出于摆摆样子虚张声势的需要，所以每次我又都能救下小瑛子。瞅着本来如花似玉的姑娘顷刻间被折磨成了皮包骨头，身上紫一块青一块的，我心疼。可小瑛子却说，俞老师，没啥，我挺得住，想活下去。也可能俞堂贵觉得俞四顶多被判个三年五年了不起了，抑或怕老蕨头这样往死里整闺女会惹出人命案子，对俞四及自己未必有利，于是暗地里放过了老蕨头。老蕨头也不再打小瑛子了……

"啊啊，小瑛子，你真傻，干吗非要死呢……后来，传来了俞四被拉到县人武部靶场吃枪子的消息。这下像捅了马蜂窝似的，俞堂贵在家里设了灵堂，然后是接俞四的尸体回村，然后是大出殡，然后是办豆腐饭，整整折腾了半个月。老人们说，如此大的排场，几十年没见了。这么多的事，俞堂贵照应不过来，村里的人就有钱出钱、有力出力地帮着他张罗，一点都不敢马虎；而且从头七开始，一直到断七，每逢'做七'，总有好些村民自觉自愿地前往灵堂呼叫着俞四的亡灵，那个哭啊，浑似天塌下来，不小心砸死了他们的祖宗爷……

"那一阵，对大多数的旁人来说或许坏事变成了好事，唯独老蕨头是除外的，他整日里沉着脸，就知道逼着小瑛子每天去灵堂跪拜、守灵。他说怎么说小瑛子都已经是俞堂贵家的人了，该！起初小瑛子不肯，老蕨头就又打；还是不允，老蕨头干脆用绳子捆着她送到了灵堂……趁着天黑，小瑛子来找我，哆哆嗦嗦像有什么话，但没说。我说，你哭出来吧，哭出来心里会好受些。小瑛子摇摇头，走了……第二天是俞四出殡的日子，前有吹鼓手开道；中间是红漆棺木，除了俞堂贵家里的人，小瑛子也披麻戴孝，一路上三跪九叩；最后才见到乡民们浩浩荡荡的送葬队伍。很怪，其间小瑛子几次哭得昏死过去。也就我明白——她其实是在哭她自己……后来她病了，迷迷糊糊地净说胡话。后来她病好了，却吊死在她家屋后的老槐树下。说来也稀罕，那棵老槐树可真叫老啊，但年年能发新芽，遮天蔽日的，还壮硕得很哩……

"一个活蹦乱跳的生命就这么没了……俞四糟蹋了她的身体，她没死；老蕨头玩命地整她，她没死。我知道，她是多么地想活下去啊！她才十八岁，还嫩了点，不该啊！"俞伯恩呷了口酒，嘴里咂咂有声，似乎想从中品出些特殊的滋味来。他接着道，"小瑛子死后，俞堂贵和老蕨头一合计，说是既然小两口生不能圆房，现在都死了，何不让他俩同寝，也算是了了活人的愿。村里人想想，也没觉得有什么不妥，都说俞堂贵积了阴德，办了件天大的好事。可怜小瑛子活着遭罪，死后还不能摆脱畜生的纠缠。你说，她能闭眼吗？"

那晚，俞伯恩喝醉了。酒馆的老板说他隔三岔五地来喝酒，从来不醉，今儿是怎么啦？

第二天上午，俞伯恩陪着我来到一座背山面水、东西向坐落的合葬墓前，这里有青石的碑碣及围栏，这里圈着两个完全敌对的男女。小坐片刻，待我们将要离去时，忽见一只飞鸟从小瑛子静卧的这一侧蹿起，扑向无边的晴空……

"我没死纯粹是为了报复，对一切可耻男人的报复！离开了这一点，我不知道我活着还有什么意义……"秦泱泓，原为某夜总会女招待，她开门见山地对我说。

当时，我们正坐在一家五星级宾馆的酒吧里，享用着别人的招待。她告诉我说，她特别喜欢这里，清一色的男性招待；她在对这些先生的恶作剧般的呼来唤去中，心理上得到了某种愉悦和快感。

听完了我所叙述的有关小瑛子的故事后，她平静地说："事实上我也死过一次了……那时我刚从一家濒临倒闭的纺织厂跳槽到了夜总会，被安排在KTV包房内。那时候KTV对我们大多数人来说还很陌生，总经理说，包房内的招待无非是陪客人喝喝酒、唱唱歌什么的，活极其轻松，薪水却颇为丰厚。我由于无知，信了他的话。可做了一段时间，我发现事实并不完全如此。所谓的KTV，实际上是KISS（亲吻）加TOUCH（接触）的总称。我一个清白女孩，哪受得了这份委屈。我向总经理提出申诉，他板起面孔训斥道，客人是我们的上帝，客人的一切要求我们都应该尽力满足。我说你莫非是开妓院的？他说不愿干你可以辞工。我的错在于我一无所长，辞工了能去哪里另谋高就？他大概也吃准了这一点，所以口气才那么硬。更重要的是我急于想赚钱，想赚大笔的钱。我想等我赚够了，我就滚他妈的不做了。那些日子里，我看多了各种各样的男人，除了个别的还算正经外，绝大多数都仗着有钱，色眯眯的，就想占你的便宜。那些日子里，我虽然也逢场作戏，也KT，但我毕竟守住了自己最后一道防线。后来，我终于赚足了钱，想辞工了。可就在准备辞工前的那一晚，我被人用暴力强行攻破了最后一道防线……我来到郊外的一条小河边，那一刻我真想跳下去。我看着浑浊的河水汩汩地流，想象着跳下去之后的情景。我一张一张地撕着钞票往河里扔，像给自己准备着去阴曹地府花销的冥钱。冬天的太阳渐渐西斜，河面上闪烁着绿油油的光。我忽然问自己：这就是归宿？冰冷的，污浊的……我哭了，哭了好久好久，一直哭到天昏地暗。我知道，虽然我最终都没有勇气跳进河里，但过去的我，已经死了，确确实实不存在了……和那些毁灭了肉体的不幸者比起来，我实际是毁灭了灵魂，而让肉体继续保留着。这样做，是因为将来在报复那些可耻的男人时，我用得着我的肉体，或者说是他们只需要肉体……

"我开始轮番找着过去在夜总会时结识的男人。我一反常态，百般殷勤。一段时间后，凡是有钱的，一律叫他们扒掉一层皮；凡是有妻室的，一律叫他们不得安宁，闹到离婚的边缘；凡是身居高位的，一律叫他们在单位里身败名裂，被处分，被撤职。最滑稽的是一个叫马局长的人，身兼我上面所说的三者，最后被我扒得一文不名，老婆气走了，官也丢了。当他得知这一切都是我搞的鬼时，竟跪下来求我说，我现在只有你了。我冷冷地答道，可我已经没有你了。我扔给他一张百元大钞，像打发叫花子那样打发了他！

"对，我也堕落到了无耻的地步。可谁让我的灵魂早已死了呢？对一个死了灵魂的女子，人们是不必去苛求她的吧……"

大约一星期后，秦泱泓和我到一家精神病医疗康复中心，去探望一位名叫贞子的女患者。贞子是秦泱泓在夜总会工作时的同事，一晚，也遭受同样的洗劫。贞子坐在一小凉亭里，四周鲜花盛开，芳草怡人。秦泱泓小心地走近她，问："贞子，你还认得我吗？"

贞子木然地看看她，脸上没有丝毫反应。她枯涩的目光越过秦泱泓的头顶，落到了远处的一潭死水里。

"唉！"秦浃泓像是在悲叹着贞子，也像是在悲叹着自己。

"她在这儿住了多久？"我问。

"两年了吧。"秦浃泓答。

"谁支付的费用？"

"我。"

"哦……"

"你是说我的钱来得不干净？"

"是吗，我有这么说了？"

"没有就好。"

贞子收拢目光，撇下我们独自出了凉亭。贞子出凉亭的时候，嘴里忽然细声细气地哼了起来："摇啊摇，摇到外婆桥，外婆叫我好宝宝……"

酸酸，无业，不过目前正操持着一种十分特殊十分神秘的职业。她的邻居们都说，她每天傍晚涂红抹绿、衣着时髦地出门，总要到第二天早上回来。言辞里不乏鄙夷。她是这么对我解释她那份特殊而神秘的营生的：

"卖肉——我明白他们嘴上不说，心里却是这么想的。实际上他们猜得没错，正是这样。我无所谓。只要你愿意——如果你有兴趣，袋里又有俩臭钱的话，我照样可以和你上床，无所谓……

"我是在十三岁那年，被我父亲破的身。你别紧张，他是我的继父，不然就乱伦了。你笑什么？在我这个圈子里，还真有被亲生父亲开了戒的，这算不得人咬狗一类的新闻。你想，当时我才多大，就尝到了恶男人的滋味，我还能好吗？我开始怕回家，东宿一夜西宿一夜的。后来，那些原先肯接纳我的同学也嫌我烦了。走投无路之下，我干脆和一个大我十多岁的个体户住在一起。等那个个体户也嫌烦的时候，我彻底'下海'了，在众多男人之间来来回回地打游击。后来我吃了两年官司，出来已经二十岁了。那一阵我的确想学好，想有一份正经的工作，想嫁一个正经的男人，可是难哪。像我们这种人，走到哪儿身上都好像带有一股特别的腥味，好人闻了想避开，坏人闻了想凑近来，想想真奇怪。于是我重操旧业，继续在'海'里游荡。不过我决不掉价，专拣那些有钱的花花公子玩。这也公平，我们各取所需，互不吃亏。我继父现在是潦倒得不行，如果再早几年，他还春风得意的时候，我照样可以和他泡，无所谓……

"抽烟吗？我知道抽烟是自杀，敬烟是谋杀。不过我不在乎自杀不自杀的。如果明天是我的末日，重要的是我今天还活着，这才是顶关键的。我从不考虑明天的事，无所谓……

"好了，我说过我只能给你五分钟时间。我要睡了，如果你不想陪我睡的话，你可以走了……经你这么一搞脑子，我吃不准是不是还睡得着。也许我又得哭一场，或者吞几粒安眠药什么的。虽然我没有未来，可也不想面对过去。仅这一点，大概，我不能说我还是无所谓……"

《约翰福音》里有一则故事这么说道：

……于是各人都回家了。耶稣却往橄榄山上去，清晨又回到殿内。众平民都往他那里去，他坐下来，教训他们。文士与法利赛人带着一个卖淫时被擒拿的妓女来，令她站在中央，然后对耶稣说："夫子，这个女人是正在卖淫时被擒获的。摩西在法律上吩咐我们，把这样的女人用石头砸死。你说该怎么办？"他们说这话的用意，是要试探耶稣，并得到告发他的把柄。耶稣弯着腰，用手指在地上画字。他们还是不住地问他，耶稣便直起腰来，对他们说："你们中间谁是没有罪的，谁就可以先拿石头砸她。"说罢他又弯下腰，在地上画字。他们听到这话，从老到少，一个个都出了殿，只剩下耶稣，还有那妓女。耶稣再次直起腰来，对她说："那些人去哪里了？没有人定你的罪吗？"妓女说："主啊，没有。"耶稣说："我也不定你的罪了。去吧，从此别再犯罪了！"

五．"我们祈祷明天……"

"明天是什么？对我来说，明天是一个梦，一个能时时引导我前行的虚幻的梦，一个不管我经受了怎样的痛苦和绝望都不忍毁灭自己的遥远的梦……"

我们坐在一条永远无法起航的石舫上，看波涛拍岸，水鸟贴着江面焦灼地飞翔。刘斐，某服装公司时装表演队队员。她在回忆了她劫后的经历后，对我说：

"……那一段我的情绪特别恶劣，好端端地走在台上，总克制不住地会生出幻觉,好像我再朝前跨一步,准得由悬崖坠入深渊。我意识到我没法正常工作了。我躺在床上,一连昏睡了两天两夜。第三天清晨,我做了一个奇怪的梦——梦中,有位面目慈祥的老人来到我身边,告诉我说,苦尽甘来!我说什么意思?他说你已经跌到了生命的低谷,再怎么跌,也到底了,何苦在这个时候和自己过不去?我说即使我能挺得住,未来对我又有什么意义?他说否也,世间万物,得失只在转瞬之间,只要熬过这一段,你会重新扬起风帆,破浪前进,你的未来是美好的。我说怎么个美好法,我想知道。他狡黠地一笑,说天机不可泄露。又说,该你的,总归是你的,躲都躲不掉。一晃,他便飘然离去。我急了,使劲追寻着他……那情景,真实得如同发生于白昼。那以后,我不断地回味着那个梦,重复着那个梦。尽管直到现在,我仍然没有从过去的阴影中走出来;但我知道,我已经信了那个梦,信了梦中的一切……"

这段梦境表现了女孩被神灵说服的过程,他牵引着女孩的感情跟着愿望走,如漫天飞花飘飘扬扬游移不定,终于在女孩的心底构筑起一个浪漫而虚妄的未来。

叶茜,某农药厂职工,她追忆道:

"我是被我的初恋情人残害的。这话听起来似乎很复杂,其实再简单不过了,我后来发现他不适合我,或者说是我不适合他,我做出了分手的决定,他接受不了,于是把我诓骗到他的家中,下了毒手……

"不,我从不会为了名声什么的而委曲求全,那不是我的性格……出了他家,我直接走进附近的派出所告发了他。我也痛苦过,但我很快明白了我这样痛不欲生恰是他所期望的,他想毁了我,同时也毁了他自己。想明白了这一点,我也就明白了自己目前迫切需要做的是什么。三年后(他被判了三年徒刑),我要让他看到,他当初的险恶用心非但没能得逞,相反,更增强了我为将来而好好活下去的勇气。事实会证明他毁不了我……"

"我不大喜欢回忆。老沉浸在过去里,你就不大可能看得清现在,更无法满怀信心地去迎接未来……"她叫吉琴科,她对我讲述道:

"我这人从小苦惯了,有人说我命相不好,我也没研究过。反正呀,我这一路上尽碰上沟沟坎坎的倒霉事,有三次差点没命了:一次是在二十岁那年得了一场重病；一次是在二十五岁时被卡车撞了下；最后一次是在三十岁生孩子时遇到难产。我去年整三十五岁，一到这个年龄我就头皮发麻。不晓得又有什么厄运在等着我，结果，还真应验了我的预感……

"不过，我当时一点都没有料想到会碰上那样的灭顶之灾。我想到的是另一种：由于我们厂年年亏损，年初时候，来了个美商，准备与我们厂搞合资。不久，厂长放出风来，说一旦谈判成功，美国老板将裁掉一半工人。我估算了一下，我极有可能列入不幸的这一半。我有一种被出卖的感觉：我十八岁进的厂，拼死拼活干了十多年，到头来却像一个报废的零件被一扔了之，这太不公平了。那时候，我心里老愁着自己要手艺没手艺，要年龄没年龄，要钱又没钱，万一真的离开工厂，我将来的日子该怎么过；同时，我也老盼着合资谈不成，这样，我起码还有一份养家糊口的收入。又过了不久，厂里终于换了牌子，原来的厂长——现在的公司副总经理上任的第一件事，就是代表美国老板宣布了裁员的名单，其中果然有我。我几乎想冲上主席台提出我最强烈的抗议！会议结束，美国老板假惺惺地在食堂里摆开酒席，说是要对我们这些即刻离厂的员工表示一点歉意。我喝醉了，在座的大多数人也都喝醉了。真是福无双至，祸不单行，就在那次醉酒之后，我被一个同样醉了的同事给侮辱了……我在家里待了三天。第四天上午，老厂长，也就是公司的副总经理来看我，他说，我们很同情你的遭遇，特来向你表示慰问。停了会儿，他又说，由于你的情况比较特殊，经我向总经理再三要求，并得到他的同意，我现在正式向你宣布：你依然是我们公司的成员，如果你觉得方便，明天就可以来上班了。他猜想我会大哭一场，然后对他和总经理感恩戴德。不！我记得当时我只是冷冷地一笑，我说这是两码事，你完全没必要硬把它们扯到一起，我不需要怜悯和施舍。他说你的情绪还很不稳定，刚才的话，我权当没听见。我说我的情绪很稳定，这会儿我没什么可醉可恨的了。我说我倒是想奉劝你一句话——在白人面前，我们最好不要失去自己的肤色！他说那就请你自便吧，我走了。我说不送。

"我出了一口气，可接着的路毕竟得靠我自己去走。正像我前面所说的，我一无所有，我能干什么呢？我当天就来到街道劳动调配站，接待我的那位女同志倒是很有情的，她说现在有一家厂正招临时工。我说谢啦，我再不想替别人打工，把自己的命运交到别人手里。她想了下，说，那你只能弄个临时执照，去农贸市场摆摆摊什么的。我说好啊,我试试看。她说只可惜你是个女人,干那活太苦。我说不怕,我这辈子什么苦没吃过。她打量着我,似乎不大相信我的话。她的眼光分明在说:看你这单薄的身架,你能吃得了什么苦!

"我出娘胎头一遭做生意,其难度是可想而知的;特别是像我这样做蔬菜生意的,人累,竞争激烈,弄不好还得贴上老本。没有经验,有的可以向别人讨教,有的却要在实践中靠自己摸索了。我每天天不亮起床,踏着小三轮车一个多小时,去市郊的农贸市场批货,然后再踏一个多小时回来;无论刮风下雨,一天都不能耽搁。在这里,无所谓事假病假例假什么的,天天都得出摊。有时候,我腰酸得不行,真想歇啊。可谁让我走出了这一步,不走到底行吗?我尽可以天天歇着,饭却不可以一天不吃。我明白我是和自己过不去!忙、累、苦,使得我都想不起过去的那一档子事了……

"我现在稍微有些顺了。这个顺不过是稍微摸到了一些门道,很少再做赔本的生意。但我每天赚得并不多,不瞒你说,一个月下来,也才一两千块钱,纯属得了些辛苦钱。可我过得踏实……

"我要结婚了,婚期定在本月的28日。母亲说,这是个大吉大利的日子,预示着你有一个良好开端。我的爱人是我初中时的同班同学。这些年来,他追我追得很苦,我总是将他拒之门外。他说,你即使是一块冰,也该化了。我说正因为我不是一块冰。后来,一个没有月亮的晚上,在他的一再追问下,我向他讲述了一个女孩的辛酸故事。我是借事看人,没跟他说明故事中的女孩就是我。他很聪明,他说,如果你讲的是别人的故事,我没兴趣;但如果你讲的是你自己的故事,那就请你把我也引入你的故事中,作为一个美好的结尾。除了接纳,我再没理由拒绝他了。想到我即将成为新娘,穿上洁白的婚纱,与心爱的人共赴未来,我心中充满了喜悦和甜蜜……"

因为将要踏上崭新的人生旅途,小吉后来没忘了来信告诉我,并随信附上一份诚邀我参加他们婚礼的请柬。

也因为公务缠身,那月28日我没能去。但我在一个遥远的地方,默默地为她祝福。

"……到了该结婚的年龄,父母见我还没动静,就旁敲侧击地提醒我,催我。我不是不想结婚，不想过正常人的生活，可也得有合适的人才行。一次，母亲问我，你觉得对门的那个小顾怎么样？我说不怎么样。过了几天，母亲又向我叨絮起小顾的为人怎么怎么好，说是唯一美中不足的是结过一次婚，'不过没孩子，跟你就般配了'。我说：'如果他没有结过婚，跟我就不般配了？'父亲在一旁说：'还是现实一点吧。'我说：'按你们的逻辑，我跟一个有私生子的男人结婚才是最现实的！'母亲说：'你到底想怎么样？'我说：'我没想过要怎么样。我只求和一个相爱的人生活在一起，就这么简单。'

"后来，他们大概也灰心了，不再提及我的婚事。可我没灰心。我好像已非常接近我生活中的另一半了。也许我将来会独身，但在没有真正尝试过之前，我不会放弃我的追求。我自以为我不比别的女孩少什么，为什么非得委屈自己呢？"钱虹说。

"有时候想想，觉得独身也蛮好的，自由自在，无牵无挂。我现在整天和我的吉咪生活在一起。吉咪是我的宠物，一只波斯猫。我们常常在一起交流，一起玩耍，挺开心。只是我生病的时候，我就有些无助；毕竟，小吉咪不可能给我端茶端药。特别落寞的时候，我会哭，连吉咪都救不了我。可见我私心里仍指望着有一个真正意义上的家。"宋佳伶说。

事实上，她不久就和一个老太生活在一起了。说起来那个老太也是有儿有女的人，却被儿女们遗弃了。"不为别的，"宋佳伶说，"就为了她和我一样孤单。"

春月，现为某银行职员，她在寄给我的录音带中讲道："那是好多年前的一天下午，我去新光大楼找一位朋友的朋友，求他帮我办点事。我借助朋友的一张便条，向他简单说明了我的来意。他朝我嘿嘿笑笑，不急不躁地和我聊天，就是不谈正事。后来……怎么说呢，也许我这人长得确实动人心魄，那天因为要求人办事，又过于低声下气了一点，所以使他淫念突起。过后，他跪在地上，不停地求我饶了他。我当时脑子全乱了，猛地从墙上摘下一把装饰用的短刀。他说，你一定不肯饶过我的话，这把短刀是杀不死我的。他接着拿来一把菜刀，重新低头跪在我的面前，单等我手起刀落……

"这个时候，突然从门外兴冲冲地闯入一个小男孩，四五岁的模样。他睁大眼睛,看着我举起菜刀的手——'爸爸。'他幽幽地叫了声。

"'走开!'我说。

"他好像被吓着了,目光也变得幽幽的。

"我预感到此时不下手,我就没有解恨的机会了……我的手在发抖。我突然想到,要是我真的砍了下去,这世界上不就多了个没有父亲的孩子?特别是当着他的面,我把他的父亲给杀了,这让他怎么接受得了,太残酷了!为了这个无辜的孩子,我,放下了刀……

"幸亏我没有失去理智。我若杀了他父亲,他就成了孤儿,因为他的母亲在生他时死了。作为女人,不管你怎样咬牙切齿地恨,你都不能失去女人特有的仁慈和怜爱。他父亲被判了刑以后,我还几次打听男孩的情况,得知他现在有很好的着落,我心里才踏实。

"现在,我也已结婚生子了。我的儿子刚好会走路,会开口叫我'妈妈'。他很懂事,看到他的眼睛,时不时地令我想起另一个男孩的眼睛……"

在我结束本文的时候,我要感谢所有接受过我采访的女性,感谢她们与我一起逾越性别和经历的差异,为了同一个主题,共同完成了一次灵魂的升华;感谢她们在我写作本文过程中曾给予的信任、理解。

我知道,有关"劫后"的故事至此只能暂告一个段落。可只要人类还有邪念,还有犯罪的动机和事实,那么,像本文所述及的性犯罪一类的兽行就不会自行终止。这也是我在搁笔以后最忧心忡忡、欲罢不能之所在。

其实,人类社会的长链最终是要靠女人来衔接、来维系的。从这个意义上讲,对女人的犯罪,就是对整个人类的犯罪。同样,一旦我们中的极少数男人能彻底摒弃愚蠢而罪恶的念头,也就是造福了整个人类。女人孕育生命,女人哺养生命,女人和生命原本是一回事。让我们珍惜女人,就像珍惜自己的生命。

重 围

上卷

里三层外三层铁桶似的围了三天三夜,终于到了该向高家宅发起致命一击的时候了。

"大哥,下命令吧!"一分队队长鲁天勇急切地催促道。

张彪扫视着两侧被湿冷的晨雾洗涤得通红的一双双眼睛,然后猛地扯开外衣领扣,刚想拔出手枪,不料,一只手从背后紧紧拽住了他的袖管。"做什么?"不用看他就知道这又是二分队队副贺书童插的杠子。张彪显得很不耐烦。

贺书童说:"队长,切勿因小失大,现在撤还来得及。"

"什么因小失大,高家宅可是块肥肉,哪有到了嘴边的肉不往里舔的?"鲁天勇的大眼瞪得简直快喷出血来,"大哥,打吧!这一回我保证把高家宅掀个四脚朝天!"

张彪就势甩开贺书童的手,闪过身来,眉宇间拧成一个粗重的疙瘩。他把目光落到了右侧张祥林的脸上,期待他有所反应。张祥林是张彪的堂弟,山间的野风把他铸成一条壮硕的汉子。打张彪拉着人马上山的那一天起,他就追随张彪出生入死劫富济贫。也由于他胆大心细,头脑冷静,关键时刻极能拿主意,曾被张彪委以"军师"头衔,直到半年前,江南游击大队派刘政委及贺书童前来收编了这支队伍为止。眼下张祥林虽只是二分队的队长，然而在张彪看来，他仍是自己最可信赖和依靠的心腹，凡事除了听刘政委的意见，就轮到和他商量了。别的人再怎么折腾，终不过是草莽英雄而已，按张彪的话说。

张祥林悠悠地抽着烟，脸上没有一丝表情，这是关键时刻在他所不常见的。终于感觉到纸烟烫着了手指，他的眉心稍一颤动，吐出这么一句话："我听队长的。"

"行啦，屎都夹在屁眼里，还等什么！"鲁天勇嚷道。

"别吵了！"张彪顿觉血往上涌，他抽出手枪，"各就各位！"

转眼间，除了贺书童，其余的分队指挥全都猫腰散开。整个前沿如箭在弦上一触即发，大有烈豹追逐猎物前的最后沉默的样子。

"还戳在这儿做什么？"张彪厉声道。

贺书童不吭声，死盯着张彪。

"你敢抗命不从，我先崩了你！"

"你不敢开枪。"

"你以为我是在吓唬你吗？"

贺书童迎着黑洞洞的枪口，寸步不让："我死了，总算对刘政委好交代了；可你，你又怎么去面见政委，你能说你没有违背中队的决定……"

张彪着实倒吸了一口冷气。他娘的，这要在以往，他枪膛里的子弹早穿透对方的心窝了。他这人生性暴烈，自揭竿而起声名日噪后，就更容不得别人在大庭广众之下顶撞他。他是老大，在这个地盘里得由他绝对说了算。他宁愿冲动之下错杀了人，事后再痛心疾首追悔莫及，或者演一出厚殓死者并以重金安抚其亲属的把戏，也决不肯在节骨眼上让自尊心受到些许损伤。他明白领兵打仗靠的是毋庸置疑的威望和近乎蛮横的气势，古代三国的故事就是如此启迪他的。

然而占山为王的日子毕竟过去了，他现在身为岭南独立游击中队的队长，其一举一动，上要对大队、下要对所辖的四个分队两百多号人马负责，实在不允许他再意气用事；何况贺书童是刘政委带来的人，打狗还得看主人，如果就这么撂倒了贺书童，回山后还真没法向刘政委交代哩。张彪狠命地往地上啐了口浓痰，紧扣扳机的手指松开了。

寒风冽冽地吹过，在面前扬起一蓬灰褐色的沙尘，一直漫向高家宅，漫向更加遥远的山岭。沙尘过后,那些个土墩、残垣和树干才像礁石般浮出水面一样,在愈来愈稀薄的雾霭里散乱而跃跃欲试地静止着。一只老鹰黑点似的在亮丽的云端下逡巡着,不时抖落几片枯涩的羽毛。

张彪蹭前两步,很随便地举起手来搭在贺书童的肩上,那一瞬他的感觉酷似搭在一个柔软的泥团上,仿佛稍一用力泥团就会变形以至被碾成粉末。他心里油然升腾起一股长者般的温情与宽厚,转而怜惜地捏了捏贺书童的肩胛,问:"想吃蚕豆吗?"

张彪的另一只手已从袋里掏出炒熟的蚕豆往自己嘴里塞。蚕豆被嚼碎时发出的声音很响,很清脆,犹如房梁咯嘞咯嘞地断裂。空气中渐渐弥漫开酽醇的豆香。说实在的,尽管他很佩服刘政委,却对随之而来的这个文弱书生一直很不以为然,也说不清究竟为了什么。反正在他的脑子里,翻山越岭舞枪弄刀,首要的一条是要有强健的体魄,而面前的这个后生恐怕连风都刮得倒,他能做什么呢?规规矩矩地在城里念他的书还差不多。后来接连打了几仗,贺书童的表现不错,加之二分队原队副阵亡,就由他提名让贺书童顶替二分队队副的空缺。他这样做,纯粹是看在刘政委的分上,要不然从手下这么多的弟兄中间物色个分队副实在是轻而易举的事。

张彪平时不抽烟不喝酒,他平生唯一的嗜好是嚼几粒硬过石子的蚕豆,而且熟悉他的人都知道,即使这几粒蚕豆,也只有当事情变得千头万绪时理不出个道道的时候,他才会想到。眼下,显然又遇上了类似的难题:两军对垒,且整整僵持了三天三夜,这在原定的计划中本不该发生的;但既然事已至此,倘若真的不战而退,不就等于表明他的失败和怯懦,更何以说服憋足了劲的众弟兄呢?他蓦地想起刘政委,要是刘政委此刻在场,事情或许就好办多了。虽然他料想得到刘政委肯定会下令撤离,那么他张彪自然仍不失为一条硬汉。

现实的情况是刘政委不在,如今他躺在山里是死是活还不清楚。

刘政委的伤是十天前和县保安大队的一次意外遭遇战中挂上的,险些连命都丢了。回山后下了今年的第一场大雪,眼看着过冬的粮食和衣服越来越匮乏,于是趁刘政委从昏迷中初次醒来的那天晚上,在他的床榻前召开了中队干部会议。也就在这次会议上,首先决定了由张彪率领两个分队奔赴沙塘镇搞给养,以作为今冬明春整个作战计划中最重要的一环。至于为什么要选择沙塘镇,理由有两条：一条是沙塘镇远离县城，镇上除了高家有百把个家丁几十杆枪外，很少有县保安队的人出没；另一条是沙塘镇的群众基础不错，张彪等一批队员均出自沙塘镇及周围乡村，便于及时搞到足够的给养。会后刘政委留张彪单独交谈。刘政委说，你们此去沙塘镇，我是既放心又担心。放心好懂，担心为哪样呢？张彪明白了，接茬道，我记住了，不到万不得已，避免和高霸岭发生正面交火。刘政委笑笑，说这仅是其一。张彪问，那么其二呢？刘政委思忖着，欲言又止，最后叮嘱道，总之快去快回，切莫在沙塘镇滞留。说罢，剧烈的伤痛又使他昏厥过去。张彪忧心忡忡地下了山。一路上，他反复琢磨着刘政委所说的其二到底是指什么。他自叹自己没读过多少书，脑袋瓜像木鱼一样不开窍，笨。

到了沙塘镇外围，张彪命一分队监控高家宅四周的动静，自己带着二分队直捣镇公所，然后砸开了镇上高家经营的粮店和布行，将里面的所存悉数照收；不足部分，才由乡亲们供给。一切都按预定的计划进行得很顺利，张彪看天光将尽，让眷属在镇上及附近的队员回家一趟，报个平安，待明早再集中开拔；自己则与二分队其余外乡队员留守镇公所，看管着粮食和布匹。五更光景，忽闻高家宅方向枪声大作，跟着一队员跑来报告，说是刚才有小股高家家丁想摸黑出来试探我们的虚实，这会儿已被一分队的人给堵回去了。

"他娘的，让他高霸岭装孙子他偏不听！"张彪不由火往上撞。

那队员说："鲁分队长要求一口气端掉高家宅，割下高霸岭的脑袋。"

"行！"进而张彪又迟疑，"不，等我去看了再定。"

高家宅庞大的阴影在渐明的天色中显得分外浓重。土墩、残垣及树干后严阵以待的已不只是一分队的队员了——几乎所有二分队回家过夜的人也正平端着枪，瞄准高家宅。

张彪赶到前沿时，适逢鲁天勇在对高家宅喊话，要高霸岭立即投降，否则就对他不客气。张彪料定这一招不管用。岂料过了少顷，宅门洞开，高家挂出了白旗，隐约还能看见有家丁们举手出来，鲁天勇乐了，几个特别沉不住气的队员索性闪出掩体想往前冲。几乎与此同时，一排密集的子弹击倒了最先暴露的两个队员。接着宅门紧闭，远处传来一阵嘲骂和哄笑。尽管与之对应的是更加密集的怒射，充其量也不过长长气势而已。望着两具刚才还活蹦乱跳的队员的尸体，张彪痛惜，众队员发誓要给死难的兄弟报仇。再接着又连续强攻了两次，终因高家宅坚固易守而陷入了互为对峙的状态。鲁天勇一顿足，吼道："围！围他个三天三夜，看高霸岭投不投降！"

结果真的稀里糊涂地围了三天三夜。

其间，队员中逐渐分化成三派：首先是主战派，意为不拔掉高家宅决不罢休，这一派人数最多，以鲁天勇为代表，且多半是镇上及附近乡村百姓的子弟；其次是战退两可派，领头的有张祥林及部分外乡队员，他们的想法是打得赢更好，打不赢就退，视情形而定；最后是走为上派，持此观点的仅贺书童一人，比起前两派，他明显势单力薄、孤掌难鸣。至于张彪，多数时候游移于主战派和战退两可派之间，只是偶尔记起中队的决定和刘政委的叮咛时，又觉得贺书童的走为上策不无道理。他也弄不懂自己究竟该归属哪一派；或战或退，两个分队一百多号人都在等他拿最后的主意……

张彪使劲嚼着蚕豆。他现在太需要归属感了。要命的是这种感觉仍一点都没有。他的额头开始冒汗了，一滴一滴汇成细流往下淌。一只甲壳类的小虫从脚边的松土里钻出来，小虫的硬背上是金黄与乌绿相交的纹络，像一颗刚刚绽开的苞蕾。

突然，一声枪响划破了沉寂的天空．进而一分队那边爆发出炒豆般的震颤。

结果出乎所有人的预料：由于有个备受欺凌的高家丫头偷偷打开了一扇边门，埋伏在不远处的部分队员趁势杀入，使得攻占高家宅的关键一仗急转直下，出现了戏剧性的结局。等高霸岭弄明白是怎么回事的时候，一串子弹已送他上了西天。

全部战斗仅用了一袋烟的工夫。队员们喜出望外，为终于将肥肉叼进了嘴里而欢呼雀跃。

鲁天勇冲张彪问："大哥，现在该轮着我们一分队的弟兄们回家团聚了吧？"

最先冲进高家宅的一分队队副高恒马上接道："照我说，干脆放假三天，歇个痛快！"

张彪猝然意识到还有另一部分队员尚未踏进过各自的家门，况且高家宅已经拿下，是该好好犒劳大家了。于是他宣布，除了实在没法回家的担任警戒，其余队员一律放假三天。"不过就三天。三天后务必准时归队！"张彪说。

众队员立刻散去。

张祥林一拍张彪："大哥，我们也走。"

张彪应道："走，回家看看！"

留在镇公所和高家宅警戒的各有二十多名队员，由贺书童暂负总责。吃过午饭，镇公所里的多数队员都七倒八歪沉沉睡去，唯独贺书童沉着脸丝毫没有倦意。他无法准确估计放假三天可能导致的后果，不过有一点可以肯定，那就是在此地越久留肯定越危险，而且这危险恐怕不仅仅来自外部。他想过阻止放假，但当时，由于情况发生了料想不到的逆转和由此引发的忘乎所以的气氛，他知道他再怎么说都无济于事。硬性阻止只能加剧他和张彪等人的对立情绪，弄不好还会影响到刘政委的威信。

和这支队伍里大多数人相反，贺书童没有苦大仇深的历史，也不存在逼上梁山的无奈。他们老贺家远在省城，世代书香，平日里有厨子有用人，家境颇为殷实。贺书童在家排行老七，居末尾，十四岁那年考入国立省中。当时正值军阀混战的黑暗年代，夜半更深常闻枪炮相加；但这也给自大革命失败后沉默许久的仁人志士带来了新的转机，使得省中也像其他学校一样，迅速聚集起一批忧国忧民的进步师生。翌年春，贺书童所在班上的国文老师因病离职，代之以一位十分年轻的先生，这个人就是后来引他上正道的刘太白刘政委。想来也有缘，当初班上热血沸腾的学生有的是，相比之下，贺书童只是同情革命，却和任何革命活动素不沾边。刘先生白天教国文，晚上则经常深入贺书童的寝室，给他单独讲解救国救民的道理。久了，他逐渐敬佩起刘先生的口才和勇气。他问刘先生，你是共产党？刘先生笑而不答。贺书童又问，你怕死吗？刘先生沉吟道，这要看怎么个死法和为什么而死。贺书童很高兴，他大致猜到了刘先生的真实身份。是年底，刘先生要辞别学校转赴山区了。好多同学要求一起前往，其中也有贺书童。当时贺书童并不十分明白去山区究竟做什么，不过是觉得跟着刘先生很有意思罢了。刘先生问，你舍得扔下父母兄弟？贺书童反问，你不也有父母兄弟？刘先生说，随时都可能掉脑袋的。贺书童笑，死了我小七贺家断不了香火。

就这样随刘政委告别省城钻进了深山密林。由于贺书童长得瘦弱，对付长枪有困难，刘政委就递给他一支短枪，让他当自己的贴身警卫。明眼人一看便知，这两个人到底谁警卫谁呀！刘政委对此解释道，人家贺小鬼原本不必走南闯北到处风餐露宿，又不是没吃没穿像你们穷得叮当响，所以得格外照顾嘛。血与火的严酷洗礼，促使贺书童很快完成了由自发到自觉的根本转变。因此今天的贺书童，已远不是初奔山区抑或还坐在省城的学堂里书生气十足的那个贺书童了。革命是座大熔炉，这话不假。

天，暗下来了，贺书童记挂起高家宅那边的情况，心里忽然不怎么踏实。

高家宅雄踞在沙塘镇的东首，距镇公所约莫两里路的样子。踱过镇桥，远远望去，高低错落的建筑如同一座幽深莫测的迷宫，行将被暮色染成漆黑一团。

"谁……"一拉枪栓。

说明岗哨还算尽责没有睡着。

进了宅门，贺书童直奔右侧的一排厢房，那里羁押着高霸岭的几个大管家和少数家丁头目；闻听有脚步声逼近，看守的队员也拉枪栓，贺书童稍有些放心。他巡视着蹲在一间间厢房内的这些个往日狐假虎威的高家帮凶，故意摆出一副凛然而威严的神态，这样至少先在心理上震慑他们一下，即使最终不打算处决他们。

"老爷！老爷……"巡视到近一半，最底头的厢房里响起一串哀号声，像乌鸦叫。

赶了几步，透过矮窗，贺书童喝道："去，谁是你的老爷！"

隔着窗棂的是一张凶悍异常此时却显得可怜无比的男人的脸。"如果我将功折罪，你们能不杀我吗？"对方问罢，两滴混浊的眼泪挤出眼眶，"我上有老母，下有妻儿……"

贺书童最讨厌这样的男人，活脱脱一条丧家之犬。"这要看具体是什么功了。"他没声好气地说。

确信没别的看守跟来，那男人才压低嗓门说："这话我只对你一人讲：我知道我家老爷，不，高霸岭的金银财宝藏在哪里了，那个多啊，一家老小几辈子都花不完……"

"闭嘴！别指望捞你的救命稻草！"

"真的。你若答应放了我,我就告诉你。"

"那我最先毙的就是你!"

贺书童转身离去,身后跟来一串更加粗重的哀号:"老爷,我没骗你,真的没骗你啊……"

一看守队员问:"贺队副,钱麻子在嚷嚷什么?"

"没什么,"然后贺书童又补充,"多留点神,可别让其中任何一个跑了!"

拐过一条长廊,贺书童来到左侧的厢房,见夹在厢房中央的辅厅里灯火昏暗,围着油灯无精打采的是五六个一分队的队员。"其他人呢?"贺书童问。

"上馆子喝酒去了。"有人懒懒答道。

"告诉他们以后不允许。万一有情况怎么办,灌得酒水糊涂的能扛枪吗?"

"不会。这山高皇帝远的谁管谁啊。"

"愚蠢!难道非得等到脑袋搬家,你们才肯承认保安队的人其实离这儿并不远,很近!"

"懂啦,我一定转告他们下不为例。"

接着另一队员发牢骚道:"谁愿有福不会享没福等天亮呀,实在是弟兄们守着空宅子憋气,想出去解解闷,不像本乡本土的可以老婆孩子热炕头逍遥一番……"

贺书童不由重新绷紧着脸,他预感到某种不祥的情绪正渐渐滋生、蔓延,极可能铸成令人后怕的结果。

"贺队副,听说这宅子的某个角落里埋着大笔钱财呢。"发牢骚的队员顿了下,神秘地说。

"谁讲的?没这回事。"

"嗨,大概也就你还蒙在鼓里吧。"

"严肃点!别胡思乱想做你的发财梦!"

豆大的灯火晃了晃,倏地灭了。贺书童心底一沉,举头望了望门外屋檐上的那方灰暗的夜空,恍然有种跌入深井的感觉。

和游击队里应外合的那个高家丫头名叫小凤。小凤的祖上原在千里之外的安徽淮河边上,有一年家乡遭水淹,一家人就此离散,母亲便带着她加入了逃荒者的行列。经过东游西荡的远途跋涉，母女俩终于在沙塘镇安顿下来。小凤十二岁时，母亲染上一场大病，临终前，她把爱女托付给了对门相好多年的单身老铁匠。铁匠跟前有个小徒弟，也是父母双亡无依无靠的苦孩子。这个人后来成了张彪旗下的一员虎将，即一分队队副高恒。小凤和高恒年龄相近，平日里以兄妹相称，也算有过一段相厮相守两小无猜的美好时光。

一晃，小凤出落成一个大姑娘，风姿绰约，往镇桥上一站，煞是招眼。老铁匠说，等开了春，再赚些钱就替你们圆房，早了结早省心。

高恒忙将铁砧敲得山响。

小凤也羞得满脸通红，然而心却像三月的杨柳一样迎风飘飞。

省心的事到底没能发生，像许多演绎了无数次的旧时故事一样，小凤于年前被高霸岭弄到府上，名为缺个丫头，实际是羊落虎口任人宰割了。说起来高恒还是高霸岭八竿子打不着的族弟，可高霸岭同样不留情面。为铲除后患，达到独占小凤的目的，高霸岭又指使家丁砸了铁铺，威逼老铁匠师徒俩卷铺盖离乡背井。一个月黑风高的夜晚，高恒单身摸入高家宅，他本想救出小凤一同远走高飞，不料中途险些被家丁发现，情急之下，只好在高家的牲口棚里放了一把火，就匆匆进山投奔张彪去了。这些年来，有两个人一直在他心里放不下：一是小凤，一是高霸岭。所以这次围攻高家宅，他是全队仅次于鲁天勇的主战派实力人物之一。三天内别人轮番上阵，他始终猫在最前沿一刻都不曾合过眼，总想着伺机杀将进去干他个痛快。

和刚被抓进高家宅时相比，小凤明显枯瘦了，如同有枚毒针刺进体内，正慢慢地吸吮着她周身鲜活的水分，叫她求生不得，寻死亦难。一年、两年，让她对这个世界还有点留恋的便只剩高恒的影子了。

殊不知希望偏偏产生于最绝望的时候。这天高家大乱，丫头们都说是张彪领着人马打过来了。进而是枪声，宅子外的四周果然密密地布着许多好汉。不用说，其中肯定有高恒。小凤的心怦怦地跳，一直躲在柴草间的小窗后面，眺望外边的动静。柴草间依宅墙而建，墙上有扇平时封死的木门，可以直通宅外。小凤用柴杆撬了撬门缝，居然有些松动。不过白天干容易被人发现，她便急不可耐地盼着天黑。连着撬了两夜，木门倒了。她奔向宅外撞见的头一个人竟是高恒，意外的惊喜使她顿时失去知觉。等高恒收拾完高家宅回过头来唤醒小凤，两人不禁抱头痛哭……

高恒带着小凤在镇外的一间空房内落了脚。月上中天，小凤摇醒酣睡中的高恒："哥，这回你不走了吧？"这会儿她又像刚注入了某种活力，变得异常兴奋。

"哪里，大哥才准了三天假。"

"那我跟你一起走。"

"笑话，哪有打仗带着女人的，再说我们现在是游击队了。"

"游击队是做什么的？"

"革命呗。"

"革命是做什么的？"

"革高霸岭的命，让我们过好日子呗。"

"那么高霸岭不是死了？"

"可我们的好日子还没过上。"

"那简单。"

"简单个屁。你有房子吗？有地吗？将来生一大堆孩子你拿什么养活他们？"

"不就是缺钱吗，有了钱一切都好办。听我告诉你——"小凤贴着高恒的耳朵说，"我知道高霸岭藏钱的地方，那是他酒醉后吐露出来的。"

高恒不乏醋意："就冲你一人？"

"你真坏，谁跟你闹着玩哩。"

"那你说说他把钱藏哪里了？"

小凤细细陈述，末了又强调道："据说钱可多了，都用袋子装着。"

高恒的耳朵渐渐竖起来，睡意全消。

"我想只要取出一袋来，足够我们造房买地养孩子的。对了，如果你还愿意干老本行，就挑镇上最敞亮的门面像模像样地开个铺子。"小凤开始具体筹划起未来。

高恒坐起身想了想，摇摇头："大哥知道了会生气的，况且队里有纪律，即使真有这钱，一个铜板都不能归己。"

小凤犯难了，不过又一转念，说道："假如大哥不知道呢——反正没人会知道的。我们只要取出自己的这一部分，其余的都归你们大哥好了。"

"让我先想一想。"

两人摸黑说了半天，小凤猛然觉得关键问题仍没有解决：高恒到底还走不走，或者能不能让她跟着高恒一起走。她深知高恒的秉性，硬拧是拧不过来的，跟铁似的。她转而给这块铁升温——偎偎着高恒嘤嘤地哭。

升温生效，高恒说："别哭了，我听你的还不成？这些年我上刀山下火海，不就为了这么一天。不过，等把钱弄到手以后，镇上是待不下去了。你想，即使大哥同意，保安队的人来了也不会放过我们，所以还得离开这里，到一个没人认得我们的地方去。"

"哥，你真好！"小凤亲了高恒一下，又补充道，"可你千万别多拿，这钱理应有大哥他们的份。我们不贪。"

高恒沉默良久，叹道："唉，对不住大哥了。"

初冬的后半夜，一条四处游弋的野狗窥见一团黑影攀上围墙，跃入高家后院，它汪汪了两声，静谧的长夜旋即被抖散，又旋即重归静谧。偌大的后院内不时有三三两两举着火把提着汽灯的队员匆匆过往，像是在搜寻或者追逐着什么。黑影躲闪着，径直潜入高霸岭死前的卧室。借着月光，可见卧室里一片狼藉，如同刚被人翻了个底朝天。他轻轻扒开墙角落里的一扇暗门，一股阴冷的潮气立刻冲鼻而来。点亮小油灯，密室内果然竖着十多只小蓝布袋，他定了定神，拎起一袋往肩上一驮。他出密室的时候，故意让暗门启开一条缝，似乎是便于别人发现它的存在。几分钟后，他由高家宅后院的围墙往外跳，不料又惊动了那条野狗。只是这一回，那狗并不叫，继续趴在阴影处养精蓄锐。

醒来已是正午时分，街上依然呈现出一派太平景象，从家家户户的灶间里冒出的炊烟，正袅袅地融入晴空。高恒和小凤随便找了家吃食店填饱肚皮，就往张彪的家里去。

小凤问："待会儿见了大哥怎么说？"

高恒答："就说我要离队几天，送你回老家去。"

"大哥能答应吗？"

"不答应于情于理都讲不过去。"

"我想——临别前，我应该给大哥磕几个响头。"

"随你。"

这一刻张彪偏巧不在家，高恒也不等，把话留给张彪的大姐张兰，让她转告。出了门，小凤犹豫了，说这样妥吗？

高恒瞪了她一眼："傻瓜，再不走就走不成了！"

小凤跟着高恒开始了目的地不明而又目的地非常明确的远行，举目眺望，昔日爱恨交织的沙塘镇终于抛在一片氤氲的云烟之中。四下里蒿草萎败，野花枯瘦，只有鸟雀的叽喁声带来些许生命的气息。小凤呼哧呼哧地迎着陡坡，高恒走在前面，头也不回，小凤想，他兴许在惦念着大哥他们，所以心里不舒坦。

"哥，前些日子我总是翻来覆去地梦见你．还又喊又哭又蹬的，闹得同屋的吴嫂也陪着受罪。吴嫂说这是吉兆，说明你高恒哥就要回来了。当时我以为她在用宽心话安慰我，没敢往真里想……"

高恒的脚下溅起着尘土。

"哥，小时候有个算命先生说我这人面相不好，先要克父母，再要克兄妹，最后是克自己；说我注定了会有过不完的坎度不完的劫，属于红颜薄命那一类的……"

高恒的脚下依然溅起尘土。

"哥，如果你放不开大哥他们，后悔了，你尽可以往回走，我决不会怨你，拖累你。我反正是个苦命的人，没想过今生今世要怎么样。能和你重新相见，哪怕只有一面，我已经知足了，真的……"

高恒这才收住脚步，尘土不扬。他转过身，重重出了口气，伸出胳膊把小凤揽进怀里。"你看你都说了些什么。"他爱怜地凝视着她，说道。

天边抹上一道橘红色的晚霞，像艳丽的丝带随意地悬浮着。两人停留在一个背风的山凹里，头上顶着岩石，身下垫着干草，再远处的峰峦似淡墨一样濡开去，渐次化入灰蒙之中。小凤闭起双眼，再次沉湎于激情涌动的全新感受之中。

"嘘……"

小凤停止了呻唤。"怎么啦？"她问。

"别出声。"高恒说。

除了草木沙沙作响，就是两只归窝的野兔相伴而去。

小凤愈发不解："你是冻坏了吧？"

高恒摇头："你听——"

攻占高家宅的当晚，一分队有五个人在镇上的饭馆里喝醉了酒，其中四人属于真醉，另一个只带着浓重的酒气，其实是越喝越清醒，此人姓赵名青山，诨号"草上飞"。

掌柜的见草上飞还省人事，赔着笑脸问："客官，还过不过瘾？"

"什么瘾不瘾的！"

"本店还有更过瘾的哩。"

"拿来！"草上飞一招手，"别他娘的藏着掖着怕老子给不出钱似的。"

掌柜的朝一旁的伙计使了个眼色，门帘掀开，从内屋闪现几个红粉女子，一律地款款而出，像操练有素的雏鸡。

"怎么样，想尝尝吧？这道菜可销魂啦，准保你走了还想来。"掌柜的低声道。

操你八辈子祖宗！草上飞在心里骂道。不过眼看着醉成泥团的同伴无法收拾，遂缓了缓口气说："你先把我这几个弟兄安顿好。"

草上飞利索地排出一叠银洋，银洋上泛着锃亮的清光。

掌柜的赶紧收起银洋，碰出当啷啷的响声。

"那么你呢．是不是嫌她们不够鲜嫩？"

"不错，除非唤你老娘来侍候！"

草上飞一抬脚，跨出店堂。他才不稀罕此等蹩脚货色，弄不好还得沾上抹不去的晦气。他有他的雄心和抱负。

风冷得像刀割似的。街上阒无人迹，偶尔有悬在大户人家门沿下的纸灯发出呼呼的摇晃声。草上飞一连打了几个饱嗝，好让酒香回旋上来，再慢慢消受。哦。多久没这样畅快了！他忽然回想起下午队员们都在传言的有关高家藏有财宝的事，起初觉得半信半疑，因为已经归拢的高家浮财就够旁人瞠目结舌的了，当然这些战利品都不属于任何个人，并且全部装箱封存，随时准备往山里转移。可现在看来，以高霸岭日常的排场和高家宅宏大的气派，如果没有一笔更为巨大的财富在暗中垫底，那实在是不可思议的。

想到这里，草上飞完全清醒了。

论资格,草上飞也算得上这支队伍里的一名元老了。他枪法极准,身轻如燕,一口气可以跑出百把里路,曾经坐上过仅次于张彪的第二把交椅,故至今还有好些队员管他叫二哥。

草上飞出身于世代靠种田为生的农家里,淳朴的乡风使得他的父母一心指望跟前的这株独苗能够因袭传统,继承祖业,像他们一样过一份安稳的日子。可草上飞不干,他不甘心于这种脸朝黄土背朝天式的辛苦而单调的劳作。恰好有一次经人介绍,他借了笔钱出外跑起了买卖。初试锋芒,没赚;再借,再试,连老本都蚀光。这样一来二去,债台高筑,压得他有点喘不过气来。为了避开债主的催讨,他不得不东藏西躲,设法寻觅一了百了的机会。后来听说政府军来县里招兵买马,他连夜赶往,待到了县城,还是迟了一步;再后来又听说邻县有个叫张彪的刚扯起大旗,意图与有权有势的人作对,他也顾不得考虑此一去将落草为寇,这一回到底让他赶早了。

当时张彪打量着他,问道:"你来投靠为的是哪样?"

草上飞说:"为一身轻。"

"惹下了命案?"

"不是。"

"那么就是负了债?"

"对。"

"好,我收你了!"

"谢大哥!"

或许原本还可能坐上头把交椅,谁想到半年前来了刘政委,并且带来了一整套清规戒律,这使他感到很不自在,也多少打消了有朝一日改换旗号的欲望。那一阵他常常烦闷,一脸郁郁不得志的沮丧神情。一晚,他擅自下山找酒喝,却偏偏和县保安队的人撞个正着,为此丢掉了两个随行队员的性命。回到山上,原来挂着的中队副的头衔也被撸了,他下到一分队当小卒。他想,撸了就撸了呗,反正也没实权了。可夜阑人静,分队统铺里的鼾声此起彼伏,毕竟使他怀念起早些时候还享有的单间待遇。他内心不禁更加凄惶,觉得自己不能就这么完了。他得寻找合适的机会。

这次下山,他本指望围攻高家宅的战斗能打得惨烈一些,最好惨烈到鱼死网破的地步。他知道这时候的张彪十有八九得束手无策，那么很自然，能收拾这个残局的非他草上飞莫属，说不定他还可以借此东山再起，以证明他并不是那种跌倒后爬不起来的等闲之辈。这是他的如意算盘。可事态的发展并没有按他预想的那样，或者说恰恰相反，所以当他紧随高恒冲进高家宅时，不免有些莫名遗憾。他无意与守在最外围的高家家丁恋战，击倒几个后，就单刀直入，只身扑向宅院深处，并且亲手结果了高霸岭的狗命。他看着高霸岭像一只重重的沙袋倒在地上，然后抽出利刃割下他的头颅。他把高霸岭的头颅挑在刃尖上，如同挑着一个鲜艳的球。

"大哥，给——"

刃尖上的头颅划了个漂亮的弧形，准确地滚落到张彪的跟前。张彪一愣，半晌，才唔了一声。

草上飞紧赶几步，飞起一脚，头颅又划了个更大的弧形，撞向远处的破瓦堆……

草上飞回到高家宅，找来几个平时处得不错的队员问："你们最初是听谁讲这宅子里埋有钱财？"

队员们面面相觑，都觉得自己是从对方嘴里首先听说的。

"这容易，去问钱麻子不就清楚了，"一队员忽然想到，"他是专门替高霸岭理财的管家，要真有这钱，他一定知道。"

"怎么啦？"另一队员问。

草上飞说："兴许我们要交好运了。"

一会儿，去提钱麻子的队员回来说，钱麻子死了，脖子上勒着根粗麻绳。

草上飞暗暗吃惊，领着队员奔向右侧厢房。

"我上街的那会儿谁来过了？"

"二分队的贺队副。"

厢房前的天井里点燃了火把。高家的其余管家被挨个拉出来过堂，结果审了老半天，也没问出个所以然来，管家们只推说钱麻子该了解这事。

"都活腻了是不是？"草上飞拨弄着利刃，慢条斯理地说，"想死的趁早，省得我费力把你们一个个垛成肉酱。"

已经被一字排开绑在木柱上的管家们顿时魂飞魄散面如土色。最后，经他们冥思苦索反复斟酌,把可能藏钱的范围总算缩小到高家宅的后院。

草上飞基本排除了这些管家故意隐瞒的可能性,然而对宅内的某个角落埋有巨大财富这一点,却更加确信无疑了。

能掀开、推倒、连根拔起的都掀开、推倒、连根拔起了,没有任何迹象表明后院内有队员们热切企盼的东西。东边矮山上曙色熹微,头只报晓的公鸡开始啼鸣。莫非真得掘地三尺?草上飞想。他把队员重新召拢来,说:"这儿只消留下几个,其余的马上去别处找,特别是高霸岭平时经常出入的那些个屋子。"

一个队员坐倒在石头上,大概累得不想动了。"不是已找过了。"他嘟哝道。

"废话!你找的时候总觉得后院的可能性最大,所以你能留心着找吗?"

"那好,你们去找吧,即使找到了又怎么样?"

"你想怎么样?"

更大规模的翻箱倒柜席卷了整个高家宅。鸡不叫了。鸡不叫的时候小镇愈发喧闹。草上飞的目光投向了后院中央的那个凉亭,凉亭的基座高出地面许多,四周很开阔,他忽然奇怪地想,要是在那上面站久了,会怎么样?他慢慢踱过去,顺台阶往上走,一种遗世独立的感觉油然而生。那一刻他特别忘情,仿佛天地万物,均在他的统领之下……

"二哥!"一队员气喘咻咻地跑进后院,告诉草上飞:在高霸岭的卧房内发现一个密室。

"不过,好像有人在我们之前先找到了它。"他补充道。

草上飞说:"不用琢磨了,我知道他是谁。"

幸好,密室内所余的钱财还是大大超出了草上飞的预料。他迅速理了下思绪,用十分平静的口气说:"弟兄们,想想下一步该怎么办。"

那个刚才累得瘫倒的队员应了一句:"队里有纪律,我不是早已经说过了。"

"是啊,顶多摸些零花钱留着日后喝老酒用。"另一个矮个队员接道。

草上飞转向别的队员:"你们说呢?"

别的队员或是低头抽烟,或是沉默不语,或是抓耳挠腮,似乎谁都怕把话点穿了。

"如果大家都认为得按队里的规矩办事,那我绝对没有意见,"草上飞故意使了个激将法,超然地说,"省得将来面对大哥不好交代。"

原先一声不吭的那些个队员终于沉不住气了：

"我们听二哥的。"

"对，二哥您说怎么办就怎么办！"

草上飞说："问题不在于我要怎么办，而是有人先于我们破坏了队里的规矩。在这种情况下，如果我们仍死抱着规矩不放，不就显得太愚蠢了吗？到头来吃亏的还是我们自己。"

他接着又说："再者，过去我们有盐同咸无盐同淡，就算交到队里也还是大家的，我们人人有份。可自从姓刘的来了后，事情就大不一样了，中队上面顶着三姑六婶十八爷，谁富了匀给穷的，这就叫作共产，那可是个无底洞，再多也填不满，轮到我们弟兄们，不还得喝西北风去。"

"听二哥的意思是……"矮个队员插道。

"对！"草上飞说，"弟兄们，要想过好日子，我们非得换一种活法不可：把姓刘的彻底甩开，拉出去另立山头！"

"能行不？"矮个队员又插道。

"为什么不行！我们现在有钱了，有钱就能买到枪，有枪就是草头王。如果大家还信得过我，愿意跟着我这个二哥走，我管保大家快快活活舒舒服服的，至少不用再受共产的窝囊气了！"

经过草上飞的一番鼓动，除了四五个二分队的队员意见相左外，其他在场的人均趋于一致，那就是走，找地方重温占山为王自由自在的旧梦。

草上飞一行共十四五个人于正午时分离开了高家宅。由于钱袋比想象中的要沉重得多，加之山路崎岖，人生地疏，也怕沿途遭遇什么意外的闪失，行进的速度相当缓慢。耳朵里灌满了粗重的脚步声，山体骤然变得格外陡峭，草上飞觉得越往上走，眼前好像就越暗，俨然穿行于一个深不见底的黑洞中。

"二哥，得走多久才能算完？"有队员问。

"不知道，走了再说。"

"那我们还是原地休息吧。"

"不行，这儿离沙塘镇太近。"

"我实在撑不住了。"

"撑不住也得撑！"

两人正说着，前面的一块凹石下冷不防蹿出一个人来："站住！"

草上飞随即拔出手枪，愣了愣，才松了口气。"原来是高队副呀，巧了。我当是谁哩。"他故作镇静地说。

"你们这是想去哪里？"

没人吱声，甚至连大气都不喘了。

"该不会到这荒山野岭里来兜风吧？"

草上飞意识到是时候了，转而先发制人："那么你来这荒山野岭又是做什么呢？莫非是受大哥的指派来追我们的？"

"这个……"高恒一时扭不过弯来。

"实话告诉你吧，我们想拉出去自己干。"

"为什么？"

"不为什么。"

"这样做对得起大哥吗？而且一走就是十多个，他知道了会伤心的！"

"甭提大哥，他现在已经沦落成姓刘的童养媳了，整天看人的脸色行事，再跟他干下去有什么出息？不如好聚好散，各行其道。要是你愿意与我们合伙，将来的山头就由你把持，弟兄们你们说好不好？"

一样没人吱声。

草上飞说："高队副，你是愿意还是不愿意？"

高恒说："不愿意。"

"那好，如果你还念我们兄弟一场的情分，就请网开一面，放我们过去，二哥我先在此谢你了。"

"恐怕办不到。"

"那你要怎么样？"

"都跟我回去。"

"老弟，别逼人太甚。"

"二哥，你也用不着因为队副的职务被撤了，就对大哥他们怀恨在心。你已经丢掉了两条人命，难道你还想拉更多的兄弟跟你一起往绝路上奔吗？"

"话别说得这么难听嘛。此番离队完全是弟兄们自愿的，我可没有胁迫过任何人。"

"我不信……弟兄们，大哥待我们不薄啊。如果你们肯跟我回去，天大的责任我来担着；不然，一切后果由你们自负。"

"别听他胡扯。我们走！"

"都给我站住！"高恒急忙跨出去拦住去路，"看谁再敢往前挪！"

包括草上飞在内，几乎所有在场队员全都敛住脚步，不知是进还是退，总觉得黑压压的前方正有一支枪口对准他们。

山道弯弯，最初看到十来个吹鼓手串成一溜，咪哩吗啦地迎空吹奏；接着可见鲁天勇着一身青衫翻过丘陵，胸前佩朵大红绸花，毡帽上浮动着太阳细碎的光斑；最后跟着的是一乘披红挂绿的花轿……

鲁天勇捏了自己一把，有揪心的疼痛，证明不是在做梦。然而从昨晚一直到现在，一切又好像是在梦中一般，令他难以一下子转过弯来……

他是昨天下午几经周折，总算在距沙塘镇十里外的一个山坳里，找到了母亲和妹妹。这里还散居着其他几户鲁氏人家。后来才知道，他离家的这两年中，为了躲避高霸岭的淫威，她们俩已数度迁徙；要不是有族人的合力相助，恐怕她们早流落异乡，或者命归黄泉了。

母亲眯缝着老花眼盯着他看，半晌，才呜呜地哭出来，哭声有点像风箱突然漏气时所带出的低沉而悠长的声音。

妹妹在一旁催："阿母，别光顾着伤心了，还是先让我哥进屋吧。"

母亲破涕为笑，说："看你阿母，都快老糊涂了。"

鲁天勇进得屋去，迎接他的是一桌丰盛的酒菜："怎么，有人告诉你们我会回来的？"

"猜的呗，总觉得你这两天该回家了。"母亲说。

鲁天勇乐了，心想，什么该不该的，要没有我在边上提醒大哥，说不定这会儿全队正往回山的路上赶哩。

酒足饭饱，母亲对他提起了自己的心事：要他趁这趟回家的间隙，赶紧行续弦之礼。

应该说这个话题在鲁天勇已是旧事重提了。他的前妻死于两年前的一次难产，没来得及给老鲁家留下任何子嗣，这使年迈的母亲很失望。大殓完毕，她就托了媒人，急着给儿子物色起合适的填房。这当儿适逢张彪举起了义旗，鲁天勇之所以决定投奔，一方面是振兴家族的需要，另一方面也是与忘不了亡妻有关，续弦的事就这么搁下来了。这次回家，他主要想看一看母亲，在她老人家面前尽几日孝道。他没考虑别的什么，也不可能考虑。想他出生入死，也许就这么赤条条来去无牵挂反而更好，免得将来一不留神，多一个人为他悲伤，也令他多一份牵扯。他马上摇头道："我大后天一早就要走的，这事还是留待以后再说吧。"

母亲似乎并不理会他的话，继续道："我年轻时守寡，全凭自己苦撑苦熬把你拉扯大，不容易。虽说鲁家是个人丁兴旺的大家族，可你阿爹这一脉却始终香火不济，尤其是你离家的这两年，我无时无刻不在担心着你的安危，生怕你在外面有个三长两短。我已这般年纪了，说句难听话，只能是活一天算一天。所以，无论你此番能在家里待多久，都应该把这事给办了。你得让我日后坦坦荡荡地去见你爹啊……"

"这怎么成？即使我有意，也来不及办的，太仓促了不是？"

"这个不用你操心，我都替你预备好了。"

"不行……"

"还有什么不行的？"

母子俩对峙到深夜，最后，鲁天勇投降了，毕竟母命难违，一时不知是忧还是喜。

翌日，鲁天勇俨然像个木偶似的，随一乘花轿翻过山岭来到女方家。按乡规，迎小得是两人素轿，以昭示往后她在夫家的地位。可母亲说，还是备个花轿吧，一来人家毕竟是黄花闺女，出娘胎头回找婆家；二来她又是族长的内亲，无论如何不可怠慢。

新嫁娘拉着她母亲哭哭啼啼，老半天不肯上花轿。

现在，鲁天勇稍稍感到脚有点走踏实了，不像在梦中浮游。怎么说呢，既然不能让母亲带着遗憾去见早逝的父亲，既然鲁家的这脉香火总得想办法延续下去，那么，迟一天的确不如早一天。如果老天有眼，能因此而赐他个一男半女，哪怕将来不小心撞上枪子，那他也算尽责了，至少可以宽慰活着的人。

喜宴摆放在门外临时搭起的竹棚内，整个山坳闪闪烁烁，一片通明。酒过七巡，礼罢三回，众宾客将新郎送入洞房，齐祝新人良宵永驻，早生贵子。

鲁天勇摘下胸前的红绸花，他注意到窗外深沉的夜色之中，没有月光，甚至也没有星光。但他顾不得这些了，他只有三天时间，不，准确地说，他仅剩两个晚上。对他而言，现在的每一寸光阴比任何时候都显得弥足珍贵。

新嫁娘头上罩着红绸，一言不发一动不动地坐在床沿上，看上去极有耐心。

鲁天勇问："能否告诉我你的名字？"

"……"

鲁天勇说："你莫非在担心将来和阿母不好处？其实她是个很能够与人相处的人，你尽可以放心。"

"……"

仍是鲁天勇说："我这次虽说只能在家里待两三天，但这没关系，我会记着常回来的。等杀完了天底下所有的高霸岭，我就不走了。"

"……"

"你别这么干坐着，会累着的。"鲁天勇的耐心终于像沙漏一般正慢慢流失殆尽。他禁不住去挑落新嫁娘头上的红绸。

"别碰我！"新嫁娘忽然如哑巴开口，声音响得连她自己都吓了一跳。

鲁天勇没防备这一手，不由得身子往后仰。"怎么啦？"他问。

"没怎么。我就是不许你碰我。"

"这是从何说起？"

"不明白吗？告诉你，我根本就没想进这个门！"

鲁天勇起先还以为是新娘的害羞所致，听到这里，他才发现事情并非这样。真他娘的见鬼了！他活像一只被群情激昂的看客驱赶上角斗场的公鸡，似乎刚有些跃跃欲试地抖擞起来，却冷不防被一盆冰水浇了个里外透湿。这不能不使他尴尬而愠怒。

"既然这样，我也把话挑明了：我鲁天勇堂堂七尺男子，坐得直行得正，从没想过要强人所难。如果你果真不愿意，你可以走，现在就走！"

新嫁娘盯着他看，然后抬脚往门口走，刚推开门，又站住了，停了会儿又把门合上。

"没改主意吧？"

"没有。可这深更半夜的，我……"

"那容易。今夜你就在这儿住着，待明日我派人送你回家。"

鲁天勇说罢，轮到他推门往外走。

"站住！"

"又怎么啦……放心，这儿没人敢来欺负你！"

"不，我不是怕这个。我想告诉你，你是个好人。"

鲁天勇又险些被逗乐了："好不好我自己有数。"

"真的。大哥，我对不住你。我也实话实说了吧，我心里已经有人了。"

"那你……"

"我是没有办法。"

"你是说我拿枪顶着你来的？"

"当然不是，所以我才会说对不住你。我是被逼无奈，没想过要伤害你，老天做证。"

"那谁逼你了？"

她莫名其妙地摇摇头。

"为什么逼你？"

依然莫名其妙地摇头。

"好吧，时候不早了，你先歇着。"

天还没亮的时候，新嫁娘便悄然离去。

下午，族里派人来传唤，要鲁天勇即刻去鲁家祠堂，说是族长想见见他。

鲁家祠堂坐落在沙塘镇的西南角上，那是鲁氏家族鼎盛时期的产物。虽说近几十年来，由于家族的劫难，祠堂已破败不堪，几乎到了没人光顾的地步，可它依然是某种力量的象征，就连称雄一时的高霸岭也不敢对它轻易下手，生怕触犯众怒．埋下更深的祸患。现在祠门重开，是否有什么特别的意味？

鲁天勇按家族的礼仪，恭恭敬敬地磕见了族长。

族长是个干瘦的老头，巍巍高堂并未增添他的威仪，反而更显示出他风烛残年的羸弱和来日无多的沮丧。

"听说高霸岭这个老贼死了，是真的吗？"

"您放心，就算他有十条性命，也休想活过来喽。"

"好哇，这下子我们总算熬出头了！"族长边说，边拼命地咳嗽，老像是有一口气接不上来。"我还听说这次除掉高霸岭，你是立了头功的，我代表全族老小谢了你了。"咳罢，又慢条斯理道。

"不不，主要靠队里的其他弟兄，再说为民除害，也是我该做的事。"

鲁天勇嘴上这么讲，心里却颇有几分得意。多少年来，高鲁两家围绕雄踞一方的霸主地位，曾几度厮杀，几番起落，如今终以高霸岭的死而暂告段落。所以他力主攻打高家宅，也有从家族利益考虑的原因。老鲁家总不能永远如此败落下去，总应该有重新崛起的时候；而这样的转折，恰恰是由他促成的，至少由此带来了希望，这怎能不令他感到欣慰。

"你为鲁家后裔开了个好头，说明我当年没看错你。可要振兴家族，凝聚人心，重展鲁家早先的气派，难哪。"

"不难，有您在不难。"

族长自嘲地笑了笑："我老了，心有余而力不足了。后生，这个重任就责无旁贷地落到了你们这一辈人的身上，特别是你身上。"

"我……"鲁天勇怀疑自己是否听错了。

"是的。创业难，守业更不易，其中的关键是要有一个合适的领头人。我想过了，你有这个号召力，未来的族长非你莫属。"

"不，我不行，我已经是队里的人了，另外我也没这个能耐。"

"后生，你就别推辞了。难道你能眼看着祖宗创下的基业在我们手里毁于一旦？至于队里不队里的，只要你决意留下，谁还能用绳子捆你走……"

"我真的不行。我不知道怎么说你才肯信！"

"不行也得行！有先祖的牌位和遗训在此，你敢不从？"

鲁天勇终于抑制不住内心的不悦，起身告辞。

"你要跨出祠门一步，就不是鲁家的子孙。依照族规，你娘和你妹妹也得跟着逐出沙塘镇三百里。你自己考虑！"族长说。

鲁天勇迟疑了，脚步随之放慢。几乎与此同时，从两侧蹿出几个彪形大汉，不由分说地将他往祠内的天井里架。门哐啷一声，他意识到，他遭软禁了。

族长在门外晃了一下，留下最后一句话："什么时候想清楚了再叫我。告诉你，这也是你娘的意思。"

"唉，怎么会弄成这个样子了！"鲁天勇长叹一声，心想。

不过，假如这事发生在以前，他多半不会拒绝，或者完全会用另一种心情去迎接。因为无论如何，他们老鲁家人丁兴旺，历史悠久，能染指这样一个古老家族的首领，并使之复兴，大概也是他今生最大的愿望了。可问题恰恰发生在他离家闯荡了一圈之后，他走江湖杀豪坤，纵横捭阖，从这个意义上讲，当初的这点愿望与后来逐渐领略的治国平天下之类更为恢宏壮阔的蓝图相比，简直如高山下的一抔土丘，渺小得无法再渺小。何况他生性侠义，在中队里正处在一个上升的位置上。他早对张彪发过誓：大哥，哪天我离开你了，一定是我彻底横倒再也起不来的时候！现在想来，张彪对他一向很器重，或多或少有这方面的原因。

天井的三面被三间什屋包围着，另一面傍街。傍街的这一面砖墙光滑，而且足有两人那么高。鲁天勇呆坐在石凳上，没有要逃脱的意思。这倒并非他缺乏本领，他想，即使他出去了，也还得殃及家人，祖上定下的族规他不是不知道。他现在进退维谷，任凭陷在天井里一筹莫展。

天空褪去了颜色，像拉上了一道轻薄的帷幄。

突然，临街的这一面甩进来一根长绳，他顺手拉了拉，绳索的另一头好像被死死拴住了。这是有人想救他出去的信号！他会是谁？这个疑问立刻引起了鲁天勇的强烈兴趣，他几乎不假思索地攀援着绳索越过高墙。"你——"鲁天勇一百个没想到。

"是我，"她说，"看你又把眼睛瞪得那么大，挺吓人的。"

鲁天勇笑笑，问："你回家后没遇到什么麻烦？"

"哪能呢？现在，你该明白到底是什么人，为了什么逼我的吧？"

"嗯。"

"快走。晚了就走不脱了。"

鲁天勇刚走出没多远，又折回来。"我不能就这么不明不白地走，我得再去见见族长。"他解释道。

"你疯了？会让我白忙乎的。"姑娘埋怨。

"要真是那样的话，你赶紧去镇公所帮我喊人。"

姑娘看着鲁天勇跨进祠堂大门，一会儿，她看到他笑眯眯地出来了。"没事了。现在你可以放心地回家去，没人敢再找你的麻烦。"

"你呢？"

"我也一样。"

鲁天勇告别那姑娘，没有急着回家。他沿着祠堂外的一条坡道往矮山上走，脑海里回荡着刚才和族长的一番短兵相接的对话，黑暗中，险些和一个迎面过来的人撞了个满怀。

"鲁队长，你可叫我好找啊。"那人说。

"出什么事了？"

"中队长要你马上去镇公所。"

鲁天勇跟着那人大步投向脚下的山镇，风呼呼地掠过耳旁，一片浑沌之中只见棋盘似的镇上点缀着星星光芒。

大约五百年之前，有一位正直的朝廷重臣为佞宦的谗言所害，被迫辞官离京，举家来到当时还是人迹罕至的沙塘镇这一带。他们开垦荒地，种植庄稼，本来的不毛之地竟奇迹般地奉献出累累硕果。于是，与他们一损俱损的三亲六戚陆续投奔而来，以为有了一处安身的世外桃源。后来老皇帝驾崩，新皇帝登基，这桩陈年冤案总算大白于天下。次年皇上南巡，曾在杭州府召见这位昔日老臣，力邀他返京复职。但此时他已无意再卷入官场的纷争之中，只求以平常心了却余生。皇上听罢大受感动，遂恩准，并亲赐匾额一帧，以示安抚。再后来的几百年里，虽说不断有一些落魄的外姓人迁入此地，但这并没能改变以鲁氏家族为主干的人员构成；相反，大家齐心协力，共同奠定了沙塘镇最初的繁华。只是到了十九世纪的下半叶，有个靠为匪起家的中年汉子偶然路过这里，他站在老鹰山上看了许久，也想了许久，他就是高霸岭的父亲。从此，一向宁静的沙塘镇开始失去了宁静：先是强龙压不过地头蛇，然后是高鲁两家互有起落，等轮到高霸岭手里，由于凭借着一股外力的支持，情况才骤然发生了变化，鲁家终于彻底败下阵来……

"她们都睡了？"

"睡了。"

"这些年够难为你的了。"

"都是一家人，分什么你我，快别说了。"

"嫂子。"

"嗳。"

"我想……"

"说呀。"

话没出口，左肩胛一阵撕裂的疼痛袭来，张祥林不得不拧眉闭眼，咬紧牙关。

"不舒服？"

"是枪伤，还没好透。"

"得小心，万一……"

"好了，现在没事了。"

"你，刚才想说什么来着？"

"一转眼忘了。"

那是十来年前，有一天，父亲去县城看望正在那儿一小杂货铺里当学徒的大儿子，回家途中，顺便带回来一个蓬头垢脸的女孩子，说是在路上捡的。等她吃饱了洗净了，张祥林才发现这女孩原来并不丑，只是面有菜色罢了。女孩缩在墙角落里，呆呆地注视着他。张祥林说，别怕，我叫祥林，今年十三。女孩想了想，回道，我叫娟子，今年也十三。张祥林说，那我们俩到底谁大，我阿母说我是四月十八生的。女孩说，那是你大。从此，这个家又多了一张嘴，也多了个帮手：张氏父子俩只管忙田里的活，女孩则承揽了所有家务，包括照看张祥林两个尚在襁褓之中的孪生小妹，处得跟一家人似的。偶尔有好事的邻居贫嘴道，祥林，这门童养媳到底是你的还是你哥的？每当这时，张祥林一律涨红着脸，支吾不清。大约过了三年，父亲终因积劳成疾，卧床不起，他一边牵着大儿子，另一边牵着娟子，最终将他们两只手合到一起。当时在场的张祥林马上明白了父亲的用意，他同时看见娟子回过头来，回头的那一刹那脸上掠过幽怨伤感的表情。哥哥替父亲送完终，就回县城去了。于是张祥林改口称娟子为嫂子；开始时嘴上别扭，心里更别扭，但此乃父亲生前定下的事，谁能更改？就这么别别扭扭地熬，直到堂兄张彪拉杆子起事，方才找到一个离家的借口，也算是一种解脱。

窗外的屋檐下有个燕巢，咕咕的喃呢声不时响起，像极了一对雌雄的燕子正交头接耳窃窃私语，最是夜难将息的时分。

"兄弟，这几年你在外面相中过合适的人吗？"

"没有，也顾不上。我现在只希望小妹她们快快长大。"

"这不是你想快就能快得了的。她们的事有我，别为这个耽误了你自己。"

"不，嫂子，我想过了，以我目前的情形，还是就这么好，免得将来祸害别人。"

"可男大当婚，女大当嫁……莫非，莫非你心里已有了中意的？"

"可以这么说吧。"

"能告诉我吗？"

"都是过去的事了……"

张祥林言犹未尽，欲说不能。嫂子似乎略有所悟，明显不想再追问。两相冷场，一盏孤灯。

原以为过去的一切会随着他的远行而自然了断，不料两年前，突然传来胞兄在县城的大街上惨遭雷击的消息，当时山里正吃紧，他一时脱不开身。这样一等，就到了刘政委收编了这支队伍以后，在一次下山执行任务的途中，他想顺便回趟家，没想到脚还未踏进家门，又一个意外的消息使他匆忙打消了回家的念头，据镇上人说，嫂子已经有主了，男方是镇桥塊里开酱油作坊的李老板。李老板早年鳏居，一直想找个年轻的女子做填房，至于他是怎么时来运转获取嫂子芳心的，那人也讲不清楚，只知道聘礼早已下了，就是迟迟不见嫂子进门去。仓促之下，他决定折回山里。一路疾行，等走出百十里地，才恍然意识到内中或许有无法告人的隐情亦未可知，为什么不当面问一问嫂子本人呢？他几乎想明白了，也就快回到驻地了。他甚是懊恼。所以这次重返沙塘镇，围绕着打与不打高家宅，他不好说话。他知道在计划之外费九牛二虎之力去攻占高家宅谈不上明智之举，可要就这么偃旗息鼓鸣金收兵，又不知哪年哪月才能和嫂子见上一面。因为初到沙塘镇的当晚，他和张彪一样，都没顾得上回家。他不愿带着遗憾再度和嫂子失之交臂，万一事情并非如外人传言的那样，岂不是还有挽回的余地？

"我现在特别想念过去的日子，有爹，有你哥，也有你，多好。"嫂子挑着油灯，灯芯爆出微响。

张祥林说:"只恐怕那样的日子再不会回来了。"

"是啊,转眼已人事两非,难哪。"

"要是我当初不离开这个家,你可能就不会这么难了。"

"你误会了.我没有怪你的意思。我知道男人理应有男人的志向,哪能老守着家。"

"我没有误会,我是说,至少我该帮你一把的。"

"怎么个帮法?"

"你想要我怎么个帮法?"

墙上映着嫂子轮廓鲜明的身影,像一幅硕大的剪纸。嫂子一上一下地纳着鞋底,不时用针划划头皮,像是要一口气将鞋底纳密实了。

嫂子叹道:"你哥死后,小妹她们轮流犯病,我一个人实在对付不过来,也没钱替她们找郎中,幸亏李老板常一五一十地接济,才算渡过了难关⋯⋯"

张祥林言不由衷地接道:"李大哥为人不错。"

嫂子说:"可我不是没有等过你。又一想,我上哪里去找你呢?跟着就死心了。"

张祥林说:"或许你是对的,即使把我盼回来了,我又能怎样呢?我也没钱,一样治不了小妹她们的病。我是个不称职的兄长!"停了会儿又问,"李大哥,他,为什么至今不来接你?"

"本来说好的我可以带着小妹一起过去,可后来他反悔了,大概是怕受到牵连。"嫂子答道。

"因为我?"

"他没这么说。"

"那我明天就叫李大哥来接人。"

"小妹她们呢?"

"我会安顿的,我这次回家,也是为了这个。"

"别说赌气话了。要有办法安顿她们,还用得着等你回来?"

"我没赌气,她们早晚会有着落的。嫂子,我们张家已经亏欠你够多的了,不能再这样把你拖累下去,你就放心地去吧。"

第二天下午,就在鲁天勇随一乘花轿翻山越岭去接新嫁娘的时候,另一乘花轿也同时停落在张家门口。嫂子将两双新布鞋递给张祥林，说："原想再多做几双的，没料到你回来得这么突然。这是早几年做的，不知道现在还合不合脚；要是不合脚，也别扔掉，就算做个纪念，也不枉我们叔嫂一场。"

张祥林木木地捧着布鞋，目送花轿远去。他感觉自己先是想笑，然后是想哭；结果既没笑出来也没哭出来，全都憋在了心里。

趁天还亮着，张祥林带两个妹妹出了门。

"哥，我们这是要去哪里？"大的问。

"去前山你张伯伯家。"

"哥，你莫不是不要我们了吧？"小的问。

"不是的。哥要出趟远门，要不了几天就会来接你们的。"

这个张伯伯是张祥林的另一堂兄，他的父亲原是张氏三兄弟中的老大，老二是张彪的父亲，张祥林的父亲排行老三。这层关系虽说很近，但由于隔着一道山谷，多年不走动了，张祥林对此去究竟有多大把握，心里没数。他背着小的，搀着大的，走进了堂兄家。堂兄也不含糊，当即明白了他的来意，表示无法接受。"不是我不愿急人所急，实在是我家的日子也不好过，万一姐妹俩再有个好歹，我将来怎么向你交代。"堂兄解释道。

张祥林早有准备，从口袋里掏出一小包银洋。"我这几年虽然见过的钱不少，可替自己积攒的就这些了。你要觉得不够，我以后会想法补足的。"

堂兄摆摆手，显得有些慌乱："不不，我不是这个意思。你我好歹是兄弟，我如果有能力，钱算得了什么……"

"那你到底是什么意思？"张祥林不耐烦地打断了他，说，"大哥，算我求你还不成吗？你知道我不是个知恩不报的人，也不想轻易给人添麻烦，不到走投无路的地步，我不会来求你的！"

堂兄想再说些什么，但面对张祥林恳切中稍带强硬的语气，也就不便继续婉绝，最后同意收留一个大的，说是看在死去的三叔分上。

"祥林兄弟，听老哥一句话，眼下世道不太平，你要好自为之啊。"两人临别，堂兄竟没头没脑地说。

安置妥了一个，照例问题的一半已经解决，可在张祥林看来，等于全部难题犹在：剩下的另一个该往哪里送呢？左肩胛又开始隐隐作痛，像有把刀插在里面慢慢搅动着。跟着张彪的这几年，他身上一共烙下过多少枪伤，恐怕连他自己都记不清了；唯一清楚的是子弹并不总是长眼睛的，万一哪天一不走运，趴下后就再也起不来了。他想过和世界告别的情景，那是一种可怕的寂灭。他从不相信"二十年以后又是一条好汉"之类的阴阳轮回，那不过是自欺欺人而已。他卷了支纸烟狠命地抽，寂寥的群峰似一个个魑魅魍魉，在暮霭的遮掩下正张牙舞爪蠢蠢欲动。他知道这个社会充满了不公平，所以才有千种仇恨万般厮杀，但是像高霸岭这样的人能杀得完吗？最起码，眼前现实的困难使他无法再往前行，何况此次下山，他做好了两手准备：要么有去无回，和心爱的人白头偕老，共度此生；要么再度回山，从此抛尸疆场，死不还家。尽管事实有点出乎他的预料，可结局却并未逃脱他原先所设想的。他想明白了这一切，于是重新背上小妹回家去。他打算明天一早找张彪陈述难处，以便听听他会怎么说。

张祥林刚弄了点吃的给小妹充饥，还没顾得上自己，一个噩耗便接踵而来：他的二伯父，也就是张彪的父亲死了。自此，当年在沙塘镇上小有名气的张氏三兄弟全都撒手西去了。张祥林奔跑着赶到张彪家，在伯父的灵台前磕了三个响头，随即加入了守灵的行列。

灵堂内异常肃穆，长明灯晃晃悠悠忽明忽暗，像一团不散的阴魂在舞动。张祥林也悲伤，但更多的是疲倦。张彪说，你去睡吧，这里有我。张祥林摇头。张彪又说，那我们先去吃饭，我也饿了。两人一起走进灶间，胡乱地吃了起来。

"你嫂子出嫁，我没能脱出身向她道个喜，实在是抱歉。"张彪说。

"没什么，你自己都忙不过来嘛。"

"小妹她们还好吗？"

张祥林没答话，看着张彪吃完，然后把自己剩下的半碗饭往边上一推，说："大哥，这话本不该现在说，可我想让你有个准备：我这次，很可能回不了山了。"

张彪愣了一下，旋即明白了其中的原委。"那好办，你明后天带小妹来，以后由我姐照应着。"他说。

"这个我想过了，行不通，"张祥林说，"大姐迟早也得有着落，拖着她俩怎么成。"

张彪沉默了片刻，换了个话题说："据报告，赵青山拉着十几个弟兄跑了，下落不明……"

"有这事？"

"他们还卷走了高霸岭藏匿在密室里的钱。"

"怪不得，我怎么老觉得赵青山这个人心术不正。"

"还有哩，高恒也不辞而别了。"

张祥林突然无言以对。他有点后悔自己把话说早了；尽管再拖上一两天，问题照样存在着，很可能还会使张彪更难堪。

大约到了后半夜。张祥林终于熬不住了，随便坐在灵堂的一角打起瞌睡来；醒来，有荒诞不经的梦影写在脸上。他没见张彪，张兰说，你哥去镇公所了，他不放心。张祥林想去找他回来，就伸了伸懒腰走出灵堂。

"有种的站出来！"

还没进镇公所的门，就能听到张彪的吼声，几乎所有留守队员在前院内排成一行。

"没准这人不在我们中间。"有人嘀咕。

张彪断然否定："不可能是回家去的那些个弟兄，常言道：兔子不吃窝边草。"

底下鸦雀无声。

"我再说一遍，到底是谁干的？有种的给我站出来！"

有个被人叫作小秃子的二分队队员慢慢往前挪，半是惊恐，半是无所谓。

"好，就冲这一点，你还像个男子汉，"张彪说，"可你知道你都做了些什么！"

小秃子说："大哥，我昨夜是一时糊涂，你饶了我吧。"

"我饶你，可玲子姑娘能饶你吗？你以为我们是土匪，专干扰民害民的勾当？你入队不是一两天了，这点道理你难道不懂？"

"那你说该怎么办？"

"老规矩！"

"她要不肯嫁给我呢？"

"就阉了你，省得留着那玩意再糟践人！"

贺书童在一旁插话："中队长，这样恐怕不合适，还是按队里新制定的纪律办。"

"也可以，"张彪脑子里还残存着他过去占山为王的那一套，经贺书童提醒，才省悟过来，"把他押起来听候发落！"

那天，按张彪的话说，是该小秃子倒霉，因为他碰上了一个烈女子。这边，张彪正会同张祥林、贺书童研究处置的办法，那边已传来玲子姑娘因不堪受辱而上吊自尽的消息。玲子的母亲一把鼻涕一把泪地哭得死去活来，院子内挤满了看热闹的乡亲。

"大哥，我是不是活不成了？"小秃子顿感事情闹大了，哀求道，"你得救我啊！"

张彪说："杀人偿命，谁救得了谁！"

小秃子几乎绝望了，说："既然横竖是个死，你就容我日后死在保安队的枪口上。我认了……"

张彪琢磨着这话有点道理，既不伤害哥们义气，又对受害者家属好交代了。他转向玲子的母亲，问："刘婶，你看这样行不？"

玲子的母亲仍是哭。围观者中间有人接道："行是行，就是便宜了那小子，让他能多活几天。"

贺书童一看，忙咬着张彪的耳朵说："恐怕这样处理还是不行。"

"那你说如何处理？"张彪有些恼，故意提高嗓门，"现在就杀了他？我下不了手。"

围观者全都阴沉着脸，刚才搭话的那个人扯了扯玲子母亲的袖管说："老嫂子，还是回家吧。他们也有他们的难处。"

一直在旁边闷头抽烟的张祥林总算发话了："等一等！"

"兄弟，去吧，别让百姓看了笑话，"张祥林把自己的手枪塞给小秃子，平缓而深沉地说，"明年的忌日，我会为你烧香的。"

小秃子恸哭起来，跪在张彪的面前。"大哥，我浑，就先走一步了。你，要多保重。"说完，他跟跟跄跄地往门外走，不再哭。

随着一声枪响，小秃子仰天倒下。

张祥林跟出去，端详着小秃子那张稚气犹存的脸，然后替他合上双眼。"大哥，这事其实是我的错，怪我对弟兄们管教不严。"他对同时跟出来的张彪说，心里想着家中的小妹。

张彪弯腰拾起地上的手枪,交给张祥林:"你看,你能走吗?"

一位银须老汉路经此地,见状后摇头道:"唉,未开兵先死人,乃大不吉呵。"

岭南地区含一市三县,唯沙塘镇这一带群山巍峨,地势最为险要。二十世纪二十年代末,是共产党首先发现了这个地方的价值。于是,他们在此发动群众,成立农会,组建了省东南第一支农民武装。

由于这里地广人稀,男女老少加在一起也不过两千余,在组建这支武装的过程中,真正能够响应的人不多是其中最大的难题。这多少有些出乎发起者的预料,本来他盘算着,该会出现一呼百应的景象,什么母送子啦,妻送夫啦。

这个发起者也是个书生模样的年轻人,三个月前他刚在省城闹完学潮,正热血沸腾。一天,他接报说,镇上张氏三兄弟中的老二死活不愿加入。

"再启发启发嘛,哪有不肯革命的。"

"嘴皮子都磨破了,没用。"来人道。

"好,我去看看。我倒有点不相信!"

他带着几个副手,直奔木匠张老二家。门紧闭着,他拍了老半天,边拍边颇费心思地启发一番,直到口干舌燥,里面仍不见动静。他不由恼怒起来,喊道:"再不开门,我要砸了!"

门忽然开了,门内堵着个操木斧子的中年汉子。"想抓丁是不是?来吧!"他同样高喊,"我跟你们拼了!"

年轻人没见过这阵势,稍一愣神,又马上抓住了对方言辞中的失误:"你胡说!国民党才抓丁呢,我们是共产党,是穷人的队伍……"他几乎失去了理智,唾沫星子四溅。

"共产党怎么啦?我不管什么党不党的!"

"你敢口出狂言!来人,把他绑起来!"

眼看刀斧相见,流血在所难免,木匠的儿子钻出来拦在中间:"慢!"

"阿爹,我替你去。"他沉静地对父亲说。

年轻人见事态急转直下,也自找台阶下:"看在你儿子能革命的分上,刚才的事就不计较了。"

是年,张彪才十五岁多一点,个头矮小,像是尚未开始发育,就突然之间跟着"穷人的队伍"干起了"革命"。这支队伍后来又被改编成较为正规的红军,一直在省东南几百公里以内的地盘上转战,可谓占尽了天时、地利、人和,从未打过败仗。

忽一日,排里有个新入伍的小老乡告诉张彪:自从你离家后,你娘想你都想出病来了,大冬天的,深更半夜,她会衣衫单薄地从被窝里出来,打开门,嘴里嚷着我儿要回来了……

张彪是沙塘镇上出了名的孝子,加上干革命并非出于自愿,因此,小老乡的这番话无疑又把他好不容易平静下来的心给搅得天翻地覆。无奈,当时离家遥远,他不方便去。这一搁就搁了半年。半年后,部队开到距沙塘镇八十里外的某乡村休整,他见机会来了,便悄悄溜走。

他原打算看病中的老母一眼,再返回部队。谁知回家后,得悉母亲已于半个月前去世,他悲痛欲绝,当即不省人事。他在床上昏睡了两昼夜,才渐渐苏醒过来。他想就此开小差,可部队的纪律他不是不知道。遂挣扎着一步三回头地往部队的驻地赶。也不知为了什么,部队提前开拔了,且去向不明,他终于和部队失去了联系……

由于沙塘镇一带常有共产党武装出没,引起了国民党县政府、地区行署乃至省政府的关注,他们多次纠集兵力,与红军较量。国共两党在这里频繁拉锯,互有进退。每一次拉锯,双方都杀了不少当地人:共产党来了,得严惩一批为虎作伥助纣为虐的地痞恶棍;国民党来了,也必须斩尽所有与"共匪"有联系的赤色分子,使得方圆几十里以内的人口锐减,一般百姓惊恐万状,一时无从向背。

在这样的拉锯中,最惶惶不可终日的要数张彪了。他是个两方面都不会认可的人,因为他既是共产党阵营里的事实上的逃兵,又可以被国民党视作曾有过赤化经历的危险者。所以,不论哪一方队伍开来,他都得钻进山林躲藏起来。这已是二十世纪三十年代初了,随着共产党的远远退却,国民党也逐步撤离,沙塘镇基本恢复了往日的平静。要不是后来发生的剧变,张彪很可能会子承父业,成为镇上又一名出色的木匠。

这个剧变是高霸岭强加给他的。在过去国共两党的拉锯中,高霸岭先是摸不清各方的来由，暂时保持中立；待共产党远远退却，他感觉自己吃准了，于是迅即投靠了国民党。他投靠后的第一件事就是送儿子进了县保安大队，接着借保安队的手，彻底整垮了鲁氏家族的势力；而张彪，不过是他在密报名单上顺便加上去的。张彪被冷不防地投入了县大狱，关了一年多，幸亏他越狱逃跑。他知道这一回他在家里是再也待不下去了，就扯起了大旗，发誓要与天下所有的高霸岭一决生死。

当然，愿望归愿望，一群草寇毕竟势单力薄难成气候，别说杀绝天下所有的高霸岭，就连眼前的这一个也不好对付。也就在这时，江南游击大队注意到了张彪，在研究了他的特殊经历后，认为有收编这支人马的可能性。两相一拍即合，从此改换旗号，声势果然日益浩大。

回家的感觉是什么，张彪似乎已经忘了。回家的当晚，一向木讷的父亲显得十分高兴，话特别多。也许是乐极生悲，第二天下午，父亲突然一口气上不来，两腿一蹬，死了。随着前来吊唁的邻里络绎不断，如何处理死者后事的话题便议论开了。按此间的规矩，父死母亡，为人儿女者必在旧屋中守孝一年；如果情况特殊，也至少得等到断了七以后方可离家，要不然就是大不孝，为乡民所唾弃。因为传说每逢七及周年忌日，死者的亡灵会从坟茔里游荡出来，与家人小聚。前番张彪的母亲病故，人们念他在外从军，有所不知，已酌情原宥。如今他老父又遇不测，人们就不知他会怎样。实际上，这也正是张彪心烦的问题之一：依照乡规守孝吧，群龙无首，这队伍还怎么回山，万一中途弄出点岔子，共产党就真的不会再宽恕他了；不守孝吧，眼看队伍开拔在即，甭说周年或者断七，恐怕还得马上将父亲下葬了，父亲尸骨未寒，这在乡里肯定是没有先例的，他由一个大孝子转而得背上大不孝的罪名，他同样承受不起，更何以告慰双亲的在天之灵。他有点后悔不该围困高家宅，或者打了就走，也许就不会发生后来的事。当然，他没来得及意识到更大的危险正迫近着他。看见张祥林，他想到过把队伍暂时交给这位老成持重遇事沉稳的堂弟先带回去，等过了头七后他再回山，也好对活人有个交代。两人在灶间吃饭的时候，他刚想往深里说，没料到张祥林已先他抖出了自己的困难，他到嘴边的话又咽了回去。天没亮，他就出了门。他惦挂着镇公所及高家宅那边的情况。

处置完小秃子，不一会儿，几个浓妆艳抹的娼妓追上门来讨债，说是你们的人吃也吃了，玩也玩了，就是赖着不肯付账。怕张彪听不明白，真正的债主——饭馆掌柜的躲在后面补充道："应该说先前有位兄弟也替他们付过一点钱，可那仅够一顿饭花的。本店是小本经营，哪容得了三四个人一日三餐白吃白喝的。张大哥，多有得罪，你就行行好吧。"

张彪没听糊涂。怪不得他刚才在清点人数时，发现还少了四名队员，只听说草上飞仅拉走十四个人，莫不是情况有误？他也正想就此事亲自问一下当时留在高家宅没被草上飞拉走的那些个队员。

"那几个人还在你们馆子里？"张彪问。

"没错，"掌柜的稍稍软了点，"我不忍心赶他们走，想想他们劳苦功高。"

"既如此，吃点喝点算得了什么？"

"大哥，话不能这么说……"

张彪瞅见有个妓女正扭着腰肢用一个又一个媚眼调戏门口一个十六七岁的队员，心里骂道："婊子！"然后说："我是逗你的，别当真。以后，再不要留我的人在你那里了。他们都是些穷光蛋，要真能使你发财，他们还肯跟着我吃苦受累？"

"那是，那是。"

"钱我是一文都不会少你的。现在，你领着他去把那几个人找回来，去吧。"

贺书童受命随掌柜的去了那饭馆。

镇公所的正堂内只剩下张氏堂兄弟俩，鼻息所闻之处，充满了肃杀之气，阴冷而沉郁。张彪说："我决定马上出殡。"

"这样……"张祥林不知说什么好。他是个聪明人，虽然这个决定对他来说并不意外，但他由此预感到，堂兄将冒天下之大不韪。

鲁天勇急匆匆地跨了进来。"大哥，事情我听说了，我负责去把赵青山他们追回来。"他上气不接下气地说。

张彪说："甭费心了，别被找的人没找回来，去找的人又丢了。"

"那我不回家了，守在这里。"鲁天勇说。

"我叫你来就是这个意思。我们最迟应于明天下午起程。我恐怕……"张彪戛然而止，转向张祥林，"我看你就不要顾虑了，明早将小妹妹们送过来，让我姐带着。"

张祥林沉思了一下："再说吧。"

"嗨,这个时候你不烦我姐,还能指望谁!"

鲁天勇不明白其中的原因,夹在中间委实摸不着头脑。

张彪说:"现在,我们去办该办的事。"

张祥林说:"走。"

正如张祥林估计的那样,结果张彪既触犯了众怒,又未将父亲葬入墓穴。张兰死把着棺木,就是不肯让它移动。围观的四邻也纷纷指责,说是天黑路暗,尸体一旦抬出,将来死者的亡灵就认不得家门回不来了;又说,你张彪纵有皇命在身,也得待到明早天亮之后送亡父入殓。张祥林一看,这么僵持下去无法解决问题,便示意抬棺木的人作罢,接着拉着张彪到一边说道:"大哥,我看只能这样了。"

好不容易熬过了一个漫漫长夜,张彪被人戳着脊梁骨,掩埋了父亲。等一切料理完毕,他才敢哭得昏天黑地,与杀牛叫无异。他冤。

终于到了回家的队员该集结的时候了,鲁天勇和张祥林各点人数,发现两个分队都有近一半的人未准时归队。

张彪就差没气晕过去,所有的愤懑顺着咽喉一下子喷涌出来:"这是抽的什么疯啊,他娘的!才几天工夫,就嫖娼妓的嫖娼妓,奸民女的奸民女,开小差的开小差,另立山头的另立山头,赖在家里不回的赖在家里不回;再这样下去,没准就只剩我一个光杆司令回山去了!我他娘的还回去做什么!"

下 卷

阳光斜过街面,爬上西边高低错落的屋顶。一队人马急匆匆赶过这条横贯沙塘镇的古老长街,领头的是鲁天勇,六七个五花大绑的队员和六七个提着长枪的队员紧随其后。鲁天勇扯开衣襟,不时回头催道:"快点!跟上!"踢踢踏踏的脚步声犹如杂乱无章的鼓点由远及近,令两侧街坊和途经镇上的乡亲顿起疑窦:

"嘿，奇怪！"

"莫非是闹内讧了？"

"我还以为他们逮着保安队的人了……"

鲁天勇充耳不闻，斜吊在屁股后面的短枪一颠一颠地击打着他的胯骨。到了镇公所，他咕咚咕咚地灌下一海碗冷水。"大哥，总算没白跑一趟，"然后一抹嘴，冲张彪说，"就差几个弟兄了，兴许正在回来的路上，也可能躲起来了……"

张彪正准备审阅一份贺书童递给他的有关高家大部分财物的清单，他闻声抬头，不由大吃一惊："这是做什么？"

"我是让你去把人找回来，可没允许你绑人！"张彪大约由此回想起了自己曾经历过的那一幕往事。

"嗨，就这样还哭爹喊娘的不肯走哩，怨不得我。"鲁天勇见张彪非但不理会他这一路的辛苦劳顿，反而来了个一百八十度的大转弯，抬他出来充恶人，心中不免沮丧。

"那也不能蛮干。都是自家弟兄，多伤和气。"

鲁天勇索性背过身，又从缸里舀冷水。

张彪给被绑的队员松开绳索，缓缓地说："眼下正是用人之际，等熬过了这一阵，你们如果真不愿意干了，到时候我送你们回家。"

其中一个像是快要哭出来了，突然跪倒在地，说："大哥，并非小弟贪生怕死，实在是……"

"别说了，谁还没个难处，我懂。"

贺书童觉得，事情既然到了这个份上，严厉和宽容实际都于事无补，目前最迫切的是赶紧把回山前的几项悬而未决的事给定下来，及早上路，再不能人为地耽搁时间了。

贺书童做了个手势，示意张彪尽快过目手中的清单：

本次缴获高家各类主要财物总计：

一、十两金条八百廿六根；

二、银洋五万四千六百零四枚；

三、珠宝首饰十一盒；

四、大米一千九百六十担；

五、绫罗绸缎七十匹，布一百八十匹；

六、机枪两挺，长短枪六十九支，子弹三万五千七百余发；

七、黄牛三十三头，活猪六十六头，鸡鸭两百余只；

八、其他如药品、烟叶及杂粮若干。

"嘿，还真不少哩！"张彪看完，忍不住一拍巴掌，心情豁然开朗起来。他没料到此次下山会有如此大的收获，这样即使延误了一些时间，走和死了几个队员，他回去后也有足够的资本向刘政委交代了，权当是不幸中的万幸；弄不好还能将其中的相当部分匀给总队，就算给他张彪在上级面前露一回脸，风光一把。

他想夸奖贺书童几句，说他辛苦了，同时也暗示自己这一趟差跑得够累的，不料贺书童先他开口道：

"都带走？"

"自然。"

"怎么带？"

"全装上车。"

"那不是得改道？山路板车上不去，也没那么多人够肩挑背扛的……"

"改道就改道，情况是在变化的嘛。"

"使不得，这不是赶集，万一途中碰到麻烦，是顾人还是顾东西？"

"没那么严重吧，"张彪不无扫兴，反问，"依你说该如何处置？"

"很简单，高家的财物都是从老百姓那里搜刮盘剥来的，除了枪支弹药和中队急需的部分粮食、布匹、现钱及药品，其余东西一律返还给穷苦百姓。具体的我这儿另有一份清单——"

这一回张彪没有伸手去接，而是说："顶多把开始时从乡亲们那里征集来的那部分粮食退给他们，再加上些绫罗绸缎、鸡鸭猪牛什么的也可以。"

贺书童一听，觉得两人的距离实在太大。这要在正常情况下，这么做也未尝不可。可现在是非常时期，一路上凶险叵测，拖着这么多东西还怎么回山？最糟糕的是还必须因此而改行大道，这又有悖于原先的计划，更增添归程的危险性。

不能再妥协了，贺书童略一思忖，有理有节地说:"队长，有句话兴许不怎么中听。别说我们只消带走其中的一部分，就足够解决全中队的过冬问题了；即便真到了没吃没穿的地步，也还得先顾老百姓。其中的道理我想你完全明白。"

张彪哑然了，贺书童这不是明摆着又想和自己抬杠吗？他为什么敢一而再、再而三地出此下策，除了自恃背后有刘政委撑腰，似乎没有其他理由可以解释。他蓦地有些迁怒于刘政委，怎么偏偏带来这么一个目无尊长、书生气十足的傻小子！可他又不便马上表于声色，毕竟，贺书童说得没错。他看了眼一直呆坐在对面的鲁天勇，只得说:"既然这事一时定不下来，那就等祥林来了，大家再一起商议。"

鲁天勇只听见"商议"两字。他正被一种恶劣的情绪笼罩着，始终无法挣脱出来专心于张彪和贺书童之间的对话。他的这种情绪已不是冲着张彪，而是针对他自己的。确实，他好心没能办成好事，太不漂亮了。要不是大哥的及时挽回，说不定还会殃及其他弟兄的情绪，让人寒心。好歹大家生死一场，怎可如此粗暴地相待，实在是一点道理都没有。

鲁天勇起身，想去找那几个被绑的队员道个歉，安抚一番。他边思考着到时候该如何开口，边注视着一个人风风火火地直奔镇公所而来。他目光散乱，根本没在意是谁。直到那人完全走近了，实实在在地挡住了他的视线，他才差点跳起来，惊喜道:"哟，高队副，真是你吗？"

"没错，"高恒说，"是我！"

张彪也有些意外。"回来了就好，"他说，"小凤送走了？"

"先不说小凤的事。大哥，你猜我给你带来什么好消息了？"

"猜不着。"

"我在半道上把赵青山拉出去的弟兄们给劫回来了。"

"行，这算个好消息！"鲁天勇说道。

张彪问:"人呢？"

高恒答:"都在镇外等着，怕见了你，你没好脸色给他们看。"

鲁天勇说:"大哥，我去接他们来。"

"等一等。"

"嗨，我知道眼下正值用人之际，只要他们回来了，过去的事可以不追究嘛。"

"不，正相反！"张彪说，"你替我狠狠骂他们一顿，告诉他们，倘若谁架不住这顿骂的，尽可以再次离去，决不阻拦。"

张彪的这番话同样是说给高恒听的，意思是你身为分队副，未经同意就险些一去不回，你也应该在挨骂之列的。

高恒不傻，迅速接道："对了，就是赵青山劝不回来，走了。"他暗想自己够仗义的了，关键时刻非但没与草上飞同流合污，相反，还立了一功，害得他与小凤只能再度生离死别。他吃饱了图什么呢？见鬼！

张彪说："走了也好，省得将来一有风吹草动，他又出来扰乱人心。"

鲁天勇还是弄不懂张彪在对待前后两件事情上一反一复的理由。不过大哥总比自己站得高看得远想得深，听他的不会错。

大约过了半个时辰，鲁天勇喜滋滋地回镇公所，对张彪说："他们都表示了，今后哪怕有金山银山，哪怕可以赴京城荣登天王老子的宝座，也决不离开大哥您了。"

"很好。"张彪说。

"就是胖墩想跟你单独说件事。"

胖墩是一分队的队员，一度曾充任张彪的贴身保镖。他候在门外，见张彪果然出来了，就凑上前去，压低声音说："大哥，据二哥讲，贺队副很可能也私吞了高霸岭的一袋银洋……"然后他贴着张彪的耳朵又嘀咕了一阵。

张彪耐着性子听他讲完，忽然问："赵青山的话你也信？"

"这我就拿不准了，"胖墩仍然小声道，"反正，要不是为了找财发，贺队副大老远跑到山沟沟里干什么来了？人为财死嘛。"

"不许乱讲。你只要反省你的过错。"

"是，大哥！"

张彪在门口拦住了赶来的张祥林，问他高家宅那边的事情处理完了没有。张祥林说，处理完了，就是高霸岭的那些个管家及家丁头目现在还不能放。两人并肩走进所内的正堂，张彪说："现在两个分队的队长都到齐了，可以商议一下回山的路线。"

鲁天勇开头炮："不是预先定好的，还商议什么？"

张彪说："可眼下情况有变，因为这次缴获的高家财物实在太多，若再按计划中的山间小道回去，势必不能够全带走。"

贺书童先发制人："所以，我的意思是将其中的大部分分发给这一带的百姓，问题不就迎刃而解了？"

张彪也急不可耐地定下基调："可我们不是没有其他选择，计划是死的，人才是活的。有了这些作为保障，即使我们在山上困守几年，起码也吃穿不愁了。"

贺书童不假思索地说："话虽不错，可正因为我们什么都没有，当初才聚到一起闹革命；如果有一天我们什么都有了，什么都不缺，很可能就不愿革命了。"

张、贺大相径庭，使商议成了辩论。

鲁天勇想想张彪的话实在，想想贺书童的意见也在理，一时间不知该站在谁的立场上。

高恒低着头，他有他的打算：反正小凤已挟着一袋银洋远去，这个没人知道。日后回到山上，若日子好过，就多待上几年；否则，再找机会脱身。

一直默默抽烟的张祥林终于感到是发话的时候了。但是他不愿绝对站在谁的一边，更不愿看到张、贺两人绝对对立。他来了个折中，这是他经常采取的方法，至少它能缓和对立双方的情绪，使谁都不觉太难堪。

"这样吧，将其中的一半分给乡亲们，另一半带走。"张祥林建议道。

这基本符合了张彪的意图，总不能老这样僵持下去，互相让步吧；而且除去贺书童，恐怕在场的只有他张彪清楚其实这一半究竟意味着多少，够可以的了。

果然，贺书童仍表异议，立刻被张彪顶了回去。"好了，就这么定了！"他不容置疑地说。

张彪将贺书童拉到堂外，不经意地问道："钱麻子是你杀的？"

贺书童顿了下，点点头。

"为什么？"

"他说他知道高霸岭藏钱的地方。我怕他信口胡编，在队员中惹出不必要的麻烦。"

"就这么简单？"

"你认为还能有什么？"

少顷，张彪回到正堂说："事不宜迟，我已经指派贺书童去负责分发东西。接着我们几个把回山的路线确定一下。"

张祥林瞥了张彪一眼。他觉得大哥这一招不够体面，明摆着把与自己意见相左的人给支开，有失一队之长的气度。何况每次两人争执起来，道理并不全在大哥一边，这个他心里最清楚，至少贺书童看问题的方法要比大哥全面得多，到底是刘政委带来的人，名师出高徒嘛。当然，他不知道这一次张彪做得绝，是由于贺书童已有些失去张彪信任的缘故。

张彪掏出贺书童提供的清单，让在场的人明确了"一半"的含义，也就是说，计划中的原道返回实际是不可行的了。这次下山总共才百把人，如果走山路每人至少得驮上千斤，怎么得了！

除此，还有两条道可供选择：一条是公路，一直通到驻地的山脚下，这样就能够依靠牛车什么的进行载运，再多也不怕；另一条是先借助公路，待行程过半，再折入山间，沿小道而回，如此就必须在踏上小道之前，找个地方把所带的大部分东西隐藏起来，然后想办法分阶段搬运回山。两种选择中，前一种路途最远，后一种次之，若按预定的路线赶回驻地，则最近。无疑就归途中的安全系数而言，也是依次由小而大。

然而张彪有自己的判断：县城距沙塘镇有五六天的行程，而沙塘镇到山上驻地，即使走公路也只消两三天的工夫；何况县城、沙塘镇及山上驻地，这三点基本呈一字形，有南辕北辙的架势，就算高霸岭的手下有走了五六天去县城密报保安队的人，等他们再磨磨蹭蹭凑齐了人数，夜伏昼行地开过来，很可能也是半个月以后的事了。时间对于张彪他们肯定是宽裕的，如果不发生意外情况的话。

只是张祥林把可能遭遇的不测考虑得多一点。在归途的选择上，他似乎更接近于贺书童的观点，也就是照计划行事。若按张彪的意愿浩浩荡荡完全踏着公路而去，谁能有把握将意外情况绝对排除在外？保安队的人毕竟不全是酒囊饭袋，各地方都有他们的耳目，万一与他们碰上了，一方轻装上阵，一方携带这么多东西，到头来谁将吃亏其实是不言自明的。因此，他又倾向于在计划和张彪的意愿之间，来一个折中：选择半是公路半是山道的方案较现实，以尽量减少途中的不安全因素。

高恒觉得由原道返回最稳妥。他现在只求太平，有朝一日与小凤做长久夫妻。他不想冒任何风险。鲁天勇呢，几乎就是一个普通听众。他一再申明，你们决定吧，我执行就是了。

整个商议自晚饭后一直持续到上半夜，绝大多数时间都用在了对三种选择的思考、比较、权衡和论证上，最后总算采纳了张祥林的意见，并对两个分队各自的主要任务及应变措施，做了研究和安排。

张祥林的脚边扔得满是烟蒂，他似乎言犹未尽。鲁天勇当听众当得昏昏欲睡，张彪扯了扯他的袖管，唤道："嗨，该醒醒了！"

或许当初下山时，谁都没有料到他们竟会在沙塘镇耽搁整整一星期，直至第八天的上午，队伍才集合完毕，准备起程。

张祥林在送行的乡亲中寻找着什么，他想她会来的。他看见鲁天勇的老母唏嘘难当，鲁天勇倔强地背过脸，执着而歉疚道："阿母，儿子不孝，您就当是白养活了我一场。我，走了。"

也有妻送夫、子送父的，场面甚是喧嚣而悲壮。

张祥林的目光终于和人墙中突然闪现的嫂子撞了个正着，牵在两边的小妹不知道兄长此去何方，拼命地向他招手。他拨开人流刚想挤过去，无意中发现李老板也站在嫂子的身后朝他微笑。他慌忙止步，这时队伍开始启动了。他勉强报以同样的微笑，走了几步，又回头看了眼。他始终不明白嫂子后来是如何说服李老板同意让他的两个小妹留在李家的。他至死都不能忘记最后的那一瞬间，嫂子的脸上所凝结的茫然而若有所失的表情。

二分队充当前锋和负责断后的任务，一分队的队员夹在当中，有牵着牛车一人扛着几条长枪的，有懒懒散散晃晃悠悠形似逛街的。整个队伍首尾相距半里地，在初冬明媚的阳光下蛇似的缓缓朝前扭动。

小镇、群山和天空连成一体。在经过一段灰色的过渡之后，天空显得很蓝，只是那蓝太纯净没有任何内容。草上飞俨然如从天而降，自后面追了上来。最先发觉他的是高恒，然而高恒已全然没有了那个长夜在荒山野岭之间苦口婆心仗义执言时的心情，他甚至都懒得多看草上飞一眼。

"大哥！"

"嗯。"

"到底让我给赶上了！"

"嗯。"

张彪简单到不能再简单地应付着，大步赶向队前去了。

草上飞想过和张彪相遇时可能面临的多种情形，唯独这一种疏漏了。真他娘的回来找死！他暗自骂道。

那夜半道上杀出个程咬金，和高恒僵持到天亮，任凭他巧舌如簧，也没能说动原本就三心二意的队员继续跟他走，他只得自认晦气，撇下他们独自前行。他不信除了回头路，这个世界就容不下他。大不了像自古以来的豪侠剑客，周游天下四海为家。

既然目的地一下子变得更加渺茫，他开始有些松劲了，足音瞪然，风吹树林的涛声不绝于耳。一夜未眠，他感觉很累，或者说是高度紧张、集中之后的倦怠。他找了个避风处坐下，打起盹来。他记不得他是不是做过什么梦，总之混混沌沌的，醒来，竟吓出一身冷汗。

应该说他是个见惯了腥风血雨的人，但还是架不住头顶上五六把砍刀的场面。他意识到，自己碰到劫匪了。也亏得有以往的经历，他很快镇定下来。

为首的是个大胡子，满脸凶相。"说，姓甚名谁？"对方喝道。

"赵青山。"

"做什么的？"

"游击队。"

草上飞很奇怪对方何以不为所动。往日，哪怕是和再多几个保安队员狭路相逢，只要听说对面是他，一样都是闻风丧胆争相避匿。多少次，他就这样出奇制胜地死里逃生。看来这一次，他惯用的招数不灵验了，如同遭遇了十足的乡巴佬！

"我管你是青山还是蓝山，游击还是定击，把东西留下！"大胡子说。

砍刀是明晃晃的，草上飞递上钱袋，又摸出腰间的手枪，一切都进行得很慢很不情愿；冥冥之中，他或许正在捕捉着出其不意制服对手的时机。

"还有——"

草上飞一听不好，知道这伙劫匪还想要他的性命。他就地一滚，欲摆脱砍刀的威胁。寒光齐下，肩上挨了一刀。但凭着他两条长腿，终得以逃离险境。他一边奔跑，肩上的鲜血一边往外涌。终于，他两眼一黑，突然瘫倒在地。这一回，他记住了他确实没有做过梦，或者说已没有什么梦可以做了。

阳光刺疼了他的眼睛。他已躺在山间的一座破庙里，一老一少两个僧人静候一旁，案台上香烟缭绕。

"禅师，我是如何来的这里？"草上飞问。

老和尚答："一位女施主救的你，她还告诉了我你的身世。"

"她人呢？"

"走了。"

草上飞闭起双眼想了许久，还是猜不透那人是谁。小和尚端来一碗粥和一碟酱萝卜。

草上飞喝着粥，心里禁不住一阵阵酸楚：怎么会这么快就落到了让人施舍的地步？吃完，他起身想走，老和尚问："你欲往何处？"

"不知道，"草上飞借机反问，"禅师可否指条明道？"

"谈不上明与暗之分，在佛祖看来，凡事都可能相互转换，明就是暗，暗就是明。"老和尚笑道。

"禅师，您可否再指得明白一些？"

"罪过，罪过，"老和尚像是自言自语道，"从来的地方来，到去的地方去。"

草上飞将老和尚的最后一句话更多地理解为"从哪里来到哪里去"，但老和尚的这番指点迷津，毕竟使他茅塞顿开。古代越王勾践卧薪尝胆十年，终得以东山再起大败吴国。自己怎么连一点钉子都碰不得，就匆匆离开大哥，落得孤家寡人的下场。看来要成其大事出人头地，还必须返回到大哥的旗下忍辱负重，不管怎么讲，那里有他多年打下的基础，即使当了火头军，他也还是响当当的草上飞，是二哥，并非等闲之辈。

他一口气跑回沙塘镇，又一口气追赶了上来……

鲁天勇不忍看着草上飞太丢面子，人嘛，谁还没个闪失，重要的是莫落井下石。他主动递上毛巾，示意草上飞擦去脸上的汗水："给……"

草上飞多少有点感动，拿过毛巾狠狠地抹。

从高处望过去，整条公路像根细而长的绳索，在群山之间蜿蜒游动，一头踩在脚下，一头系于蓝天。张彪见一旁的粮车上有米粒撒落下来。"停——"他责令队员勒住牛绳，大声道，"怎么回事？袋子都被车轮磨破了都不知道！"

"没看见嘛。"那队员回道。

"你眼瞎了？"

"也不在乎这么一点。"

"混蛋！"张彪愈发怒不可遏，"马上给我捡起来，一粒米都不许遗漏！"

那队员感觉张彪未免小题大做，但官大一级压死人，只得从命。

张彪也似乎意识到有些过火了，就蹲着相帮，并且解释道："有吃的时候千万别忘了没吃的苦，而且这些粮食是用性命换来的，一定要把它们完整地运回山去。"

还有最后一撮米陷在干土里了，张彪照样将它们拨至手上，迎空吹去尘土，掌心里露出白灿灿的米粒，甚是晃眼。

前面已进入了一个叫沟头角的地方，穿越沟头岭，往下，约莫走两个小时，便可到公路与山间的岔口处。按照更改后的归程路线，队伍只要行进到那里，就算是大功告成了；余下的路途顶多是累一点，危险多半是没有了。张彪好像听到贺书童在十米开外的地方不时地催促队员快走。有个叫瘦李的队员硬是迈不开步子，还反诘道："你没看见后面的黄牛都累得吐白沫了，何况是人！"

贺书童说："牛是牲口，你也是牲口？"

"废话。"

"那你就别像小脚女人似的。倘若牛真的累趴下了，我还要让你去拉车哪。"

许是瘦李被吓着了，稍稍来了点劲。张彪在后面看，感觉瘦子有些怪诞——胖了，起码是衣服穿得挺厚实，特别是腰围部分，显得鼓鼓的；而且走路的姿势也非同往常，小心翼翼怕踩死蚂蚁似的，远不像因为松懈而变成懒洋洋的那个样子。

"瘦李是什么时候发福的？"张彪追上贺书童，笑道。

贺书童面对毫无来由的问题，一时答不上来。

"看他那个喘呵……"

贺书童方才领会张彪的言下之意，心想，队员们平时饱一顿饥一顿、三顿并两顿的，这一回在沙塘镇休整了这么多天，一日三餐，餐餐不落，还不兴长肉；再这么下去，恐怕连平地都走不动了。他有一百个警觉，唯独这一刻，却疏忽了，从而导致不只是瘦李一个人的灾难。

这时，负责在队伍后面压阵的张祥林也临时跑到前面，有二分队的队员向他要求道："分队长，该歇会儿吧？"

张祥林似乎起了恻隐之心，问贺书童，有情况没有？贺书童说，到目前为止一切正常。张祥林转念一想，觉得贺书童话里有话。同时为了分队前卫队员，乃至整个回山人马的安全，此时不应当再节外生枝。他当着张彪的面，和颜悦色地平息道："是不是转眼都把你们给养娇了？咬咬牙，坚持下去！"

过了沟头角，山体呈大幅上升的态势，两边悬崖峭壁，怪石嶙峋，把原本狭窄的公路挤得更加细瘦。除了茅草狂舞，山是凝固的，天空也像带子似的纹丝不动。偶有残枝从几丈高的断崖间吹折下来翻卷着落地，发出一连串空洞的响声。怎么这么安静？从常识上讲，这里像是攻守都不易的兵家忌讳之地，得格外小心！贺书童把自己的想法告诉了张祥林，同在一旁的张彪戏谑道："真有你的，不安定不好，太安定了也不好。到底是读书人，心眼就是多！"

"那依你看，正常的情况该是什么样的？"张祥林问。

"我总觉得……"贺书童想不出该用什么理由来阐明他的某种不祥的预感。

张彪说："各就各位，快过沟头岭就是了。"

只过了少顷，贺书童循着刚才的思路，忽然想明白了：对，从上午出发，沿途怎么少有迎面而来的路人及车辆，特别是进入了沟头岭以后，索性连个鬼影子都没碰上，这说明什么问题呢？

他又想将自己新的发现告知张祥林，他终究是本地人，比自己更熟悉周围的状况。可惜张祥林和张彪，早退至队伍的中间及后面去了。

与此同时，沟头岭端有人向贺书童挥舞着红绸，那是他为防万一派出的前哨组，共有三名队员，与后续大队始终相距三里远。按预先约定，他们必须每隔半小时发一次信号，遇紧急情况可鸣枪示意。

贺书童得知前方没有敌情，刚才的发现便随之搁下了。

上岭的坡道愈见其陡，拉着千斤重车的黄牛已精疲力竭，四蹄直打空，于是引来了一分队，包括绝大多数二分队队员的合力相助，或拉牛，或推车，挤成一团，使启程时浩浩荡荡的队伍一下子集中在一条狭长通道，前后不足百米。

这个意外情况，导致全队百十号人全都进入了包围圈，否则，要么头已出去了，要么尾巴还在外面，除了先行一步的前哨组外。

其实那三名前哨队员也并非什么福大命大，而是保安队故意放行的，为了不打草惊蛇。等战斗打响后，他们已甩开大队足有四里路，再杀回去，无异于飞蛾扑火；经合计，决定先赶回驻地搬救兵去，兴许还能挽危局于万一。结果，就这三人从灭顶之灾中侥幸逃生……

啪啦啪啦，几只野鸟自天外飞来，刚停落在沟头岭上，却又惊叫着冲天而起，本来舒展着顺风滑翔的翅膀一下子拍得失去了章法，嘈嘈杂杂，慌慌张张，好似整部乐曲中的一连串不和谐音。

这个稍纵即逝的细节恰巧被张祥林捕捉到了。沟头岭本不是了不起的山岭，只因当初筑路时成了拦路虎，遂将它当头劈开，一分为二，于是声名鹊起妇孺皆知。经验告诉他，在两侧虎视眈眈挤压着公路的沟头岭上，一定潜伏着不祥之物，不会是乡民，也不大可能是别的什么野兽。他几乎没敢再推测下去，就大声喊道："注意！有情况！"

张祥林的话音刚落，沉寂已久的沟头岭旋即露出了狰狞的面目，犹如火山爆发，由上往下疯狂地喷吐着火焰，倾泻着弹雨，使猝不及防的队员一下子倒了十来个，还有几个是被失去控制向后滑行的牛车轮子辗死的，路面上霎时出现许多道湿红的印迹。

最先反应过来的是贺书童，他贴在路边的一块岩石下面，见强行通过沟头岭已不现实，便迅速组织了几个二分队的人架起机枪予以还击，以掩护其他队员后撤。

仓促转身，后卫成了前锋，如同百米赛跑，张祥林一马当先。空气中时断时续地回荡着张彪的呐喊声："不要慌！一定是遇上了小股敌人！别丢下粮车！"

不料，没跑出多远，前面的几处矮岭上同样疯狂地咆哮起来，影影绰绰的人头像一颗颗熟透的瓜，密密匝匝地排列在岭尖的枯草与树根之间。

前有恶虎，后有豺狼，两边是难以攀援的峭壁，所剩的七八十名队员就像饺子馅似的团在当中，陷入绝境。张彪看出来了，来者不善，而且决不是偶尔路过此地想趁机捞一把打了就走的散兵游勇；似乎对手早有预谋，张好了罗网，单等着他们送上门来。

幸亏这段公路有点扭曲，基本呈 S 形，队员们全部压缩在中间，两头都够不着，等于是争取到了些许喘息的机会。

"大哥，给我十个弟兄，我保证把后撤的通道打开！"鲁天勇主动请战。

张彪说："这不是拿鸡蛋碰石头，白白送死？"

"可如果前后的保安队一下岭，来个南北夹击，我们就完了。"

"所以才请大家来，多想想办法。"

"除了死马当活马医，还能巴望人人长出翅膀不成？"

"好吧，"张彪咬咬牙，下决心道，"要是你完不成任务，就别活着回来见我！"

"慢！"张祥林一把揪住鲁天勇，"兄弟，即使去送死，也轮不到你走在头里，有我。"

然后他转向张彪，沉稳地说："只是，现在还不到时候。"

贺书童表示赞同："对，眼下敌强我弱，硬拼只会招致更大的伤亡。"

张彪说："这个我懂，可关键是要拿出切实的办法，你能吗？"

面对张彪直率的一将，贺书童心想，早几天你怎么没有想到？又围攻高家宅，又是放假，然而大敌当前，不宜急着评说功过是非。他沉默了，一时间也确实想不出逢凶化吉的对策。

鲁天勇说："与其坐以待毙，不如拼一个算一个。"

贺书童顺着张祥林的意思往下道："放心，假如真到了万不得已，我会第一个冲上去，最后一个撤走！"

高恒一言不发，暗自说，怎么都吵着谁先送死？自从与小凤重逢后，他整天想的是如何活得更长久，更有滋味。一种强烈的求生欲望使他忽然心生一计，说："我有个主意，不知行不行……"

"不行也罢，快说出来听听。"鲁天勇急不可耐。

"你们看，现在是刮北风，也就是说，风从岭上的豁口处一直往下吹；你们再看，堵着后路的那些个矮岭上净是些干草和枯树……对，用火攻！只要我们先派出几个精干的队员，悄悄摸到矮岭下突然往上扔火把，这样，火借风势，风长火威，躲在下面拦截我们的保安队就会不攻自破，然后我们便可迅速撤向沟头里。一旦到了沟头里,保安队恐怕连追赶我们的胆子都没有了,进退不是由我们选择了?"

"好哇,真有你的!"张彪狠狠砸了高恒一拳。

其他的人也觉得这个办法可以一试,万一真是那样,岂非平添一线生机!接着,张祥林和贺书童各对高恒的方案增加了一点内容,张祥林说,即使不能冲出包围,也要一鼓作气就近抢占几处矮岭,与保安队成对峙之势,以尽快摆脱被人居高临下当活靶子打的困境;贺书童补充道,为防备北面岭上的保安队下到公路追击我们,可将所有车辆及车上的粮食、布匹和大部分弹药事先堆集在路中央,待点燃,组成一道火墙。

张彪冲着张祥林点头,唯独对贺书童所说的准备把所有粮食也一起烧掉这一点持有异议。于是他果断修正了贺书童的意见:"我看保安队未必不是依仗有利地形虚张声势,只要击破一点,便可能全线崩溃,所以粮食不能全烧了,起码得带走一半。"

"赶着老牛破车吗?"贺书童反诘。

"不行就背。"

"人重要还是粮食重要?"

"没了粮食人一样没法活。"

"可现在粮食已成了我们的包袱,会越背越重。"

"重也要背。我是队长!"

张祥林见两人这样一来一往不会有圆满的结果,就示意贺书童止住:"暂且听中队长的吧,万一带着粮食碍手碍脚,到时候再扔也还来得及。"应该说他比任何人更清楚张彪的隐衷,所以他不能不解这个围;尽管他与贺书童一样,都不愿意背着包袱前行。

一切就绪,张祥林带着五六名队员出发了。一会儿,下端的矮岭间浓烟滚滚火光冲天,张彪、鲁天勇和高恒率领大部分队员边驱赶着近十辆载粮的牛车,边沿着下行的公路开始突围;贺书童点燃火墙,负责断后。

也许,他们本可以一举冲过矮岭,杀出重围。但是,中间有两件事进行得和预想不一样:一是矮岭上的保安队并未阵脚大乱,他们索性下到公路上,实施面对面的拦截;二是由于下行过快,疲惫不堪的牛纷纷栽倒在公路上,导致粮车倾覆，有的架子散了，有的轮子飞了，如果这时能弃之不顾，或许还可以赶在保安队下岭之前及时通过，可张彪偏偏固执己见，喝令已经冲过粮车一大截的队员再回过头来背上粮袋，以致延误了时间，断送了从被围困到最后全军覆没之间唯一绝好的逃生机会。

虽然后来抢占了几处矮岭，从公路转移到了山岭，但这并没有本质的区别：保安队蜂拥而来，层层包围了他们。

也幸亏老天帮忙，四周即将灰暗下来。贺书童看着不远处的那些矮岭上烈焰将熄，烟雾弥漫，脱口喊道："快把周围的树木砍倒，推下岭去！"

几个队员不明其意，等着他解释。

张彪马上领会了，帮着招呼道："还愣着做什么？快动手呀！"

张彪坐在一袋粮食上，有点后悔了。唉，贺书童是对的，弄不好这些粮食顶多当沙袋用，带回山是没有可能了。但他无从检查自己，又不是全然未料到会有眼前这样的结果，无非是往好里估计多了，想碰碰运气而已。打仗嘛，哪有一遇危急，就肯轻易损兵折将赔夫人的，把什么都输光了。他现在只祈求黑夜快点降临，好让他另觅突围的机会。

沙塘镇啊，沙塘镇！他的思绪猛然在此停留下来，又渐渐扩散开去。他好像领悟了刘政委在他下山之前所说的担忧指的是什么。

可能是成堆的树木滚下岭去，激怒了准备明早再发起攻击的保安队，于是一阵排枪射上岭来，枪声尖厉而空泛。

"你娘的逞什么威风！"张彪骂道。

他随即瞥见缠着血丝的昏黄的暮空下，贺书童的脚下像冷不丁绊着了树根抑或石头似的，然后整个上身左一晃右一晃，肥硕的外衣和着劲风欢快地舞动，黑头发飘起来；再然后膝盖一软，慢慢倒地，最终凝固成亮丽背景上的一幅剪纸，那过程优雅得叫人没法形容……

入夜，忽然下起了雨。雨虽不大，却如同雪上加霜，冻得队员们瑟瑟发抖，他们三三两两抱作一团，再没人关心堆在四周的粮食是不是会被淋湿。

雨停的时候，张彪对鲁天勇吩咐道："告诉弟兄们，一定不能睡着，要防备保安队趁黑摸上来。"

随着鲁天勇由近及远的低沉的吆喝声，相连的几座矮岭才略略有了点生气。

张祥林坐在张彪的斜对面，良久无语。他正回想着有关贺书童的许多往事，虽然他没有像张彪那样溢于言表，却痛在心里，这不仅是由于他失去了曾经朝夕相处的副手，更重要的是，如果一切按计划行事，贺书童肯定不会死。他知道，要是这一仗他和大哥最终都倒在这里了，问题还不大，可但凡他们中有一个人突出去了，仅就这一点，回去后恐怕就无颜面对刘政委。他能感觉到贺书童和刘政委之间的特殊交情。他忽然奇怪地想，这个后来突出去的人最好不是自己，他愿意把生的希望留给大哥，不管大哥将因此而承担什么样的责任。他开始卷着纸烟顺着刚才的思路往下想。既然甘愿从容地赴死，那么，他会在何时，以何种方式死呢？多少次，总以为在劫难逃，偏偏奇迹般地转危为安；而眼下，事情或许并未如想象中那么糟糕，却对未来一点都没有信心。莫非，这条路真的已走到了尽头，任你怎么横冲直撞锐不可当，结果只能是鸡蛋碰石头？好在他已经无所牵挂了，死又何足惧！才转眼的工夫，先是好多队员死了，跟着贺书童也死了，如果未来的某个时刻命中注定该轮到他了，实属顺理成章的事。但愿能死得痛快些，死在为别人打开突围的道路上。他终于大口大口地吸着烟，火光一闪一闪，可见他双目平视，神色坦荡而自然。

张彪问："你估计岭下的保安队有多少人？"

张祥林答："起码有三百的样子吧。"

张彪又问："你看我们有没有固守待援的可能性？"

张祥林再答："几乎没有。"接着反问，"就算有，我们又能守多久呢？"

张彪说："怪了，这一回他们来得好快，居然抢在了我们的前面。"

张祥林说："不，应该说是我们自己过于慢了，才落到了后面。"

张彪说："那他们怎么会知道我们一定得从沟头岭过？"

张祥林说："这还不简单，除非我们肯空手而归，或者顶多带着少部分的给养；否则，这儿就是必经之地。"

张彪说："如此看来，是我犯了大错。"

张祥林说："也不能全怪你，这里面有我的份。"

张彪说："莫不是天要亡我？"

张祥林说："大哥，现在不是泄气的时候，重要的是怎么设法活着回去，尽量减少损失。"

张彪点头道："要不我们稍事歇息后就冲出去，成败在此一举了！"

张祥林说："我打前锋！"

张彪说："不，是我拖累了大家，还是由我先领着几个弟兄杀开一条血路！"

张祥林说："大哥，别争了，这支人马毕竟因你而起，不管过去、现在还是将来，再怎么说都不能没有你！"

两人正说着，有队员跑来报告道："已按要求将贺队副掩埋了，这是从他身上找到的短枪和三枚铜钱。"

张祥林不想接，他说："大哥，这些遗物还是由你来交给刘政委吧。"

张彪捏着手心里的铜板，忽然"哎哟"一声，悔得直想砸自己的脑瓜。不是吗，假如贺书童果真贪财的话，只消待在省城往家中一伸手不就得了，何必冒着风险跑到穷乡僻壤里来？张彪啊张彪，你怎么聪明一世糊涂一时早没想明白这一点呢……他自责得头像货郎鼓似的摇，摇完，暗里又萌生些许安慰：幸亏在最后关头没有草率行事，也算对得住贺书童了。想来这一路上死了多少弟兄，哪一个顾得上收拾；兴许要不了多久，他张彪也会横尸荒野，更惨。想到这里，他完全平静了，对那个等着下文的队员说："你还有一个任务，就是把所有的金条银洋找个地方埋藏起来，要快！"

"不带回去？"那队员问。

"如果你不想把命留在这里的话。"

突围的时机选择在子夜时分。张祥林挑了瘦李等几个自己分队里的队员，作为与自己一同先行的前锋。

"分队长，我……"瘦李似有不安。

"怎么，还有泡屎忘了拉？"

"不……不是的……"

"那就服从命令！"

出发之前，草上飞挤进了前锋的行列。"能否也算上我一个？"他嘴角边上露着一截酸草——一种本地特有的酸中带甜的植物，慢吞吞地说。

张祥林瞥了眼张彪，张彪只当什么也没听见，继续往自己的手枪里填着子弹。

"二哥,不用勉强。"张祥林说。

草上飞吐出酸草渣。"信不过我?"他问。

"不是这个意思。我是说,此去死的多活的少,你知道的。"

"不碍事,我已经死过一回了。"

张彪猛然站起身,朝草上飞点点头,然后递上自己的手枪,说:"这里面有十颗子弹,万不得已的时候,别忘了给自己留下一颗。"

"一换九,值!"草上飞呈现出视死如归的样子。

四周灰蒙蒙的,前锋队员悄无声息地摸下岭去。这里是背靠公路的另一面,由高处眺望,坟头似的矮岭一个连着一个,像步入了一片硕大无比的坟场。底下的保安队防范得很严,因为游击队若要突围,从这一面下岭的可能性最大。他们耐心地等待着,提防着,熬过了三更,仍不见丝毫动静,整个山岭俨然睡着了一般,于是他们中的好些人也跟着打起了哈欠,瞌睡起来。他们没有料到,他们所耐心等待、提防的对手,此时正潜伏在一片乱草丛中,与他们靠近得不能再靠近。

张祥林和草上飞处在最前沿的位置上,枯硬的草尖撩拨着他们的下巴。按照事先的约定,他们只消在这里占领一个制高点,一旦打响,既能就近扼制保安队的火力,又可有效接应张彪他们迅速下岭,等于是在敌人的腹部安了颗炸弹。

草上飞细细观察了一阵,贴着张祥林的耳朵说:"前面好像有条缝隙,可能是他们两个小队之间的交接处。"

张祥林心领神会:"对,干脆绕到他们的背后。"

所谓的缝隙,其实是一条很浅的旱沟,但因为才下过雨,沟里有浅浅的积水。旱沟时宽时窄,最窄的地方连一个人匍匐着通过都十分困难。有湿冷的感觉弥漫胸口,草上飞抑制不住地哆嗦,上牙和下牙直打架。"顶住!千万顶住!"他不时暗想。应该说,他对自己主动请战的高姿态相当满意。他是个有丰富临战经验的人,清楚此举的危险程度,但不这么表现,他又如何重新取信于张彪呢?况且,越危险往往越安全,只要中途不出什么差错,最先突出重围的也可能是他草上飞。所以,他对当初返回队里的决定一点都不后悔,非但不后悔,如今还成了他显示大无畏精神难得的契机;而这一点,恰恰又是张彪最为欣赏的。

"快！"

"瘦李，你磨磨蹭蹭想找死啊？"

后面传来张祥林蚊子叫一样的督促声。

沟很长，左一弯右一拐的，沿途还碰上几个睡眼惺忪的保安队员匆忙拔出家伙，立于高处往沟里喷洒着长长的尿液，沟底霎时泛起一股恶臭。"撒吧，撒完了好让你们轻轻松松上西天！"草上飞捂着鼻子，心里骂道。他估计，这条沟已经快到头了，也就是说，只要挺得过去，即使张彪他们不幸仍被困住，起码他也可以从容地脱身。他甚至想，万一真是那样，他更得回山去，没有了张彪，没有了张祥林和鲁天勇，这山上余下的百十号人马能听他刘政委的？况且刘政委这会儿是死是活还不一定。说不准天赐良机，我赵青山果真时来运转也未可知……

哐啷。

哐啷啷啷。

静夜中，一阵金属坠地的声音轰然响起……

"瘦李，你——"是张祥林几乎想活剥了对方的震怒。

草上飞回头一看，一长串银洋从瘦李前胸磨烂的衣缝里滑落出来，争相着地。银洋在灰涩中跳动着凄迷的光。

大批保安队员由沟的两边蜂拥而来，呈左右夹击之势，那情形似乎比昨天黄昏时所面临的更不易对付。草上飞从一队员手中夺过机枪，大叫一声："你们快撒！我掩护！"

张祥林见附近没什么屏障可据，只好且战且退。

机枪忘情地怒吼着。

草上飞意识到，就算再退回到岭上，也多半是死路一条，不如就地前冲，往相反的方向走。他肯定自己能甩开保安队的追击，因为岭上的人才是他们围攻的主要对象。他刚才还在企盼的那样一种最好的机会终于降临了，他仿佛快要飞回山里了。忽然，他感觉脚下一个踏空，机枪扔出了丈把远。他知道，他的那条传奇般永远令他骄傲的长腿再也不听他使唤了，顺手摸去，湿漉漉、黏稠稠的东西证实了他涌自心底的悲哀。完了！他跪在沟里绝望地想。因为绝望，他几乎忘了腰里还插着能结果自己性命的手枪，枪匣里装着整整十颗子弹。他把所有的绝望全都汇聚成一个惊天动地的声音：

"祥林……快救我……"

瘦李也同时听到了草上飞的呼救声，同时折过身，但他又同时发现保安队如潮水一般地涌来，再要来来回回地折腾，后路便可能完全被截断，成了汪洋中的几片孤叶。

"别去，"他拉住张祥林，"来不及了！"

"浑蛋！还不都是因为你！"张祥林一用力，甩开了他的手，"回去后再跟你算账！"

瘦李迟疑了一下，也跟着豁出去了。他身上依旧哐啷哐啷地响，很清脆很有节奏。

其实张祥林距离草上飞并不太远，加上瘦李等其余前锋队员的火力掩护，张祥林眨眼便到了草上飞的跟前。这时草上飞已不省人事，张祥林背起他，大步飞跑起来。他终于将草上飞交给另一名队员，然后冲瘦李吼道："现在，我们俩负责断后！"他是有意这么说的，他还在为刚才的事忌恨着瘦李。

一长一短两支枪交替点射着，间或有手榴弹划着弧线在保安队中间开花，断肢残臂轮番掀向半空。

"瘦李，他们走远了吗？"

"快了。"

过了少顷：

"瘦李，还剩几颗手榴弹了？"

"五颗。"

又过了少顷：

"瘦李，现在该轮到你撤了，我掩护。"

"不，分队长！"

夜空闪了一下，有灼人的气浪袭来，瘦李看见，张祥林一屁股坐倒在泥地里，背靠在石头上。"分队长，你受伤了！"瘦李惊慌地叫道。

"是吗？这样，我就更得掩护你了，快走。"

"不，我们一起走！"

"屁话！我已经走不动了……"

"我背你！"

"那我们俩都得死……"

张祥林只觉得浑身软软的，呼吸越来越急促。他也不明白自己究竟伤在哪里。他像渐渐沉入水底，耳根子极清净。他在沉到水底的那一刹，曾产生过某种不祥的疑问：这儿怎么这么安静？他开始轻飘飘地往前走，最初碰见的是贺书童，贺书童脸一沉，说你怎么也来这里了，回去，快回去。他再走，在黑暗的尽头，有个女人披着一身霞光正迎候在那里，他的眼一热，步履更轻更软。他想叫住她，唯恐那熟识的女人再度与他失之交臂。他的嘴角边上漾起惬意而永恒的微笑……

"分队长，你等等我！"

瘦李像发了疯似的将五颗手榴弹一起掷了出去，然后撒开衣襟，往保安队员头上成把成把地抛撒着银洋，边抛，嘴里边喋喋不休地嚷着："给你，一百……给你，发财去……全给你，该死的袁大头……"嚷完，又笑；笑完，他把最后一颗子弹留给了自己。他倒是没敢忘记。

如果说此前，张彪只是嘴上承认事态的严峻，而心里，至少在冥冥之中仍存有某种幻想或侥幸的话，那么现在，更为严峻的事态使他终于明白了其实任何奇迹都不可能再发生。他现在唯有横下一条心，依岭而守，拼多久算多久，直到战至最后一个人。他仿佛从噩梦中完全醒来，越想越后怕，越想越觉得自己罪孽深重，不可饶恕。

天还没亮，保安队便开始从东西两个方向同时朝矮岭上扑来，烽烟四起，杀声震天。此后的十余轮攻势更是轮轮相接，一轮猛过一轮。阵地前沿到处是保安队员的尸体，张彪他们也付出了伤亡过半的惨重代价。至下午，战事忽然停顿，矮岭下升起了炊烟，鲁天勇乐了，说："大哥，何不来个反冲锋，兴许能打他们个措手不及！"

张彪摇头道："还是让弟兄们喘口气，抓紧休息。即使要杀出去，也得等天黑了才有可能。"

一时间，有的队员倒头便睡；有的饥肠辘辘，正划开米袋往嘴里塞着生米；有的杀红了眼睛，干脆将米袋叠起来权当掩体，准备迎接新一轮的考验。

仗打到了这个份上，不能不令高恒感到从未有过的懊悔和颓丧。不是怕死，这时考虑死不死的实在没有意义，何况他曾经千百次地面临过死亡的威胁，早已见多不怪习以为常了。现在的问题是，假如他死了，小凤又该怎么活呢？打与小凤相遇的那一瞬间起，他们的生命就连到了一起，不能分开。为了他，在过去的两年里，小凤盼星星盼月亮，结果他没让她失望；那么为了她，他是否还想再让她盼星星盼月亮，最终盼到的至多是一个永无着落的消息？他想起古人的一句话：一招走错，满盘皆输。他不认为他当初离开沙塘镇，投奔张彪是错的。没有当初的投奔，便没有后来与小凤的重逢。他的错在于既然下决心和小凤远走高飞永结连理，又何必在中途多管闲事折返回来。他深感自己作为江湖汉子可能是称职的，哪怕大难临头，骨子里仍不乏铁血涌动的豪迈气概；但作为小凤的男人，却毫无经验可谈，以至于在忠义和私情的天平面前，他会不去权衡地选择前者而将自己钟爱的女人丢弃在荒山野岭之中，从而陷入今天这样的绝境。他能怪谁呢？

他不再想如何逃生之类的事了，事实上已没这个可能性。他现在只有靠回忆来打发眼前这段难挨的时光。他的脑中泛起了许多和小凤有关的甜蜜往事，虽然只做了一夜的夫妻，却恍如风流了十年、二十年。她的一颦一笑、一举手一投足，她的依依柔情，甚至咄咄逼人的娇嗔，都令他感到无比温馨，回味起来特别甘美。她好像就在岭下的某个角落，再次朝他款款走来。顺着上升的气流，半空中飘过一缕小凤淡淡的体香。那是一个信号，他开始谛听起来，悉心捕捉着她那熟识的脚步声，多么清晰，又多么沉重，和往日的略有不同。哦，该不是她知道了此番即使能与心爱的男人重相聚首，也已来日无多！他晃着脑袋眨着眼睛，觉得自己是在做着白日梦。这个时候，小凤理应落脚在一个遥远的地方，她怎么可能知道这里所发生的一切！她会再做更加耐心而长久的等待，她会无数次地从美妙的遐思中醒过来，深深地叹息一声。这很残酷，但守着一个没有结果的希望总比现在就心如死灰、痛不欲生要强一些。他渐渐平静下来，驱赶开急速晃动的小凤的影子。他想，如果一个男人注定了不能为一个女人好好活着的话，那他最好选择一种比较壮烈的死法。这样，最低限度这个女人每念及自己曾经拥有的这个男人时，会因为他最后的死而使她感到骄傲，感到些许安慰。他豪迈地仰视长空，内心的懊悔和颓丧顷刻如风卷残云一扫而光。他甚至想象着自己是如何英勇地倒下去，背靠大地，眼望青天。他情不自禁地哼起这一带流行甚广的一首童谣：

"云来呀雾来呀，
红红的太阳出来呀；
嘟哩嘟，嘟哩嘟，
家里有个小儿郎……"

声音很轻，旋即唤起了整个山岭低沉的吟唱：

"风来呀雨来呀，
红红的太阳出来呀；
嘟哩嘟，嘟哩嘟，
山中有个男儿郎……"

白云悠悠。当大家开始吟唱的时候，高恒的目光投向了岭下。他看着保安队员把一口口铁锅砸烂了，那意思是告诉岭上的人，他们准备速战速决，决不在此煮第二顿饭。可奇怪的是，这次攻击并没有惯常的火力掩护，而是静悄悄的，小心而缓慢，并且除了这一边，西面基本上按兵不动。莫非要玩什么新花样？高恒想。到了岭腰的部位，保安队稍作停顿，一个披头散发的女子随即被反绑着推搡出来，然后变换队形，与地面呈正三角形往上蠕动。啊，小凤！高恒的心痛苦地收缩了一下，他知道他不是在做梦，那个被顶在最前面当挡箭牌的女子正是他的小凤。他几乎由悬崖跌入深渊。"小凤——"他大叫着冲出掩体，被张彪一把拽住……

小凤听到了高恒的呼喊，她在心里说：哥，我来了，我终于又可以见到你了！

那天，她与高恒在乱石草丛之中分手后，其实一直没走远。高恒和草上飞他们对峙了一夜，她也在近旁的一个隐蔽处相伴了一夜。她料定草上飞不会得逞，可私心里，却希望高恒落空。后来天明人散，她还放声大哭了一场。她翻过山脊，发现前面有座破庙，便进去捐了些香火钱，顺便向老和尚打听着去朱家坳的路该怎么走。老和尚指点了一番，说大约得走两天两夜。小凤说，不远。朱家坳有她养父老铁匠的一位远亲，匆忙之下，高恒要她去那里暂居，以便他将来寻找。小凤带着遗憾和思念，继续前行。没想到遇上了受伤昏迷的草上飞，她不知道这之中又发生了些什么。她背起他重返破庙，将他托付给了老和尚。她出了庙门，浑身一阵阵发冷。她由草上飞联想到了高恒，想到哪一天，如果面前躺倒着的是高恒，她会作何种反应。纵然他福大命大，在枪林弹雨之中闯荡了那么久都未损毫发，但长此下去，总难保不出意外。她清楚自己，万一真的噩耗降临，她肯定没法活了。人就是那么玄妙，过去在高家宅人不人鬼不鬼的时候，好像已没了任何牵挂；如今一旦拥有，哪怕这拥有只令她有百分之一的不踏实，她便会产生百分之百的担忧。之后，她决定改变方向，转而回归沙塘镇。她躲在人群中看着高恒随大队人马出发。她想叫住他，又怕大庭广众之下他不好办。于是她一路偷偷地跟着，即使因此而跟到了山里，也要想办法留下，或者找机会拉高恒走。她只求与心上人厮守一辈子，除此，没别的奢望。她与高恒他们保持很短的一段距离，当战斗打响，连她自己都搞不清是怎么回事的时候，就被迅速冲下矮岭的保安队给生擒了。一个当官的认出了她，她也同时认出了对方是高步天——高霸岭的儿子。

"怎么，是舍不得你的相好，想十八里相送？"高步天戏谑道。

小凤一扭头，不语。

两天来，枪声时密时稀时起时落，小凤断定，高恒他们没有能够脱险，可似乎也没有像高步天所说的那样轻易被打败，只是不知道高恒还平安不？这个时候，她倒宁愿相信老天特别护佑他，即使岭上仅有一个人还活着，这个人肯定就是高恒！

高步天又出现了，自信中夹杂着一丝忐忑。他说他要带她去见高恒，省得他俩长相思不相守。

小凤明白这是一个毒招，让她夹在两头之间，令岭上的人没法还手。不过她已经无所畏惧了：既然都难免一死，那么，能和高恒一起死，无疑是她今生最大的愿望了；特别是要让高恒知道．就算他真的到了阴曹地府，也不会孤单，有她小凤陪着哩。

她踏着平稳的步履，走在泥泞的岩石上。鲜红的太阳从云层后面钻出来．

好像就顶在西面的岭尖上。她的脸上泛起了天使般圣洁美丽的光泽。

鲁天勇问："大哥，怎么办？"

张彪说："别忙，等一等。"

保安队押着小凤更迫近了。

鲁天勇说："要不我们冲下去和他们拼了！"

张彪说："再等一等。"

已经能看清楚小凤随风飘动的每一缕长发了。

鲁天勇叫："大哥，再不动手就晚了！"

张彪："……"

忽然，小凤一个止步，大叫："哥，开枪吧！你开枪吧！"

跟在后面的保安队员没防备她会来这么一手，先是趴倒，老半天不见动静，然后又硬推着她往上走。

"哥，开枪！你开枪呀！"

鲁天勇下意识地端起了枪，张彪忙按住他。"不许胡来，会伤着小凤的。"他的声音都有些颤抖。

"哥，你浑蛋！你开枪呀！"

砰——随着一声尖厉的震响，小凤趔趄了一下。在她将倒未倒之时，她看清楚自己是死在心爱的人的枪口之下。她幸福地倒下，脸上依然流淌着天使般圣洁美丽的光芒。

高恒没觉得这一枪是自己放的，他只真切地目睹了小凤的倒下。他跃出掩体，撕心裂肺地号叫着，手里的枪也跟着号叫起来。他又目睹了一排排保安队员绵软地躺下。这一刹那，他感到自己的胸膛一阵凉快，仿佛被凿开了许多窟窿，前襟和脚尖跟着被淋红。他栽倒的时候，脸是朝下的。他用力翻过身，看见如血的残阳行将被硝烟吞噬，"狼来呀虎来呀，红红的太阳出来呀……"小凤，小凤，你听到了吗？听到很久很久以前我曾教你的这支歌谣了没有……

这是一轮真正意义上的肉搏，一度，战场仅置于矮岭顶上的狭长区域，双方队员你中有我，我中有你，杀得天昏地暗。当两相距离重新拉开，各自都累得只好偃旗息鼓的时候，又一个黑夜降临了。

像沉沉地睡了一觉，鲁天勇睁开眼睛，抖了抖脸上的焦土，发现自己居然没死，仅在臂膀、肩部及后背挂了点花，寒风一吹，血已经和衣服凝结在一起了。他心里除了不安，更多的是隐隐的激动，好似一个角斗士虽然遍体鳞伤，却终于活着走下了角斗场。在他的记忆中，他还从没有经历过如此残酷的战斗，相信别的队员也大致相同。能这样在敌我对比相当悬殊的情况下坚决地顶住，这本身就是一个奇迹。他想起了刘政委前不久讲过的一段故事：当年，曾有位红军连长带着两个排的兵力去扼守一个山头，事前，上级讲明只要守一天一夜就算完成任务。当既定的时间过去以后，上级又命令再守一天一夜。这时，这位连长身边仅剩下十个战士，能不能守得住，心里实在没底。他一再派通讯员回去报告情况请求增援。可援兵迟迟不来，于是他发了狠，硬是又守了一天一夜。后来援兵来了，阵地上也就他还有口气，被抬下了山头。刘政委说："是援兵派不出吗？未必。据我所知，那是部队首长在有意考验他，看看他有没有在严酷的现实面前压倒一切、决胜千里的勇气。结果他经受住了考验，他成了红军中最年轻的团长……"莫非，我们现在也正在承受着这样一种考验？鲁天勇想。他知道这位最年轻的团长后来又调任江南游击大队的大队长，统辖着两三千人马。这就是出息！

不过，无论当年的战斗怎么激烈，情况怎么危急，身后总有主力支撑着；而眼下，保安队像铁桶似的包围着他们，就算最终援兵能来，也是远水救不了近火，没用。这一点他还是清楚的。他更清楚倘若今夜不下决心杀出去，很可能他就看不到明天的日落了：奇迹不会老是发生。要是果真拼光了老本，不就等于白白经受了考验？他觉得对于那次战斗中的那位连长，最幸运的莫过于他还活着；否则，再怎么出息都轮不到他了。

他把自己的想法告诉了张彪："大哥，我们还没到山穷水尽的地步，即使最后只生还了一个人，也算得上是了不起的胜利！"

张彪已经有点麻木了。按他的愿望，他只想尽快倒在阵地上，眼睛一闭，就什么都不用顾忌了。他佩服鲁天勇在紧要关头还有超脱一切从长计议的本领。他发现自己以往对他的认识未免肤浅了些。既然他对未来还有点乐观，至少还愿意再碰碰运气，作为指挥官，他自然不便阻拦。他张彪可以置生死于度外，却没理由同时剥夺别人的生存权利；他咎由自取，别人只是跟着他受了连累。

他刚要认可，忽然想到了伤员："可受伤的队员怎么办，总不能撇下他们不管吧？"

经张彪这么一说，鲁天勇也觉得要带着伤员一起突围，几乎办不到。

两人正拿不定主意的时候，相连的另一座矮岭上有草上飞细若游丝连续不断的声音飘过来："大哥……大哥……"

张彪说："走，去看看！"

经过近两天一夜的鏖战，本来受伤的队员还应该再多一些，可有的因为没有得到及时有效的救护而相继加入了死难者的行列；有的由于伤势不重，在最近一轮的肉搏中，眼看自己的同伴快要顶不住了，于是索性奋然而起，向保安队发起了自杀式的攻击，直到流尽最后一滴血。所以现在仅存活着六七名伤员，这当中，草上飞的伤势最轻，却伤在最尴尬最要命的地方。他曾许多次试图活动开自己的双腿，可除了一阵阵狞厉的痛感，再无收获。他真后悔当时惨痛地一叫，才有现在的活受罪。他只能看着别的轻伤员挣扎着投身敌群，然后同归于尽。问题是他仍难逃一死，就像许多死在他之前，包括将要死在他之后的那些个队员一样，这一点他再明白不过了。如此，他重新想到了那颗结束自己生命的子弹，他问自己，你有没有这样的勇气？他的心里一阵悲凉。他知道，他已经有了答案。他回忆起往昔的一幕幕，自己的，别人的。他想原来一切就是这么简单，都归结到一个死字。他有点平衡了，或者说得到了某种程度的解脱。他不由得笑了起来，很轻，很艰涩。他的枪在昨夜的慌乱中丢失了，他开始摸索着一向藏在裤管里的护身利刃。要命，他摸了个空！这把利刃陪伴了他多少年，从来都是形影不离的。莫非这是个暗示，表明冥冥之中的上苍在有心挽留他。他还没来得及激动，更大的悲凉迅即淹没了他：纵然他可以死里逃生，凭着他的一双断腿，他将来还能有什么作为呢？所谓留得青山在，最低限度山必须是青的。如果山成了秃山，成了不毛之地，他又去哪里找柴烧？他讨厌苟延残喘生不如死的日子。他愤怒地击打着自己的双腿，嘴里呼喊着张彪。他相信这一次，自己是死定了！

当张彪到来的时候，草上飞已经镇静下来了。"大哥，你还认我这个兄弟吗？"他问。

"认，怎会不认！"

"有你这句话,我就知足了。"草上飞一欠身,顺手从张彪的腰里抽出短枪,对准自己的心窝扣动了扳机;那一连串的动作又有点像往日威震岭南的草上飞,果敢而麻利。

等张彪反应过来,就看见草上飞的眼睛睁了一下,然后永远闭上了。他胸口的枪眼像一口新掘的井,从里面冒出暗红色的花,淋漓的花瓣任意朝四周翻卷开,流溢着格外呛鼻的腥味。

"二哥好样的!大哥,你索性也把枪给我们,好让我们自行了断!"见此情景,一旁的几个重伤员纷纷要求道。

"不行!"张彪断然回绝,"得把子弹留给保安队!"

"可这样大家都走不了。"

"就是死,也要死在一起!"张彪说罢,转头就走。他没想到,紧随着他离开的鲁天勇已经将一颗手榴弹偷偷留下了。

当矮岭的东面爆发出沉闷的炸弹响声时,张彪领着另一路队员由西面悄悄下了岭。他们走的仍是张祥林、草上飞昨晚下岭时走的那条通道。也许由于东面已经交上火,保安队没料到所剩无几的游击队员竟然还能兵分两路实施突围,所以放松了戒备,直到张彪他们快摸到自己的眼皮底下时,才意外地发现事情原来并非像他们想的那个样子。

张彪边跑边喊:"跟着我!不要停留!"

子弹在前后左右的岩石上划出一道道火星,像萤火虫在交配季节里酣畅而缭乱的集体舞蹈。

张彪只觉得风在耳边呼啸,仿佛只要他飞起来了,就足以引导身后的队员一起飞起来。他左右开弓,两支手枪轮番射杀,一路上到底放倒了多少保安队员连他自己都不记得了;跑着跑着,子弹由前面及两侧的拦阻渐渐变成了单从背后追击,仿佛纯粹在和他比试着飞行的速度。他一转身,躲进两棵老树的夹缝之间,想招呼后面的队员快些跟上。哎呀,跑了半天,原来就他一人在忙于奔命。他有点惊讶,也有点绝望。侧耳谛听,枪声已退回到矮岭脚下,然后往上蔓延。肯定,那些队员在半道上被保安队截住了,只得又且战且退。唉,也怪他们平日里脚板缺少真功夫,节骨眼上拿不出来。

现在，他要冲出苦海多半是轻而易举的事了，就像行百步业已走了九十九步一样。因为成功在不经意中忽然在望，由此催醒了他行将僵死的大脑细胞，他想，一旦我走完了这最后一步，接着又该去哪里呢？老天竟是如此戏弄人，他想轰轰烈烈至少是明明白白地死，却偏偏把逃生的机会独独留给了他，这使他感到格外为难。山里肯定是回不去了，想当初草上飞只丢掉两个随行队员的性命，便被一撸到底难有出头之日，那他张彪面对眼前的结果还不得被打入十八层地狱，任凭在哪里千刀万剐都不会有人替他鸣冤叫屈！他也不是没有想到过回家，问题是他已经有过一次类似的经历，而这一次，即使共产党能放过他，沙塘镇的父老们能放过他，那些因他而屈死的冤魂能放过他吗？何况，他指挥失误，又临阵脱逃，没一个人会饶了他，想要苟且偷生看来也实属痴人说梦。既然回山和回家都不可能，那么他就只有一条路可以选择了。他知道这是一条什么样的路，它的尽头在哪里。当所有的活路一概行不通的时候，死，似乎也不失为一条路，一条最终的路。它看似简单，实际上不是那么容易办到的。要不然，他何以陡生为难之事。他忽然明白，与其说老天特别关照他，将生的希望赐予了他，不如说是想借此考验一下他死的决心和勇气究竟有多大。能辱没自己吗？他自问。不能！连小凤这样的女流之辈都死得堂堂正正，况乎他自认为是顶天立地的男子汉呢。他手里的短枪慢慢地指向自己的心窝，就像草上飞用同一把枪同一种姿势了结自己一样。干爽的夜空下，有鸟凄厉地长鸣。渐次飘散的硝烟反而加重了死亡的气息。云翳蒙月，星光闪闪烁烁，神秘如黑色帷幔上的无数个亮眼。他没有了畏惧，恍若暂时置身于风浪间的岛屿，孤立无援地记起了儿时祖母说过的一段话，祖母说，地上死个人，天上就多一颗星星。如今，贺书童死了，张祥林死了，高恒和小凤死了，甚至，草上飞也毫不迟疑地死了。他们升天后，其灵魂都已各有所寄；他们肯定在注视我这个一息尚存的大哥，说不定，他们正准备以热烈的姿态迎接我，因为他们相信，他们不会看错他们的大哥。他们只在夜里穿透月光的浸淫相互眺望着寻找着，而白天，他们安详地闭眼。他们没有死不瞑目的遗憾。

张彪几乎要扣动扳机了。这时，从矮岭上传来的零零落落的枪声打消了他急急归去的念头。他没有改变主意，他只是想为自己的死变换一种合适的方式。

他往弹匣里填满了可以复仇、可以宣泄，也可以自取灭亡的子弹，沿原路重新杀了回去。这一次，他行进得出奇地慢，好像想多带走几个替死鬼。有一段，他甚至停留在突兀的岩石上四下张望。他希望发现对方，也希望被对方发现。他的胸膛完全裸露在一排排枪口面前。他听到有人在惊叫：张彪！他朝惊叫的方向劈头盖脸就是一顿猛射。他奇怪保安队怎么以沉默作为回报。他本以为他会很快很英勇地倒下，可一直等上了矮岭，他依旧活蹦乱跳的。他很失望，不知是他的气势震倒了对方，还是对方也已气息奄奄失去了还手之力。

出了一身透汗，坐定下来，张彪才感到饥饿难当，有点虚脱的样子。从离开沙塘镇到现在，他有两天两夜没吃什么东西了。守着大堆大堆的粮食，却腹中空空，这其中确实蕴含着某种讽刺意味。他向袋里摸着炒蚕豆，疲软的身躯像一片在雨中痉挛的浮萍。他不想做饿死鬼。他的牙齿还没来得及和蚕豆接触，黑暗中，有几条影子吸引了他的注意力。走近了，他看清楚那是刚才和他一起突围的胖墩他们。他不生气，也没什么气可生。

胖墩也同时发现了张彪，慌忙示意后面的队员将两人抬着的布袋放下。布袋落地时有金属碰撞的脆响。"大哥，你怎么也……也没冲出去？"胖墩支支吾吾地问，似乎想掩饰什么。

"对，只好又回来了，"张彪说，又反问，"你们这是要做什么？"

"这个……"

"别这个那个了，快说！"

胖墩躲开了张彪的目光，停了会儿，答道："我们想谋条生路。"

"怎么个谋法？"张彪冷笑了一下。

"我有个远房叔伯在保安队里做事，凭着这层关系，兴许能成功。"

"噢，你有远房叔伯替你担待，那么其他弟兄呢，是不是也有人愿意为你们保命？"

其他队员不由低下了头。

"没有吧？"

"不，现在有你。"

"我不懂。"

"只要你能领着我们下岭，弟兄们不是都平安了？"

"我有那么大的法道？"

"大哥，我们已经死定了，眼下只有这么一条路行得通。大丈夫能屈能伸，等熬过了这一关，你还是我们的大哥，我们还可以再重整旗鼓。你的名气大，保安队不敢拿你怎么样的！"

"你们说呢？"张彪再次转向其他队员。

没有回答。

张彪终于度过了火山爆发前的出奇平静，喷发道："无耻！你以为我张彪也和你一样贪生怕死？你错了！说到大丈夫，还应该有一句话，那就是'宁为玉碎不为瓦全'。想拉着我一起投降，办不到！"

胖墩开始正视起张彪，振振有词地说："我们是怕死，那顶多是我们个人的事；你不贪生又怎么样，还不是把那么多弟兄都拉上了死路。你作为大哥，你心里就没有愧？！"

张彪一时找不出合适的词语反驳，像是子弹卡了壳一样。

"所以，你要还识时务的话，就快些带我们下岭，不然……"

"怎么样？"

"可别怪我们不客气！"

"你敢！"

"有什么不敢的，无非是借个人头；一来为死难的弟兄伸冤，二来替想活命的弟兄找份更像样的见面礼。"

张彪的脑袋嗡地一下炸开了，如同被雷电击落的鸟羽毛纷扬。他没料到这些平日里孙子一样乖巧的弟兄竟敢对他们的大哥存如此凶险恶毒的杀心。他自感永远不会被保安队打败，即使哪一天真正倒下了，也不忘高昂起骄傲的头颅；但对来自自家弟兄的攻讦，却实在有点手足无措，不知如何应对。他太小看了他的敌人。他把他的危险估计得过于纯粹。由此，他注定了得栽在自己、包括自己人的手里！他仰天长叹，不觉悲从中来。

"怎么样？"胖墩说，"至少现在，我还认你这个大哥。"

"来吧！"张彪扯开衣领，露出粗长的颈脖，沉稳而不乏幽愤地说，"如果，我的脑袋真那么顶事的话，那就来吧！"

"好，大哥，别怨我。"说话间，胖墩手里的枪响了；少顷，又响了几下。

第一颗子弹打在张彪的肩上，不疼，像被蚊虫叮了一下。他了解胖墩的枪法，这似乎表明胖墩的内心正承受着巨大的恐惧。他估计胖墩会就此而幡然醒悟，毕竟，他面对的是他曾经生死与共的兄长。他差不多快要站起来接受胖墩的悔过，然后一起从容赴死。但是他分明听到了第二次枪响，子弹奔向了他的腹部。他看清楚蠕动的肠子从枪眼里滑溢出来，伴着鲜红挣脱了羁绊，可以四处逃窜。他想用双肘支撑住自己疲软的躯体，一阵腹部被掏空的更加致命的饥饿感顿时席卷了全身，使他不得不躺平在背后的岩石上。他的手再一次伸进衣袋，摸出一把蚕豆往嘴里塞，好香！他四肢抽搐着，终于没能叫出来。他的眼睛凝望着深邃的、群星闪耀的夜空。

胖墩咬了咬牙，利索地卸下枪刺，想去割张彪的脑袋。

"你疯了！"有队员失声叫道，"还不快住手！"

胖墩不为所动，枪刺点在了张彪的咽喉处。

"我杀了你！"另一队员大叫。

胖墩犹豫了，说："好吧，留他一个全尸，也算给弟兄们积点阴德。"

天没见亮，一块花白的米袋布往矮岭下抖动，后面跟着五六个队员。

"怎么回事？"一个吊眼皮的保安队员首先发现，不解地问。

高步天打量着究竟，判断道："是诈降！"

"打不打？"

"打！"

胖墩首先中弹，米袋布像一只断了线的风筝，轻柔地飘落下去。胖墩的嘴里啃了满口的淤泥，他噗地吐出来，伸直了腿。"弟兄们，打呀！"其余队员猛醒过来，纷纷举起枪杆，泼洒弹雨，然后随死神披戴星月之光一起舞蹈，竟没有一个肯闭眼的。他们的脸上残留着梦魇的影子，挥之不去。

黎明过后，高步天带着损失惨重的保安队踏上了矮岭。他注意到东边的峰峦之巅蒙着一团迷离的红晕，浓得化不开，有一行飞鸟凌空而去。他下达了整个围歼过程中的最后一道命令：挨个验一下游击队员的尸体，看看有没有没死透的。

一会儿，果然押上来一个相识的对头：鲁天勇。高步天皱了皱眉头，倒像是由于没有提防而觉得特别意外似的。他擤了把鼻涕。他的鼻孔因为胜利而堵塞得更厉害了。

鲁天勇拖着枪伤累累的身子站定在一撮露着根系的野草上，他目光平视，有点气喘吁吁。虽然是冷冬，他额上的汗滴还是大颗大颗地坠落。

　　昨夜，是他提议以兵分两路的形式尝试最后的突围。他的根据是，与其抱成一团成功的可能性一样微乎其微，不如分散开来各自行动。"万一碰巧了呢？"鲁天勇说。他见张彪有些心不在焉，似乎根本没兴趣去捕捉这万分之一的生机。他意识到张彪的神思散乱源于他所承受的生不如死的心理压力。是的，一支一百来人的队伍，转眼折腾得只剩下十多个了，他作为大哥，应负怎样的责任！但是他希望张彪终究能从刘政委讲述的故事中得到启发，为了经受考验，有时候不得不付出代价。他相信刘政委日后也会从这个角度看待问题的。他不等张彪表态，匆匆点了四名队员由东面下岭。他有他的打算，只要穿越了公路，摸上对面的山岭，他便可回过头来吸引保安队的注意力，以策应张彪那一路突围。他没有将此意图告诉张彪。

　　可事实是他们未下到一半，就被保安队发现了，两相交火片刻，四名随行队员相继阵亡；鲁天勇嗷嗷乱叫，拎起机枪打一阵换一个地方。大概是在频繁的转换过程中，鲁天勇突然感到身上好几处麻辣辣的，他绊倒在一堆死尸旁。他枪口朝上，向夜空扣响了最后一梭子弹。他昏厥之前，下意识地翻过身，往尸堆里钻。他有过从死人堆里爬出来侥幸逃遁的经历。他忘不了那个后来呼风唤雨的红军连长，或许，他会在这次空前残酷的战斗中，成为相类似的唯一幸存者。

　　他的思想已经轻盈地飘起来，升到十万八千里的高空，那里没有嘈杂之声，没有刀光剑影，当然，也没有了方向。他感觉到有一只冰冷的手在触摸他的鼻息。他没弄明白是怎么回事，就听得有人大叫："嘿，这个还活着！"他睁开眼睛，吓得那个保安队员向后退去。他轻蔑地一笑，像是在笑对手，又像是在笑自己。

　　"这个……"高步天斟酌着，似乎想首先打破眼前的冷场，"这个不是冤家不碰头嘛。"

　　鲁天勇不屑地看了看他，说："是冤家总得碰头，这不奇怪。"

　　"不过你不认为这种碰头的方式实在太有意思了？"

　　"装什么蒜，想怎样处置我痛快地说！"

"不忙不忙。死还不容易，可你竟然没死，这说明老天有意放你一条生路。"

"你呢？"

"至于我，除了顺从天意，还能有什么别的办法？再说，高鲁两家世代相争，至少我不想再冤冤相报地争下去。"

"好啊，那么，我走了。"鲁天勇挪开双腿往下行。

高步天叫住他："慢！"

鲁天勇回头："后悔了？"

"没有，"高步天说，"不过你得承认你的失败！"

"是我们老鲁家？"

"不，游击队！"

鲁天勇重新回到原来的位置上，与高步天保持同样的高度。

"游击队是你能打败得了的？"

"笑话，不是我是谁？"

鲁天勇讪笑着往一块更高的岩石上走，他对两边的保安队员说："弟兄们，枪放得准一点，老哥在这里先谢了。"

感觉到已经与天相接，鲁天勇才俯视着高步天，一字一句缓慢地说："二十年以后我们再试过，兴许那个时候就有答案了。"

一排枪弹射过去，鲁天勇轰然倒下。

高步天皱了皱眉头，似乎不无怅然。忽然有人一阵惊嘘："看，没死！他爬起来了！"

高步天看见一条艳红的汉子扛着旭日矗立在高高的岩石上，跟着枪又响了，汉子仰天甩出一口鲜血，然后化为精灵蓦然消失，仿佛与喷薄而出的旭日相交融。高步天眨着双眼，看来看去没有看懂。"操你娘的！"他朝充作刽子手的吊眼皮狠狠踹了一脚，以此壮壮自己的胆子。

"民国二十五年冬，岭南赤匪头目张彪挟百余人流窜至沙塘镇洗掠财物，并杀戮乡绅高秀联等人；在返回途中，遭本县保安大队围歼于沟头岭北侧。战事持续两昼夜，张匪几度纠集力量，意图突出重围，均未果；待战至最后一人，竟未有怯死投降者。是时沟头岭下血肉横飞，死尸遍野；我保安大队亦付出不小之代价……"

　　翌年春，该县续编的县志内在述及年前的这段辉煌战果时，曾做了如上这样的低调处理，且总共不足两百字，可谓惜墨如金，苦心煞费。

　　不过还有一个事实县志里没有写进去，那就是当高步天引兵凯旋之际，忘了按惯例将本方的阵亡队员就地掩埋起来。于是出现了阵亡的保安队员和战死的游击队员一起尸陈山岭的情景，以至于后人在考稽这一疏忽的原因时争执不休，有的猜测是高步天班师心切，想尽快回去邀功领赏所致；有的推断是由于高步天想以此证明自己打胜了一场多么不易打胜的仗，不忍轻易破坏自己的杰作；有的干脆下结论说是因为高步天受不了当时空前血腥的场面一时精神错乱……

　　从战斗停息的第二天起，至少半个月之内，很少有人敢在日落后单独过往沟头岭一带，都说那里闹鬼了，夜半更深，常常枪声不断，硝烟四起，至天明而止……自沟头岭北端开始，一路上可见十几具衣衫褴褛的尸体，最初的那一具倒卧着，显然是在毫无防备的情况下突然饮弹的；后面的几具，或侧扑，或仰天，脸上丝毫看不出气绝身亡前的痛苦，想来同样死得很干脆。他们身下的血一律顺势往南流，细细的，相互交织，犹如一张硕大而殷红的蛛网。

　　大约行半里地，一具具尸体像路标一样引导着胆大的人离开公路，往延绵起伏的矮岭里去。泥坑里、石缝间、草丛上、老树下，横七竖八地躺着一些命归黄泉的保安队员，有胡子拉碴的恶棍，有稚气未脱的嫩汉；有的歪着脖子，有的全身挺直，就像一个缺乏规则的停尸场，必须深一脚浅一脚非常小心地绕来绕去。甚至满以为足点干土，踏实了，踩下去却是一阵酥软，扒开干土，能露出灰色的戎装，原来是风卷泥尘，浅浅地掩去了一堆不知灵为何物的肉体。

　　尸体或零零落落或层层叠叠地往上横着，这一段始而大红，太阳照着，由大红变成深红，由深红变成褐色。这一段很难分得清哪些是经久不衰的红，哪些是一晒便黑的红；两种红交会在一起，嬗变着，渗透着，撞击着，最终莫辨真伪。

　　行至矮岭顶端，基本是遍地红光，格外醒目。这里南北不过三四个相连的岭尖，东西也只十多米见宽，却集中了六七十具游击队员的尸体。他们的身上起码有两个以上的枪眼，有的甚至被射成了马蜂窝似的血肉模糊；有的平平淡淡，然而是致命的一击。在东西两侧能够俯视岭下的地方，尸体几乎是堆积起来的，而中间则呈散落状。东面岩石凌乱，有较好的隐蔽性，所以尸体大都保持着生前的射击状，蹲着的有之，趴着的有之；一式的伤在胸口以上的部位，没有挣扎，饮弹即亡。西边平滑低坦，易攻难守，因此固守者也有在非要害部位先中弹的，然后要么抽搐着任生命徐徐远去；要么继续杀敌，待满身开花而亡。他们沾满污泥的布鞋多半已蹬离了双脚，显示曾经受过的从负伤到呼吸窒息整个过程的巨大痛楚。他们的表情激烈而夸张，乍一看去，还以为是泥塑木雕而成的。两侧之间凌乱的尸体则是保安队几番攻上矮岭后，在与之肉搏时所留下的景象，由于距离太近，枪使不上了，都是亡于大刀或利刃之下；还有两两扭成一团，赤手空拳拼至最后一口气的，扳都扳不开。缺胳膊的，少腿的，腹部被切开的，当胸刺一刀的，甚至身首分家，头颅滚得无处找寻的。

由于东高西低，几十股血流齐向西面的坡道漫溢，犹如出炉的铁水，红而烫地伸出触须，分成无数细流。血淌于岩石金亮灿烂，血溅于枯枝浓艳欲滴，血渗于泥土嘶嘶起褶，血汇于沟漕蜿蜒游动。在太阳的辉映下，石头洗红了，树根浸红了，败草染红了，泥土浇红了。地上的红和天上的红遥相呼应，地上的红和天上的红互为媲美；美得令人心碎，美得令人不忍解读。

◁

阳光地带

劫后

重围

风一样的十五六

短暂一天中的
漫长四小时

短发

烟火弥漫

▷

风一样的十五六

我现在的身体状况，决定了我不可能再疯狂地飙车了。

不是说我有什么毛病，或者缺胳膊少腿什么的，而是指我已经好多年没锻炼了，哪怕是很寻常的街头散步。我恐怕也没力气去踩那种完全靠力气才能转动起来的自行车，因为我早就有了自己心爱的宝马，依仗着它，我出入省时又省力。

我要说的是我年少时，十五六岁光景的事。

那时我刚留了一级。留级的滋味可不太好受，要不然我应该高高兴兴地上高二了。不过我很快发现，其实这个新班级里的新同学也大多不怎么爱读书，跟我相似，仅靠父母的关系或金钱，才勉强挤入这所三流高中，至于将来考大学出人头地什么的，除了他们的父母，好像很少有人会抱此奢望。

我每天都在很压抑的状态下过着日子。要命的是我的压抑并不完全来自家庭或学校，而多半源于我的内心。我总觉得生活缺乏兴奋点，几近于平淡无奇波澜不兴，就像行进在一条直线上，不可以有丝毫偏离，而终点在哪儿又一望便知，那多没味道啊。

幸好，我有一辆崭新的奇安特跑车，当时买这辆车可要近千元，几乎是一般父母两人一个月的收入。当然，这些钱对我父亲来说不算什么，无非是少请一桌饭而已。郁闷的时候，我就骑车上街狂飙一阵。当风在耳边呼呼掠过、响过，刀一样地划过印痕，我才稍稍兴奋起来，犹如长了翅膀飞过天空，满世界的人都不约而同地向我行注目礼。

　　后来我还发现，班中除了有不少人和我一样不爱读书外，还有不少人和我一样喜欢飙车。或许人与人的内心真是相通的，连制造兴奋的手段也大体相近；只不过他们的车都没我好，有的甚至还很破，该响的不响，不该响的乱响。由于这样的原因，才十来个人的车队，每每出校门招摇过市时，前后距离总是拉得很开，总能引发路人一阵骚动，唯恐避让不及什么的。这时，风会带走时光，带来此起彼伏的叱责声和刹车声。那感觉就像天地间原本没有风，因着我们的飞驰而过，才头顶生风脚下生风浑身都是风，忒爽！

　　可风也吹到了班主任秦老师的耳朵里。譬如一天中午，他把我叫到办公室，问我："你每天怎么回家的？"

　　"骑车的呗。"我顺口答道。

　　"废话，你还能走着回家！我问你，你是不是把马路当赛场了，车骑得风驰电掣一般？"

　　"我好像没那本事吧。有谁看见了？"

　　"这你甭管。反正是你挑的头，又冲在最头里，神气啊！"

　　"兴许是我的车太好……"

　　"瞧，不打自招了吧……撇开你是否违反交通规则不说，最起码的，你得对家庭，尤其是对自己的生命负责。"

　　"那是那是，我还想活到一百岁哩。"

　　"行，你好自为之吧！"

　　一向柔弱的秦老师，那会儿不知怎的，忽然硬气起来。银丝过早地爬满了他的双鬓，据说那是他承受中年丧子时留下的印记。他叹了口气，背过身去，似乎想就此不再理我，如同我不小心骑车撞了他，碍于我们是师生关系，欲骂又不好意思出口一样。

　　接着我要说的是那天放学后，我推着车懒懒地踅出校门。初夏的阳光从西面斜照在我的头顶上，我知道只要我一往南拐，到不远处的丁字路口，我的精神便会骤然亢奋，因为那里是我们飙车手每天的聚集地，然后我们一路高歌一路狂飙，真的像风一样飞起来。但是那一刻，我却鬼使神差地往北走，也许是我忘了什么，也许是我还记得秦老师刚训导过我。总之，我以为我可以这样慢慢地走回家或者骑回家，丝毫没有想让自己兴奋起来的念头和欲望。

问题是我才走出没几步，便被婷婷一把拽住。她说你想上哪儿去呀？都等着你呢！又说，挨老师骂怕啥？老师管天管地，还能管你怎么回家！最后她生拉硬扯，将我押回到那个丁字路口。

这个叫婷婷的女孩，尽管名字听起来很文静，长得也细细巧巧，跟水晶片似的，可只要一搭上自行车，那感觉就像完全变了个人样，生猛得很哩。所以她也是我们之中顶顶铁杆的一位，最好一年三百六十五天天天疯上一把，才叫过瘾。于是有男生在背地里议论她，奇怪，这丫头该不会是个男的吧，怎么从不见她请假？那会儿我还有些老土，傻里傻气地反问道，干吗非得请假？

其实那个丁字路口是由红旗街和人民路相交而成。平时这里冷冷清清，偶尔有几个老头坐在死角处下下象棋聊聊天什么的，不见得有什么特殊的风景。但是那天下午却不一样。那天下午我到了丁字路口后，就觉得眼皮直跳，心下颇有些慌张，好像在预示着有什么倒霉事将要发生。果然，骑不多远，落在末尾的坦克便一个打岔，人和车跟电线杆撞在一起，只听得"咣啷"一声，就看见车轮拧了，车把歪了，车身的大三角架折了，整辆车转眼成了堆废铁；而坦克那两百来斤肉，更是重重地砸在地上，疼得他嗷嗷乱叫，杀猪似的响。

翌日，坦克没来上课。班里没几个人知道他因为撞得鼻青眼肿，怕同学尤其是老师见了不好看。

然而这样的缺席竟持续了十来天，婷婷有些沉不住气了，问我，坦克该不会是骨头摔断了，在家里躺着吧？我说别瞎讲，坦克不会有事的。婷婷还是不放心，说要不等放学后去趟他家得了。我想了想，说行。其实那会儿，我心里也正七上八下的，就盼着早些见到坦克问个究竟。

只是那天没等我们出校门，有关坦克的最新消息就已经在班里传开了，而且是出自秦老师之口：坦克"进去"了，罪名是在公共场所撬窃他人的自行车，恰好被一个联防队员逮了个人赃俱获。秦老师宣布完这个消息后，凶巴巴地朝我瞪了一眼，似乎在说：哼，都是你小子惹的祸，看我怎么收拾你！

可不知怎的，接着秦老师并未如我想象中那样收拾我，我指的是立马把我叫到他的办公室，劈头盖脸地大骂我一顿。这使我像得了什么便宜似的，赶紧提起书包离开教室，然后你可以想见我冲向自行车棚的速度几乎是百米赛跑的速度；尽管我很清楚躲得了初一躲不过十五，我不可能永远有这样的运气，永远躲下去。

事实上，随后我面对的结果，证明了我的百米赛跑实在有些枉然：一根铁链已将我的车和车棚的栏杆死死地锁在了一起。看来我的确高兴得太早，因为除了这个人，谁会吃饱了同我开这种玩笑！我顿时气不打一处来，转身直奔教师办公楼。微凉的风依然在我耳边飒飒而过，搞不清是我搅动了风，还是风搅动了我。总之，当我满头大汗地蹿上五楼，闯入秦老师的办公室时，我不禁愣住了：只见秦老师正面朝门口端坐着，那架势似乎吃准了我会来，也一定要来。大片淡淡的暮霭凝聚在他的四周，唯有一抹渐去渐远的夕光，透过西窗漏到他的脸上、肩上，看上去恰似一尊浑然天成、深邃而极富质感的雕塑，极易让人联想起某位伟人的经典造型。我们间隔十来米，彼此的目光却穿越暮色，在静谧得近乎尘封的空间中久久对决。那一刻的感觉如同三月冰封的河流，上面静止而下面湍急，兴许一枚羽毛的重量，也会砸开冰面，然后嘎啦啦轰然作响……

"来了？"

"来了。"

"来要车的？"

"来要车的。"

"除非请你父亲来要。"

"不可能，没空。"

"那我也没空。"

"知道了。"

原以为会是一场冗长而激烈，甚至刺刀见红的恶战；可事实上，双方从头至尾加起来仅说了几十个字，并且不存在任何火药味。这就怪了，好像一下子都没了脾气，包括我，也包括秦老师。问题是接着我该如何出击，他又会怎样应对。这样的疑问一直盘旋在我的脑海里，让人头疼。幸亏我算不上太笨，等我踏进家门时，心里已有谱了。那夜我倒是睡得很死，没做梦。

第二天我迟到，不是一般的迟到，而是在秦老师上我们班语文课时迟到了。我一点没给秦老师面子，照样大摇大摆地走进教室；秦老师也没给我面子，当即幸灾乐祸地冲我问道，堵车了？我说没有，买车呢。秦老师又问，是轿车？我说不，自行车。秦老师说搁哪了？我回道，老地方，就在昨天那辆的边上。秦老师说你有种。我说还凑合吧。

似乎很精彩的对话，却让绝大多数同学如坠雾中，就像看两个聋哑人在不知所云地手谈，精彩不属于他们。

只有婷婷像是听明白了，一下课便问我："你发神经呀？"

我说："我很正常。"

"怨谁？"

"这里面也有你的份。"

下午放学后，照例去了车棚，照例是徒劳的：新车和旧车哥俩似的牢牢地拴一起，谁也动弹不得。那会儿我已经没气了，径直往校门外而去。婷婷大概是出于关心抑或内疚，一直如影随形地推着车，跟在离我两步远的身后。我说你赶紧回家吧，我没事。她看看我，一语不发。我又说我不喜欢有女生黏在我身后，很做作的样子，让别人见了还以为我们在早恋呢。她索性低下头，依然不吭声。直到经过14路车站，在我毫无防备的情况下，她突然叫起来，你不打算乘车了？我回头，笑着说我从小晕车，昨天也是走着回去的。这下子大概将她惹恼了，竟跨步上前揪住我不放。她说要不你骑我的车。我说那你呢？她说我坐在你后面。又说，假如你执意要走回家的话，那我跟你一起走。

我说的晕车倒不是谎话，所以我只得顺从婷婷的意思。这天是阴天，有点像要下雨的样子。然而因为有了这辆艳红玲珑的车，尤其是后座上的那个同样艳红而秀丽的女孩，使得原本看上去灰溜溜了无生气的马路，顿时平添了些许亮色。我说我后背怎么痒痒的，怪难受的。婷婷说，我就爱蹭着别人，习惯了。我说那是别人，不是我。婷婷哼了声，干脆将整个脑袋都贴紧在我的脊背上。

天上终于飘起了丝丝细雨，你可以说这是诗意。

"喂，别那么使劲。"

"雨会下大的。"

"不怕。"

"再不使劲就跟走一样了。"

"最好比走还慢。"

"你不就喜欢快吗？"

"我现在愿意你慢，非常非常慢，像蚂蚁爬似的。"

"那你爬，我不爬。"

这样有一搭没一搭地嚼着舌头，忽然隐隐地感觉身后有阵风正快速袭来。回头见是一拨来历不明的飙车少年已逼近我们，眼光里分明含着羡慕和挑衅的意味，满世界净是他们尖厉的口哨声，显然来者不善。我依然不紧不慢不慌不忙地骑，同时告诫婷婷，等他们靠上来时，千万别理他们。婷婷说，我才懒得理他们哩。我说，我说的是无论他们说什么，做什么。婷婷说明白了，并且故意将这三个字的声调拖得很长，以示她真的没什么不明白。

然而事到临头，证明了她还是不明白：因为她忍受不了对方在赶过我们时，都无一例外地回过头来暧昧地戳她一眼，戳得她脸上疼，心下恼，嘴里就管不住了，看什么看！对方回敬道，好看呀。婷婷再度反击，流氓！事实上这正中了对方的下怀，十来个人像串通好了似的同时停下来，挡住了我们的去路，还嚷嚷着要和婷婷评评理，较较真。我一看好汉不吃眼前亏，连忙掉转车头，飞也似的往后撤。

我是怎么使足吃奶的劲，怎么在载重超过正常近一倍的情况下甩开对手的，我已经不记得了，反正就这样傻傻地往前冲。如今我能说的是：幸亏我也是个飙车手，并且应该是其中的极品。

感觉到了相对安全的地方，我才停下来，或者说是累趴在车上，大口大口地喘着粗气。我对婷婷说，假如我现在就死的话，有两句话是非要说的，第一，我总算知道了你真的是漂亮，就像一朵盛开的花，一定会引来馋涎欲滴的蜂虫；第二，你那辆车真的不好使，是专供你这样的女孩子骑在街上给人看的。婷婷也冲我说了两句话，第一，全世界就你是瞎子；第二，全中国就你肯豁出命去保护我。

那夜做没做梦我忘了。我没忘的是第二天仍然迟到，不过不是因为买车，而是晕车。我兜里已没几个闲钱了，实在不足以再买一辆新车；而且我觉得秦老师不至于总扣着我的车，然后看着它们生锈、烂掉，变成一堆废铁。记忆中我原打算步行去上学的，但由于早上睡过了头，又不想迟到，所以才不得不跳上14路公共汽车。结果没乘出两站路，我便晕车了，恶心，头晕，赶紧下车，还将昨晚上吃的也一起吐了出来。接着缓缓走到学校，第一节课刚上完，负责考勤的副班长路红最先撞见我，她看不懂，说你面色怎么这么难看？

当天中午，路红向我传达了秦老师的口谕，说是让我放学后直接去车棚。我以为秦老师会在那里等我，然后继续对我施以教育，甚至促使我心甘情愿地把车砸了，彻底断了飙车的念头。谁知到了车棚后，连个人影都不见；相反，我看到那两辆车已挣脱锁链，正静待主人的驱使。我再次东张西望，确信秦老师没来，才上前启开车锁，推出其中的一辆。

我差不多快溜出校门了，正得意，却不料被秦老师候个正着。那会儿秦老师就坐在门卫室里，边翻阅报纸，边留意外面的动静，如同上次在办公室里等我一样，耐心而富有成算。秦老师说你进来坐坐。我就进去坐坐。接着他开门见山地问："知道我为何讨厌你们骑飞车吗？"我说我不知道，我只知道我这人性子急，慢不下来。我说有时候，我也见你骑得飞快。他说："这些都不是理由，现在我可以告诉你我的理由。"他说四年前，他儿子十五岁时，就因为骑车过快，抢道，被身后驶来的卡车撞了。我说我听懂了，会小心的。

这天是婷婷自和我做同学后，破天荒没把车骑到学校里来的日子。她说今天本打算请假的，不舒服。我说你哪儿不舒服了，我怎么没看出来？她说等你看出来了问题就大了。尽管是不舒服，可也丝毫不影响她一出校门，又明目张胆地黏上了我。我说你还是乘车吧，那样你舒服，我也少麻烦，而且秦老师刚给我说了他儿子的事，很惨的。她说不嘛。婷婷说不嘛的时候，屁股已移至后车座上，还一副蹭你没商量的样子。

天气总算可以，两侧的梧桐树开始落叶，风一吹，满眼的枯黄舞动，散发着残缺而忧伤的美。

我说："秦老师其实蛮好的，也蛮不容易。"

婷婷说："他说服你了？"

我说："好像。"

婷婷说："我反对，想必其他车手也不会答应的。"

我说："想想是蛮危险的嘛。"

婷婷说："那你干脆躲在被窝里得了；再说啦，就算整天躲在被窝里，也要提防天花板会掉下来砸破脑袋。"

我说："反正吧，我好像不想玩了。"

婷婷说："你是头，你不玩了还不得散伙？"

我说："那我就更不能玩了，我怕到时候负不起这个责任。"

我这样再三表态。可随着婷婷一声"糟了，快骑"的惊叫，我又死命地玩了起来。婷婷说向左，我向左；婷婷说向右，我向右；婷婷说行了，没事了，我仍冲出去老长一段路，刹不住。我们顺势闪入一条深深的巷子里，我说你到底看见他们来了多少人，要那样大呼小叫？婷婷愣了下，然后大笑，说你错了，就秦老师一个，他在跟踪我们呢。我说既然不是那帮冤家，也不是警察，你这样惊惶失措不是正好让秦老师以为我们无可救药了吗？婷婷说，我没想那么多，就想着要你尽快摆脱他，我生平最受不了背后盯着双异样的眼睛。我说关键是你感觉他知道我们发现他了吗？婷婷说大概没有。我说没有就更糟！

此后的日子里，我们常能捕捉到背后的这双眼睛。有时，我们故意骑得很慢；有时，我们又三下五除二地将他甩了，就跟猫捉老鼠的游戏一样，也怪他不是正宗的飙车手，腿脚上没那功夫。

只不过他越这样紧盯着，我们就越逆反，欲罢不能。

记得有一阵，我们还天天去胜利广场翻新花样。我们将车扛至广场中心高高的纪念碑碑座上，碑座由十五级台阶组成，呈四十五度斜状；然后我们亦松亦紧地把住刹车，如梦如幻地慢慢往下，间或做着各种动作和造型，以显示我们的勇敢与帅气。我们已经不在乎秦老师会不会盯梢，包括该不该把我们骂得狗血喷头什么的。我们是一伙无药可救的孩子，就觉得日子过得挺快，挺好过。

我最后要说的是有一天放学后，班长徐春妮站起来说道，秦老师一会儿要来的。于是全班同学并未像往常似的一哄而散，静静地等；等了远不止一会儿，秦老师才匆匆赶到。秦老师说，由于一些私事需要处理，他明后两天请假，不能来学校了，希望大家多多自觉，各自管好自己。秦老师一向是全天候的老师，哪怕寒暑两假，也争着来学校值班什么的。所以我人没走出学校，相关消息就已传到了我的耳朵里：说是明后天秦老师其实是去苏州天国园，探望他的儿子来着。婷婷还告诉我，据说他儿子的墓造得挺好的，旁边还有秦老师自己预订的生穴，以备百年后和亲爱的儿子长相厮守。

"今天还去不去胜利广场？"接着婷婷问道。

我说:"不去。"

"那你打算去哪里?"

"回去。"

我和婷婷特意躲开其他车手,从后门溜出学校。你不必猜我脑子里在想些什么,事实上我什么也没想;就感觉今天不是个好日子,除了回家,哪儿都不能去。那一刻我骑在前面,婷婷跟在后面。转眼到了一个十字路口,见是红灯,停下,耐心地等待绿灯。可问题就出在那短暂的几十秒内,也不知打哪儿冒出来的,待我和婷婷反应过来,那拨半年前的冤家已将我们俩团团围住,讪笑和浪语瞬间淹没了婷婷。我知道只要我肯撇下婷婷,他们大概是会放过我的。但我能吗?尽管肯定寡不敌众,我也只能豁出去,拼了!

恰在这千钧一发之际,如语文书上常说的那样,转折出现了:同样不知道秦老师是打哪儿冒出来的,跟踪抑或偶遇,总之,只听得他大吼一声:"住手——"跟着便冲了过来。他飞身下车,车就横在"我们"和"他们"之间。所有的人都愣住了,尤其是他们,一时吃不准这老头到底是什么来头。接着秦老师冲我们俩骂道:"小赤佬,还不快给我滚!"婷婷听懂了秦老师的暗语,立马跨上车突出重围;我也明白了,紧随其后。

过了十字路口,又蹬出二三十米远,我忽然意识到这样扔下秦老师似乎有些不对劲,于是赶紧回头,吓一跳:空旷的路面上,几乎所有的人都蒸发了,唯有秦老师躺在路中央,一动不动,看过去就那么一个小点,像块凸起的石头;他那辆黑色的自行车,落寞地支在一边,显得比主人大多了。

许多年后,儿子向我提出来他想要一辆自行车,最好是跑车。我说不行。他妈妈在一旁劝说道,孩子大了,让他骑车不是件坏事,一来上学不易迟到,二来也好锻练锻练身体嘛。我仍然坚定地说,不行!

"没道理。"他妈妈嘀咕着,一脸茫然。

对了,忘了告诉你,我儿子他妈妈就是前面屡屡出现的那个小女生,婷婷。自然,现在的她发福得厉害,已不见当年的纤细和秀丽了。

看来时间的确能改变许多,也能抹平人们的许多记忆。就像从此岸到彼岸,中间跨越了几个光年似的,什么事都可能发生。

不久,婷婷自作主张地给儿子买了辆跑车。儿子初次上路,她让我无论如何陪儿子一程,最好是悄悄的。我心里咯噔一下,搞不清她是出于本能,还是记忆中的某些东西在起作用。

我最终还是陪了儿子一程,但并非悄悄的。我的车是向邻居借来的,说好了只用一次。我骑着骑着,竟又想起秦老师,想起他躺在地上时,兜里还揣着张前往苏州的火车票呢。

是的,秦老师没有食言,后来他真的去了天国园看儿子;只不过他是被装在一只小小的盒子里,去的,再也没回来。

短暂一天中的漫长四小时

15:40

  我说,我没偷我也恨小偷,以前我也常被别人拿走东西,有一次还是吃早饭的钱呢,害得我空着肚子上课!可包老师不理这个茬,说不做贼心不虚嘛,你干吗不肯打开书包让大家看看呢?我想,是啊,我没拿过别人的钱,怕什么!于是我将书包里头的东西全倒在了课桌上,以示清白。刹那间,所有的目光集中到了我的课桌上,就像都具备X光功能似的,能将课本、作业簿、文具盒什么的看个透。但他们失望了,到底没能透视出什么来。我说的是钱,据讲是两张百元大钞,新的。满教室的人里头,就剩包老师不依不饶,依然用奇怪的眼光盯着我看,好像我非得是小偷,真是气人!她说,你再翻一下书包里面,譬如夹层啊、暗袋啊,看看还有没有遗漏的。我想我准是气傻了,那一刻竟没了脾气,完全像个无脑人似的顺从着包老师的意思,她说翻一下夹层,我就翻一下夹层;她说掏一下暗袋,我就掏一下暗袋。紧接着,只听她连声叫道,快把手拿出来,拿出来呀!又说,你手里攥着什么,快摊开来让大家看看啊!事实上我并不清楚我手心里握着什么,我摊开来了,哎呀,是一百八十元钱,一张一百元,一张五十元,还有三张是十元。包老师嘿嘿一笑,冲我问道,这些钱是你的吗?我说不是。她又问,那怎么会在你的书包里呢?我说不知道。包老师再次嘿嘿一笑,说,不是,不知道,这已经说明问题了嘛。

15:56

包老师说,除了包小霞,现在,所有人可以回家了。大家一哄而散,教室里净是课桌移动和课椅翻倒的乒乓声,很响,很吓人。有几个人临走时还不忘瞪我一眼,好像在说,哼,没想到你就是那个不要脸的人,小偷!

包老师的办公室很大,这时候却有些乱。三个男老师正围着一个两个鼻孔都流血的男生忙碌着,有的帮他找药棉,有的替他托住后仰的脑袋,一时插不上手的就只能站在旁边干着急。我跟着包老师进到办公室时,就听得干着急的说,这还了得,赶紧把刘留的家长找来!托脑袋的接道,没用,他父亲一会儿山东,一会儿陕西,反正全中国数他生意最忙,谁知道他这会儿是在山东还是在陕西。干着急的说,那就找他母亲。托脑袋的又说,他母亲早去世了,后娘倒是有好几个,就是搞不清哪个是法律上承认的,一样没用。干着急的真着急了,那就看着他把别人欺负成这样?托脑袋的说,别着急,大不了报警,打110。找药棉的终于找着了药棉,于是一锤定音道,慢,还是等朱国强的家长来了后再商量。其间我和包老师几乎是在一来一回的话缝间穿行而过。包老师好像并未看见眼前这番流血的场面,好像是见多了,也就习惯了。包老师一屁股坐在自己的办公椅上,让我站着,她说,你不能说明钱的来源,钱又偏偏在你的书包里,接下去就只有一种解释,即钱是你拿的,且被你花去了二十元。我说,我真的没拿。包老师说,看来你还没想清楚,需要在这儿好好想想。说完,她又起身快步走出办公室。她从我面前擦过的时候,带着股冷风,不禁使我浑身颤抖起来,止都止不住。这时候门窗紧闭,室内多少还有点暖意,但我宁愿站到楼下的操场上,让更大更冷的风吹我。我真想一步跨出去,却终究没敢,除非我从此不再来学校见老师了。大概也就两分钟以后吧,那个流鼻血男生的家长来了,他一见儿子这副惨相,坚决要求老师报警,打110。原先干着急的男老师连忙从桌上操起电话,拨110报了警。然后,四个人一起护送着仍血流不止的男生出办公室,下楼,接着就会直奔医院。办公室里只剩下我一人,一下子安静透了。唉,这会儿就算我浑身是嘴,也是说不清了,主要是没人会听,更没人肯相信。我忽然伤心得不得了,眼泪便跟着掉下来。

16:25

　　这会儿从外面回来的包老师允许我坐下了，她说你站累了吧？我摇摇头，表示不累。包老师说，就是嘛，我在你这个岁数时，还真不知道什么叫累，浑身有使不完的劲，可现在我一天讲台站下来，两腿像灌了铅似的沉，就想着随时随地能有只凳子让我坐一下，好不容易回到家里了，还得做饭，洗涮，最后督促女儿温习功课，高三了嘛，是一点都松懈不得的，每天十二点钟睡到床上，人就像瘫痪了一样，毕竟年纪不饶人哪。接着她话锋一转，竟然将刚说过的话和将要说的话衔接得天衣无缝，她说，所以啊，人的一生其实很短暂，每一天都得过好，过得日后回想起来没有遗憾。她继续说，但是你看看，你的人生留下遗憾了吧，你别着急，我知道你想说你是清白的，不错，我愿意相信你，可这要用事实来证明呀，事实是你的书包里藏着来历不明的钱，而且你的父母已不在了，你是靠你领政府低保金的外婆艰难拉扯的，国家还免了你的书本费，甚至连你中午的饭费也是由学校承担的，为什么？还不是考虑到你和你外婆生活困难，钱少，你怎么可能一下子又有那么多钱了呢？我不禁哭了，这是因为包老师的话，忽然勾起了我对父母的怀想，那次车祸，他们为什么不把我一起带上，如今留下我孤单单的，连钱少也成为拿别人钱的理由。包老师见状，劝道，你别哭呀，当然，我也想到过这钱是某个好心的同学偷偷塞到你的书包里的，类似的事过去发生过，只不过没发生在你身上，可再怎么做好事不留姓名，只要他（她）是这个班级中的一员，这会儿正坐在这个教室里，是绝不可能看着你受委屈的，他（她）会站出来帮你解释，帮你澄清事情的真相，然而这样的同学有吗？没有，至少这一次不是这么回事，因此，就算你哭成个泪人似的也不管用，你说是不是？我说不是，包老师，事情真的不是这样的，你冤枉我了。因为太冤枉了，我干脆呜呜大哭起来，也许是想让全世界的人都知道我的冤枉，也许是为了向包老师进一步表明我的无辜。透过泪水，我看见包老师直摇头，进而叹息道，你还是没想清楚啊，你想想，就在我们说话的间隙，世界上有多少人在杀人放火，如果他们都能将做过的事一推了之，赖个干净，那么做个坏人就太舒服也太容易了，连我都愿意是个坏人，你信不信？这时候信也好，不信也好，反正都被一旁桌上忽然响起的电话铃声打断了。

16:41

　　直到包老师连着回过头来看了我两眼，我才意识到是我的哭声妨碍了她打电话，于是慌忙止住哭泣。因为整个办公室里只剩下包老师一个人的声音，而忽然安静得可怕起来。听得出来，和包老师通话的是她的女儿，那个前面提到过的高三女生。可能是她晚上有什么活动，不回家吃饭了，正向包老师请假呢。可任凭对方怎么磨，包老师就是死不准假，一点都不肯松口，不行，你读了一天的书够累的了，晚上还要在外面疯，这已经不是第一次了，长此下去你考虑过后果吗？无论是对学业还是对身体！包老师语气严厉地说，我不要听你的理由，你想呀，如果连同学生日都成为你晚上不回家吃饭的理由，那你班里有五十多个同学，一年到头你忙得过来吗？那得耗费你多少个晚上，耽误你多少温习功课的时间，你真那么耗得起？只沉默了十几秒，包老师继续大声道，不行，最后一次也不行，而且我提醒你，像肯德基、麦当劳这样的地方，不适合你们这样年纪的人聚会，都是些油炸食品，吃了绝对对身体不利，发胖事小，你没看见前两天晚报上都登了，多吃油炸类东西还容易致癌，你不要命了！又沉默了几秒钟，这次时间更短，包老师几乎吼起来，你还要我对你怎么说，怎么说你才能明白，如果你还当我是你母亲的话，就马上回去，不然，永远别回家了！接着"啪"的一声，话筒被狠狠地拍到座机上，差点没碎了。不知再次沉默了多久，包老师才慢慢转过身来，我感觉她似乎也想哭，就像我曾哭过的那样；却不料，她非但没哭，还勉强笑了笑，随后端起桌上的茶杯，咕咚咕咚地喝了起来。我知道她是坐在了褚老师的座位上，喝的也是褚老师茶杯里剩下的凉开水。

16:58

　　当包老师坐回到她自己的办公桌旁时，刚才的不愉快已很难从她脸上找到了。我暗想，做包老师的女儿也挺累的。只见她拉开抽屉，从里边拿出一个苹果，又翻出一把水果刀，熟练地削起皮来。她一声不吭，很难判断她是专注于削苹果还是仍深陷在先前的不愉快里，包圆的果皮在她手里变成了不断加长的窄条，空气中满是沙沙的微响，很连贯，听来有点像脚踩细沙时所带出的天籁之声。

包老师转眼将一只退去了红外衣的苹果递到我面前，说，吃吧，饿了吧。见是推却不了，我只得接受，咬了一口，感觉真甜，甜中还带点酸，甚至带点涩，却不难吃。她接着道，当然，眼下你的生活还很困难，好吃的东西你没有，好看的衣服你也没有，这都没什么，只要你学好本领，将来都会有的，但你不能现在就把脑筋动在歪处，特别是寄希望于不劳而获，搞一些偷鸡摸狗的小动作，这样会害了你的。一口嚼啐的苹果忽然含在我嘴里，就是咽不下。我悄悄低下头，心想，包老师的本事真大，经她一说，反正什么事都能转弯抹角地和二百元钱连在一起，到底是教语文的，想象力就是丰富。我重新抬起头来，正视着她说，包老师，我要说什么你才肯相信我，我真的没拿，不骗你！包老师说，那你还得告诉我，你书包里的钱是怎么来的？我说我不知道，我一点都不知道书包里的钱是怎么来的。包老师想了想，说，哪怕你虚构一个理由，我也就信了，明天我还会当着全班同学的面，说你包小霞这一百八十元钱是怎么怎么来的，或者是谁谁谁给的，我好替你说明呀。我脑子里挺乱的，一时想不出说什么了。包老师催道，你说呀。我就是不会说，我的理由都是很实在的，从来没编过谎话。包老师忽然又恨铁不成钢起来，你呀，真是的，还得继续想，你总不能老用"我没拿""我冤枉"之类的话来搪塞老师，总该有让老师可以信服的理由吧，哪怕这理由听起来有些勉强，也行。

17:13

我还能想什么呢？我的理由是想出来的吗……

17:29

包老师已将我们下午做的语文测验卷批改了近一半。她几乎只瞄一眼，甚至于好像看都不用看，就在我们的测验卷上打上"钩"或"叉"，然后写上一个分数。她面前的台灯，将她的脸映照得红红的、亮亮的，看过去煞是光彩。我这会儿才了解到，原来当老师并不难，至少没难到包老师常对我们说的那样，譬如你们的字都写得太潦草，天书似的，害得我昨天改了大半夜；又譬如某某人你的考卷是怎么答的，光批改你的那一份卷子就花了我半小时；等等。

17:44

先是我看累了，接着是包老师好像也改累了，于是她从批改好的测验卷中抽出一份，搁到我的面前。那是我的卷子，左上角还写有"68"，相比下面其他的字，显得大而醒目，好似在一个小小孩脸上打上了殷红的印记，让人怎么看怎么不舒服。包老师说，你近来测验的状态不好啊，怎么回事？我说，我也不知道，我还以为自己全做对了呢。包老师说，又是不知道，还以为呢，你不知道并且自以为是的事情太多了，好比别人少钱的事你也全然不知，还以为那钱是自己长了翅膀飞进你书包里的，你说天底下哪有那样的事？我说，可那样的事就是发生了，我能怎么办？包老师说，好办，就是勇敢地承认，小孩子嘛，谁还能不犯点错误，承认了，以后改了，就好。我说，我没做过的事叫我怎么承认，即使承认了也是被迫的，所以我冤枉。包老师忽然嘿嘿笑笑，她说，你冤，你能比窦娥更冤？人家是六月飘雪冤深似海，可你呢，都十二月了，怎么还不见下雪，甚至连一点要下雪的预兆都没有！我一脸茫然，窦娥是谁，我不知道。包老师说，没劲！包老师说没劲的时候，果然不再有劲道和我说下去。她继续自顾自批改测验卷，碰到有高分时，她会面露欣慰；而碰到像我这样的分数时，她会眉头紧锁，那个表情才叫丰富，跟电影里的演员似的。本来吧，这样的僵局会持续下去，却不料被门外的一声招呼给打破了，是教我们数学的小蔡老师在叫唤，可她只在门外叫，始终没进来。包老师边答应边起身，丢下手中的笔，也撇下一旁的我。

18:00

原以为包老师只是在门外和小蔡老师说会儿话，去去就来，可那话老也说不完，而且声音很轻，听不清她们在谈论些什么。天很暗了，远处百货大楼的大自鸣钟敲响了，是六下。我尽量耐着性子，最终发现等包老师和小蔡老师说完话的过程实在是慢，我不知该如何表达这中间的复杂感受，总之怪怪的，就像在期盼一个无望的消息。是的，我愿意包老师快来，然后告诉她，我是清白的，无论你信还是不信！再然后我会走出去，走出办公室，一直走出学校，不管明天将发生什么。我等啊等，感觉自己的耐心在一点点地消失。我耐心消失殆尽的时候，精神也消失殆尽了。很奇怪，我竟然不知不觉地睡着了，严格地说，是打了个盹。我在睡梦中遇见了我的父母，那儿霞光四射，繁花似锦，周围还铺满了浮云，一切看起来既真实又虚幻。父亲告诉我说，这儿就是传说中的天堂，好人聚居的地方。于是我心想，对啊，我能来到天堂，证明我也是好人，我没拿过别人的东西。正高兴着，冷不防脚下被绊了一下，险些摔倒在地。可当我出于本能，回头看清楚绊我的东西原来是一大捆纸币时，我顿时傻眼了：哇，那该有多少钱哪！

其实，我已经走过去三四步了，完全可以继续往前走，不去理它。不过我还是止住了脚步，犹豫着回过身来。我知道这钱不是我的，却不知道自己到底要干什么。就这么僵持着，大概几秒钟的光景，忽然，有一种痒痒的感觉从心底慢慢滋生，涌起，变得越来越不可抑制；我明白那就叫贪欲，对不属于自己的东西的占有欲望。我甚至想到过如果我有了这些钱的话，我以后的生活会如何如何；就是没想到应该不予理会，或者理会了后应该赶紧找到失主，交还给他。我后来的举动好像完全不受大脑支配似的，猫着腰悄悄起步，慢慢靠近，近到几乎可以触摸到那钱了，大大的一捆。但结果你想象得到，我没敢伸手去拿。我没拿是因为包老师猛地闪现在我的面前，吓了我一大跳。随后我不知怎么搞的，一脚踩空就从浮云的缝隙处跌落下来。我是在急速下坠中醒来的，浑身竟惊出冷汗，还有一串口水自嘴角滑出，淌到包老师的办公桌上。我不禁暗自庆幸，还好是在梦中，不是真的。尽管这样想着，可我仍有一丝不安。人说日有所思夜有所梦，问题是我日无所思，夜仍有所梦，这说明我的内心深处确实隐藏着某种可怕的念头，莫非那钱真是我在稀里糊涂中伸手拿的？是的，这天我一共有两次见到过钱，而且都不止二百元。第一次是在早上晨读时，班长刘霞从口袋中掏出一小叠大小不齐的钱来数了数，就出去了，没人知道她要去干什么；第二次是午休时，前排再前排的徐勇明在翻弄书包，不料，有一大卷钱滑落出来，都是百元面额的那种，当时在场的还有好几位同学，大家故作惊讶，说徐勇明你昨夜抢银行了？徐勇明挥了挥手说，去去，吵什么吵！徐勇明说去去的时候，语气中含着几分得意，因为全班人都知道，在这个教室里头就数他钱最多，出手也最阔绰。他的父母亲都是做房地产的，一年能赚上千万，简直发死了。可问题也偏偏出在他的身上，那卷百元大钞居然少了两张，而且下手的人是有心机的，没敢全拿走，以为这样钱的主人就不易发现。谁拿的？徐勇明发觉后当即叫道，看起来也有些急，没人想象得到大款的儿子也会在乎那么一丁点钱。这事后来让包老师知道了，她说要好好查一查，出这样的事不是一两回了，总是不了了之，才使得那只贼手愈发无所顾忌，有道是兔子不吃窝边草，他（她）倒好，专拣窝边草吃。于是这一查，就查到了我头上。可我再怎么回忆，也没能想出来我就是那只不守规矩的兔子。我甚至猜想徐勇明该不会是在故弄玄虚，因为谁也没替他点过那卷钱，谁能证明最终是多还是少了呢？可如果是这样的话，我书包里的钱又是打哪儿来的？会不会有人想栽赃陷害，跟我过不去？这会儿我脑子反倒清醒了许多。我想，包老师冲我说了不少，只有一句话她是讲对的，就是钱不会自己长翅膀飞到我书包里来的。对了，一定是有人先拿了徐勇明的钱，然后偷偷地塞到我的书包里，或者就是徐勇明自己栽的赃。不过假如细细盘算，还是觉得不大可能：一来呢，徐勇明跟我无怨无仇，不至于会干这种事；二来吧，整个下午我几乎没有离开过座位，谁能那么高明地就把这事给做了呢？这么说来，做这事的人只剩下一个，也就是我，除非那钱真能长腿或者长翅膀什么的。不错，如果我是包老师，也会这样断定，因为你没法说明这钱的来历，甚至连虚构一个来历的本领和勇气都没有，你还能说什么呢？

18:47

　　由坦然到着急，再到绝望，整个过程就好像通过对许多细节的不断甄别和排除，最后证实了那钱的确是我拿的。包老师总算回来了，手里还提着盒外卖，看来是想和我打持久战。我说我不饿。包老师说，你现在不饿不等于待会儿会不饿，还热着呢，吃了吧。我说，我真吃不下，不想吃。包老师说，这就是你的不对了，就算你被发现拿了别人的钱，心情不好，可饭总还是要吃的嘛，吃了饭好有精神把问题想清楚，将来再想法改，你说是不是？我说，不是，我没拿，没拿就是没拿！包老师忽然显出很失望的样子，脸跟着沉下来。她说，你姓包，我也姓包，应该都是包公的子孙，我们包氏后裔有一个传统，就是光明磊落，敢作敢当，当然，我们都不是圣人，连包老太爷也不是，不是圣人做错了事怎么办？好办，但抵赖肯定不是其中最好的办法。我说没人跟我说过我的祖上是包公。包老师说，这只能说明你很无知，连自己是谁，哪儿来的，都没有搞明白，你啊，真是愧对了我们包家的列祖列宗！我说，要真按你这么讲，我倒挺惦记包公的，希望他老人家从天而降，立刻来到我的面前。包老师问，为什么？我说，包公不是能明察秋毫吗？那他一定不会冤枉一个好人，一个其实什么也没拿却又被人以为拿了什么的学生。包老师这下子气坏了，兴许她没料到包老太爷非但没为她所用，反倒被我用上了。她瞪大眼睛说，哼，什么学生啦好人啦，我看你两样都不是，你的心机很深，根本不像个学生，而你的行为不端，更谈不上是个好人。我说那我像什么？包老师说，像什么你自己最清楚。

天已经黑得像锅底似的，百货大楼上的大自鸣钟又敲响了，沉稳而悠远。大自鸣钟敲响的时候，褚老师桌上的电话铃声也同时响起来，一阵紧似一阵，听来要比钟声急迫得多。包老师忙起身去接电话，适时从刚才几乎陷于沉默和对峙的僵局中解脱出来。打电话来的仍是包老师的女儿，只听包老师开口便问，你在哪里？接着说，那就好，我早跟你说过了，诸如肯德基、麦当劳之类的地方不去为妙，好好在家待着，赶紧把功课做完。包老师最后答道，我还有些事情要处理，完了就回家，别烦。包老师挂断电话后，气好像已消了大半，不过是她女儿给她受的气，不包括我的。她转过身来，又提起那盒外卖，你看看，都快凉了，这儿又没有微波炉，要真凉了就只好扔了，谁知盘中餐，粒粒皆辛苦，可不敢浪费啊。我说，那你吃吧，反正我不想吃，吃不下。我说吃不下的时候，清水鼻涕跟着下来了。包老师忙递过来餐巾纸，说你着凉了？我说还好，主要是头痛。包老师接道，脑子也有点糊涂，是吧？我觉得不好再回答了，不然我们俩又会陷入沉默和对峙的窘境之中。谁知包老师反倒来劲了，好像从中看出了某种破绽，她说，现在我请你回忆一下，你从中午到下午放学前都做了些什么，先说中午。中午？我说我吃了饭就瞌睡，没干别的呀。包老师问，那么下午呢？我说下午我在上课，第一节是政治课，第二节是英语课，第三节是活动课，除了上课还是上课。包老师说，等等，你活动课去操场了吗？我说，我因为头痛，所以上了一半就回教室了，我跟体育杨老师请过假的。包老师说，这就对了，你回教室后没顾得上休息吧？我说，休息了呀，我这两天精神特别不好，一回到教室里就睡着了。包老师继续追问，一直没离开过座位？我说好像没有。包老师说不会吧,譬如你中间去了趟厕所?我说,可能去过,不过我记不得了,谁还能把一天中去了几趟厕所,各是什么时候,记得那么牢呢?包老师说,这倒也是,接着让我们设想一下,譬如你打算上厕所了,从你这个位置出教室一定得经过徐勇明的课桌,你看见他书包敞开着,放在书包里的钱正隐隐约约地露出半个角,于是这勾起了你的好奇心,你本想将它们塞进去放好的,可不知怎的,你却从中抽出了两张,因为二百元对你不是个小数目,兴许能顶上你半年的零花钱,这太诱惑人了,你没敢全部拿走,是由于那样的话你都不知该怎么花了,然后你照样上厕所,上完了厕所又直奔校门外的超市,买了好多吃的,全是你平时爱吃又没钱买的,你一样样地吃完,再然后你迅速返回教室,这一回你吃饱了,喝足了,才真的睡着了。唉,也怪徐勇明太拿钱不当钱了,就这么随随便便地一塞,以为放好了,其实被别人撞见了十有八九难以自持,也的确不能全怨你啊,何况你正感冒着,有时,感冒中的个别行为是不受大脑控制的,这个我能理解。从一开始起,我便紧盯着包老师看,而且越看越出神,好容易等她说完了,我也叹息道,你说得也许有道理,可有一样我弄不明白,我什么时候胃口变得那么大了,可以一口气吞下那么多零食,我该不会是饿死鬼投的胎吧?包老师险些笑出来,但终于没笑出来。她说,兴许你花了不到二十元,应该还有零头装在了你的裤兜里。我忽然大叫道,可我没有,事实是我裤袋里一分钱都没有的!轮到包老师大惊失色,她说,干吗干吗,干吗这么激动,老师不过是在假设嘛。我说,那你还可以假设我接着在厕所里杀了人,又去超市放了火,再然后像该死的拉登那样钻进了深山老林,全世界的人都在抓他!包老师也忽然叫起来,那你解释一下你书包里的钱是怎么来的,或者是谁给你的,你说呀!我张了张嘴,说不出来,那感觉就好像被人一下子戳到了软肋,顿时没了底气。我的眼泪又下来了。包老师说,哭什么,有本事你说嘛。我说,我只有一句话,假如你是我的母亲就好了。包老师笑了,是浅笑,她说怎么讲?我说,假如你是我母亲的话,你就不会这样冤枉我,因为你了解我,肯定愿意相信我。包老师说,可你拿不出足以证明自己清白的证据,所以即使你是我的女儿,我也不可能随便相信,更何况我可不敢有你这样的女儿,没这个福分。说到女儿不女儿的,包老师的女儿像有感应似的,又来电话了,第三次。这一次她作业大概已做完了,在家里等母亲也等烦了,关键还在于肚子应该饿瘪了,于是她在电话的那一头冲着母亲穷光火,好像还勒令包老师必须在半小时之内赶回家,不然她倒可能会去杀人放火当拉登什么的。

19:31

想不到几分钟内,包老师的女儿连着打来了第四、第五次电话,都是催包老师赶紧离校,赶紧回家,口气似乎一次比次横,好像一个压抑已久的女孩,忽然间逮着了可以喷发的机会,那感觉就跟火山炸裂了似的凶猛无比。起初包老师还耐着性子解释,她说,我知道你放弃了同学的聚会,是不想让妈妈失望,是想和妈妈一起吃晚饭,但你得再坚持一下,妈妈也是没有办法,工作嘛,哪有那么随便,而且妈妈今晚的工作,说不定会关系到一个人的一生,这个道理你应该懂得的。然而,随着对方的火一次次从电话的听筒里冒出来,包老师终于忍耐不住了,也表现得像火山爆发一样猛烈,她说,你还讲不讲道理,啊?你等了两个多小时就等不及了,就闹成这样,你将来能成什么大事,你也不想一想,为了你,我等你爸爸都等了十来年,不照样等着,你等,终归等得到我回来,我等,还不知道这辈子怎么回事呢,你太没有良心了!啪——包老师第二次将话筒拍到座机上,跟着就听见她直喘粗气。我的头又痛起来,还沉,清水鼻涕直往下淌。再这样下去,连我都快坚持不住了,不是要爆发,而是最好能马上平躺下来。

19:46

我睁开愈发沉重的眼皮说,包老师,要不你先回去吧,我们的事明天再处理,如果钱是我拿的,我保证不抵赖。包老师说,不行,这不是小事,等不到明天,再说万一你夜里想不开惹出什么事来,我担不了这个责任。我咬咬牙说,那么就算是我拿的好了,我承认了,总可以了吧?包老师说,也不行,什么叫"就算",好像你是屈打成招的,老师能干这种事吗?整个办公室沉寂得只剩下一来一去的话语声,显得空旷极了,仿佛还能引来些许回响。我说那么包老师你到底要我怎么样?包老师说,不是我要你怎么样,你也看到了,为了你和你的将来,我连女儿都可以不顾,可你是我的学生,理论上讲也是我的孩子,你做了错事老师并没有过多地责备你,你应该感觉得到你在老师心目中的位置。

又说，按理讲，你的错误是非常严重的，不过老师始终只说你拿了本不属于自己的钱，而自始至终未用另外一个字来给你的错误定性，这是个什么字，其实你一开始就很清楚，但老师不敢说，不忍说，因为这可能关系到一个人一生的命运，你明白吗？我继续睁大着双眼，我说我好像明白。包老师说，不能好像，当然，我也可以仅就眼前这些证据，将你送到派出所里去，那只需要拨个报警电话就能完事，而且一到了那里面，你再怎么硬撑也没用，自会有人让你乖乖承认，然后是直接上工读学校，进少教所，可那些地方是你这样的女孩去的吗？日子难熬是一回事，重要的还在于你这一生几乎毁了一半，老师于心何忍啊！我发现我太困了，也因为浑身酸痛，好像整副骨架被人拆散了，又按照别人的意愿重新安装了一遍，让我觉得怎么坐怎么不舒服。我双手支着脑袋，依稀记得是这样对包老师说的，老师，包老师，我，我谢谢你。包老师拍拍我的肩膀，说谢就不必了，实际上我不想送你进去，是希望你不仅能正视自己的错误，并且有改正错误的决心，那样的话，你今天所犯的错误就值了，包括老师今天所付出的也值了。我好像沉入了水中，所有的话语在我耳旁都变得模模糊糊的。包老师说，顺便告诉你吧，那个打人致伤的刘留已经被警察抓起来了，是在他家里抓到的，手铐一戴，人立马就老实得一塌糊涂，早知今日，何必当初，喂，你睡着了，怎么能这样……

20:04

其实我没睡多久，便被包老师吵醒了。包老师吵的其实不是我，而是她女儿。包老师见我睡着了，又惦记起女儿来。谁知一个电话拨过去，对方应了一声，就死活不再吭声了。包老师说，你说话呀，说话呀，你说句话好不好！那声音由轻而响，末了几乎成了尖叫，总算将我吵醒了。一直到她女儿哭出来，连我这个位置都能听得一清二楚，包老师才放下心来，外加一番好言相劝，语调重归温和。我知道，这时候的包老师，她的心已经有一半飞回家了。我忽然觉得自己很残忍，活生生地就将一对母女拆成两处，好比我跟我妈，一个在天上，一个在人间，尽管她们的距离没我们的距离那么遥远，可我还是能体会由距离所带来的痛苦。我试图让自己真正醒来，我指的不仅是意识，还包括身体。不过身体的醒来有时候比意识更难。我头重，身体又疲软极了，整个状态好像完全不受意识的支配。所以包老师什么时候放下的电话，什么时候又坐回到我的对面，我都不太清楚。包老师说，这样吧，我看你别死撑着了，还是老老实实地承认了，再写份检讨，我保证这份检讨不会让第二个人看到，等你毕业了，没犯类似错误了，就交还给你，至于同学那儿，我明天会替你解释的，就说你没拿过别人的钱，搞错了，你是被冤枉的，这样既使你对自己的错误有了认识，保证将来不再犯，又保全了你的名声，不使你背上过重的包袱，你看行不行？我记不得我是不是点过头，可能点过了，可那头已经昏昏然不属于我了。包老师连忙递过一叠信纸，同时递过来笔。我闭着眼睛推开去，我说，我不会写，我最讨厌写作文了。包老师说这不是作文，是检讨，你一定得写。我说检讨怎么写我还从没写过呢。包老师说，很简单，你当时怎么做的，现在就怎么写，不必加上许多修饰，最重要的是你将来打算怎么办，是不是有决心改。我说，那你教我吧，就是你说一句，我写一句，听写。

20:15

听写完"我的检讨"后，包老师好像舒了口气。我知道，她终于得到了她要的结果，她也可以回家了。可是我的头却越来越沉重，心里也酸酸的，不过我没有哭，好像有点麻木了。走出学校，天全黑了，只感觉空气是那么清新，我不由得深深地吸了几口。我这才意识到，从放学包老师把我留下，到现在已经有四个小时了。真累啊！我真想变成个气球，轻轻快快地飘向有星星闪烁的夜空里……

短 发

  短发是我的同桌，最早留着一头乌黑而蓬松的长发，很好看的那一种。每当我们的座位轮换到靠窗的那一排时，外面的风吹进来，会顺带着将她的长发撩拂到我的脸上，有一点点挠心的痒。有时我会做作地冲她嚷道，你看你的头发呀！也不知嚷了多少回，一天，她忽然将长发梳成了两条长辫子，乍一相见，我似乎有些不敢相认。怎么啦？她好像比我更惊讶。我说没什么，也好看呗。

  我和短发不仅同桌，还碰巧居住在两个相邻的小区，中间只隔着一堵公共围墙，同时学校又离得不远，于是我们每天一同上学一同放学，连各自的父母都觉得这样挺好，可以放心。这样日渐叠加的结伴，使得彼此的关系越来越要好。要好到什么程度了呢？譬如有一次，我不小心从她稍显肥大的连衣裙的短袖管里，看到了她的小胸胸，其实也没什么，要命的是我脱口说了出来。想不到她居然没打死我，只是赶紧拽了拽自己的袖管，说了声，讨厌！这个细节听起来有点猥琐，却也证明了我们童年的无忌与懵懂。

  有人说，童年也是被用来浪费的。的确，在我们面前有过不完的大把日子，每天除了上课、写字和睡觉，看不见任何有趣的光景。实在无聊时，我常喜欢下意识地用手指去掏鼻孔。尽管这个动作很不雅，可我习惯了，一直改不了。好像有一次晨读课时，我正对着教室的天花板发愣，忽听得短发在一旁问道，你在看什么呀？她的声音不大，可还是吓了我一跳。我说没看什么。我说没看什么的时候，头依然抬得高高的，一动不动，像是在掩饰被惊吓后内心的瞬间紊乱。耳边又响起短发热乎乎的声音，不对吧，你肯定看到过什么了，所以作业也不做了，思想开了小差。她这么一说，让我有些不知所措，似乎我脑子出了毛病，动不动就跑到十万八千里以外去神游一番。于是我支支吾吾地回应着，刚才，顶上有一只甲壳虫，金黄的。短发来劲了，说，是吗？我好像也看到过一只金黄的倒挂着，也许是同一只吧。我说是啊，你说甲壳虫怎么会有那么大的本事，能挂在屋顶上，而人为什么就不行呢？短发更来劲了，说我也想过这样的问题，应该是虫子比人类更有本事，反正我爸说过了，在没有人类之前，虫子早已经存在千千万万年了。我发现短发是很好骗的，基本上我说什么，她会跟着我说下去，还深信不疑。

当天回家的路上，短发想起了什么，问我，你上课时偷吃过东西了吧？我想都没想，立马否认道，我还偷吃过南北了呢。短发不乐意了，开始较真，赖皮，我下午明明看见你盯着甲壳虫时嘴巴在动，而且平时也常动个不停，好吃啊！我有点蒙，记不得那个时点有吃过什么。见我没吱声，短发又加了一句，放心吧，吃了就是吃了，我不会报告郑老师的。郑老师是我们的班主任，脾气古怪，她最反对的事情有许多，其中之一是学生上课偷吃零食。偏偏有嘴馋且家里条件又好的同学喜欢带零食来学校，如果运气不好是要被她臭骂一顿的。可我就是不明白，我们尚处在义务教育阶段，她再怎么骂人也不可能有钱收呀。又走了十几步路，我忽然意识到自己嘴巴经常在动的原因了。我有点羞于说出来，因为我老爱把从鼻孔里掏出来的鼻屎顺手拨拉进嘴里。最开始，这个动作是无意识的。不过等鼻屎接触到味蕾时，除了有些咸，却好像不难吃。久而久之，这个动作便成了我的习惯。我是第二天才下决心将自己的秘密告诉短发的。却不料她听了后，非但没笑话我，甚至还兴奋地回应道，其实我小时候也喜欢扣鼻屎吃，都不知道被爸妈教训过多少回呢。我哈哈大笑，我说现在你也没长大呀。短发说，可我现在已经改正了。轮到我不乐意了，说，这不是什么天大的缺点，我就不改，要不你也别太当回事。短发想了想，好像觉得有点道理。她后来果然恢复了吃自己鼻屎的嗜好，尽管不常吃，并且是在我的启发下吃的。

我们童年的光景很无聊，我前面说了。特别无聊的时候，我还喜欢和短发闹着玩。譬如有一次午间休息，我神秘兮兮地把胖子叫到操场上。胖子是我在班里唯一的铁哥们，他一脸疑惑，一路上反复问我"什么事""你要干什么"。一直拉他到一处没人的角落，我才说，胖子，你愿不愿意和哥们一起做一个比较刺激的游戏？或许胖子也觉得童年太无趣了，一听说有刺激的游戏可玩，也和我一样来了兴趣，快说，怎么个玩法？我说，很简单，你只要在自修课上，悄悄地把坐在你前排的女生——我同桌的两根长辫子相互打个结，注意结要系在她椅背的横档之间，这样下课时站起来，她就会连椅子一起带起来，刺激吧？胖子用指甲抠了抠肥大的脑门，迟疑道，倒是刺激，可她准会骂我的，说不定还得到郑老师那里去告黑状呢。我说不会，她不是我们的死党嘛，再说有我帮你挡着，不怕，我就是想看看她光火的样子，你不想看吗？胖子连声说，想看想看，万一出了事你可得挡着哦。我进一步宽慰他，说你别担心，自修课上不是没老师嘛。

　　后来的游戏按我们预想的那样，玩得一点不走样。后来短发果然很光火，脸一下子涨得通红，两眼直冒凶光。这个游戏的刺激不在于短发的头皮被椅子扯痛了，而在于那一瞬间，引发了同学们的哄堂大笑。我知道短发特爱面子，肯定不能容忍自己在众目睽睽之下丢了面子，哪怕只是一点点。她当时就要冲向郑老师的办公室。胖子慌了神，连忙拦住短发说，别去，我老爸前天才被郑老师找来学校。不行，你太恶劣了！短发依旧怒不可遏地不依不饶。胖子一转脸，向我投来求援的目光。我趁机当和事佬，出面劝短发道，算了算了，胖子也是出于好玩，没恶意，他爸要再次被叫到学校，非打死他不可。短发坚决地说，活该！然后拨开胖子挡在面前的手，想继续朝教室的门口走去。我心想，坏了，真要出事！于是再上前一步，半开玩笑半当真地说，求你了别去报告郑老师，要不我替你出出气，也代他老爸教训教训这个浑蛋小子？短发这下子站住了，看看我，又瞅瞅胖子，不语。这下子胖子添堵了，直愣愣地盯着我，嘴里除了"你——"，好像说不出别的什么了。我说你什么你，看你把我同桌欺负成什么样子了！说着，我像真的一样伸手便要去掴胖子一个嘴巴。没料到胖子警觉性高，躲闪在前，致使我的手掌掴到了他的鼻梁。胖子第一时间捂住鼻子，只一会儿，就见有红色的液体从他的指缝间淌下来。血——血——最先吓蒙的是短发，然后我，然后是班里的其他同学；当事人胖子倒像没事似的，用力抹了下鼻子里的血，甩到地上，一扭头，走了。

还是在当天回家的路上，短发说，你打得太狠了，谁让你真打呀。我说，我不是故意的，是他活该。短发说，他会记恨我吧？我说，他只会记恨我。短发说，不好意思，把你也连带进来了。我说，我本来就在里面的。我们俩的小区都在一个叫三棵树的地方。实际上这边几乎没人知道那三棵到底是什么树，我和短发也只在一棵细长的梧桐树下，每天会合和分别。先出现的是短发的小区大门，她背着书包刚往里走出几步，忽然又返身回来。干吗？我问。奖励你呗！说着，就见她从书包中摸索出一块巧克力塞到我手上。我顿时有种脚不着地的慌乱。事后回想起来，那应该不是因为一个女孩把她最爱吃的零食私下里给了一个男孩，而是她送错了人；换句话说，如果她哪天了解了真相，是肯定会打死我的。但我是男子汉呀，不管自己背着她出了什么坏主意，我都得装成没事人似的。我说，哈哈，原来你也想着上课偷吃东西呀！她说，对啊，我爸说了，食色性也，你可不许报告郑老师哦。我点头道，那是，我们可以拉钩的。不过我们并未真拉钩。没拉钩的原因是短发最后说了句有意思的话。她说，我小时候，一直希望有个哥哥的，他可以在我被人欺负时，勇敢地站出来保护我。说罢，她才正式背着书包一蹦一跳地离去了，两条乌黑的长辫子在身后左右摇摆。

事后意识到，童年的友谊又是相当脆弱的，一不留神就弄没了，像看小孩子吹肥皂泡，看起来很好看。譬如说第二天一到校，胖子黑着脸，丢给我一张小纸条，上面写着一行难看的小字：你把我领到了坑里，自己却充当了英雄救美的角色，很无耻！这话怎么看，都像某部电视剧里的台词，并且最后面的惊叹号画得很大，很粗重。这以后，任我多少次地想拉胖子到操场上去解释或者道歉一番，他都不肯答应；不小心面对我时，也始终是一张黑脸。事实上，这个伤心还不是太伤心，因为是我自找的，有预感。最伤心的莫过于隔了没多久，我和短发的同桌之谊也破裂了，而且裂得更彻底，一点预兆都没有，还是由于一件微不足道的小事而引发的。记得那天吧，我们好好地在吃学校提供的午餐，餐盘里出现了白花花的肥猪肉片。这本来很正常，只不过短发那里的比较集中一些，于是她噘着嘴，很耐心地一片一片挑出来，看样子是打算扔了。那天也不知怎么的，我特别较真，小声地对她说，不能全扔了，有说小孩子适当吃些猪油会长脑。为了证明这一论点，我索性将自己餐盘里的肥肉片全送进嘴里，一口吞下，还装出一副津津有味的模样。短发很不屑，说，你才是小孩子呢，要吃你吃，连我的都给你。我说好孩子不挑食，你就吃了吧。她说我偏不吃。我说你必须吃。就这么来来回回地争执了几句，她竟然不再出声，跟着眼泪在眼眶里打转，有一滴还结实地砸落在面前的米粒上。真不知道是什么触发了她的泪点，让她最终毫无顾忌地抽泣起来。要命的还在于那天值勤午餐的恰好是郑老师。她对班里的任何动向一向很警觉，赶紧从讲台上跑过来，问短发，怎么啦，哭什么哭？尽管郑老师是女老师，但说话提问始终不乏阳刚之气，吓得短发立时不哭，抹眼泪。郑老师大概见我正低头偷视着短发，灵感来了，是你在欺负她吧？我说我没有，我是要她别浪费粮食。我的回答似乎不太有底气，让短发一下子抓住了把柄，他瞎说，我没浪费粮食。又说，我不吃肥肉的，我们家从来不买肥肉吃的，我吃了肥肉就会恶心呕吐。说着，短发重新抽泣起来，像受了天大的委屈。郑老师看看我，再看看短发，说是啊，人家吃了会引起不良反应，你一定要人家吃干什么，胡闹嘛。我心里瞬间崩溃，特别是听到短发接着的告状。短发说，他上课经常做小动作。郑老师说，我看到了。短发又说，他还喜欢拉我讲废话。郑老师说，我听到了。短发最后说，他还教唆我吃鼻屎。郑老师下了定论，这是变相的流氓行为，还得了啊！总之，那天是我童年中最黑暗的一天。我都忘了我是怎么回家的，唯一记得的是我和短发没有一同回家。

我失眠了，好像也是童年中仅有的一次。我想第二天一早，我非得在那棵细长的梧桐树下等到短发，问问她怎么可以这样对待她的同桌。可事实是我想多了，那棵梧桐树下不见有短发的影子，以后也没有。我有点悲哀。我、短发和胖子，原本是三棵树，后来少了一棵，再后来又少了一棵，只剩下光溜溜的一棵了，还都说不清各自是什么树。更让我惊奇的是，这事过后没几天，再见到短发，她已理了一头齐耳的短发，然后隔几个月会剪掉一点，一直不让长长。我虽然喜欢她晃着两条长辫子的模样，却没勇气，也不愿主动开口去追问她剪成短发的理由。女孩心里想的事，有时真无法琢磨，也最好别去琢磨。

我童年的故事差不多讲完了。后面随着大规模的市政建设和我们两个老式小区的整体动迁，大家也就各奔东西，从此走散了。后面的一长段尾声，基本不适合在这里多交代。可以说的是过了好多年，我们都已大学毕业，没想到竟然在城市的地铁里不期而遇。当时她正赶着去上班，我也是。站台上好多乘客，她就这么直直地走过来，我一看，呀，是短发，一点没变！变化的只是她又留成了一头乌黑而蓬松的长发，依然是很好看的那一种。我们站在站台上聊了许久，无视一列又一列地铁从身旁驶过。我们结婚了，有了自己的宝贝女儿。女儿的黑发也留得长长的，跟她妈一个样。可惜由于我们自身的种种原因，短发再次剪去了一头秀美的长发。当初那个在婚礼上哭着宣称嫁给了爱情的人，终究离了婚，败给了现实。

烟火弥漫

一

上课铃都响了,毕竟还没有来。

秋艳收回目光,离开校门区域朝教学大楼走去。虽说已是七点,但由于在这个季节,面前的操场依然亮堂堂的。进了教学大楼,沿楼梯不紧不慢地向上盘旋,忽觉有个男生蹬着重步,风风火火地追了上来。像以往一样,秋艳故意不回头,单等对方边喘粗气边抱歉道,嗨,秋艳,不好意思我又迟到了。这时候,等累乃至等烦了的她,会因着这声抱歉而释然。不过这一回,同样的情景却未能重复,那男生只是擦着她的肩膀一掠而过,险些撞着了她。哼,这个细细长长的冒失鬼,怎么可能是他呢。秋艳在失望之余,多少有点为此男生终究不是毕竟而庆幸。

这是前进业余外语进修学院。吃过晚饭,市西地区好些在职或在学的青年男女冒着酷暑,为一份通用英语等级证书而自费来这里"充电"。由于任课老师在该到的时候尚未到达,教室里仍显得乱糟糟的,有吃零食或者喝饮料的,有三个五个凑成一堆谈山海经的,也有抓紧时间闭目养神的。秋艳挑了个后排靠窗的座位坐了下来。真热,她刚想伸手去摸书包里的折扇,一个女生径直走近来,站住,大概是看中了她旁边的空位子。

"对不起，这里有人了。"秋艳忙彬彬有礼地说。

一会儿，又有些姗姗来迟者鱼贯而入，秋艳干脆将书包置于一旁的椅子上，以便彻底剪断他们觊觎的念头。

然而直到这晚下课，还是不见毕竟的影子。

之后，连秋艳都觉得自己不可理喻：凭什么确信毕竟一定会来呢？

回家的路上，秋艳怎么也想象不出毕竟不来上课的原因。因为几天前，毕竟的父亲要上庐山参加一个大型订货会，规定可以携带一名家属，机会难得，可就为了怕因此而漏掉两次课，毕竟最终没有随父亲同往。其实，奇拔峻秀的庐山又何尝不是毕竟心目中的圣殿。就是这样一个对读书有着雷打不动的恒心的人，还有什么理由能促使他不明不白地缺课？

天的确已暗得不行，没有月亮。当秋艳拐入新村大门时，忽见中央绿地的上方烟火通明，一串串夜明珠伴随着鞭炮的噼啪声腾空而起，竞相放射出绚烂的光彩。秋艳胆小，想赶紧绕过中央绿地，却不料被眼睛尖得像贼似的王小璞给发现了。

"嗨，知道吗好消息！"小璞扯开嗓门直嚷嚷，恨不得让全世界的人都来分享他的快乐。

"别告诉我你今天又拾到皮夹了，里面有美元有英镑，还有几头泰国猪（铢）什么的。"

"哪能哩，这事也跟你有关。"

"饶了我吧。"

"真的。据可靠消息，从明年起，高考要取消啦，也就是说，所有高校将暂停招生……"

"行，算得上是人咬狗之类的新闻了。"

秋艳没心思和小璞多费口舌。这家伙，自己读不好书，还唯恐天下不乱！她三步并作两步地直往四号楼而去，上了五楼，想开启自家的门，不过稍一转念，却摁响了隔壁六室的门铃。叮咚叮咚。良久不见有人应答，可秋艳明显感觉到毕竟就在里面，而且并没有睡觉。于是她也来了小姐脾气，索性摁住门铃，好像非得看清楚对方的葫芦里卖的什么药。

终于，毕竟出来投降了，他愣愣地站着，手搭门框，脸上不见任何表情。

"是和我家门铃过不去？"

"难说。"

"时候不早了。"

"很抱歉我也有同感。"

夜，忽然变得漫长而乏味。一方五彩透过走廊间的窗户，时不时地打在两人的身上，暗示王小璞的恶作剧正玩得欲罢不能。

"我，突然间，不想去上课了。"

"是因为不舒服？"

"不知道。"

"不包括以后吧？"

"说不清。"

秋艳呼了口气，非常情绪化地掏出钥匙，插入自家门锁的钥匙孔。也许她想想心里憋气，沉默少顷，便再次改变主意。只见她转过身去，拨开毕竟的手，旁若无人地走了进去。

里面很暗，除了毕竟房内还亮着盏鬼火似的台灯外，一概模模糊糊像拍恐怖片的架势。

"你不认为你是私闯民宅，而且又在这个时候？"毕竟慢慢跟进来。

"我都不怕，你怕什么？"

毕竟想了想，险些笑出来。

秋艳说："很好，有人总算没忘了微笑。"

毕竟忽然蛮有兴致地启开父亲的酒柜，拿出酒杯，问秋艳想喝什么："可乐、啤酒，或者红葡萄酒？"

"是庆祝你的旷课？"

"秋艳，你是个思维敏锐的女孩，为这，你将来会很走运，但也可能背运。"

"你怎么像我老爸似的，当惯了工会主席，不是给人送温暖，就是替人作悼词，除了深刻还是深刻。"

"我没想到……"

"我也没想到我因为替你保留座位而差点跟人吵架。我还一字不落地做了笔记，我以为你会很在乎的。结果证明了我真傻……"

"对不起，我说过了我没想到。"

秋艳尽力使自己平静下来，幽幽地问："发生什么事了？"

毕竟岔开话题，说还是让我们先喝一杯吧，就为了你今晚的傻。然后打开音响，嵌入《命运》，让叩门声自遥远的地方回响。再然后他才踱入面向中央绿地的阳台，同样幽幽地说："刚才，我在看小璞高兴来着。"

话音未落，一束耀跟的烟火适时在夜空中爆出绝响，转眼便灿烂归于平淡，甚至归于寂寞。

秋艳看毕竟一口口呷着啤酒，杯中的泡沫在他唇边凝成一道白圈。

她在等待。

"记得很久以前，我曾经做过一个梦。梦中，我似乎在攀登着落雁峰。前面望过去尽是密密匝匝的人头，把一条细带子样的山间窄道挤得满满的；而在我的身后，一拨拨的游客仍在蜂拥过来，像疯了似的。真是'自古华山一条路'！我好不容易赶上去了，却被告知走进了死胡同，原来此地根本没有叫落雁峰的这样一个绝顶，所有的人都被玩弄了，我顿时瘫倒在地，脑中一片空白……"

毕竟眼望远空，娓娓道来，像在叙述别人的故事。

"莫非小璞说的是真的？这个人咬狗！"秋艳恍然大悟，可私心里仍有点不太相信。

"他喜好见了风就是雨。很可惜，这一回他是真的看到了雨。"

"什么时候公布的？"

"今天下午。"

"我怎么不知道？"

"反正全世界的人都知道了。"

《命运》进入了低沉而又舒缓的慢板部分，听来如梦如幻如泣如诉。"好了，一切都过去了。就为这个，难道不值得我们好好干一杯吗？"毕竟再次斟酒，然后举杯笑道，"无论如何，这个消息对于你，也包括我，都不算太坏。至少从今以后，我们可以尽情地睡，尽情地玩，尽情地做所有想做的事。让考大学之类的见鬼去吧！"

秋艳也莫名地被对方的情绪所感染，笑着说："对，为零压力时代的到来，干杯！"

"干杯！"

接着又大笑乃至狂笑。

两人笑得前仰后合，笑弯了腰，笑到喘不过气来直叫肚子疼。

也不知过了多久、谁先收的场，总之，当笑声完全停止时，房内立刻沉寂异常，异常到近乎可怕。幽暗中，秋艳分明瞥见了毕竟脸上挂着的泪珠，两颗，小小的，一如萤火虫那样闪着微光。

二

小时候，秋艳有点贪玩，逢中考、大考什么的，必须父母亲盯在屁股后面催："看你，就晓得疯。还不快看书去！"他们都是循规蹈矩的人，很传统，笃信"书中自有黄金屋，书中自有颜如玉"之类的古训。只是身为女儿的她时有疑惑：同样是老祖宗传下来的，不是还有"女子无才便是德"一说吗？

直到摇摇晃晃进了高中，一天，班里转来一位新生，瘦瘦的，高高的，几分帅气加一分睿智，有些像电影演员王志文。班主任秦老师让他先自我介绍一下。"我叫毕竟，家住……"

谁知他刚一开口，便惹得底下哄堂大笑："什么呀，还不如叫禁闭呢，真滑稽！"

"不错，好奇怪的姓名，许多人都这么费解过，"毕竟不慌不忙地解释道，"其实呀，姓名仅是一个人的符号，爹妈给的，原本不具备任何意义，譬如江青是个坏人，可我的江青姨妈却是个难得的大好人，一辈子只做好事不做坏事……"

有人开始点头，后悔自己笑得太早。

完了，秦老师将他安排在秋艳后面的空位子上，让他和小璞成为同桌。小璞是这个班级中最蹩脚的学生，仗着父亲的财力才得以蒙混进来，可就是人见人嫌，不出半年便没人肯和他成为同桌了。尽管秦老师想做做工作，不至于让小璞太难堪，但这是竞争的社会，谁愿意身边插着个成绩上不去而嗓门又下不来的活宝呢？秋艳倒是很早和小璞相识了，大家住在一个新村里，知根知底，她没觉得小璞有什么特别不对。小璞亏就亏在给人的第一印象往往不佳，太冲，太直，既不懂政策又缺少策略。

相比之下，毕竟给同学们的第一印象实在不错，乐观、大气、率直而不浮躁，尤其令秋艳蓦然产生似曾相识的感觉。下课的间隙，她不禁回过头去问毕竟："你过去在哪儿读书的？我怎么觉得碰到过你，好像有点儿面熟。"

"是吗？这倒挺像一出经典剧目里的经典台词，"毕竟装作很严肃的样子说，"我是从棚户区搬迁过来的，那里是'下只角'，离这儿很远；那里的孩子野蛮又无知，整天想着偷鸡摸狗，你怎么可能屈尊遇见过我呢？"

秋艳不恼，反诘道："照你这么说，我还是从乡下逃难来的哩。"

"怎么讲？"

"因为我爷爷逃过难，我爷爷的爷爷也逃过难，我爷爷的爷爷的爷爷……"

于是引得一旁的小璞乐了，他说你们都苦大仇深，就我有享不尽的荣华富贵。

下午放学后，秋艳发现毕竟老跟向导似的走在自己的前面。两人一前一后摸进同一幢楼，最终停在一个层面上，各人掏各人的房门钥匙。秋艳这才想起隔壁的空房内昨夜搬来了新住户。

不经意地回头，毕竟不觉吓一跳：只见秋艳正呆呆地注视自己，像注视小偷似的。"巧了，想不到我们居然是邻居，"幸亏他反应快，及时化解了眼前的窘境，"以后，还请你多多关照。"

"关照谈不上。假如你家有音响的话，可否放低音量，我妈她怕烦。"

"我记住了。"

"再见，邻居。"

秋艳进了家门，觉得有点心慌。此后她一直在回忆，却怎么也想不起究竟与他似曾相识于何时何地。

两人的房间正好成九十度，而且都带着阳台。每每秋艳一觉醒来，常能看到毕竟的窗户内还亮着淡淡的灯光。一晚，他们在各自的阳台上不期而遇，隔着三四米的距离，秋艳说，你也太猛了，才高一就冲刺呀。

毕竟说："没办法，有人在和我竞争。"

"谁……我吗？"秋艳笑道，"那是由于我爸妈整天盯着我，他们老说自己吃够了没文凭的亏，好像所有的欠债都必须由我来偿还。我成了他们唯一的希望，只许成功，不许失败。"

"可能你还是幸福的，至少有人盯，应该说呵护。哪像我，常常看书看累了，趴在书桌上就睡，到天亮也少有人理我。"

"那你的爸妈呢？"

"一个忙于搞销售，三天两头得出差；另一个，远在大洋彼岸做着美国梦……"

秋艳见对方说到"另一个"时神情顿时黯然，忙说兴许我这样问很不礼貌："不过这更说明你有自我加压的毅力，令人钦佩。"

"别搞笑了。以前，我也是懒懒散散的，什么读书啦考试啦，从不上心。可后来，我母亲去了美国，接着又和父亲离婚，情况就不一样了。有人说，从破损家庭里走出来的孩子，多半会呈现两种相反的状态：要么自立自强，要么自弃自馁。很幸运我属于前者。我仿佛忽然间长大了许多，拼命啃书，以此来聊以自慰。读书成了我生活中唯一的需要，一刻也不能离开，就像人不能离开水、离开空气一样……"

接着的会考，毕竟果然以骄人的成绩名列全年级第一，令同学们愈发刮目相看；而秋艳，则同样将自己的名次悄悄往前挪了几位，尽管不甚明显，但这个进步还是被秋艳的父亲察觉到了。他问女儿是何原因，似乎想鼓励她再接再厉。

"没什么。榜样的力量呗。"

"谁是你的榜样？"

这个年龄的少男少女大都爱赶时髦，且精力过剩。有一阵，社会上兴起了电脑热，他们就进各类培训班学电脑；不久又流行上艺校了，于是他们也纷纷去报名，管他三七二十一。好像不这么赶，自己的素质就会降低，而人家种种班呀校的会关门打烊。秋艳的邻座叫冯姬，喜欢人来疯，自己样样学不精，拉起垫背来倒蛮起劲的。有一次她问秋艳，你怎么一点动静也没有，是不想学还是舍不得钞票？秋艳答，都不是，我已经很累了。

实际上，秋艳没讲实话。其实她是在暗中观察毕竟的动向，可惜他老没动向。直到快放暑假了，秋艳终于听说毕竟报了个通用英语考级班，她才忙不迭地赶往前进学院报名。她不清楚这个榜样究竟有什么魔力，使得自己非常愿意效仿他。两人头一天在进修班里相遇，秋艳故意装作很意外："呀，我不知道你也来的。"俨然像知道他来她就不来了似的。他们从开始分头去学校，坐不同的板凳，到后来一同出入，坐到了一起，这个过程更多地隐含了秋艳所使的小伎俩，但她不想让他明显觉得自己对他有好感。她见不得男生因为女生的青睐而一下子变得傲气十足。

昨晚，她离家时还招呼过毕竟，不见反应，于是她以为他已经走了。这家伙，怎么也不等我！谁知到了那里，根本没有毕竟的人影。本来她可以在教室里候着，但考虑到过会儿人一多，旁边的座位就难保了。又不是正规学校，谁应该坐哪里没人规定过，尤其是你为一个男生留座位，众目睽睽之下怪不怪？所以她特地回到校门，想等毕竟来了后一起进去。等人最累的是心。心一累，感觉就两样。所以才有昨夜非得敲开毕竟家门的那些个如今想来简直不可思议的事情发生……

秋艳醒来时，太阳刚好从东边的高楼后面冒出来，泼在脸上有点儿辣。隔壁父母的房间里，收音机开着，断断续续还在飘着昨天的新闻：新华社消息，由于今年高校招生严重失控，实际招生人数比原计划超出……经国务院批准，国家教委决定1999年全国各高校暂停招生一年……教委新闻发言人同时指出，此举并不表示国家已改变现有的教育方针，希望各地有关部门做好疏导与解释工作；至于2000年是否恢复招生，目前尚在研究之中……

"怎么搞的？一会儿这样，一会儿又那样！"轮到母亲发言了。

父亲说："据说是因为人人都想进大学，走前门的有，钻后门的更多，一下子把大学的校门给挤塌了。"

"不是说有录取分数线挡着吗？"

"人家管事的也是不忍心看着那么多差半分落榜的倒霉蛋最终哭涕抹泪寻死觅活，所以才将分数线往下降一降，这一降就收不住了，导致一降再降，各大学人满为患。你想，这年头一个孩子身边围着好几个甚至好几代大人，真可谓一损俱损一荣俱荣，牵一发而动全身，事关安定团结的大事情嘛。"

"那明年小艳他们怎么办，认栽？就不要安定团结了？"

"不是还没到明年嘛……"

秋艳翻了个身，仍是想睡。她知道这对于毕竟那样的读书尖子绝对是坏消息，相反，对小璞之流又构成了好消息；而对自己，则说不清是好还是坏。进大学能平添一份荣耀，这她明白；进不了大学也可以少受一份累，她同样是向往的。前者是将来的，后者是眼前的。两者比较起来，先顾着哪个才更实惠一些呢……她开始做梦了，眼前再次浮现起毕竟脸上那两颗小小的泪珠。她要过去劝劝他，不料被父亲一把拽住："快醒醒，都什么时候了，还睡！"

"我想睡嘛。"秋艳闭着眼睛撒娇道。

"书不要看了？"

"不是说不考大学了，还看什么书？"

"就算暂时没有了进大学的机会，书还是要读的嘛，"父亲稍一停顿，继续道，"你看人家毕竟，天不亮就上阳台看书了，是他不晓得明年会暂停高考？"

一提及毕竟，秋艳总算彻底醒来。她下床，漱洗完毕，才走到阳台上梳理起头发。她见毕竟还在那儿对着书本神情专注，心中不免感动。

这天是星期六，双休日的头一天。吃过午饭，好多亲戚、父母亲的同事，包括左邻右舍，都自发地集中到秋艳的家中。他们有一个共通点，家中都有明年将高中毕业的子女；他们存在一个共同的话题，就是讨论新形势下的最佳对策。

秋艳没兴趣参加他们的讨论，但讨论的结果她是知道的：他们准备推举几位代表去市教委上访，以便通过市教委向国家教委反映老百姓的心声，改变原先那个看来是错误的决定。

至于谁当代表最合适，大家首先想到了秋艳的父亲，说你是工会主席，本该上情下达下情上达。秋艳的父亲见推辞不了，只好勉强应允。一起被推举成代表的，还有两三个人。

三

1998年的夏季来得比往年晚，整个六月凉爽宜人，有点像春天迟迟不去。然而一到七月份，却热浪滚滚溽暑逼人，气温连连突破38摄氏度。有的地方还暴雨如注，大水滔天，惊动了上自中央下至百姓。一时，恶劣的气候和水情成了人们关注的焦点。

幸好，秋艳所在的城市仅是热，也下过雨，却未酿成水患。更重要的是，从八月中旬起，各高校陆续放榜了。由于是二十世纪最后的机会，新村内所有收到大学录取通知书的人和他们的家长无不奔走相告欣喜若狂，他们纷纷以放鞭炮、摆酒宴等方式来宣告自己的成功。相比之下，少数因落榜而错过末班车的人，就只有躲在家里黯然落泪的份了。

这一夜秋艳没睡好，开始是让鞭炮闹的，听起来很像过大年一样；后来好不容易安静下来了，她却睡意全消，并非为自己的前程而犯愁。她自觉不是块真正读书的料，因为她懒，怕吃苦受累。如今，世纪之门终于关上了，迫使所有的人同处一条起跑线，跑同样的距离，倒也公平；省得你追我赶，累了子女不算，还连累父母。她是替毕竟担忧。这样一个视读书为全部生活内容的人，一旦告诉他不用好好读书了，他将会怎样生活？他还会不会生活？

五点不到，秋艳便起床下了楼。乌云渐渐散去，空气中仿佛仍残留着淡淡的硝烟味。她感觉自己是在往中央绿地的方向走，正越来越靠近。透过绿地四周层层叠叠高高低低的树，不经意中，秋艳发现一个熟悉的身影。只见他两眼平视，双手背在身后，脚踩满地细碎的红纸屑，一圈一圈地在那儿慢慢转着。这一幕令秋艳心痛，令她不由得站住了。远处传来了自鸣钟声，是五下。然后那人蹲下身，点燃一堆事先用红纸屑垒起来的火堆。他要干什么？秋艳想。当她再次睁大眼睛细看时，就见得对方在撕着一本本的书，接着将撕下来的一页页纸往火堆里扔。火堆因着这些纸而变大，火焰欢快地舞动，火光映红了周围的花花草草。

"你疯了！"秋艳终于鼓足勇气冲过去，说，"你怎么可以烧书呢？"

"没什么，全是习题集、补充教材之类的书。前几天，我都已将它们吞到肚子里了。"

"那也不必烧呀。"

"对不起，我不知道你还有用。"毕竟说完，起身往楼里去，头也不回。

渐趋熄灭的火堆边独留下渐趋光火的秋艳。她真想扯开嗓子叫住毕竟，你这浑蛋，竟然蛮不讲理！但此时，王小璞恰好一路小跑地靠近来，脸上笑嘻嘻的。"秋艳你早，"接着又神秘兮兮地说，"我发现现在锻炼身体最重要。"

"什么意思？"

"以后呀，大家都靠身体混饭吃了，还不得多锻炼锻炼。"

"愚蠢！比哥伦布当年发现新大陆还愚蠢！"秋艳想甩开他，然而走之前又补充道，"为了这个愚蠢的发现，你可以再多放一些鞭炮，可以让自己整天有走在红地毯上的感觉了。"

"什么红地毯？"王小璞目送秋艳远去的背影，嘿嘿笑笑。

秋艳没能追上毕竟。但她看见毕竟的家门是敞开着的，并且知道他的父亲前几日又出差去了，所以无所顾忌地闯了进去。

"你走吧，我没什么，真的。"毕竟好像依旧不欢迎她。

"你以为我是来安慰你的吗？你错了，或者说你还没那么伟大。"

"那你想让我怎么办？也去疯，也去满世界地放鞭炮？"

"我不知道。至少你不该……"

"我不该有有我情绪表达的机会和方式？我该憋着，忍着……不，我做不到。一直以来，我心中有一个梦，那就是读书，出人头地。但是这一切，顷刻之间都毁了，毁了，你懂吗？"

"我懂，"秋艳说，"明年进不了大学，还有后年。就算一辈子与大学无缘，不还得生活下去？你不能因为这个而折磨自己，那样的话，你就真的毁了，明不明白？"

"我不要你可怜我。"

"要说可怜，我们都很可怜。"

毕竟坐在床沿上，忽然低下头，掩面而泣。这是秋艳第二次目睹毕竟在自己面前落泪。她没想到一个看似坚强有力的男生，会一下子变得如此脆弱，犹如一片枯瘦的秋叶，很容易被揉皱，被撕裂。一种从未有过的柔情不觉涌起，她慢慢靠过去，坐在他的边上。他的脑袋下意识地滑入了她的怀里。她心中不禁咯噔一下。还好，他已经睡着了，睡得好香。她把他轻轻移到床上，然后退出房间，顺手合上了门。

七点过后，父母亲才睡醒。吃早饭时，父亲对母亲说，一大早隔壁好像在吵架。母亲说谁跟谁吵？父亲说是毕竟和他爸吵。又问女儿，你没被吵醒吧？秋艳摇摇头，抿着嘴笑。

一整天，毕竟的房门始终紧闭着，听不到任何动静。

翌日清晨，秋艳总算看见毕竟在阳台上凭栏远眺，一任晨风撩拨他的黑发。

"不好意思，昨天早上我不知怎么了，一点都控制不住自己……"见秋艳也出现在阳台上，毕竟勉强笑道。

"没关系的，人都有那样的时候。"

"让你看到我的弱点了。"

"在好朋友面前暴露弱点并不是坏事。"

"是啊，现在，我也想通了……"

"想通什么了？"

两人正说着，忽闻一阵扫地声由远及近地飘过来。秋艳放眼看去，发现整个中央绿地及四周大部分水泥路面上都已干干净净，而手握扫把的正是她最料想不到的人。"嗨，是换一种锻炼身体的方式了吧？"待王小璞扫到跟前，秋艳逗道。

小璞抬头，憨态可掬地答道："哪儿呀，我是觉得人不可能一辈子走在红地毯上，与其如此，还不如把它撤了。"

小璞说完，继续埋头扫他的地，直至远去。

秋艳想了想，问毕竟："你是否有一种感动？"

"什么感动？"毕竟像是在思考自己的问题，一时没反应过来。

秋艳说："记得秦老师说过，任何不起眼的人身上，都必定有其光彩的一面。这话没错。"

暑假的后半段，日子好像一天比一天漫长。一般情况下，秋艳总要睡到父母都去上班了为止，然后整个上午，要么翻翻闲书，要么看看电视。吃过午饭，她多半会躺在躺椅上，打开电视机看看综艺类的节目，还时常看着看着沉入梦乡。这样，白天难挨的时光就算打发过去了。而父母亲，虽然信条不改，却已不像过去那样天天盯着她，即便是暑期也不想让女儿的神经有半点松懈。没有压力的生活真好，自在、悠闲，想怎么样就怎么样。没有压力的生活又让人觉得无聊，觉得少了点盼头，成天晃晃悠悠松松垮垮，不知道做什么才能使人真的来劲……

这天下午，响起了电话铃声。"喂，秋艳吗？"原来是毕竟，"我现在家里……我想找个人随便聊聊。"

这家伙，也来煲"电话粥"了，什么时候学会的？煲"电话粥"是时下流行在孤独少年中的最时髦的玩意。秋艳说："那就聊吧，反正我也没事。"

"是这样的，我想好好安排暑假余下的日子，痛痛快快地乐一乐，譬如去看看电影啦。我已经有三四年没进过电影院了。"

"看电影？这倒是个不错的主意，至少比闷在家中想着以后该怎么办要强。"

"可我不清楚现在有什么大片可看。"

"《泰坦尼克号》，就是以前的《冰海沉船》。"

"什么《冰海沉船》？"

"真是白痴。"

"我是白痴，或者说书呆子。要没人在前面引路的话，我都不知道电影院怎么走，在哪条路上。"

"你是想让我给你引路？"

"如果可以的话。"

"行，晚上七点，小花园见。"

晚饭桌上，父亲埋怨道，这个教委，摸了老半天连门都没摸着。母亲说，怎么会呢？明明有路名，有门牌号码，还能长翅膀飞了。父亲说，可就是横竖找不到，我们还问遍了附近的居民，也没一个说得清这儿是否有市教委，或者它现在搬到哪里去了，真是见鬼。母亲劝道，还是再耐心地找找吧，总会找到的。

秋艳在一旁听了老半天，才明白父亲他请了假，折腾了大半日，结果无功而返。她忍不住插话道："我预感教委也没那么好找。你想，在你们之前包括之后，肯定有好多人去过或将要去找他们，都是些望子成龙望女成凤的主，都很失望甚至愤怒。要换了你是教委管事的，一样被早早地吓跑了。"

"去去，你晓得什么。你只管读好书就是了。"母亲瞪眼道。

吃罢晚饭，秋艳抢着洗碗。父亲说："哟嗬，太阳从西边出了。"秋艳故作正经道："我在想，既然这边没了高考，那明年我就去国外上大学。我得先把洗盘子的本领给练出来，省得到时候手忙脚乱，连学费都赚不出来。"

父亲乐了："我们小艳有出息了。"

七点缺五分，秋艳出了门。秋艳所说的小花园，是在新村的后门内侧。两人会合后，一前一后若无其事地往附近的电影院走去。毕竟说，你可否走得慢一些？秋艳不搭理他。毕竟又说，你是不是想让我追你？秋艳还是不搭理他。

事实上，如果不是去看电影，秋艳不至于跟他拉开距离，甚至还会大大方方地和他靠得很近。但现在，秋艳觉得心里很别扭，像是有鬼。她不愿让人家发现她与一个男生结伴进入电影院，怕到时候说不清楚。

银幕上，"泰坦尼克号"终于拂去尘埃，鸣笛起锚。欢乐的游客造就了观众欢乐的心情，毕竟也不例外，他说，多漂亮的船啊！然而，当海难悄悄降临，所有高尚和卑微的人都现出本来面目的时候，毕竟开始紧张了。他像自己置身在船上一样，坐立不安，双手拿起又放下。

忽然，他意外地在左侧的扶手上，触摸到了一只纤细而柔软的手，一如抓住了救命稻草似的紧紧不放。秋艳感到一阵阵疼痛，想抽出来，却又使不出劲。就这么一直被抓到这艘著名的邮船终于重归历史，秋艳才预感到事情可能不像想象中那么简单。她说："这艘船一出海，便有一种不祥的预兆，注定了它会沉入海底。"

"为什么？"毕竟问。

"因为它过早起航，在时间的选择上发生了错误。"

四

漫长的暑假终于结束了。

新学期的第一天，秋艳一早到了学校。她走进校门，发现校园内面貌依旧。"奋战一百天，争取进入高一级学校！"就连那条用来激励上一届毕业生考进大学的大红横幅，也还孤零零地悬挂在教学大楼的墙面上；只是历经数月的日晒雨淋，多数字迹已显得模糊不堪，底色也不如先前那样鲜艳明亮。

开学典礼上，班主任秦老师用惯常的、略显平和的声调，传达着国家教委关于1999年全国各高校暂停招生的决定。天依然是那么燠热，包括教委新闻发言人的谈话，整个决定听来又是那么没完没了，使得部分同学焦躁不安起来。体育委员游波第一个丧失耐心，他举手道："老师，这消息连美联社、路透社、法新社都转发了，太旧。如果还有不知道的，那他就不是住在地球上的，更不用说是中国人了。"秦老师冷冷地看了游波一眼，照样自顾自地念下去。完了他说："同学们，现在让我们来讨论一下这个决定的正面作用。我认为，在目前情况下，它至少可以促使我们摒弃应试教育，更注重素质教育。我体会，这也是教委做出此决定的良苦用心之所在……"

胖胖小茗插话道："那么它的负面影响呢？"

秦老师说："负面影响当然是不可避免的，事物总是一分为二的嘛……接下去，让我们再讨论一下以后该怎么办。我想作为学生，读好书是第一位的，这不仅对提升素质有帮助，还有利于将来的工作和生活。所以无论怎样，我们大可不必灰心丧气，条条道路通罗马，路就在自己脚下！"

话音刚落，王小璞带头鼓掌。大家一愣，也只好稀里哗啦地跟着拍起了巴掌。毕竟扯了扯小璞的袖管，压低声音说："得了吧，起什么哄。"小璞说："我不是在为你们加油吗。"

之后是该读书的读书，该睡觉的睡觉，大致如常。但在秋艳看来，教室里总有点怪怪的：不是说一下子都不要读书了，而是要读书的人远不像以前那么吃香了。就譬如毕竟，以前他是多么风光，上课时受老师的关注，一个问题问下去，就算别人回答不了，却难不倒他；课间又成为同学们追逐的目标，对作业，解难题，忙得不亦乐乎，尤其是女生，老爱有一搭没一搭地跟他套近乎，造就了他极好的自我感觉。然而现在，一切已不复存在。老师教得懒洋洋的，因为不必死盯着分数，死盯着升学率了；同学们也学得懒洋洋了，因为不需要排名次、争第一，为将来考大学奠定基础。所以这个班级中有没有毕竟他们，忽然变得不那么重要了。甚至有两天，毕竟因病没来上课，好些同学都未意识到身边少了谁。

倒是那些平时学习成绩一般或者较差的同学，忽然间升华为班中的明星。他们不将心思用在读书上，自然就会用在其他方面，譬如灌篮啦、早恋啦、谈论名牌服饰啦。他们大都能把张学友、刘德华之类的生日、爱好、星相及饮食习惯倒背如流，使人不由怀疑他们是否与张刘有什么沾亲带故的关系。这样的同学，读书紧张时，没有他们露脸的份；而一旦出现了相反的情况，找他们聊天是最舒服不过了，你甚至会觉得其实他们都是些很有生活情趣的人，肚子里除了缺学问，样样不缺。

在这番风水轮流转的剧变中，秋艳注意到了毕竟的失落。没人理睬他了，更没人将他的好成绩当成稀罕物，他能不失落吗？秋艳还注意到，毕竟失落的方式跟别的优秀生不同，别人会识大体，收起骄傲，自觉与中间生包括差生为伍；可毕竟呢，还是放不下架子，忘不了昨日的光荣，既羡慕别人轰轰烈烈地追星，又喟叹自己对此缺乏兴趣，是门外汉。他的孤寂有点像揪着自己的头发往上提，结果注定了他没等离开地球就已经失落了。有一次，王小璞在操场上踢球，好端端的也没碍着谁，却招来毕竟酸溜溜的评论："现在，该是他们的节日了。"

一个人由被瞩目到遭冷落，大概是很难受的吧，秋艳心说。她想比以往更接近他，包括在家的时候，有事没事主动找他，并且尽量拣他的强项向他请教，当他的听众，以证明她不是那种势利的人。但毕竟却并不理会她的好意，相反，还有意无意地疏远乃至躲避她。秋艳马上想到，该不是为上次"泰坦尼克号"沉没的事吧？如果猜得不错，她愿意就此再跟他解释解释，告诉他，要是能耐心一些，过了那个多事的季节，泰坦尼克号其实是会顺利远航的。

"假如你对我有意见，你尽可以明说。"一天回家的路上，秋艳总算逮着了毕竟，四周又没其他同学。

"不，"毕竟说，"我是对我自己有意见。"

"那你干吗要躲着我？"

"我是在躲着我自己。"

"还是为明年不招生的事……我想，你倒是可以去美国上大学的，有你妈在那里，近水楼台嘛。"

"我讨厌她，没想要求她。"

"可她毕竟是你的母亲呀。你为什么一下子有那么多的讨厌，好像全世界的人都得罪你了。我不明白在你心里，你到底还能亲近谁？"

毕竟看了看她，欲言又止。

秋艳也有些上火，脱口而出道："别告诉我你只喜欢我。"

回到家里，秋艳便后悔了，蛮好别这样冲动的，结果把原先想好了要对他说的话都忘了。

吃晚饭时，父亲又在为还是找不到教委而恼火，他说我想来想去，总觉得这里面有文章。母亲终于沉不住气了，说，这里面能有什么文章，明摆着是你们几个人没能耐，一丁点小事都办不了。于是你一句来我一句去，演变成两人的口角。他们老爱在饭桌上谈论是非，大到国家大事，小到身边琐事。谈得对路了，会津津乐道眉开眼笑；反之，则往往弄得大家都没了胃口。秋艳在一旁看不下去了，说，你们还有完没完，犯得着吗？母亲说，讨债鬼，不都是为了你！秋艳说，准确地讲也是为了你们。

秋艳第二天到学校时迟到了半分钟。负责考勤的副班长李萍萍忙在她的小本本上记录着。秋艳想，这家伙，也太刻板了，不是才半分钟吗？这是早自修的时间，班主任一般不到场，教室里不像上正课时那么安静。秋艳坐到自己的座位上，一时心难平气难消。忽然，前面响起惊愕声，接着是一旁的冯姬冲秋艳小声道，嘿，你看毕竟，好酷呵。秋艳抬头，不禁也吃了一惊。只见毕竟身着一件颜色很艳、款式很洋派的T恤，不慌不忙地进入教室，朝她这边走来，俨然换了个人似的。

"哇，犀牛牌！"王小璞摸着毕竟的T恤说，"是不是昨夜抢劫过银行了？"

隔着一条走道的四眼鲁也来凑热闹："连手表都是新的，肯定还抢劫过钟表店了。"

教室内一阵嬉笑。因为大家都知道毕竟对穿着一向很随便，随便到近乎土气的地步。现在，连他也讲究起来了，这说明什么问题！

岂料毕竟丝毫不恼，更不解释。秋艳想，或许他要的就是这种感觉。

只是毕竟没得意多久，精于此道的冯姬就来煞风景，她冲着毕竟的T恤左看右看，忽然叫出来："哟，这是假冒伪劣的嘛，你看针脚，那么粗糙……"

毕竟像被点到了痛处。"你说什么呀，这是我妈从国外寄来的！"他申辩道。

"国外又怎么啦，你能肯定你妈不是从地摊买的？"

"你！"

"毕竟，我不会看错的。要不，就是你母亲被外国奸商坑了，应该找当地消协交涉的。"

"……"

"好了好了，你这同志，我不批评你了。以后呀，还是请我当你的生活顾问吧，我知道什么样的名牌应该到哪个专卖店去买，才不会吃药……"

当天，毕竟穿假上当的消息竟不胫而走。放学回家的路上，连隔壁班的女生也在他背后指指点点，令他好没面子。第二天，便不见他再穿那件外国"名牌"T恤了。

五

一个足球慢慢滚过来。球的主人正站在操场的另一边,远远地朝这边微笑。秋艳不假思索地飞起一脚,想让球重回主人那儿去。

这样的动作在操场上屡见不鲜,以前也未曾引发过任何意外。然而那天,许是秋艳恰好穿着双新的阿迪达斯,许是她无意中使出了吃奶的劲,总之,那一脚过去,球在低空划了道弧线,便窜上了健身房二楼的平台,没了踪影。王小璞小跑过来,冲秋艳说了声没关系,便像猴子似的攀援起健身房旁的篮球架,似乎想以此为跳板上那平台。秋艳疾呼道:"小心,会摔下来的!"结果小璞一脚踏空,真的从两米多高的篮板处摔了下来。秋艳后来觉得那一声提醒有点像咒语,晦气。

一辆救护车将小璞送往医院。

医生诊断的结果是,小璞右小腿粉碎性骨折,需要住院治疗。

这样,秋艳每天放学后,又有了个新的去处。小璞说:"这里不是你的家,不用跑得那么勤快的。"秋艳说:"可这事毕竟是因我而起的。"小璞笑道:"我这人最头疼读书了,一直想找理由逃课,现在,你总算成全我了,我还得感谢你呢。"秋艳说:"那我宁愿不要你的感谢。"

由于小璞小腿骨骨折处错位严重,治疗中需要把小腿吊起来,以帮助腿骨复位。虽说是秋天了,秋凉漫漫,但秋艳还是常能见到豆大的汗珠从小璞的额头上滚落下来。见到他咬紧牙关,面色惨白,浑身像泡在水里似的,秋艳劝道:"如果你实在熬不住的话,就哭,至少可以哼出来的。"小璞摇头道:"即使想哭,我也得等你走了后再哭,不然多丢人。"然后又说,"就是想不出有哪样东西能够吸引我,转移我的注意力,以使我忘了疼痛。"秋艳说:"这简单,我给你讲个故事。"小璞说:"得了吧,你肚子里有什么故事我还不知道。"秋艳说:"你那么自信?"小璞答:"除非是你和毕竟的故事。"秋艳说:"我和他能有什么故事!"

两人说到毕竟,毕竟就到了:"又在说我什么坏话了?"

秋艳和小璞笑而不答。

见毕竟手里拿着束露水涟涟的康乃馨,小璞说:"嗬,好浪漫!"

毕竟指着对方挂得老高老高的脚，说："你不也很浪漫！"

秋艳说："都别吵，都可以浪漫的。"

坐了会儿，毕竟催秋艳回家，说这里有我，也让我尽尽同窗的责任。秋艳不肯，说是要走你先走。小璞说，还是你们俩都走吧，过会儿我妈就会来陪我的。两人于是离开了医院。

"你每天都来看小璞？"

"有个人陪他说说话，至少比没有要好。"

"这事不能全怪你，也有他自己毛手毛脚的份。"

"我知道，就算完全与我无关，我也会来看他的。"

"有你这副热心肠，倒令我羡慕起他来了。"

"那你也去毛手毛脚呀……"

晚来风急，街上依旧呈现一派热闹的景象。

"毕竟，你是否觉得你变了许多？"

"当然，因为世界变了。"

"我知道你是个不甘寂寞的人，但你大可不必用那种非常俗套的方式来表现自我，尤其是你对人体包装什么的素无研究，何苦来着？"

"我承认你的话很尖锐，可你并未读懂我。还记得赵传歌中的那只小小鸟吗？整天飞啊飞的，却总是飞不高，飞不远。"

"于是那只鸟就甘愿在低空逡巡？"

"什么高空低空的！如果高空意味着看不到希望，又何妨低空一下，权当是和高空开个玩笑……"

没想到仅过两天，毕竟就开始了新一轮超低空飞行：他竟然将自己的一头黑发染成棕色，而中间又留着撮淡黄色，一晃一晃的，远远看过去跟火鸡屁股没什么两样。

在校生是不可以在头发上做文章的，不管是哪种文章，这是学校早已规定的。尽管此前，也曾有个别同学跃跃欲试，可都由于不是太明显，老师们也就睁一眼闭一眼，爱美之心人皆有之嘛。可这一回，毕竟的文章做大了，做得太离谱，以至于他一进学校，几乎人人都向他行注目礼。

整整一天，班级里没太平过。好像终于有人做了他们很想做却不敢做的事，只要这人开了头炮，今后，所有的人便可以无所顾忌地加以效仿。尤其是那天秦老师不在学校，和校长、教导主任什么的去外面开会了。于是一般的任课老师不想管，班干部们又觉得管不了。于是毕竟就这么风光了一整天，将他的"低空理论"演绎得淋漓尽致。秋艳冷不防冲冯姬说，这是你的杰作？冯姬被问得丈二和尚摸不着头脑，秋艳解释道，你不是争着要当毕竟的生活顾问吗？真有你的！冯姬这才听明白，大呼冤枉，说，我倒是很想帮他顾问顾问的，可惜，他不理我。

当天夜里，有两只野猫在窗外打架。野猫打完了架，轮到毕竟和他父亲激烈争论。秋艳听不清他们到底在争论什么，但想来可能与毕竟的头发不无关系。秋艳和毕竟的父亲很少碰面，不过感觉上，他应该是个挺正宗的老爸，不会容忍儿子的别出心裁。秋艳想，不知这出好戏会如何收场？

第二天早自修，毕竟被秦老师叫了出去。看来，是有人事先告诉他了。快上第一节课时，毕竟一脸怪样地回到了教室。冯姬忙回头问，秦老师表扬你了？毕竟不语。四眼鲁接着插话道，那就是批评你了？毕竟仍不理会。秋艳说，你们都错了，像他这样品学兼优的人，秦老师怎舍得批评，当然，就这事秦老师也不可能表扬他，所以我想，秦老师肯定是既没批评也没表扬，而是找他去随便聊天来着。毕竟还是当作没听见。

过了一天，又过了一天，毕竟的头发依然如故。这下子秦老师光火了。这天毕竟被留在秦老师的办公室足足有一节课。下午放学后，秦老师还对全班同学说："现在，有人在新形势下迷失了方向，居然追求起成人甚至是西方没落的生活方式，这无异于饮鸩止渴，值得引起大家的密切关注和高度警惕！"

重棒之下，毕竟总算把淡黄色、棕色一律弄成了近似黑色，但明眼人不难看出他头发上仍残留着"文章"。秦老师还是不满意，他甚至当着众人的面，勒令毕竟回家后务必将头发搞定，不许再拖泥带水。

"我已经弄得蛮彻底了，"毕竟争辩道，"我想不出还能有什么办法。"

秦老师气呼呼地说："我不管。你当初是怎么弄过去的，现在就给我怎么弄过来！"

秋艳在一旁听得分明，感觉毕竟是在强词夺理。她本来想劝劝他的，何必为几根头发跟班主任硬撑，又不是"留发不留头，留头不留发"的年代。但是这以后，冯姬一直死缠着她，非要和她探讨今秋街上的流行色。秋艳说，我的衣服全是我妈买的布料，她自己做的。冯姬说，这说明你妈很有审美眼光的，做出来的衣服都超越时尚，可以领导世界新潮流了。秋艳说，这样吧，约个日子，你和我妈去探讨探讨。冯姬说，你以为我不敢？

接着正好是双休日。星期六的下午，那拨在暑期中见过的人再一次聚拢在秋艳的家里，和秋艳的父母亲一起讨论在实在找不到市教委的情况下，下一步该怎么办。有人说可以找市政府。又有人觉得找市政府没用，还是干脆找国家教委。最终讨论下来，大家认为先写一封信给国家教委较为妥当，免得国家教委也搬得不知去向，白白上一趟北京。

这封信，自然仍由秋艳的父亲起笔，大家在上面签名。

秋艳在自己的房内听着，甚感无聊，便半当中下了楼。她也不清楚自己是怎么来到小花园的。秋天的花园里，花色黯淡，花朵萎败，花香无处寻觅，一派凋零的景象。秋艳想起了几个月前，她和毕竟在这儿会合，一同去看《泰坦尼克号》的事。秋风阵阵，忽然，有个男生打边上经过。这里算不得僻静之地，人来人往当属正常。然而这个男生竟然剃着个油亮油亮的光头，像个电灯泡似的，这就引起了秋艳的格外注意；再细细一瞧，原来是毕竟！

"毕竟，你是发烧发的，还是吃错药了？"见对方故作糊涂，秋艳说，"不是吗？你一会儿想学嬉皮士，一会儿又要当和尚了，怪愤世嫉俗的嘛。"

"唔，你是说这个，"毕竟漫不经心地说，"我是想，既然秦老师讨厌我的头发，那我就把它剃了呗，就这么简单。"

"我怎么觉得我现在越来越不了解你了？"

"这是因为你从来就没有了解过我。"

"为什么？"

"有必要知道吗？"

"毕竟我们是同学加邻居嘛。"

"那又怎么样，你能管得了我的头发，还能管我头发下的思想？"

"算了，我们换个话题吧……你知道这一阵和小璞的接触，我又从他身上发现了什么？"

"总不外乎是光彩的一面，你说过的。"

"对。他对生活的乐观，特别是他面对伤痛一声不吭的硬气，绝对是好些人所缺乏的。"

"其中也包括我？"

"这是你自己说的，我可没这么讲。"

"你真像个淘金者，整天热衷于发掘金矿。"

"你嫉妒了？"

"有点。"

"那你也乐观而坚强。我喜欢过去的你，简简单单，朴朴素素。"

"要是我不呢？"

毕竟推说还有事，先回家了，留下秋艳坐在小花园里，百思不得其解：这人怎么会变成这样？她唯一能想明白的是，当毕竟下周一到学校时，整个校园内又将如何热闹，会掀起多大波澜！

六

1998年11月，秋艳家中发生了两件事。是月初，母亲在领完当月工资后，突然接到下岗的通知。也不知母亲当时是什么反应，反正该哭的，该闹的，想必母亲早已在厂里哭过闹过了。等到秋艳放学回家时，母亲正阴沉着脸，一言不发。

天色将晚，父亲去厨房做饭了，母亲才把女儿叫到身边，表情沉重地说："以后，我们要过紧日子了。"

"妈，你不用太难过，"秋艳劝道，"好日子得过，紧日子也得过，都过得下去的。"

"我不是难过。我是由我而想到了你……你看你现在，读书提不起精神，你们学校也不如以前抓得紧了，明年又没了高考，你将来靠什么去找好工作？妈担心若干年后，你也来步妈的后尘。那样的话，妈就真的没指望了……"

"我懂。我不是还在看着书，做着作业？至少我没将心思用在穿衣服、染头发上。"

"妈是觉得，不管世道如何变化，读好书总不会有错！"

"妈，我记住就是了。"

另一件事主要跟秋艳有关。真是"屋漏偏逢连夜雨"，这月中旬，医院里传来坏消息：小璞的腿骨没接好，需要重新动手术，而且据执刀医生说，即使动了手术，也很难保证小璞的腿绝对不留下后遗症。

小璞动手术那天，手术室外的气氛甚是紧张而凝重，犹如天将塌陷。一小时、两小时，直至过了四个小时还不见小璞出来，小璞的母亲终于忍不住失声痛哭。她一边哭一边指着秋艳的父母亲说，假如我儿子有个三长两短，你们是要负全责的！秋艳瞅着父母亲，面对责难像做错了事的小学生似的一声不吭，心里不禁悔恨难当，巴不得地上有个洞，好让她钻进去。

回家后，父亲问母亲，现在家里大约能抽出多少钱？母亲反问，做什么？父亲说，看小璞他妈的意思，不就是要我们破财消灾吗？母亲想了想，说，总共才一万块吧，这是我们全部的积蓄，就这么多了。父亲沉吟道，再想法去借一些来，凑足两万，豁出去了。

不久，父母亲去小璞家，父亲递上钱，说这些你们先用着。岂料小璞的母亲一看到钱，格外生气，大声说，假如钱能使我儿子免除灾难，我何必着急？你知道我家不缺钱！秋艳的母亲问，那你说怎么办？小璞的母亲答道，不知道。幸亏小璞的父亲还比较冷静，他怕这样对峙下去会伤了两家的和气，便收下了钱。

秋艳注意到，那以后的母亲常常独自发呆，在椅子上一坐就是一两个小时。她知道母亲心里有挥不去的愁云，一是为自己的下岗，二是为家里的欠债，两件事撞到一块去了。一日，母亲说，不行，我得出去找份工作。父亲说，以你的年纪和能力能找到什么工作，如果外面遍地是工作，就不用你下岗了。母亲说，大不了我去做保姆，多少可以挣点钞票。

母亲后来奔波了十多天，没能找到工作，甚至连保姆也没当成，这使得她仅有的一点自信心都丧失殆尽了。绝望中的母亲脾气变得愈发古怪，老爱板着面孔，不是跟父亲怄气，就是找碴训斥女儿，弄得家无宁日。

入夜，秋艳躺在床上，要么睡不着，要么做噩梦。她不知道自己该怎么做，才能让母亲高兴起来。她想到过课余去打工，或者干脆退学。反正现在读书已变得不那么重要了，重要的是如何赚到钱，帮家里渡过难关。可那样的话，父母亲会同意吗？本质上说她还是个乖女儿，父母不同意的事她是不可能去做的。于是她只有把自己蒙在被窝里，欲哭无泪。

大约又过了一星期，一晚，母亲在饭桌上问女儿，这两天你们老师没找你麻烦吧？秋艳说，干吗要找我麻烦呢，我又没违反纪律。母亲说，那就好，那就好。秋艳反问，你问这个做什么，莫非你真的去过学校了？因为她忽然想起大前天，冯姬告诉她说好像看见你妈了。当时她以为冯姬是认错人了，这个时候，妈怎么有心思来学校串门。不料母亲回答说，我是去了，还见到了秦老师，小艳啊，你最近的几次测验成绩都不好啊。秋艳说我已经尽力了。母亲说，这次我和秦老师不是谈得很愉快，我主要是对你们学校有意见，不能因为没了高考就降低要求，连回家作业都布置得不如以前那么多了。秋艳终于听明白了，她说，妈，听你这么说我怎么觉得你就像市里派下来的督导，你不是存心想让老师跟我过不去吗？或许母亲事后也有点懊悔，但她不肯表露出来，我也是为你好嘛，这样下去，妈真是有些担心。秋艳说，你怎么知道我们学校降低要求了，我不是天天在做家庭作业吗？母亲说，可你做作业的时间比过去少多了……见母女俩争执不休，父亲出面和稀泥道，好了，别争了，你们只是看问题的角度不同，都没错。

经母亲这么一搅，秋艳后来在学校，似乎感到了秦老师看她时的目光和先前不一样。她是很愿意主动和秦老师面谈的，至少应该为母亲的偏执向他道歉。可她老找不到这样的机会：不是他不在，就是他身边总围着其他同学。她不禁在心里愈发埋怨起母亲，她自己闲不住，还不让别人闲，真是岂有此理！

不仅如此，母亲对学校的教学水准越来越缺乏信心。好像在她的幻觉中，老师们都在捣糨糊，以致会断送了女儿的前程。她开始在外面东跑西颠，不是为自己找工作，替自己焦虑，而是要给女儿物色一所高质量的补习学校。好在功夫不负有心人，她终于找到了这样的夜校，绝对是高水准和高质量。她欣喜地冲女儿说："我想，你终归会进大学的。"

"是下一世纪吗？"秋艳问。

"肯定不是下一辈子。"

"唔。"

其实秋艳烦透了，就想和母亲大吵一通。然而，当她看着母亲把不知从哪儿借来的学费交给夜校的财务人员时,她的心又软了下来。她想,妈准是钻进死胡同了,这时候,你纵然有八头老黄牛,也休想将她拉出来!

这样,秋艳白天在自己学校上课;天黑了,还得赶去夜校补习,弄得自己整个像一架机器,不停地转呀转的。而且奇怪的是,夜校的老师都如同生活在真空之中,仿佛从没听说过有暂停高考这么回事。他们只管吃草挤奶,书教得甚是兢兢业业、勤勤恳恳。一天下来,回到家多半已九点十点了,可母亲仍不放过她,仍得不厌其烦地询问着课上的情形。事实上母亲什么也不懂,装的。碰到秋艳心情过得去时,她会应付几句;不然,她索性懒得理睬。她意识到母亲心里的不踏实,即使如此,还生怕女儿偷懒啦,注意力不集中啦,没听清老师讲课啦,等等。有一晚,她甚至从教室后门的小窗上,无意中瞥见了母亲的脸。她顿时如被冰雪,似乎有一种透彻心肺的冷。

下课后,秋艳问母亲,你累不累呀?母亲搪塞道,我是怕天黑出什么事情,所以想来接你的。秋艳说,妈,假如有一天你女儿真的出了事,肯定不是走夜路遭人抢劫。母亲说,我这不是为你好吗?秋艳说,我知道,妈,你这话都说过成百上千遍了,天底下哪有母亲不为儿女好的,可你得想一想,这样下去,你迟早会把女儿逼疯的!母亲愣愣地看着女儿,表示不能接受她的话。秋艳继续说,妈,从小到大,我没有违背过你的意愿,明明我不是很聪明,明明我不可能把成绩提得很高,但只要你有要求,我都尽力去做了,我觉得我活得好累,我不能总是勉为其难,那样的话,我对读书还有没有兴趣?妈,你的心情我明白,你插过队,受过苦,人到中年还轮着下岗,我知道你很失落,你很想女儿不重蹈覆辙,甚至盼望以女儿的成功来挽回你的失落,只是这需要时间,也需要机会对不对?妈,就让女儿自己决定自己的未来吧,无论怎样,她都会对得起自己,也会对得起你和爸,她已经不小了,可以独立思考了是不是?

转眼到了月底,秋艳意外地接到小璞从医院打来的电话。小璞说:"我刚听说为了我的事,我妈为难你们了。不好意思啊,一刻钟前,我还在跟她吵,我要她将钱还给你妈……"

"这没什么,只要你能快快好起来。"

"你不用担心的,就算好不起来也没关系,反正我这人笨,没想过这辈子非要做成什么大事。"

"都是我害了你。"

"不,应该说是我害了你。秋艳,我妈刚才说她把钱都花了,如果真是那样,这些钱就当是我借你们的,等我以后上了班,我会想办法还的。"

"我忽然觉得你的心真好。"

"本来嘛。"

声音突然变得模糊了,小璞说他这会儿是用他父亲的手机打的,可能是信号不好。他说他还有最后一个问题要问,是有关功课的。秋艳说,你怎么对读书感兴趣了?小璞答,不是的,那是因为有时候伤口处疼得难受,我发现靠解题能转移自己的注意力,什么数学啦、物理啦,总之越难越好,越费脑筋越好,只有这样,我才会全身心地投入进去,暂时忘了疼痛。

"这我倒没想到,"秋艳说,"对了,以后功课上的事你可以多问问毕竟的,他比我好,你们又是同桌。"

"他呀,不好找。天晓得往哪儿打电话才能逮住他……"

七

如果说染发只为表现个性的话,那么毕竟后来把头发剃光,却是将自己的这种个性发挥到了极致。难怪他一出现在校园里,就像刮起了一股旋风。一时间,光头毕竟居然比光头凌峰还明星。

在所有为之兴奋的同学当中,冯姬是最疯的一个。她说,哇,这家伙真有种,我爱死他了。秋艳揶揄道,那你就跟他学呗,也来个大光明,凉快。冯姬说,还不易生头屑呢。秋艳说,既然你对他如此崇拜,干脆你做他的拍档得了。冯姬说,去去,他哪会看得上我。秋艳说,你没试过怎么知道看得上看不上!

只是乍见之下,秦老师沉默了。他能说什么呢?从《高中生守则》到校纪校规,哪条规定过学生不可以剃光头发?而且即使他厉声呵斥,也无法让毕竟的头发眨眼间冒出来。所以秦老师采取了非常策略的方法——冷处理。他只当没看见毕竟的光头,只当什么事都未发生过。果然,不出三日,旋风便散尽了。旋风散尽之后,毕竟是否更为失落,没人说得清楚。

记得有一阵，秋艳见毕竟老是趴在课桌上打瞌睡，碰上老师叫他起来回答问题，他的双眼总是通红通红的，布满了血丝，而且一问三不知。秋艳问冯姬，你说毕竟在搞什么鬼，怎么两只眼睛老像兔子似的？冯姬说你真不知道？见对方茫茫然不像装假，冯姬才透露道，他呀，最近下赌场了。秋艳说是玩老虎机吧？冯姬说，这你就不懂了，在地下赌场里，各种名堂多着哩，老虎机只是其中最次的玩意。秋艳说，我听说人性中皆有赌性的一面，不过陷得太深跟玩火没啥两样。冯姬嘘了下，说你小声点，他醒了。两人忙肃静，见毕竟挠了挠光头，侧过脸去重归梦里，冯姬又说，我想来想去，还是不相信你会不了解他的近况。秋艳说凭啥？冯姬说，你们俩不是很投机的吗？秋艳说，那已经是过去时了，现在，我至少不像有的人那样恨不得把人带回家爱死。冯姬说讨厌！

秋去冬来，街上万木枯萎，寒意渐起。秋艳的母亲仍没能找到合适的活干。也许是原来太忙了，而这会儿又太闲，心理落差过于大，母亲终于病倒了。她常说胸口痛，喘不过气来，动辄虚汗淋漓。病中的母亲忽然变得异常平静，偶尔也自责自己没本事弄成这样，以至于拖累了丈夫和女儿。这是不是一种不祥的预兆？果然，到了12月中旬，一天，秋艳放学回家，怎么也打不开门，接着又闻到一股浓重的煤气味。坏了！等她拨通110，唤来警察破门而入，母亲已经横在床上不省人事，后来送到医院，医生说，如果再晚一步，恐怕就没救了。

死里逃生后的母亲，并未显示出对生的依恋。这倒使得秋艳下决心从夜校中退了出来，这样起码可以少一份支出。她骗母亲说，夜校的老师病了，这一段暂时放假。然后，她再向学校提出要求，希望能在课余时间安排她去学生实验商店打工，这样又可以多一份收入。她以为这一切都做得天衣无缝，岂料没几天便被母亲看出了破绽。母亲说，我打电话去夜校了，据说那里的老师都好好的。秋艳说，我读不下去了，我怕你再想不开，我想多陪陪你。母亲气愤地说，没出息！你以为你这么做就能让妈好受了吗？秋艳说，可我是家里的成员，我有责任分担家里的困难。母亲说，家里的事不用你操心，哪怕是卖家当，卖房子，你都必须把书念好。秋艳说，这样我不是太自私了吗？这样子即使读好了书又有什么意义呢？母亲一个耳光掴过来，吼道，你还敢犟嘴？你不是我的女儿！你给我滚！秋艳捂着火辣辣的面孔，顿感血往上撞，说，滚就滚！我受够了，你们别来找我！

其实那晚，秋艳带着一时难以宣泄的委屈冲出家门，最终并没能走出多远。她想到过离家出走，靠自己的努力来养活自己。可她明白母亲刚才准是在气头上，一旦气消了，母亲会如何后悔，父亲闻讯后又会如何着急地寻找女儿。这一步看来是万万不可行的。

冷风瑟瑟，行人稀少。在她的前面，是长列的灯光，昏黄而寂寞，有夜市之声徐徐传来。她不知道自己是应该马上回家，还是就这么在街头徘徊一夜。她忽然想哭，有一种迷失在密林深处的、看不到希望的悲哀。但她终于忍住了，心想，在这个地方号啕大哭算怎么回事呢？

她绕着新村的围墙走啊走，也不知究竟走了多久。忽然，她发现围墙拐角的阴影处有一团黑乎乎的东西。事实上她已经走过了那撮阴影，可以置之不理，但好奇心驱使她再度回头；就这么一回头，她看清楚了隐在阴影里的原来是毕竟。她犹豫了一下，还是返身过去。等她完全挨近他，不禁惊呆了："哎呀，怎么你脸上都是血？快起来，起来啊！"

毕竟一动不动，像睡着了似的。

秋艳顿时心急如焚，拼命摇他："出什么事了？是不是跟人打架了？快起来好不好……"

"别碰我，你走吧！"毕竟冷不防叫起来。

"不，你不走我也不走。"

"我累了，我要在这儿睡到天亮。"

"凭什么？天塌不下来，用不着你满世界地乱睡！"

毕竟侧过脸去。"可我不要回家。我爸他不愿认我这个儿子，不再给我钱了。我想，我有能力自己赚钱……"他说。

"于是你就进了那种地方，指望从赌博中获得快感，同时获取生存的本钱？"秋艳接道，"可你没料到那些地方多半是陷阱。一旦你的脑子和手气变得出奇地好，大把大把的钱进入你的口袋的时候，你其实就离欠揍不远了。"

"你怎么知道的？"

"你甭管，你只要知道你这是在堕落。堕落谁不会？堕落是不需要本事的。

如果我愿意堕落，我肯定比你更容易弄到钱。"

"可我有什么办法呢？如果你处在我这个境地，也好不到哪里去。因为你无法改变自己，改变你所面对的一切！"

秋艳刚想和他继续争辩下去，却无意中瞥见了他身旁的书包，鼓鼓的，一如他每天上学放学时所背的那样。她不觉唏嘘不已，脑中同时掠过"同是天涯沦落人"之类的诗句。她不再说什么了，只是从袋里摸出纸巾，轻轻地替他擦去鼻血。

毕竟重新转过脸来，眼里闪着泪光。"谢谢你，秋艳，每次我遇到难处，都有你在我身边，"他说，"可我，不值得你那样做。我已经无可救药了。"

"我明白。我还明白你是因为我而自暴自弃。有一句话，我一直没有机会告诉你：如果你不介意泰坦尼克号最终结局的话，那么现在，我也不介意了，大不了同归于尽。"

"真的谢谢你。我会记在心里的。"

"好了，我们可以回家了吧？"

"嗯，回家。"

月光下，一对少男少女相互依偎，走出了阴影，回家。

这一夜，秋艳睡得死沉死沉的，第二天差点连上课都迟到。这天，毕竟没来上课。秋艳感觉身后留着很大的空白，心里很不踏实。冯姬趁机神秘地冲秋艳耳语道，听说毕竟这一阵可神气啦，兜里净是赢来的钞票，花都花不完。秋艳说，我还听说他要自己开赌场，做老板哩。冯姬说真的？秋艳说不骗你。冯姬说，那我今晚去找他，也让他出出血。秋艳说，那你得赶早，想必要放他血的人有很多。

下午放学以后，秋艳见冯姬拎起书包匆匆离去，不觉暗暗好笑。秋艳走出校门的时候，恰好遇上班主任秦老师。秦老师叫住秋艳说，你母亲的事我已经了解了，过两天我会在班里动员一下，让同学们都伸出援手，帮你一把。秋艳笑着摇了摇头，说我家里的困难是暂时的，会有办法克服的。秦老师顿了下，说，也好，假如以后有需要，随时跟我说，不必客气的。又问，你知道今天毕竟为什么没来？秋艳答，不清楚，我也正要找他呢。秦老师说，那你代我去看看他，打听一下缺课的原因，我担心他在外面轧坏道，毁了自己。秋艳很想问秦老师是否听到了什么,但一转念,又觉得不该问,也没必要问。

秋艳独自往家里走,刚到楼门口,见毕竟守在楼梯上。秋艳说你怎么不去上课?毕竟说,我想和你谈谈。两人就这么站在一楼和二楼的拐角处,看着窗外的远方。毕竟小心地问,昨晚,你睡得好吗?秋艳说挺好的。

"可我一直没睡着……"

"都在想些什么呢?"

"我想,你肯定还记得昨晚我对你说过的一句话,我的确无药可救了。你先别摇头,听我慢慢说……我知道我这么讲会令你很失望,不过我是个什么样的人,我自己最清楚。不错,过去我的学习成绩是很优秀,由此我成了大家公认的好学生。可是,其实我这人很单调,除了读书,我既不懂得如何料理生活,也不知道怎么关心别人。我总是用虚张声势来沽名钓誉,同时掩饰自己的缺陷,好像我终究会成大器。你也看见了,未来有没有高考对我的影响的确很大。以至于在我稍作挣扎后,便放弃了。我的内心很空虚,我希望有一样东西能填补我的空虚。我试过各种各样的方法,按你的说法应该是不同的堕落。如今,我真的有点恨我自己……"

"既然你能正视自己了,就说明你还有救。"

"我还没说完呢……你一定还记得昨晚我对你说过的另一句话,我真的不值得你那么做。因为和你比较起来,我更加脆弱,不想善待别人不说,连自己都不愿善待。为什么处在同样的环境中,别人能及时地调整自己,我就不会?非但不会,开始时我还想用你来填补我的空虚,我是不是很卑劣呢?所以这一夜的思考,我终于把我是个什么样的人弄清楚了。趁我还清醒的时候,我要告诉你,你昨晚所说的有些话我都不记得了,请你也把它们忘了,好吗?"

"我会考虑的。事实上我已记不清我昨晚到底说了些什么。"

"我要对你说的就这些,再见。"

"再见。"

秋艳细听着毕竟一步步地往上走,然后是开门声,然后是砰的关门声,半晌没反应过来。当她也想往上或往下走的时候,忽觉鼻尖一酸,跟着好似有湿冷的泪珠自面颊滑落。

八

　　结果同学们还是你一五我一十地搞了爱心捐助，一共加起来有五百多块钱，最后由秦老师当众交到了秋艳的手中。

　　秦老师还将秋艳叫到自己的办公室，递给她一只大信封，说里面装着整两千元，是一位不愿意透露姓名，也不想让他人知道这事的好心人托我转交给你的。秋艳说这我不能收，我父母也不会同意的，要不然你至少得告诉我这人的身份，譬如他（她）是老师还是同学。秦老师笑了笑，说，恕我无可奉告，因为我答应过他替他保密的。

　　这已经是1999年的1月份了。

　　直到这个故事暂告结束，秋艳仍没弄明白这个神秘的好心人究竟是谁，何以捐出那么多钱来。

　　后来冯姬问秋艳，你知道这次班里谁捐得最多？谁？秋艳像忽然想到了什么。冯姬说是毕竟，他捐了一百块。秋艳稍感失望，接道，那真得好好感谢他了。顿了会儿，冯姬又问，你觉得毕竟近来是不是变了？秋艳答，好像是这样，变得有点像从前的他了。又过少顷，冯姬再问，你猜是谁让他变的呢？秋艳反问，总不见得是你吧？冯姬诡秘地一笑，说，这你就错了，最不容易发生的事往往最容易发生。秋艳问，那晚你真去找过他了？冯姬说，那晚我倒是没找到他，不过后来，我和他有过一次促膝长谈。她很鬼，有意将"促膝"二字说得稍响一些。秋艳装作不感兴趣的样子，没有再追问。她清楚冯姬是直肠子，心里藏不住秘密。

　　果然，这天午间，冯姬把秋艳拽到阅览室，找了个僻静处向她坦白起来。冯姬感慨道，我一直以为毕竟有点儿高不可攀深不可测。秋艳插话道，当然，那是过去的事了。冯姬说，我现在才知道其实毕竟是个很虚荣的人，骨子里有自私，也有软弱，我弄不懂以往秦老师为何那么欣赏他，什么荣誉都往他身上堆。秋艳说，这不是明摆着的，要么是因为他成绩好，要么是由于他装得像。冯姬说，两者兼而有之吧，所以我偏要攀一攀他的高度，测一测他的深度，却原来不过如此。秋艳问，你失望了？冯姬得意扬扬地说，才不哩，因为我终于明白了其实他和我是一路货色，谈不上谁比谁更好或者更差，这样，我们就有了长谈的基础。秋艳说我懂了，不过无论如何，他还有潜力，你们玩归玩，你可不能害了他。冯姬说你心疼了？秋艳说去你的。冯姬说，到时候谁害谁还不一定哩。秋艳说，可让秦老师知道了总是你倒霉，因为毕竟很可能是受了坏人的蒙蔽。

这天秋艳回家，母亲现出少有的高兴。秋艳问，找到工作了？母亲说差不多吧，不过先得参加上岗培训，成绩合格了才有活干。秋艳说那好啊，公平竞争。母亲说，好什么好，都一把年纪了能读得进去书吗？秋艳说，妈，这你就不对了，俗话说活到老学到老，你没听说人家美国老太八九十岁了，还在大学里攻读学士学位，别泄气嘛。母亲说我该怎么做我知道，我希望你也能够明白。秋艳说我当然明白，不信我们可以比比看。这时候父亲刚好推门进来，他说你们在比什么，有没有我的份？母女俩都笑了。父亲挥舞着手中的信件，说，国家教委回信啦。母亲说，信上都说了些什么？父亲说也没什么，跟去年教委发言人的谈话差不多。见母亲不无沮丧，父亲说，不过这至少说明国家教委还联系得上。秋艳说，这有什么可高兴的，兴许你这会儿去老地方找市教委，也能一找就找到，市教委根本没失踪过，一直在那儿呢。

期末考试前的最后一次测验，秋艳的成绩也还不错。倒是毕竟，一下子退步不少。毕竟现在不常和秋艳说话，较多的情况是独自望着窗外，看云遮雾罩或者红霞满天。秋艳只能从他的眼睛里，偶尔解读出弥漫在他内心深处的淡淡的迷惘。

再过三天，王小璞就可以出院了。谢天谢地，他的腿恢复得特别好，丝毫没留下后遗症。有班委提议，要为小璞搞一个希望工程，帮他把落下的课都补上来。谁能担此重任呢？这在过去大约是不用考虑的，但现在，他是不是胜任？就在班委们颇费思量的时候，毕竟主动站了出来，说，就我吧，我能行。

班长郑翔看了看毕竟，不忙表态。

"是信不过我？"

"不不，我是想……"

冯姬插话道："不是说'漏船还有三斤钉'吗，我看毕竟再怎么样，总比小璞强吧。"

大家都觉得这话在理，便没人再有异议。

班委们还决定，到时候由秋艳和毕竟代表同学们去接小璞出院，并向他转达全班的问候。

规定要到下午四点才能办妥离院手续，秋艳和毕竟早早来到小璞的病房，嘘寒问暖。小璞说，我是一天都待不下去了，老想着你们会来看我的。秋艳说，我们不是来了吗？毕竟也说，相信你不至于害相思病的。

秋艳忽然发现了什么，问道："嗳，三号床的那个小男孩出院了吗？"

小璞沉默了，过了会儿才说："不，他去天国了。"

"怎么会呢？我上次来还见到他的。他跟我说过他的腿虽然锯了，可他还想当田径运动员，参加世界残疾人运动会……"

"我也是前天才知道的，他原来患了骨癌。"

毕竟说："好了，不说这些让人伤心的话了。小璞，你猜你回校后谁将在功课上帮你？"

小璞说："总不会是秋艳吧。"

秋艳说："这就叫英雄所见略同。"

小璞伸出手去和毕竟相握："拜托你了毕竟，我以后真想好好读书了。"

毕竟说："呵，你倒是住院住出悟性来了。"

秋艳对毕竟说："这你就有所不知了，小璞全凭着看书解题来战胜伤痛，几个月下来，水平是突飞猛进。"

毕竟转向小璞问："真的？"

小璞说："和你比起来我当然差远了。不过我也确实从中感受到了读书的乐趣。想想自己以往真是惭愧，干什么不可以没兴趣，偏偏对读书没兴趣，白活了这么多年。包括三号床的那个小男孩的死，也给我以思考或者说恐惧。唉，人生苦短，生命又是如此脆弱，怎么可以随随便便地就过去了呢？"

秋艳说："所以啊，毕竟我得提醒你，如果你不加油的话，将来谁帮谁还不知道哩。"

毕竟说就是就是，"唉，我也要叹气了，只可惜我们的命不好，所有的好运全让去年毕业的人给带走了。"

小璞问："怎么，你没听说？"

"听说什么？"

"据说明年高考还得照常进行。由于太多的家长上书中央，呼吁改变原来的决定，上面就只好顺乎民意啦。"

"这消息属实吗？"

"不知道，所以才是据说嘛。"

秋艳接道："我猜最终会是这么回事的。你想，去年说暂停是因为招生失控，各大学人满为患，其实这还不简单，现在许多工厂都在关停并转，空厂房有的是，暂时去那儿办学不就得了。"

小璞说："哎呀秋艳，你可以当教委主任了。怎么你的设想跟传说中中央的打算完全一致，简直神了！"

"你甭夸我了。我其实是替毕竟着急，这么好的一块料，倘若最终进不了大学，你说遗憾不遗憾，可惜不可惜？"

"就是嘛。"

不料毕竟未表现出半点兴奋，良久才说："我倒是希望这些传说仅是好事者的一厢情愿。"

一会儿，小璞的母亲办完了出院手续，招呼他们可以走了。四人下了楼，有出租车候在门口，小璞说，妈，我们还是走回去吧，一来路又不远，二来可以让我多锻炼锻炼。于是，毕竟帮着小璞的母亲拿着脸盆、水瓶及锅子什么的走在前面，小璞撑着拐杖由秋艳搀扶着跟在后面。距新村还有两三百米的路，小璞的母亲说，过会儿到了家里，你们两个都别走，大家聚在一起吃顿便饭，就算是为小璞高兴高兴。小璞趁机低声问，你看，我妈还不坏吧？秋艳说废话，不是说世上只有妈妈好！

天边的云霞似奔马游动，飘忽不定。一轮落日趴在金环大厦和凯旋门酒店之间的豁口处，一点都看不出辉煌将去；相反，还引来无数飞鸟在她面前欢快地舞蹈。空气中透着丝丝沁鼻的寒意。

秋艳问："小璞，你最近有没有好心办了坏事？"

小璞说："我这人坏事的确做过不少，我不明白你是指哪一件？"

"别以为我家揭不开锅了，还早着哩。"

"呃，你是说捐款的事，我也才听说。我都跟秦老师说了，为什么不通知我，也好让我凑凑热闹献份爱心嘛。"

"你倒是装得挺像。你可以当演员了。"

"你肯定误会了。"

"我误会什么了?"

"不知道。"

进入新村大门,又看见有人在燃放鞭炮和烟火,巨大的响声中夹杂着一串红一串绿的,分外震耳也分外耀眼。然而这一回却是有人办喜事,穿着婚纱的新娘像在演绎安徒生笔下的古老童话,矜持而又抑制不住喜悦地钻进迎新车队。

秋艳有意说:"要不是你在我身边,我还以为那个放鞭炮的人又是你小璞,又在庆贺国家教委关于暂停高考的决定。"

小璞说:"那次算我错了。假如我刚才讲的那些个传说是真的话,我一定会将功补过的。"

秋艳问:"还放鞭炮?"

小璞答:"还放鞭炮。"

迎新车队开始启动了。鞭炮炸得更响,烟火更艳。刹那间,各种声音,各种气味,全都搅在一起,恍若提前进入了除夕之夜。

"真盼着快点过年。"

"过年有什么好,又得长一岁了。"

"嗳,秋艳,你说我妈当时为什么会这么光火?"

"怕你落下后遗症呗。"

"那万一我落下了后遗症,她揪着你妈有用吗?"

"我想也没用,总不见得让我来赔你的腿。"

"等一等,这倒是个好主意。"

"去你的。"

"你至少可以当我的拐杖呀。"

"想得美。"